野红莓

Ashitaka 著

长江出版社
CHANGJIANG PRESS

图书在版编目（CIP）数据

野红莓/Ashitaka 著 . — 武汉：长江出版社，
2023.1
ISBN 978-7-5492-8583-9

Ⅰ.①野… Ⅱ.① A… Ⅲ.①长篇小说－中国－当代
Ⅳ.① I247.5

中国版本图书馆 CIP 数据核字（2022）第 214290 号

野红莓 / Ashitaka　著

出　　版	长江出版社
	（武汉市解放大道 1863 号　邮政编码：430010）
市场发行	长江出版社发行部
网　　址	http://www.cjpress.com.cn
责任编辑	陈　辉
策划编辑	鹿玖之　李一球
特约编辑	李一球
封面设计	纯白设计工作室
印　　刷	艺通印刷（天津）有限公司
版　　次	2023 年 1 月第 1 版
印　　次	2023 年 1 月第 1 次印刷
开　　本	710mm×1000mm　　1/16
印　　张	18
字　　数	300 千字
书　　号	ISBN 978-7-5492-8583-9
定　　价	52.80 元

电话：027-82926557（总编室）　　027-82926806（市场营销部）

目录 CONTENTS

树上早早就有蝉了，
聒噪不歇，
花开如漫天红霞，颜色深浅不一。

第一章
磕在哪儿了

青弋是古城，被一道天然水路柔柔地横割开，分了青南与青北，有些文化底蕴。但因这里占地面积小，又有玉带似的乌南江横贯市中心，故季风气候特征明显，夏天尤其闷热潮湿，常连绵数日阴雨不歇。

天际厚薄不匀的一层层雨云来了又走，走了又"嘤嘤"啜泣，极不舍似的频频回头流连。但凡在此季晾出去的背心、内裤，收回来就难有一件是干燥的，带着太阳晒过后的香气。家里墩布上生出几颗灰溜溜的菌子也是常见的，要一惊一乍地拍照发朋友圈，就显得很没见识。

青弋这个地方，慵懒宜居，发展滞后不假，却是出了名的悠然太平，很有"从前车马很慢"的意境。去年莫名其妙地入选了全国最幸福城市排行榜，位居第九名，短暂火了一把之后，依旧名不见经传。

李鸢把下巴垫在大臂上，伸长小臂，用指尖去接回廊檐上"滴答"而下的清亮的雨水珠子，有时是密匝的一连串，有时就那么三两滴。青弋的雨水里，常有青苔的腥咸苦味儿。

背后响起关门的声音，伴着一句恭敬小声的"老师再见"。

李鸢转过头，歪头透过手肘与腋下间的缝隙去看彭小满。窥伺的小动作做得鬼鬼祟祟，就显猥琐。撇开这个诡异的姿势不说，李鸢视野里的人却很完整：从头到脚的彭小满。

他很素净，很纤瘦，夏季单薄的校服他总是不太撑得起来。

衬衣的肩线一路塌到上臂，布料和胸膛间隔着大块空隙，以至于他走动的时候，旁人看不清他躯干移动的线条与走势；校服的裤腰也大，人造皮革的裤腰带也过长，被无所适从地丢在腰线边一大截，像一条小象鼻。于是走廊里最常见到的景象，就是老班托塔天王似的端着钢杯，一边掸着满肩领的粉笔灰，一边支使彭小满在前头搬着作业，并在他身后出声逗他："哎，小心踩到裤脚绊倒摔花脸咯！"

老班真的姓班，已近耳顺的年纪，老花镜不离手，非不要老脸地说自己是班超后代，祖上光耀。他是实打实的青弋本土人，说话总带点儿地方口音，一个"咯"字也念得口齿不清，像是在腮帮子里含了颗酸味儿的话梅糖，下巴得时刻预备着向前兜。万幸的是他只教数学，"阿花（α）""背他（β）""嘎马（γ）"，听起来问题不大，能让人听明白就行。

"我腿短，忘剪裤边了。"彭小满一面四平八稳地端着小山似的练习册，胳膊上薄薄的一层肌肉骤然发力，绷出流畅柔韧的线条，一面回头，驴崽尥蹶子似的向后翘脚，试图把裤脚翻踢上去，流星大步改作莲花碎步，"没事，我提一提就行！"

游凯风私下里和李鸢碎嘴过两句，说彭小满这名字吧，怎么形容呢——听起来特别女气不说，还特别黏糊幼稚。你说你风华正茂、青春年少，叫这名字倒还挺俏皮，等以后五六十岁，熬得都鬓染白霜带孙子了，路上逢人还得被喊一句——哎，小满哪！

这不难受得慌吗？

游凯风一不读书，二不看报，咸吃萝卜淡操心倒比谁都勤快。李鸢损他说："你知道'小满'是什么意思吗，就跟这儿说三道四的？所谓四月中，小满者，物至于此小得盈满。既是节气，也是愿人澄心畅怀，有容乃大的意思，是顶好的祝颂。懂？"

"走呗。"

天空中打了个小雷，兜在厚厚的云里发出声闷响。彭小满扯了一下背包带，把手伸出围栏接了一把零碎的小雨："又下大了啊——嘁。"

彭小满嘴这么一张大，就扯着裂了的嘴角，一阵钻心的刺痛过后，忙把五官揉面团一般皱在一起，收回手按上伤处。

"吃面呢？"听他酸倒了牙似的在后头发出吸溜东西的声音，李鸢戏谑地跟着一齐皱眉倒吸冷气，又凑近低头抬他的下巴颏，"我看看。"

彭小满是瘦，李鸢单这么抬的下巴就能觉出来。摆在手里，像端着一个钢骨制的模具，刚硬之外，只在表层护了张削薄的青白皮，好在他的皮肤是温热的。一团瘀紫痕迹浮在他的嘴角像飘过去的一朵乌云，和昏昧的蒙蒙天色押韵。

"看着特明显吧？"彭小满仰头问他。

他瞳珠褐黄，眼皮上一层单薄的新月形的细褶，眼睛是杏仁似的形状，当中饱满，两头尖尖。

"废话。"李鸢拿指关节一触，"比你嘴都大的那么大一块儿。"他自顾自地盯着彭小满的伤处，继续笑着嘀咕，"那两个人下手挺黑啊。"

"黑显然是我黑。"彭小满向上一抬眼皮，那一层细褶瞬时又翻没了，是很有东方特点的小内双。他眼睛一弯，说道："乘人不备一脚下去，踹到哪儿算哪儿，那个'飞机头'，瘸着走路的那个你看见了吗？小爷我踩的。"

彭小满身形竹竿似的一短截，张口就是"小爷我"。

李鸢一只手插兜，听完笑着说："就一个末流损招儿，可把你给牛坏了，双眼皮都笑没了。"

"招儿不在损，管用就行。"彭小满佻达地弹了一下舌根，挑了一下眉，刚吃了一通狠批，也没显得有多懊丧，依旧半开玩笑道，"下次见着那两个人我还踩。反正梁子都结了。"

李鸢见他收敛着嘴角的伤疤拘谨着说话，凶狠有余、气势不足，没来由地想笑，忍着不笑，抬手往办公室门口一指："别跟我这装大头，向后转，齐步走，有本事一个字别落地当着教导主任的面说去。"

"那不能。"彭小满用手顶了一下鼻尖，"主任给我做工作，我得给他点儿薄面。"

李鸢没好意思冲他嗤笑出声，抬手钩了一下肩上的背包带："没事了就回家。"他率先转身，顺着教学楼又长又窄的回廊往楼梯口走，迈了两步又脚步一停，转身看着彭小满的头顶，"没骑车，烦您送我一程，去水坝街。"

彭小满和李鸢不熟。

按说彭小满跟高二（2）班的谁都不该太熟。他是在高二寒假将将结束的时候，才从别的学校转来鹭洲高中的插班生，和他们相处的时日不过两三个月，连班里同学的名字都没记全呢。不过大家都是十七八岁的少男少女，迎来送往轻易能掏心掏肺，本来也就不愿意留心眼儿、玩城府，因而速速打成一片容易得很。何况（2）班的班风向来开通，彭小满其人，也足够明朗爱笑，清爽敞亮。

可人人又都能觉出这小子身上藏着掖着点儿什么，像给自己画了道"避魔圈"，砌了面洁净通透的玻璃墙，隐隐地与己不同，看不大出来，可往前多迈一步，又确实感觉得到。若有人诚心问他怎么了，他就笑眯眯地竖着根嫩笋似的指头在嘴边，比个嘘声的手势之后，又搞怪似的摇头晃脑地来一句语焉不详的遁词。

"你猜呗。"

闲得难受管别人的破事，谁爱猜谁猜，李鸢不猜。

彭小满骑的是辆黑色的自行车，通体黑色漆面，总擦得亮到能反光映出周围的景象来，干净得一点儿泥点子都看不见。他还特别有本事地给车安了个后座，前头添了个竹编的车筐，原先挺酷的一辆代步工具，硬生生地拗出股"岁月静好"的意味，特别适合往筐里插一捧森林系风格的小雏菊。

李鸢很服气。

彭小满把车撑一踢，扯着藏蓝色的雨衣帽往头上一兜，抽紧了帽里穿着的一圈尼龙绳，罩住了整张脸。雨衣帽子后头支出去尖尖的圆锥形，像某个游戏里那个小小的公主。他把宽大的雨衣下摆掀出一个敞口冲着李鸢："钻进来坐吧，我骑车可稳了，你放一百个心。"

李鸢看着愣了愣——钻雨衣啊？

可得了吧。他上了小学后就再没钻过父母的雨衣，更别说旁的不熟的人了，什么羞耻的姿势啊。李鸢摸了摸鼻梁，又摆了摆手，假正经地推辞道："没事，我在后头打伞。"

"你歇歇吧，你在我后头打伞那么大的阻力，非把你放风筝似的掀出去不可。"

李鸢收了三折伞继续摸鼻梁，扶着车座往上抬长腿一跨："那算了，我不打了，你就这么骑吧。"

彭小满不死心地左脚尖往积着水洼的地上一支，单薄的身子顶起两个人的重量，一点儿也不颤。"哎，你这个人怎么这么嫌弃我啊？"他歪头笑，快速地拨了一下颇长的刘海儿，顿了一下听到两声雷响，俯身靠上车把，满面正经地问："你，知道虱子吗？"

"什么？"李鸢挑眉。

"就是那种小小的、黑黑的小昆虫，人总淋雨，脑袋上有细菌又潮湿就会长。会寄生在人的头皮上，靠吸食人头皮上的血液为生，还会在头发里产卵、繁殖并且越来越多，繁殖越来越快。长了虱子的人呢，就会头皮痒，而且是越痒越挠、越挠越痒的那种，那如果挠破了虱子呢，就会带来病原体，一旦病原体进入到人的血管里就——"

"哎，你打住。"李鸢一挥手，嘴角抽搐，忍无可忍地出声打断他的科普，"我钻。你嘴疼就少说话，打住，行吗？"

李鸢心想：如果把这个人切开的话，内里是黑色的吧？说得我腿肚子都发软了。

李鸢一手猛地掀开雨衣，一只手把缀满雨水珠的三折伞往裆里一卡，毫不犹豫地探身进去，"窸窸窣窣"地把藏蓝色的防水布兜头蒙下，好似骤然天黑。他握住椅座贴近上去，没留神挨上了对方的背。彭小满衣服浆洗得极干净，背上几根竖褶像分泾出的细长支流，带有浅淡的肥皂清香。衣上被雨水沾湿了几块带毛边的水印子，晕成淡色的一串"葡萄"。

李鸢没忍住谑笑。彭小满小腿施力稳稳地撑起车身，抬背弓腰，轻快地顺着惯性踩下踏板："扶稳了啊？走着！"

鹭洲中学里的学生走了个干净。车子骑出正大门，没几步碾上一座湿滑又平整的青石长桥，桥下则是"汩汩"流淌着的墨青色的狭长乌南江，流向远目可及的天际。

南宋的时候，青弋还叫青州。

彼时一位青州知军上表朝堂，着手于乌南江江心的鹭洲洲头，精心建了一座占地颇大、楼阁错落的书院。院内立有清风院、白术堂、文星台等匠心独运的木构小筑，斜雨微风，与对岸隔乌南江遥望，美不胜收。

雷劈火烧、风雨打磨，鹭洲书院此后横跨青弋百年，此间历任青州知府多次主持重修、扩建宅舍，反复修葺，后以此地"五里三状元，九子十知州"扬名，培育了青史中诸多妇孺皆识的文豪墨客。历史悠久的书院史被拓印上了一尊石碑，石碑宝贝似的存于白术堂里。旧址遗留至今，就是青弋城南现下的鹭洲中学，青弋市里为数不多的省级重点中学之一，常年与青弋八中龙争虎斗，一较高下。

因着有这么个优雅绮丽的前身，鹭洲中学在外地人嘴里，总是带着股旧制的古朴深远；又因坐落于江心，则更像一个掩进林中、寻不到踪迹的高深隐处。校里环境秀美也的确不是信口胡吹，四季交替，青黄往复，门口几位保安哪天都得拦一帮扛着长枪短炮预备着偷溜进来拍婚纱照的人。

可其实本校的学生心里比谁都清楚，这个所谓的底蕴极丰厚的省重点中学，该是什么样就是什么样——学生用着一样的教材，老师一样个个说白话，校长一样揪着年年不提高的升学率心急火燎，抓耳挠腮。

学校虽然沾了点儿文人的雅光，但一样是重理轻文。

李鸢青弋生、青弋长，顺顺利利地一路升到了高中，因脑子分外好使，中途潇洒地跳过了一级初三，甩了同龄人小小一步。可任他个十七八岁的高中生再怎么高高蹦跶，也是在"圈里"，也是在原地，青弋这一片朗净的天，他暂且跳不出去。

李鸢在雨衣里摸了摸自己后颈新理的一丛细碎发楂，刺手，盯着自己在后座半蜷着的一双无处安放的长腿，怎么挪怎么觉得别扭、不自在。雨珠四散"稀里哗啦"地溅上鞋面，他正琢磨着要不干脆把腿翘上来得了时，彭小满左手掀起雨衣，右手拈着一只白色耳机摸摸索索、神神道道地探到了李鸢胸前。

"哎，听不听？"

车身一时轻微地左右摇摆，车轮在柏油路上碾出个"S"形的水渍。

李鸢忙伸手揪住椅座上的铁杠子维持平稳："大马路上放开车把，你不靠谱儿啊，后头还坐着一个人呢。"他说罢接过耳机轻轻地扯了扯细线，凑近塞进了自己的右耳里。

"你信我的技术，没问题的。"彭小满边说，边故意展开两手放给他看。

"你还来劲了。"耳机里的旋律入耳，音量刚好。李鸢摸了摸耳垂，不信，说："你这东西又不考驾照，没个凭据。"

"校门口！你下回早读就站在走廊上看，你看我哪天压着铃进校门，那生死时速一百八十迈，车轱辘都蹿火星子了，看完你就信了。"

李鸢忍不住用手贴他单薄的脊背，额头靠上手背低低地笑了。

彭小满骑车的速度挺慢，近似龟速。他随手拨了一下脆响的车铃，拐进了两侧种满高大香樟的明溪路支巷，香樟的顶冠在高处交集，恍若一顶常绿的雨棚。一路的铺面小而零散，多是几平方米的私营小吃摊位，砂锅粉丝混着牛杂汤底的喷香，一不小心就扑了整条街，往过客的一对鼻孔里钻，勾着肚子里的小馋虫。

"哎，真的，你别不信。"彭小满不住地回头看，回头也看不到人，人在雨衣里。

这天下午是彭小满和（1）班两个嘴欠的学生误起了口角，打了场小架，一路撕扯着推搡到了二楼男厕。李鸢碰巧洗完手出来，转身见了，稍做逗留观看后，登时皱眉不爽——二打一欺负我们班的人像话吗？他路见不平，拔刀相助。

他顺手帮彭小满揍了对方一人一拳，打得两个人脸上留下了极标准的乌眼青。

动静闹得挺大，围观者众多，黑压压地在回廊里挤了满满一排，鼓掌叫好、吹流氓哨，弄得比街头耍猴卖艺的还热闹。结果在预料之内，事情层层上报闹得不小，他们几个放学后被一一请去了教导主任办公室听训。

教导主任、班主任、外班班主任横坐成一排，挨个儿疾首蹙额，正颜厉色，愤慨得不行，手指头恨不能把办公桌戳出个窟窿来。

——不像话。

——都还是学生吗？

——什么时候了还打架？！别忘了你们有些人还是重点班的！

——高二下学期了，还不收心？

——我替你去考高考？

——你为我考的大学？！

李鸢对这些话左耳朵进、右耳朵出，漫不经心地搔搔脑袋，时而低低头，时而看看窗外。

所有人按流程走一遭：道歉，赔礼，警告处分；检讨，三千字，一早交齐，一个字都不能少；班主任各自将人领回去好好管着，班会上要及时且重点批评教育。

杀人放火也就是这"老三篇"了，没叫家长算给你留条活路。

李鸢不怵打架也不怵写检讨，可想想既觉得冤，又觉得可笑。他和彭小满坐前后桌快三个月也没说过这么多话，都不知道这白斩鸡似的小个子爆发力还挺强，性格挺倔、挺逗，还挺能打。

彭小满听的是首日文歌，节奏感颇强，李鸢忍不住跟着腿抖了一路，到了地方，几乎要忍不住跟着哼了。

陆清远的父母不在家，他约李鸢和游凯风去他家里打游戏，临放学被叫去了英语老师办公室，爽约了。他把钥匙掏出来朝李鸢和游凯风一丢："你们先去，李鸢你上我的账号。"

陆清远家住的是老筒子楼，楼道里黑漆漆的，里面挂着一盏快断了钨丝的挂扣灯，潮气铺天，各种气味混杂。李鸢手里拎了一塑料袋零食，熟门熟路地上楼开锁，找着了正窝在陆清远的小卧室里打游戏打得忘乎所以的游凯风。

"你们在干什么呢？！都什么时候了，还打什么'大龙'①啊？！"

李鸢走近，眼看着两粒亮晶晶的唾沫星子划了个漂亮的抛物线落进键盘缝里，忍不住偏头皱眉，不待见地"啧"了一声。游凯风手里的键盘被他按得"噼啪"直响，弹钢琴的时候都没见他这两只肥白的"爪子"上下翻飞舞得这么顺溜，嘴也顺溜："你们还不快回来'守塔'②？！"游凯风不停地砸鼠标。

他骂得欢，脏字翻着跟头往嘴皮子外蹦。李鸢放下肩上的书包，弓腰低头去看他面前的显示器，看了两眼游凯风的操作，跟着一齐嗤笑："上路这几个都崩成狗了，还跟你'抢人头'③。"

"菜鸡！都不知道他们是'抢人头'还是'送人头'④，没他们的话我四打五说不定都能赢。"

"外头风大。"李鸢往他肩上一敲，"别张嘴闪了舌头。"

游凯风揉着脸一直盯着电脑显示器，乐道："在你跟前我不敢胡吹，跟他们比，

---

① 电子竞技游戏中的一种非玩家游戏角色。

② 在电子竞技游戏中守护防御建筑。

③ 指在电子竞技游戏中击杀其他玩家快要杀死的游戏角色。

④ 指在电子竞技游戏中，明知胜算不大或双方实力悬殊，仍主动迎战"送死"的行为。

我绰绰有余。"

一局战毕，游凯风才闭嘴。他拧开手边的一瓶矿泉水，仰头往嘴里灌。喝了半瓶，他去拿李鸢拎上来的两袋包子，放在膝上解开塑料袋的活扣敞开口，里头卧了四只滚圆雪白的热包子。

"什么馅儿？"游凯风伸手，拈了个松软滚烫的包子。

"梅菜。"李鸢坐回靠背椅上，一条腿支高，登上账号打起游戏的排位赛。

"哎，你没有买带荤腥的吗？没酱肉馅儿的啊？"游凯风嘴里叼着半个包子，还不死心地伸手去翻剩下的三个，结果看到一个梅菜的、两个豆沙的，全素，"我不是告诉你了吗？他们家梅菜馅儿的半点儿肉星子也没有，那哪儿好意思叫梅菜扣肉啊，叫'梅菜扣菜'差不多。"

李鸢敲键盘的样子都好看，他瞥也不瞥游凯风一眼："爱吃不吃啊，少唠叨。"

游凯风不吃荤能死，单凭体形也能猜出个大概，不过他跟李鸢都是身高一米八以上的，单看着人倒不会显得多臃肿，还胖得显匀称。他又是富二代，有钱能打扮，穿衣属于"嘻哈有我"那一路的。

真说起来，他这名字起得也确实好。"顺凯风以从游兮"，寓指一缕悠然而来的和暖南风，随耳一听，就能觉出是文化人给择定的两个好字。人也算是有一身文艺天赋，会点儿摄影会点儿钢琴，除了唱歌五音不全。

只可惜在特定的年龄里，有些玩意儿注定会被人贬成舍本逐末、不务正业的无用功。在自诩明白人、过来人，自诩太会知人论世的群体眼里，兴趣理想不能糊口，没有价值，趁早舍弃才是所谓通往罗马的明路。

所以老班专逮着他啰啰唆唆地教育，也无非是车轱辘话，劝他别无头苍蝇似的松懈着当一摊烂泥，整天就知道打游戏。老班又提起李鸢来，当出头鸟来类比教育——是，李鸢是也打游戏，但人家学习也一并抓，从来也不见成绩往下掉啊！哦，你小子倒好，一屁股坐在谷底，还真就安营扎寨不打算往上爬啦？！高二啦，也学着人发发奋，用用功，不蒸馒头争口气，别以后到社会上让别人戳着脊梁骨说，你就是个靠老子混的小二流子，屁东西不会！

游凯风被一通耳提面命，见惯不惊，既不气急败坏，也不幡然顿悟，回来笑眯眯地学给李鸢听，末了还指指自己的鼻尖："我还就是个靠老子的二流子，怎么了？

旁人有的靠？"

他觍着一张胖脸，欠抽得很。

游凯风从裤子后兜里掏了一部直板手机出来按着——还真不是他用不起好手机，是真架不住被校里的老师一点儿情面不留地一部复一部地没收。

"你那手没事吧。"游凯风指指李鸢虎口上的一块绯色的印子，"老大一块。"

李鸢打游戏发大招儿的手不停，目光跟着屏幕上的角色飞快地上下游走："我这是倒霉催的，就被那笨蛋飞了一拳，还磕到他的兔板牙上了。"

"真寸。"游凯风乐歪在椅子上，跷起二郎腿，"你回去不得把手泡脱皮？"

"没你那么夸张，"李鸢在游戏里走"中路"，"也就打算洗个一二十遍。"

"怎么，你今天运动饮料喝多顶着了？"游凯风把胳膊枕在后脑勺下，盯着李鸢侧面高出的一截鼻梁，"怎么想起来去管别人的闲事了，不像你啊？"

李鸢眼皮抬也不带抬地说："是，我在你的眼里，就是那种'事不关己，高高挂起'的人！"李鸢心平气和地沉默了一路，终于忍不住眉毛一竖顺口就骂。

打这个游戏就没有不骂人的，大家都这样。

"哎，我不是说你这个人，是说你跟彭小满……也没看出来你们多熟啊。"游凯风想起来一件事情，直起身来推他一把，"哎，我次次被老卫叫上讲台去罚写罚站，怎么没见你出声音帮个忙啊？"

"活该，记不住公式你自作自受。"李鸢抹了把显示器，"你没看见，打架那两个人今天眼都打红了，我要是不伸手帮一把，我看他们就要揪着小满的脑袋往墙上磕了，挺大岁数，打架连分寸都没有。"

说着，他回想起彭小满下午被人二堵一的模样：头发被弄乱了，校服的领口也被扯歪了，一截凸出的锁骨露在外面，瘦削的下巴与绷紧的下颌线一并抬高。彭小满瞪着眼，涂歪了口红似的嘴角通红，挑衅般边笑边喘，还能顺嘴回骂不休。他分明是处于下风，眼看着要打输的姿态，又比他往日三个月的每一个模样，看起来都更鲜明、活泛。李鸢思绪翻飞。

他看到游凯风听后耸肩极夸张似的打了个战。

"抽风？"

"不是，我就想说……你一口一个'小满'叫得跟你们关系多好似的。"

"滚。"

"我说真的。"游凯风手掌往下按按，"但这是他的名字的问题，不是你叫的问题，你息怒，你息怒，你打你的'中路'。"

李鸢没说话，在心里仔细琢磨了一下——好像还真是。"小"这个字做名取在当中，八竿子打不着的人念着都显得亲昵。

他还是得喊全名。

游凯风不死心地继续刨根儿问底儿："怎么就打起来了，他看起来不是挺文静的一个人吗？"

"你管那么多呢。"李鸢看了他一眼，笑着说，"不是一口一个不熟吗？"

"你就当我是狗行不行？我狗拿耗子，多管闲事了，你跟我说说呗。"游凯风嬉笑着往他跟前凑。

"离我远点儿，别碍着我操作。"李鸢拇指一挪，迅疾间狠戳键盘发完一技大招儿，侧身往边上躲，"因为那两个人嘴欠。"

"欠什么了？"

"欠……"李鸢顿了顿，腾出只手抹了把唇下顶出皮肤的几处青色须根，"说他什么爹不见娘不疼，整天跟在小脚老太太屁股后头讨饭吃什么的……"他不想提似的，话尾在嘴里含混着不吐。

游凯风听不清，皱眉抬手推搡他的肩："什么什么？什么爹娘？"

"啧。"李鸢不耐烦地咂嘴，"几个男的打个架哪儿那么多理由？嘴巴上长毛了吗？整天看不起这个那个的，滋事讨打。咱们学校里这种笨蛋还少吗？"

有的人顶着一下巴胡楂就当自己真是个什么龙太子了，也不去挂个皮肤科治治那一脸的闷痘。李鸢嘴上不愿说，但其实最看不惯那些偷着看太多黑帮电影，整天正事不干，净拿抽烟打架当多大本事的校痞二流子。

游凯风听罢，冲他比了一下拇指："你这独善其身的事做的，一句话把自己择得干干净净，境界都跟我们不一样了，厉害。"

"不错，咱们小凤凤都会活用成语了。"

游凯风咧嘴："谢谢啊，李弋鸟。"

打了两个小时游戏也没把陆清远等回来，临走，李鸢好歹从游凯风嘴里抢下两包零食给陆清远留下了，姑且当作是网费。雨依旧淅淅沥沥地下个不停，烟雨迷蒙。水坝街的夜色已经很浓重了，瓦青里揉着雪青色，窄路上一串霓虹灯，地上的积水折射出一地斑斓的颜色，像一处拥有独立世界观的平行空间。游凯风说要请李鸢吃碗云吞面再回家，李鸢摆手没答应。

派出所最近在整理案宗，林以雄忙得脚不沾地，家里没人照应，李鸢得赶紧回去给"努努"添碗猫粮吃。

游凯风冒着雨在路边招了辆要去交班的晚班出租车，司机左躲右闪着提速明摆着不愿停，游凯风一个猛子扎到路中央，好险没"英勇就义"了才给拦下来。走之前他往李鸢的口袋里塞了个硬纸盒。

"不是什么特别高级的，从我爸柜子里拿的，分你一份。"

李鸢看了他一眼，说："拿人手短。"

"别软。"游凯风狡黠一笑，说，"明天早上把数学卷子带来给我抄就行了。"

买卖不亏，李鸢当即和他击掌："成交。"

说完游凯风钻进车里，把车门"砰"的一声，用力一关。隔着扇车窗，李鸢都能听见那烫了头小卷的女师傅操着口地道的青弋口音，极不耐烦地叫唤起来："哎哟喂，我这新车，小伙子你手轻点儿，好吧？"

李鸢回了筑家塘，在巷口的一株合欢树下稍做停留收了折伞，不由自主地抬头望了望巷里深处。一楼几家的灯火连成昏黄一片。

他在楼栋里顿了顿脚步，才慢吞吞地甩了甩伞上的水珠，咳亮了楼道里的声控灯。

筑家塘的弄堂里，常年不大见阳光。楼上私搭的违规房"层峦叠嶂"，把阳光遮了个严实。偶然出太阳时，在楼上晒被子，"啪啪"一通乱掸，能落到一楼人家的锅里一层鸭绒一把灰。水泥地铺得更不好，坑坑洼洼的总是积着水，一不留神就"踩雷"，脏水溅满鞋面。整个弄堂里阴森森的，积年累月泛着股腐朽的霉味儿，不算好住处。

可架不住这里房价不高，又紧挨着青弋的一票老牌高中，算得上是热手的学区房源。因而巷内一楼，拥挤扰攘地住了许多租户。

彭小满是走读生，和奶奶租的就是这儿的房子。

李鸢原先一直深感自己后知后觉，竟然到入夏，才察觉出家门口搬来个同班同学，居然还和自己是前后桌。自己这是得多么两耳不闻窗外事，才能没有发现？其实他们根本都不是一心只读圣贤书的人。

这也不能怪李鸢迟钝。彭小满向来起得晚、走得迟，好打校规校纪的擦边球，有时候这边迷迷糊糊地还没把牙刷捅进嘴里呢，那边李鸢已经疾如闪电地到校啃起煎饼馃子了。物理和生理上都有时差，说出去都没人信，他们两个人早上从来没在里巷里正脸打过照面。

巧在老班那次漫长留堂过后放了学。

那天林以雄上早班，李鸢难得一次没瞎溜达，去车棚取了车径自回家，没承想和彭小满在华灯初上的夜色里极尴尬且不言不语地并行了一路。他们都以为是对方尾随自己，便脑子一抽，互相较着劲地不断提速，在大马路上骑出了一场"伪环法自行车赛"。等齐齐拨铃把自行车拐进了狭窄的巷内，李鸢才猛一按手刹，挑高眉，和彭小满微喘着气，大眼对着小眼，说上这学期以来的第三句话："所……所以，你住在这儿是吧？"

第一句话是彭小满插班转来的第一日，李鸢尽副班长之义务主动敲他的桌提醒道："领书、领练习本上教务处，行政楼二楼的第一个办公室。"彭小满仰头笑着礼貌道谢，李鸢回了第二句话，"客气。"

"算吧，我们家租的这里的房子。"彭小满登时不太明白眼下的状况该如何形容，拨了一下刘海儿有点儿气短，腿肚子发酸发软，想跪，"其实也就刚搬来不久……怎么你——是我的邻居？"

"半个。"李鸢啼笑皆非地伸出食指，指了指四楼，"这栋的402，我家，我在这儿住十多年了。"

"哎。"彭小满尴尬地侧头，侧边露出一截卷翘又乌油油的短睫毛。

这不是巧了吗？

李鸢体热，夏季尤其易发汗，游凯风总说看着他特别性感。这会儿工夫，校服里衬湿透了，正软软地垂挂在身上，下摆就着层薄汗黏在腰际处贴紧。

他索性就这么脱了上衣丢进洗衣机里，赤着上身去拉开了房里的半扇纱窗。屋外的车流噪声陡然增大，蕴满水汽的湿润凉风透过缝隙探进屋内，拂去了陈旧气息。

"努努"是只橘色的狸花猫，最不金贵的中华土猫。毛茸茸的大脸上仿佛写着"团圆"两个大字，嵌着一对湛清发亮的琥珀色眼珠，澄澈得像一潭水；不太认生，瑟缩着冲着人抬头张嘴"喵呜"一声，萌得人心花怒放，恨不能把命交出去，且难得地又乖又黏人，一点儿不高傲冷淡，性子倒像只小狗。

李鸢抬手取了冰箱上的大袋猫粮下来，"哗啦啦"地往墙根下粉色的小塑料盆里倒。

"努努"小声地"嗷嗷"叫唤，抬头，用温热的粉色肉垫一下又一下地按着李鸢牛仔裤的裤脚。李鸢看网上说，这是个标准的踩奶的姿势，是猫本能地想亲近人的意思。李鸢受用得很。

他的裤脚被他刻意剪短了一段，显得腿更长，一圈灰白的毛边下，还有意露出一截精瘦的脚踝。踝上戴着条穿了铜板的暗红色的绳环。裤边上溅上了积水，浸出一圈暗色的水渍。

"饿了？"

家里就一人一猫，没谁能给回句话。

真有人回了才活见鬼呢。

李鸢蹲下去揉它柔软的脑袋："这回挺老实了，没敢再跳上去挠袋子，被打怕了？"

"……"

"要不明天给你开个罐头吧？"

"……"

"乖啊。"

"努努"闷头吃饭，只一味伸着粉色的舌头卷一颗一颗猫粮进嘴咀嚼。李鸢伸手去捋它细长的米黄色须子，笑着看它一边摇晃着圆润的脑袋，一边不停嘴下的活计，"嘎吱嘎吱"地嚼出阵阵脆响。

家里通常都是这么安静又没人气的。

自打李小杏走了以后，家里大多数物件闲置，两个大老爷们儿住庙似的住着，青灯古佛超凡脱俗，连煤气灶也都不常开了，以至用手一抹，才发现罩子上落了一层灰。

李鸢的大半时间耗在学校里和来回的路上；林以雄那儿的管制辖区则地小人多，万户常住人口，今天你家丢了辆电动车，明天他家门锁打不开，鸡毛蒜皮的张家长李家短大小事不断，一轮班就难着家，一个派出所民警闹得比国际间谍还神龙见首不见尾。

"努努"多半是出去溜门缝靠吃"百家饭"为生，只到了晚上才知道踱步回来吃顿按时按点的正餐。李鸢也挺心疼、舍不得，又没辙可想。时常得闲，他才一边把它揽在膝上，帮它解着不知又被哪家好心人系上的名牌项圈，一边慢吞吞地替它掏着耳里的油垢，在它圆润的脑袋边絮絮念叨。

"你还知道自己姓什么吧，'李努努'？我告诉你，我允许你爱上别人家的饭，但绝不允许你爱上别人家的人。你是我的，烦请你记住，你的'铲屎官'只能有一个，就是我，坐在你面前的风流倜傥、玉树临风的我……"

也就是在猫面前了，李鸢真真切切是个断根弦的傻瓜，是个少年。

有人"咚咚"地敲门，李鸢猛地回神，应声翻了一下眼皮，他的眼窝深，便一下子拗出个欧式大双眼皮。他清了清含混的嗓子，从沉寂的思绪里回神，撑了把身后的白墙站起身来，应："来了，等一下。"

他以为是曙宏新村送奶的宋叔上楼收牛奶瓶子，想也没想，就拉开了里头的一扇木门："我去给您拿瓶子，稍——"

话说了半截就停在嘴里了。门口站着的不是宋叔，而是一个齐耳短发、略微佝偻、眯眼正温柔笑着的小老太太。

"是李鸢吧？哎哟，好高啊。"老太太说。

筑家塘的房子一九九几年建成，修得紧密，采光差且旧败，左邻右舍听风来雨，总说要拆要拆，都眼巴巴地翘首枯盼着市政通知盼了几年，也没动静。老房子格局陈旧，都不大装防盗门，一般装两扇门，一扇木的，一扇纱的。隔着灰色的蓝色纱门，李鸢伸手摸了摸裸露着的锁骨，看着老太太眨了一下眼。

这是谁啊？

　　她像是前脚刚从厨房里出来，腰上的围裙还没来得及摘，墨蓝底、白碎花，紧紧地绕了两圈箍在纤瘦的腰上；头发打理得很整齐，白多黑少，密密梳出光滑的纹路，一并用黑色的头箍熨帖地齐齐别到顶上。老太太精瘦，但面庞红润，鼻梁像卧进双眼中央的一块和田玉，能映出光似的光洁透亮。

　　李鸢觉得像隐约和她打过照面，又眼生得不行："您是……？"

　　楼梯口有徐徐的呼吸声和踢踏阶梯的轻微脚步声，李鸢顺手开了纱门，视线下意识地循声游移过去：彭小满嘴上贴了两片花里胡哨的创可贴，已经脱了校服，套了件印着卡通人物的宽大黑色 T 恤衫，踩着双热带风格的凉拖，搭着一截生锈的铁扶手，正站在楼道里轻喘。他先看了一眼李鸢，才微瞪着褐黄色的眼珠看门口的小老太太："您腿脚真快，一点儿都不像七十岁的老太太。"说话的时候，他也在微喘。

　　老太太在围裙边上搭着手，努个下嘴冲他眯眼："就数你慢，一点儿都不像十七八岁的小伙子。"

　　李鸢蒙了，脸朝彭小满："你……她？"

　　彭小满不太好意思地摸了一下后脑，解释道："这是我奶奶，非……说要来问你点儿……情况。"

　　说完他微不可察地挑了一下眉，指了指自己的嘴角。

　　李鸢了然，继而才猛地反应过来什么，蹦着向后大大地退了一步，光着的腰脊"哐当"一声，撞上了鞋柜，"吧唧"晃掉出一只四十多码的黑皮鞋："您，您，您等我一下，我，我先进去穿件衣服。"

　　彭小满探头，看他一边提着裤腰去遮露出来的一截内裤边，一边慌不择路地往里屋跑，就忍不住偏头按着嘴角憋着笑。

　　老太太两手揉搓，冲里头喊："我一个小老太太，不忌讳这个哟，你不着急哟，慢慢的啊！"

　　这话还莫名其妙地有点儿调戏的意思。

　　李鸢胡乱拽了件林以雄的跨栏背心，套上后低头飞快地看了一眼胸前，遮着没露，经过卫生间时还钻进去光速漱了口——有什么用，该看的都被看清楚了。

　　"有事您就问，知道的我都跟您说。"李鸢抹了把下巴上挂着的水迹，侧身让开了地方，"要不您和小满进来说吧？家里没别人。"

"哎，不用客气，不用，不用，没大事，在门口说就行，进去把你家踩脏了。"老太太说话是青北口音，只大段去听没什么关系，但个别发音还是比较特殊的，诸如"然"会说成"兰"，"搞"会说成"苟"，整体听着平缓温软，结尾处语调会稍俏皮地向上走。

彭小满背着手直直地站在老太太身后，听楼道里回响着幽幽的雨声，抿着嘴，转着眼珠子低头看脚，不出声音。

"我啊，没大的事情，就是想问问，我们家这个小满呀，脸上这个伤是怎么回事呀？"老太太皱着眉头，指指身后，低声说，"他是不是和人打架了呀？哦，我的乖乖，我看他一回来就在脸上搞了那么大一块伤！问他呢，小兔崽子也不跟我说实话。"

李鸢听完，不动声色地将视线落向彭小满，见对方冲自己利索且不着痕迹地挤了一下右眼——别说实话啊，壮士！抱拳。

喜闻乐见。李鸢抬手顶了一下鼻尖——行吧。

"没，奶奶您放心，他没打架，我坐他后桌，这我知道。"他一张嘴就是句好言好语，谎撒得一点儿也不怵。

彭小满这才一脚迈前一步，摊手，明显是充满了底气："您看吧，您看吧！我说我没打架，您非不信，这回您信——"

"你别说话！"老太太回头，伸出胳膊肘在他的腰上虚撞了一下，又回头说道："那，小鸢啊……"

李鸢听了愣了愣，随后笑了笑。

"哎哟，人家叫李鸢，你非管人家叫小鸢，他跟您熟吗？"彭小满继续蹿进来插嘴道。

"哎呀，就你嘚啵嘚啵的话多，问你你不说，现在嘴溜，有你的事吗？边上待着别出声，紧着我先问！"老太太回头一摆手，张嘴训罢，又转过头冲着李鸢弯起眼睛眯眯笑："管你叫小鸢没关系吧？"

李鸢摇了摇头："随您高兴。"

"既然不是打架……那就麻烦小鸢你告诉我，我们家小满是怎么把嘴弄成那熊样子的？你是副班长吧？小满说你在班里学习好，又有责任心，老师也信任你。你肯定知道实情吧？"

"他……"

彭小满刚要冲他虚比个口型，就见老太太飞快地回头，对着彭小满的鼻尖抿嘴虚点了点手指头："不管他，小鸢你说。"

李鸢看老太太目光灼灼，一时窘迫，摔磕砸打踢掼碰在脑子里绕圈，电光石火，三下五除二，随口抓阄抓了一个选项："磕了，他磕的。"

彭小满当即在背后撑了一下额。

"磕的？！"老太太登时挺惊诧，半信半疑。

看她老人家皱眉，李鸢暗道不好：失算了，不准确。

"告诉我，他磕哪儿啦？"老太太狐疑地回头问彭小满。

"磕嘴了。"彭小满悻悻地说，指了指创可贴，露出一个标准的假笑。

"我是问你嘴磕在哪儿了？！"

彭小满眨巴眨巴眼睛，顺势又望了一眼李鸢，磕磕巴巴地说道："是磕……磕那个……门上了？"

"是你问我，还是我问你？"老太太伸手把彭小满往李鸢跟前轻轻一扯，冲门骨上抬了抬他的下巴，"来，门框在这儿摆着呢，也长不了腿，跑不了。再磕一个给奶奶开开眼，就照嘴巴角那儿磕，别磕歪了啊。来，你磕。"

李鸢想笑，抬起头忍着。

彭小满偏头瞪了他一眼，锅瓢一甩——蒙不住啊！你干吗非说是磕的啊？这怎么看也不像啊！

李鸢垂了一下眼皮复又往上一抬，眉头一耸——废话，你又没给我打预防针，你怎么不说你刚才告诉她"磕门上了"呢？

彭小满轻轻咳了一声，扯了一下宽松的衣领——我圆得上吗？

李鸢摸了摸鼻梁——试试呗。

"奶奶，您听我说。"

李鸢张口就是一句《红灯记》的唱段，提了把跨栏背心，伸手勾住彭小满的肩，施力把他原地转了半圈："我们呢，今天下午不是上老班的数学课吗？您家彭小满，老班特别喜欢，还是数学课代表呢，然后，他不就被叫去帮忙把练习册搬着送去办公室吗？……"

彭小满没说话，极配合地摆了个虚托书的动作，俨然一节无实物表演课。李鸢伸出只颀长的胳膊往他的颈上一勾，彭小满顿时就觉出对方身上的一股柔顺剂味萦上鼻端。

"我当时就这么勾着他，商……商量……商量中午吃什么！我说吃食堂的炒粉，你们家彭小满不乐意呀，说要吃馄饨；我说馄饨吃不饱，还是得吃炒粉，他又嫌炒粉油重……然后我们就这么走啊，说啊，就，就走呗！"

两个人在楼道里勾肩搭背地原地绕着老太太转圈，嘴里不停絮絮叨叨。彭小满紧跟李鸢的步调，怀里虚托着的一沓练习册，也极"敬业"地没舍得撂下。

"走着走着。"李鸢步子猛一顿，彭小满不设防，没跟上他的节奏，差点儿左脚绊上右脚。

"奶奶，您想啊，课间人多啊，我们就看到回廊前面有几个隔壁班的人正巧在走廊里追逐打闹，两三个人迎面跑着就冲过来了。"李鸢竖起手掌，"我就说'哎，小心，让着点儿'，然后就勾着他的脖子一把扣着他往边上靠。"李鸢的手顺势越过彭小满的脖子勾上了他的左肩，扣上了锁骨。

彭小满觉着领口一紧，反应过来时人已经后退着趔趄了一小步，被李鸢胳膊一抟给原地抢到了一边。

"我就这么一使劲使猛了，就看您家彭小满原地被我带得转了两圈。"

李鸢飞快地使了个眼色——转。

彭小满脑门上青筋一跳，虚托着书，跳芭蕾似的原地转了两圈。

"然……然后……他没留神就脚下一崴。"

彭小满应声配合地虚崴了一下脚踝。

"接着，脸就冲着门框，'咣当'一声！磕到隔壁班的后门上了。"

彭小满稳了稳转圈走歪的身形，找回重心后往前猛大跨一步，脸贴着李鸢家的门框一仰一磕，自己还"咣当"配了个拟声词。最后胳膊一撂，"哗啦"，以书撒一地的效果利索地结束收尾，动作行云流水一气呵成，完美。

"那嘴吧，我看当时就肿了，倒是没出血。"

彭小满磕罢，强捂着半张脸，背对着他的奶奶，憋笑憋得肩膀微颤，很欠。

李鸢看彭小满笑，自己一下子也不太憋得住，忙收敛眉目，牵制着颤着的嘴角，继续满脸正色、极其敬业地圆谎："真的，奶奶，他是赶巧了，正好磕到嘴巴了，可能一辈子也就能磕上那么一回，跟中彩票一样，您……您其实别指望还能原景重现了，他自己肯定也纳闷，怎么能磕得这么准呢？"

彭小满到底没忍住，听完"扑哧"一声破功了，蹲在地上笑得全身止不住地抖。他脊背弓起的线条流畅和缓，像速写本上顺势而下的潇洒一笔。

说谎话的功夫真是强。李鸢说完也偏头遮着嘴，挣扎着强撑最后的防线。

"完啦？"老太太像一气听完了一场黄梅戏似的静静地立在一边，末了往耳后别了把头发，叹了一口气，"两个小子就拿我一个小老太太当四六不通的傻猴耍是吧？哎哟喂，这一通演哟——"老太太摇头，稍往里瘪的小嘴直撇，"你说，你们两个人要早生个十几年，现在的相声名家就是你们了！啊？小满，你跟奶奶说是不是？"

彭小满转头冲她乐，鼻尖笑出了层淡绯色："我们没演！"

"你再说？你再说？你摸着你狗啃的小良心再说一次我听听？"老太太扬手想打他。

良心不值钱，彭小满无所谓地依言将手扣上左胸膛，朗声说："我彭小满摸着良心说，我要是——"话尾戛然而止，顿了顿后他急转话锋，耸了耸鼻子，"您……您灶上的绿豆汤快溢出来了吧？"

"哎哟。"老太太听完怔了怔，继而手往大腿根上一拍，"哎哟，哎哟，哎哟！"

"您看，谁让您急匆匆地出门，不记得关煤气灶！行了，快回吧，别把家烧了！"彭小满嚷嚷道。

李鸢偏头看她着急忙慌地手擦着围裙，两脚开合"噔噔噔"就转身下了楼。她一面小跑起来，一面念叨："你小兔崽子不说我都忘了！"

"奶奶您慢点儿！"李鸢低头嘱咐了一声，转头又问彭小满："哎，没拿伞吧？外头还下着雨呢。"

"没事，楼上的外挂机遮阳棚、暖气管子挡那么齐全，她是属黄花鱼的，溜着边儿回去，一点儿都不会沾湿她。"

"你一句话就把奶奶给弄回去了，你怎么早不说？"

彭小满蹲在地上仰头冲他乐，露着一口白牙："刚想起来。"

两个人这么一对视，皆没忍住，同时偏过头手撑着额头傻乐了五分钟没停。

"说真的，"彭小满揉脸，"说真的，你那口才和临场发挥啊，拿上一块惊堂木，还真像那么回事。"

"何止，祖师爷赏饭吃。"臭不要脸，李鸢面不改色地顺杆爬，说完又问道，"麻烦你下回来这么一出之前，能不能跟我串个供啊？这还没蒙住呢，你当她真信了啊？"

"她爱信不信，反正也舍不得多骂我，蒙过这阵子就行。"彭小满弯着眼睛低头，去抠凉拖里冒出的一截青白瘦长的脚趾头，"也怪我非多一句，跟她说'你要不信问我们班级前三名去，就住边上四楼'，那我哪儿知道她脚一撂还真来啊。"

李鸢倚在墙上，挑眉说："对，然后你直接甩锅给我了。"

"那……那你不是副班长嘛。"

"我是副班长就活该帮你兜着？"李鸢接着乐，"亏我临危不乱。"

"你脑瓜子转得也很快。"

"谢谢你。"

彭小满抱拳："客气了。"

"努努"听了门外的动静，不知道什么时候顺着墙根踱着小巧的步子出来了。走到彭小满面前，它抬起左爪胡噜了两下脸，继而两爪一并往他膝上一按，下巴往上轻轻一搭。

"吓我一跳。"彭小满冷不丁被蹭了一下，先愣了愣，接着低头看，眼睛登时就亮了，"这原来是你家的，不是野的啊？妈呀，特——可爱，我奶奶还总给它喂点儿饭呢。"

李鸢往前走，挺不乐意地抬脚踢了它的屁股一下："跟谁都亲热，都跟生它养它的似的。"

"努努"伸着温热的小舌够彭小满的指头尖，彭小满便一点儿也不嫌弃地伸手任它一下一下地舔，被弄得痒了，手一缩一颤，嘻嘻直笑："有名字吗？"

"'努努'，'努力'的那个'努'。"

彭小满听了抬起头："'努努'？你打游戏吧，副班长？"

"你也打？"李鸢环臂倚墙，"你还别跟我强调'副班长'，学生会主席也天天打游戏。"

"偶尔来两把排位赛。"彭小满一边撸猫，一边抬头给他比了个拇指，"我就是一个送'人头'的菜鸟，玩一会儿就得被人骂得找不着北的那种。"

李鸢看着他褐黄色的瞳孔在昏黄的声控灯灯光下，明亮而色浅，像稀释上了一层透明的指甲油，介于琉璃色与琥珀色之间，瞳色稀罕，很不符合东方的审美，又给人以能一眼勘透内里的错觉。

"你家里现在就你一个人在啊？"彭小满突然似笑非笑地发问，话里没有什么特殊情绪，就像"你多大啊"似的，轻松、自然、不冒犯，居然让人听着很舒服。

李鸢摸了把脖子："我爸今天上夜班。"

"噢。"

李鸢心说：我是提我妈呢，还是不提呢？

"羡慕你，一个人在家里想干吗就干吗，像我家里蹲着那位老佛爷，又不上班，哎哟，除了我上学，别的时候恨不得时刻在我旁边盯着我转。"

"你就是纯属被偏爱的有恃无恐。"李鸢勾起嘴角倚墙笑，"一日三餐用你操心吗？你的手沾过洗衣服水和刷碗水吗？"

彭小满咂了咂嘴，龇牙笑："确实没有，所以她骂我爸可狠了，说我爸就是一个老讨债鬼，自己拉扯我爸不算，还得替他拉扯小的，非得身子入了土才清闲。"

李鸢听罢，又靠着墙笑得不能自已。

一蹲一站，隔着三两步的距离，两个人你来我往地又多说了好些话，弄得倒像真有多熟似的。临下楼回家，彭小满为了以示感谢，说第二天早上要给李鸢带早饭。李鸢心说：就您那到校时间，等你来了我饿得两眼昏花只能偷着在课上吃，真要谢我不如替我写了那三千字检讨。李鸢想了想也没拂他的一番好意，点头应了："行吧，给你留肚子。"

隔天放晴，雨停风静。早起天色蒙蒙，天际连绵至窗外的香樟树梢，像青弋市立博物馆里的镇馆之宝，那只完整而成色极佳的天青色汝窑莲花瓷碗。

连通鹭洲的青石长桥叫作晚桥，据说原因是早年在书院读书的一名明末的苏姓

举人，一日黄昏在桥头目睹红霞落满乌南江，当下有所感触，提笔而就，给它择定
了一个"晚"字。

"鹭高"的学生都挺想不明白这个名字妙在哪儿，明明既普通又没什么创意，
听起来还很丧气啊。去糟粕留精华，现代人真没必要非把古人留下的文墨遗迹都
当个宝贝似的一直捧着。兴许那个姓苏的举人当时也就是个差生，顺嘴吟咏一句
"晚桥"，就跟游凯风在大作文里生憋硬凑一句"啊，这绿油油的美丽校园啊"，意
思差不多。

天没亮透，且还在天际东头抹了一道铅灰痕迹，桥上就已经停了不少卖早点的
流动摊位，从桥头一路至桥尾，十七八家不带重样的，包子、油条、豆腐脑，山南
水北，一应俱全。"鹭高"其实明令门口不让摆摊，常让老师挂着胸牌出来恩威并
施地驱赶，可小贩们是什么人物啊，身经百战、斗智斗勇，挡我财路者，咱们看谁
耗得过谁。

李鸢惯买桥尾那对夫妻家的山东杂粮煎饼，是不是纯正的山东杂粮不清楚，
好吃、管饱是真。李鸢多数是让加火腿、加馃篦、加鸡蛋，不放辣子不放葱，花
五块钱买上卷成脸那么大的一个煎饼，再拎一杯不加糖的杂豆浆，齐活儿。买的
次数多，他跟老板都熟了，连小夫妻俩上初中的顽皮儿子期末考年级第几名都聊
清楚了。

李鸢蹬着车子扯了把衣领，老远就见小夫妻俩起身，正目光灼灼地冲他微笑。
他这天不买煎饼，顿觉窘迫，于是车蹬快了些。等老板娘伸手舀了一勺面糊子悬在
饼铛上晃了晃，正要出声音问句"还是老样子，来一套不放辣子和葱花的是吧"，
他已经踩着山地车一溜烟就蹿没了影。

我心虚什么？也不是我不买他家就会倒闭。李鸢心里想着，向门口看报纸"窸
窸窣窣"半小时不翻页的何大爷点了一下头，提了提衣领。他把车推进车棚，弓腰
把锁头往前轮上"咔嗒"一按，再抬头四顾，左右没瞧见彭小满那辆"岁月静好"
的自行车。

他就等着吧。

游凯风拎着一袋包子、喝着一盒酸奶走进了高二（2）班的教室，在李鸢身后
的位子上坐下。他伸脖子见李鸢的腿跷在桌上，横着部老人机在玩"俄罗斯方块"。

"煎饼馃子侠，你的煎饼馃子呢？"游凯风带着一身室外浸润的潮气，抹了把湿润的头发，挠了挠头。

"你猜猜。"李鸢不抬头，双脚伸进抽屉肚里，一直盯着老人机小蓝屏上越落越快的方块，拇指跟着节奏在软键上左右挪动，"不擦干头发小心长虱子。"

"湿什么？你打到第几关了？"游凯风放下书包，看他玩得认真执着，满脸严肃，眉心正蹙成纠结的一个"川"字，"玩得真够明目张胆，欺负教导主任起得没咱们早，是吧？"

"四百二十四。"

"多少？"游凯风先是惊，再是更惊，"'俄罗斯方块'有四百多关吗？！"

"是，凭你那基本告别自行车的智商，三十关就歇菜了。"李鸢目不转睛地说。

"滚。"游凯风笑着把练习卷裹成一卷往李鸢肩上搡去。

手机忽地响起滑稽的提示音。李鸢脚一落地，手下的动作突然一顿，紧接着"啪"地把直板机往桌面上一扣，把"屎盆子"丢给游凯风："就被你推死的。"

"哎，对，你数学考不上一百四都怪我坐你后头影响你的风水，你个臭不要脸的。"他手往前一伸，往李鸢下巴上逗狗似的挠了挠："来，兄弟，说好的作业啊，快点儿！老班今天来看早自习，晚了就来不及了。"

李鸢拍他的手心："先把包子分我一个。"

"你没吃早饭啊？"游凯风解开塑料袋，拣了一个酱肉馅儿的包子递过去，"我看您一尊大佛似的坐这儿，当你都消化完了呢。"

他吃个屁。

山迢迢水长长的，彭小满起没起还没准儿呢。

我就不该应他。

李鸢把包子吹凉，咬了两口才吃到了指甲盖大的肉馅儿。他抽出屉肚里的一沓白花花的试卷往后一扔："我也不一定都对，'答'字也没写，你自己记得补上。"

"哎哟，你还打算做对？学神脑子想的东西和我等凡人的就不一样啊，我啊，能让老班瞧出来我这卷子是碰过的就成。"

"那你在地上踩两脚交上去多方便？"李鸢趴倒嗤笑。

游凯风抽空冲他比了一个熘肥肠似的不文明的手势，再利索地用手把卷子横铺，手掌抚过摊平，水性笔在右手里转了一圈落下，瞬入无我之境，抄得笔下生风，眼睛都不带眨。隔了两秒，他抬头冷静地叮嘱："顺带帮我看着点儿门外。"

等彭小满腋下夹着雨衣，提着个审美成谜的碎花布的小手提袋进教室门的时候，（2）班的人稀稀拉拉地到了一小半。他不慌不忙，哼着首不成名堂的小曲拉开椅座，后边的李鸢已经饿得背起了元素周期表，胃里打着鼓点节奏。

"氢氦锂铍硼，碳氮氧氟氖，钠……"李鸢盯着他的后脑勺，抬脚往他椅子腿上踢去，发出"咣当"一声，"哥？我这边饿得脑袋上全是金星，眼看着就要发财了。"

他就差没上嘴啃桌子了。

"别啊，"彭小满顿了一下，放下书包回头冲他笑，"哦，你说那个亮闪闪的金星啊？我以为你说的是那个舞蹈家呢。我错了！我给你拿，我给你拿。"

这天的第三四节是体育课，按规定可以不穿校服和校裤。彭小满穿了一件白色的薄T恤衫，前摆短，后摆长，肩上彩绘了一块披肩似的图案，像在身上扎了一条针织的黑色长衫。嘴巴上的创可贴前一天是黄色的，这天换了两个粉的，也不知道是谁给他买的，上头印着花里胡哨不成体统的卡通图案。

后头游凯风抄试卷正抄到压轴的一道等差数列，李鸢这种删繁就简的高级学霸，难得密密麻麻地列了步骤，认真地推导了满满当当一整页纸的公式。游凯风琢磨自己这水平多半也做不出来，随手瞎誊了两个似是而非的公式上去，齐活儿。

他听前面的两个人絮絮叨叨有动静，将笔一放，抬头看，一眼就愣了："我——的天。"

彭小满正漫不经心地把小提包里的保鲜盒子一样一样地拿出来，端端正正地摆满了李鸢的课桌。李鸢直直地盯着盒子里花色繁多的小点心，吓坏了，半张着嘴，一时不知道该说什么好。游凯风一嗓子把四下里老实坐着各干各的事的学生都给招来了，众人纷纷探过头来一看，盯着李鸢的桌子"我的天"地出声。

"我说你怎么生挺着不吃早饭呢，原来是有人把御膳都送你嘴前了！"游凯风伸长脖子去瞧，"你们家是开点心铺子的吧？"

一旁的猴钟齐把手里的一摞单词卡一合，瞧见桌上那金灿灿的一小盒东西，推了一下黑框镜说道："哟，这不是挞粿吗？青北那边的名吃，做这玩意儿特别费工夫。"

"是吗？"李鸢伸手拿了一块小的掰成两半，没留神掉了一手心酥脆的饼渣儿，转过身去找游凯风要纸。

"有眼力见儿。"彭小满冲缑钟齐打了个利落的响指，"一半是槐树花馅儿，一半是竹笋鲜肉馅儿的。"说罢又去指另外的几盒东西，"还有这个，绿豆兜，甜的，里头有红豆泥；那个是绩溪饼，咸的，里面是梅菜馅儿的有点儿辣；还有这个青团，豆沙的；那个是粉果，糯米皮里头有肉和虾米。"

彭小满报菜名似的介绍完，冲李鸢拱手，戏精附体："谢李少侠昨日仗义相助之恩！"

李鸢挺尴尬，虚抱拳回礼："彭少侠客气。不是，你也太老实了吧？"他抬着眼睛挑起了眉，"你家真是开点心铺子的？"

"我们家祖上数十代就没有做生意的。"彭小满摇头，"我家是家有一老，如有一宝。"

李鸢继续挑眉，看他眼皮上的那道细褶："全是你奶奶现做的？"

"动点儿脑子啊，大神，全现做那她一晚上别睡了。除了挞粿是昨晚炕的，其余全是速冻的……哦，对了，对了！"他转头又去掏抽屉肚里的保温瓶，"绿豆汤！昨天真焖锅成'干煸绿豆'了，后来又添了一瓢水，可能有点儿煳，您凑合喝吧。"

说完他冲李鸢抬了抬下巴，意思是说：请吧少侠。

"你这么富丽堂皇地摆一桌，我害怕。"

"那我……我还得找人给您试个毒呗？"彭小满忍不住逗乐，"你要是吃不掉那就分啊！"彭小满两腿跨在椅子两边，撑着椅背站起身，朝后头几个同学招招手："吃了的、没吃的，都过来尝点儿呗，那什么，苏起、周以庆！都过来随便拿吧，给李鸢留点儿，够他吃就行。"

李鸢一听他要把苏起招过来，太阳穴一抽，"啧"了一声来不及出声拦，便忙低头摸了摸脖子，往里不自在地侧了侧身。

缑钟齐拿了一块槐树花馅儿的挞粿，用手接着掉下来的饼渣儿："我就尝尝这一个就行。"

周以庆扯着苏起的胳膊跨过拥挤的桌椅板凳过来，弓腰去瞧绿豆兜，别了一下耳边的头发对彭小满笑："真的随便拿呀？"

　　她见彭小满笃定地点头首肯，便回头拽苏起上前，把苏起往李鸢眼前搡："拿呗。"

　　苏起个子矮，杏仁眼、尖下颌，乌黑的头发披散着过腰，扎成韧又柔顺的一条马尾，刚好垂在胸前，衬得身上的校服干净雪白。她扯了扯周以庆的胳膊摇头，顶了一下鼻梁上的椭圆形镜片："你别了，人家那是给李鸢的……"

　　周以庆听了这话转头去看李鸢，问他："你吃得完吗？"

　　李鸢摇头。

　　周以庆拍手："你看看！他都没说个'不'字，你还矜持了。"

　　话音一落，除了苏起和李鸢本人，周遭一众人包括彭小满在内，全心照不宣地笑出声，紧接着装模作样地抵着鼻尖，清了一下嗓子。

　　"你……你瞎说什么呢？！"苏起生了颗小痣的鼻尖霎时染上绯色，她绕了把发尾，瞪着眼睛去掐周以庆腰上的软肉。

　　"哎，哎，哎！错，错，错，我错了，我错了，姐！我嘴欠，你别掐我的痒痒肉行不？"周以庆后退着讨饶，缑钟齐顺势伸出手腕撑了一把她的腰："小心。"

第二章

摘枇杷

蝉虫未鸣，但天气热得比往年早些。方入夏的太阳也不仁慈，恣意随心地把地表映得光亮滚烫。阴雨摇曳过境，回馈一层稀薄的湿润水汽，顷刻也被烘得了无踪迹。小姑娘们怕被晒黑，躲进田径场东角香樟的树荫里；男生被一记亮哨催下来跑一千二百米长跑，躲不开、推不掉，只能用 T 恤衫兜住头，怕被日头晃瞎了眼。

游凯风身上是件黑色 T 恤衫，略收腰的样式裹得肚腩突出，胸口中间还设计了一个十分对称的圆形印花图案，生生把自己打扮成了个靶子，看得人手痒，想对准他狙击。李鸢立在红色的橡胶跑道上，一只手扯着领口前后扇风，一只手在额上支了一顶简陋的"遮阳棚"，阴影里的眉眼更显深重。他上下看了游凯风一眼："你是时刻准备着被击中吗？"

游凯风翻白眼骂："你懂时尚吗？"

原本，鹭洲中学每年都要和青弋八中抢那几个不多的重本上线名额。两所学校明面上摆着"明理笃学，合作共赢"的笑模样，私底下却一贯较劲比着达线率，几十年前就有着剪不断理还乱、犹如命中宿敌似的羁绊。在私立高中遍地开花的这几年则势头更盛，用愈战愈烈来形容也不为过。

这年的春节前，教务科领导听说"青八"减少了高二至高三的体、音、美副科，集中全部精力备战高考，尤怕本校学生跟不上趟儿，便也大手一挥，把副科——从"鹭高"高二和高三的年级课表里削了大半，且美其名曰：实验性微调。

也不知道是遭人举报还是人算不如天算，学校里上个月收到了上级下达的一纸通告。通告上字句委婉，有理有据："二十一世纪的教育是全方位的教育，应当以培养创新思维为重点，关注个体，学生也理当德、智、体、美、劳全面发展，其中体质教育密切关系到学生的身心健康，更是一项不应该被忽视乃至私自省略的重点……"

删繁就简就是一句白话——想抓升学率，先让学生通通过了体质测试再说，别自己想一出是一出。这边先给你个警告，上头又马不停蹄地安排了一拨省级领导下来巡察，吓得"鹭高"忙装模作样地栽了一排小白杨，全校学生也被硬逼着打了半个月的领结和领带，紧抓仪容仪表。连万年难遇鱼虾的校食堂，也猛放了一次血，免费发放了半个月的酸奶和苹果。

于是平素我为鱼肉、任人宰割的体育课一下腰板笔直，学生们一个个眼看着体育老师头一次挺着腰进了教室，被杀了记猝不及防的回马枪。

上个星期其实刚跑完一千二百米。常年伏案不抬腿的半个班学生绕着操场跑得要死要活，两片肺叶子破风箱似的快蹿了火，生喘出了一曲人声合奏的节奏布鲁斯曲。等"残花败柳"们一个个苟延残喘地挨到了终点，树荫下的体育老师掐表一看，瞪眼——哎哟，怎么不显示了？

他敲敲打打再看，了然——哦，可能太久没用，接触不良了，不好意思。

全班学生没分数。

李鸢和游凯风还就奇怪了，这算是积怨已久一朝释放吧？这老师怎么没一人一口把大家活活咬死呢？可咬死一个还有千千万万个。没辙，大家拾掇好想杀人的滔天怨气，下周老老实实地重跑。

游凯风像煞有介事地挽高了裤脚，一副秧农打扮地挣扎着两条肥腿，荧光绿色的限量气垫鞋亮得辣眼。他一直盯着前方树下，一指，咂嘴不满地说："凭什么彭小满他每次都不跑啊？"

李鸢转动脖子，往那棵粗得要两个人合抱的香樟下瞄了一眼，看见彭小满优哉游哉地歪坐在一截温凉的仿古石凳上，正分外小心地撕着嘴边的创可贴，约莫感到了细微的牵痛，龇牙咧嘴。

"你有本事也去医院弄张假证明，说你有支气管炎加哮喘，一跑就得少半条命。老班要是信的话，那还真是这五十多年的大米饭都吃狗嘴里了。"

李鸢弓腰，掌根抵着膝盖："没别人那么娇弱招人疼，就别想着歪门邪道。你也跑两圈减减肉，要不你以后找个女朋友，对方看准的也是你家的家财。"

游凯风被他呛声惯了，波澜不惊，自动筛掉这一句夹枪带棒的话："那你说他那个医院给开的证明是真的还是假的啊？"

李鸢乐道："我怎么知道？"

在筑家塘里找一家诊所开个后门，给江湖郎中好言好语地多塞包烟，一天能开出一百张证明。他管那么多？

"那你信？"游凯风冲树下抬了抬下巴。

李鸢说："我信不信不重要，老班信。"

彭小满确实一次正经体育课也没上过，每次都和零星几个处于生理期的姑娘混坐在香樟树下的石凳上。一边不嫌丢人地跷着条细溜溜的腿，手撑着下巴，一边笑眯眯地望着班里的同学散漫地举胳膊抬腿，哼哼着"一二三四，二二三四"，像一尊入定的老佛。

这小子笑起来，给人以云消雨霁、骤然天亮之意，其实是胜在他眼角眉梢的天然弧度，嘴角又翘翘的，只是又让人感觉，他这天色只是晴一刻的，眼中雨云始终没有全然散去。

倘若体育老师偶然想出个鬼点子，搬来软垫、排球和坐位体前屈器材，在地上一放，班里必定跟听见"明天要理综小测"似的响起哀号声，再来几个好事的男生老远指着他大声笑骂——你少在那儿装虚扮林黛玉啊，赶紧过来跟我们一道受着！

大家哄笑一团。彭小满便离得老远地吹一声流氓哨，晃手指。

没门儿。

谁也不知道他是真有哮喘还是假的。

体育老师皮黑如炭，高高的发际线衬得脑门卤蛋似的锃光瓦亮。他拿着粉笔撅着屁股，在跑道上画了条蚯蚓似的蜿蜒斜线，紧接着把钢哨抿在嘴边："来，全部靠线准备啊，以我的哨声为准，不许抢跑，这次争取全部及格，你好我好大家好啊。好！全体都有！准备——"

所有人霎时心弦一绷，腿肚子缩紧。游凯风趁机戳了一下李鸢的蝴蝶骨："朋友一生一起走，谁先跑远谁是狗。"

"你怎么还连说带唱带单押的？"李鸢把短袖翻折到肩上，小臂和上臂被晒出分明的两色，他皱着眉回头，"等你我就挂科了。"

游凯风把食指和拇指并在一起搓了搓，神容猥琐地说："稍微，我说稍微。"

"好，稍微。"

体育老师后退两步撤到两边的白线外，一不留神在排水沟处崴了一下脚，紧接着慌忙正色，在一阵极低的小声哄笑里稳身定神，抬高黢黑精壮的左臂，依势挥下，猛一吹钢哨："走！"

应声出发，游凯风眼看着周遭的几个身影"嗖嗖嗖"地破风"发射"出去，蹿得一个不留，剩得身边空空荡荡一根毛都没有。

游凯风吃力地摆臂，在后头冲着众人越来越远的背影怒极高喊："说好的'稍微'呢？又让我跟着吃灰！都是骗子！没一个仗义的！"

"说话岔气了更跑不了！闭上你的嘴跑！"体育老师冲他吹哨，"用鼻子呼吸！"

缑钟齐在一片笑声里推了一下黑框镜："傻得天真。"

"别理他。"李鸢侧头乐，拿胳膊肘顶缑钟齐，"他命中注定就是要战死操场的，看着吧。"

彭小满被晒得惬意，扯了根香樟上将抽的青芽叼进嘴里，用牙齿嗑着根茎处，甜中略微又带着尘土的一点儿涩。他一边跟着男生前进的步伐打着利索的响指，一边絮絮地哼歌，降了音调，比原曲拖沓些，也温柔收敛些。

"第一名，缑钟齐，三分六秒八七。"

体测结束，彭小满手里拿着新换的秒表，弓腰看着老师趴在石凳上誊写分数，被一群好奇着探视成绩的女生牢牢地包围住。

"第二名，李鸢，三分七秒一一。我的天，都这么快？"彭小满挑了一下眉，忍不住咋舌，"都是属火箭的吧……"

老师抖了抖纸上落下的一片叶，抬起黢黑的脸直乐："哟，那你们两个人等于同时撞线啊，就差了不到一秒！"

这边的李鸢没说话，倚着树喘得胸口起伏，鼻尖浮汗，濡湿的额发贴着他清俊的眉峰，背上浸湿出一大块蜿蜒的"地图"。倒是缑钟齐摘了眼镜，横躺在一块绿油油的地上，一只胳膊横在眼前，一只手指着李鸢："最后一圈他被陆清远不小心绊了一下，要不他能快我两三秒。"

彭小满用手顶了一下鼻尖瞄了一眼李鸢，小声笑："那真是冤哭了。"

周以庆在一旁听了，也抬头继续调侃："哎，陆清远呢？你怎么回事呢，违章变道？"他胳膊一抵苏起笑道："耽误男神问鼎了啊！"

大家顿时哄笑起来。

陆清远眉黑如墨，太平洋肩宽，个子也高。他在一旁叉着腰，拿了瓶矿泉水往嘴里不停地灌，末了剩点儿底儿，自以为潇洒地当头一浇，抹了把缀在嘴上的水珠："大人有大量饶了我这一回，你们男神的实力有目共睹，不差这一两次，行不行？"

游凯风和缑钟齐并躺在一块儿，远看胸膛连带着肚腩，起伏出饱满的连绵三迭。他半开玩笑半讥讽，气喘得话不成句，活像个重症病患，临终戚戚托孤："可……可不是吗？……他……他老人家多牛啊，屁……屁股后头安了个喷气发动机……也就是学校操场的宽度不够，耽误他了。我要死了……要不早起飞给你们看了！"

李鸢顺手从背后抠了块枯朽的樟树皮下来，往他半张着的嘴里一丢，三分加空心，非常精准："你滚蛋啊。"

游凯风好险没咽，偏头猛啐："呸！什么东西你就往我嘴里扔？！"

"哇，你这口腔爆发力。"缑钟齐跟着一个鲤鱼打挺支起上身，抹脸，"喷我一脸的水。"

李鸢侧过头低笑，肩膀颤颤地解释："樟树皮杀菌杀虫，吃点儿没坏处。"

长跑熬人，苦夏易乏，班上一半的学生横七竖八地歪躺在香樟树下闲聊小憩。树影微风，高二尖子班难得惬意，八卦可以讲，笑话也可以背着老师小声地说。彭小满不好意思也掺和进去干躺着不干事，刚给缑钟齐递了包纸巾，就被体育老师叫去，收好了仰卧起坐的软垫，掸了掸满手的灰，又抱起叠好的一摞软垫送回了教学楼下的体育器械储藏间。

他路过贩售机时买了一瓶冰酸奶，用手遮着阳光一路慢吞吞地小口喝着回来集合，老远看到班里众人正在树下围坐一团，絮絮叨叨地像在商量什么。以游凯风为首的几个男生面目过于狡黠，尤显贼眉鼠眼，以致他们看起来像一个不干好事的诈骗团伙。

彭小满其实挺想凑上前听个一二的，可看着那完满的一个圈，又突然生出距离感。他和谁也不够熟，硬挤进去很奇怪。他想着便猛吸了一大口酸奶，退两步一屁股坐回了石凳上，跷腿躺倒望天，思绪放空。

李鸢用胳膊肘撞了一下游凯风，给了他一个眼神，比了比身后。

"先暂停。"游凯风了然，出声叫停，起身掸了掸屁股上的草木屑，转身朝彭小满径自走去。

彭小满抬眼看见高大如一堵人墙似的游凯风过来，手撑着石凳支起刚躺下去的上半身："怎……怎么了？"

游凯风伸手一把抓住他瘦削的肩膀，两步上前，施力把人往人群里猛一扯，"嘿嘿"笑道："商量坏事呢，不能落你一个留着'叛国叛党'！"

"什么？！"

彭小满被一把按坐在了草地上，身形一歪，没留神仰靠在了李鸢的肩上。对方用胳膊将他的腰一抵，扶稳，在他头顶低低一笑："（2）班这一票人的历来宗旨，就是有锅一起背，贼船一起上。"

周以庆朝他丢了根草木屑，慧黠地挑眉："就问你仗不仗义？"

"你……你们别是要去偷期末考试卷吧？"彭小满环视众人一圈，问。

正班长续铭看笨蛋似的，居高临下地给了彭小满一个蔑视的眼神："开玩笑，咱尖子班能干这种没品的事情吗？"游凯风挤到他边上又一屁股坐下，晃了晃手指，眼珠利索一转，故作高深莫测地说："我们去偷……哎，不是，呸，摘，摘枇杷！"

青弋靠南，入伏酷热，所以市里人嗜甜贪凉。青弋人消夏，除了吃西瓜和脆桃，更爱吃樱桃。往来花客摘玲珑，掫窈窕，偷珠宝。这诗写得诙谐隽永，比喻生动，说的就是清甜貌美、状如红珠的早夏樱桃。但说到底，市价贵了一点儿，不如枇杷，气味好闻，酸甜适中。

鹭洲中学在鹭洲洲头，因临江而土壤潮湿肥沃，最适宜种树，香樟树、白杨树和榆树丰茂常见。果树少，偶尔有一两棵混种，结的果子也大多苦涩难入口，唯独听风苑后头挨着教工楼的那棵枇杷树，是年年必被众学生觊觎的。枇杷果期也就这么一两个月，一年也就这么一次。谁手快、胆大，谁尝个鲜；谁手慢、心虚，谁吃不着。

诱惑太大，游凯风他们几个男生倒还真不是第一次撺掇着班里其他几个人一道去偷着摘，奈何去年实在碍于他们是高一刚进校，都是毛头小子，净被高二和高三的学生打压着低头做人，谁也不敢做出头鸟抢那独一份的东西。可到了高二就不一样了，半个老油条还怕什么？！要么果子烂在树上暴殄天物，要么你不抢就被别人抢，谁摘不是摘？

"要不算了吧，这会儿肯定好多人在那儿够呢。"苏起摘了眼镜并腿坐着，挺为难似的温言软语，把马尾辫撇到身后，竖起手掌在耳边扇着小风，拂得耳边两缕黑发扬起，一小缕被汗浸潮，贴在细细的下巴上。眼里跟嵌了卫星定位系统似的，眼神即便绕了一条二环路，最后也得幽幽地落到别人身上去："要是和（1）班的人碰上了，多尴尬啊。"

"鹭高"仅有的两个"并蒂而生"的理科尖子班，（1）班和（2）班互相排斥，只"相杀不相爱"，那必须是亘古不变的万年老规矩。某次校运会，曾一个以"（1）班（1）班不是（2）班，不要搞错，我是（1）班"为口号明目张胆地戏谑讽刺，另一个则当即以"（2）班（2）班我是（2）班，谁是（1）班，去他的（1）班"毫不客气地加以回敬。

口号毫无文采气度，全无"友谊长久"的奥林匹克精神，两个班的学生还犹如庆贺苗族山歌节，个个扯着嗓子喊得脸红脖子粗，满操场震天"嗷嗷"响，就差拿上脸盆擂鼓助威，旁的年级更是看热闹不嫌事大，纷纷拊掌叫好，把好好的开幕式闹成猴戏。结果两班"仙葩"荣幸之至，成为校领导一年的磨牙谈资，在网站、贴吧上火了半个月没下热门帖，差点儿给送上了实时热搜，真是"鹭高"之耻。

两个班算是莫名其妙地结下梁子，过后更是如同火在捻上，一触即发。

"怕屁。"陆清远挺不屑地一撩被水打湿的头发，虚晃了晃胳膊，"咱们正面对战他们！"

"是啊。"缑钟齐推了一下黑框镜，难得跟着头脑发热地一块儿起哄，"（1）班放眼望过去跟刚被割的韭菜田似的，我们的身高碾压他们，怕什么？你们女生在后头躲着就行。"

彭小满喝着酸奶不言语——合着长得矮就活该被欺负？肤浅，谬论。

"哎哟，我的天。"周以庆摸了摸鼻子笑起来，"你们太浪漫了吧，都还是未来的理工男、程序员吗？"

游凯风打了个响指："回头摘来的枇杷紧着你们女生先挑，给我们男的留点儿尝鲜就行，怎么样？哎，这个季节的枇杷最甜，过了这村没这店了！"

姑娘们闻言伸着脖子互相看了一眼，笑起来不言语了。

李鸢嫌他们半天说不上正题，两条棍子似的腿一伸，把手掌撑在背后，懒散地合了眼皮猛地往后仰，腰椎骨节"嘎巴嘎巴"响了两声："别净商量些没用的，赶紧分配任务。"他收回下巴耷拉着眼皮，举了手，"我先说好啊，我不上树，其他的都行。"

"你不上？"游凯风特别有本事，蹙眉的同时加上挑眉和撇嘴，"你腿脚那么好你不上树？你不上，我上啊？你们敢让我上吗？"

续铭喝了口矿泉水，在一旁冷不丁地幽幽插嘴："那树可就'永垂不朽'了，还是被腰斩，往后不管是哪个班，谁也别想枇杷了。"

众人附议，促狭地笑起来拊掌称是。

"废话。"李鸢一脸"你傻呀"地去瞥游凯风，"我的身高走路找平衡都费劲，上树的话我腰都直不了。你是白学物理了。"

"所以，"缑钟齐点头打响指，附议，"咱们最好安排一个个头小的人上树，一拨人在下头'护法'，一拨人在上头望风，一拨腿快的人外联，一拨心细的人整理战果。"打仗都没他嘴里说的精彩。

"其他的好说，首先是这个上树的人……"

陆清远拼命地朝游凯风挤眉弄眼，往他边上努嘴，像一只长了蜡笔小新眉毛的可达鸭。

彭小满一边漫不经心地听，一边低头忙着把酸奶盒的四个角拆开，挺费劲地展开按平，挤着里头残余的"福底儿"，霎时觉着周遭安静得出奇，抬头，见游凯风正在眼前目光灼灼地望着他，偏头再看周围的人，都一脸似笑非笑地盯着自己。狼盯羊、僧盯粥，差不多就是这么个意思。

"干吗？……哦，让我上啊？！"彭小满惊诧地一指自己的鼻尖，"哎，我没同意呢！你们别一副大局已定的模样看我行吗？我害怕。"

"就你最玲珑，您这身段不上树都说不过去！"游凯风挪揄谄媚，挪臀靠近，"琢磨一圈了，数你看着最合适。"

"不，不，不！"彭小满将头摇出残影，猛退，恨不能退到李鸢的怀里，"我真不会，我没上过！"

"不会可以教啊！"游凯风审时度势，当即转交决定权，"那么举手表决，哪，同意彭小满同志上树的人请举手！"

一圈人应声举手，一个不落，全票通过。

"认命吧，少数服从多数。"李鸢伸着胳膊，开口活像电视剧里不设防便冒出来的旁白，"这是现今情势之下，最趋公平合理的制度了。"

"那为什么不抓阄？！"这更公平，还匿名呢！

"因为我们懒得拿纸。"

"这叫理由？申诉！"

"申诉无效，休庭。"续铭虚挥了一记法官锤，淡定地说道，"诸位走起。"

听风苑几乎在鹭洲边缘，在"鹭高"校内西角，是两栋老旧红楼之间形成的一道幽深的天然回廊，廊上筑有木制顶棚，植了丰茂的紫藤萝。倘若到了花期，小气流横贯悠长回廊而过，拂起颜色深浅不一、串串响铃似的花蕊，引一阵簌簌声响，像具象化了风的清雅模样。

故前前前老校长九十岁那年拄着拐棍故园重游，大手一挥，随口而就"听风苑"，且引用了顾宪成的名句"风声、雨声、读书声，声声入耳；家事、国事、天下事，事事关心"上墙，用以劝勉"鹭高"莘莘学子，要博闻强识，要体察入微。

枇杷树就在回廊外的一堵矮墙内，挨着株老银杏，密密匝匝，结了一挂挂澄黄滚圆的果子。树竟意外地并不矮，原地拔出去几米高，顶冠巨大犹如一把展开的森绿折扇。按说，这是棵"德高望重"有象征意义的老树，是校宝，但再活一百岁也逃不过被人摘了果子吃的"妻离子散"命。

一众兵马趁着自由活动时间浩浩荡荡地"杀"过来时，树下有人。虽然对方抢了头阵来回举着长棍正忙活着，但好歹不是宿敌（1）班的，好解决。陆清远眯眼，雷达似的上下扫了不远处的男女一通，回头肯定地说道："高一的。"紧接着犹有信心，拍了拍游凯风的肩，"出马吧，兄弟。"

游凯风得令，暂辞众人，一马当先地上前"外联"。众人从后头看他摇头晃脑的样子，添把折扇就像极了加大尺码版的西门庆。

"喏，奇怪了，树上是刻了你们的名字，还是你们围着树撒尿做记号了？"毛头男生看了一眼身边提着袋子不作声的姑娘，许是不想在女生面前丢面子，抹了一下鼻尖往前大大咧咧地站了一步，特别不服气地歪脑袋扬眉，然而，发觉自己比游凯风矮了大半截，语气软了三分，"凭什么是我们走？"

"凭我们是高二，你们是高一。"对方话说得不大中听，粗、轴，游凯风依旧一脸笑眯眯的样子。

"就凭你们比我们高一个年级？"男生忍不住嗤笑了一声，尾音上扬，不吃这套四六不通的逻辑，"合着违反校规校纪还看资历？"

"不啊，还凭我们人多。"

游凯风回头潇洒地打了个响指，续铭见了一挥手，低声起头："一二三，预备——走。"

按原先商量好的，众人应声朝远处的男男女女齐挥手示威，且同时报以礼貌自矜、不卑不亢的标准微笑。那几个高一的学生明显愣了愣，一个个一脸的惊讶的表情——还真带了一群人。

这是欺负人，赤裸裸地以多欺少、倚老卖老。彭小满一面憋着笑跟着一齐摆手，一面凑到唯独他一人环臂站着装酷如风的李鸢耳边，压低嗓音问道："咱班的人是一直这么臭不要脸吗？"

"不，就游凯风一个人不要脸。"李鸢转过头，"他一个人不要脸够咱们一个班使。"

彭小满冲他比了个拇指，歪过头直乐。

彭小满是小个子，瘦，看着身手矫健大概能跟个峨眉山的猴子似的漫山遍野乱窜。可长得看起来矫健不代表他行动矫健啊，徒生一副上山下海逮鱼摸虾的好身子，实则是个弱柳扶风的小官人的命。几个身高超一米八的男生过来把他原地一围，彭小满虚撸了一把压根儿没有的袖子，登时觉得天都暗了，乌云蔽日的。

"你一会儿踩着我和李鸢的肩，我们两个把你架上去，成吧？"缑钟齐摘了黑框眼镜往前襟的兜里一塞，狭长挑高的凤眼乍现，"陆清远和游凯风在底下扶着你，你小心上，没事的。"

彭小满舔了舔嘴巴，不置可否。

李鸢转了转肩膀："摘下面的就够了，速战速决，再上面的地方太高，你别上。"

彭小满依旧心虚："我可能上去以后就不敢动了……"

"哎哟，你别心里头七上八下磨磨蹭蹭的了！真的，有谱儿。"游凯风一拍树干，"我就这么跟你说，上树不比你上床费劲，保你上去一次就爱上这种君——临天下的感觉。"

"都是朕的。"彭小满听了挑眉一乐，"是这种感觉吗？"

"那必须，我们底下这么多茶水小弟供你支使呢，要不是超重，我能让你登这个基？"游凯风挥手，"行，别耽误时间啊，等打铃了人就多了。快，快，快，上，上，上！"

被赶鸭子上架，彭小满一点儿人权都没有。

枇杷树细枝不多，如盖的顶冠下，是根光溜溜、差不多和游凯风的腰一样粗的主干。彭小满轻如小鸡崽，李鸢和缑钟齐半蹲着分别把他驮在两个人的左肩与右肩中间，再直腰往上一抬，觉得还没扛个书包沉。彭小满像坐了台人肉观光机，底下的两座垫脚石刚直起身，他就几乎能伸手触到树上的枇杷果了。他颤巍巍地小心往下一瞥，就是众人乌黑干净的头顶，和一点儿白色的头皮，心说：君临天下不假，游凯风诚不我欺。

"左边那根枝子，粗的那根，你用手勾住。"陆清远手扶着彭小满的脚腕，在底下仰头做着场面调度，喉结一上一下地滑动："脚蹬树，别拿前脚掌，用脚心。"

彭小满不用跑步，穿的是双用以摆造型的白色板鞋，好看则矣，就是摩擦阻力太小，不怎么抓地，自然，也不怎么抓树。

"我的天，出溜滑！"彭小满本以为简单，可一蹬便往下滑，一蹬便往下滑，原地攀着死活使不上力气，"不行，不行，不行。"

"你使劲啊，用力蹬！频率快一点儿不就上去了？"

"我使劲了啊！"彭小满低头冲游凯风费力地说道，"我游哥！真的我连牙花子和汗毛孔都在使劲了！"

"扑哧。"李鸢破功，额头贴着树干笑得肩膀直颤，彭小满当即身形不稳，眼看要落地，连忙松开抓着树的右手，下意识地把李鸢的下巴牢牢一勾："吓死我了，李少侠，你是天下根基，敬业点儿成不成？！"

"你少说话，认真爬。"李鸢一边忍住不笑，一边抬手托着彭小满的屁股往上举高，"别一会儿抖一个包袱的。"

"哎，你别，他——"彭小满打算说"你别掐我的屁股"。

"闭嘴，往上蹬，我举到这份儿上，你再上不去就是没有小脑了。"

"那你再稍微高一点儿……"

"来。"李鸢侧头冲缑钟齐使个眼色，"搭把手。"

"一二三，走你。"

"我的天！"

彭小满觉得自己压根儿就不是爬上去的，是生生被人当小鸡崽抡圆了胳膊给扔上去的。他们是抛石机吗？

枇杷树上的果子生得密了，一时竟给了人丹桂的错觉。果子攒成串，就像桂树上星星点点聚集成的精致一团的花蕊。枇杷叶宽，且边缘圆钝，给人柔和敦厚的好印象。彭小满跪在高处的枝上，抿嘴定气，小心地揪了一把近处的果子："扔了啊！"

设备齐全，周以庆和一帮女生在底下展开几张过期的校报，在地上铺平一圈后仰着头，俱是清亮的小细嗓音："你丢吧！小心点儿，别摔啦！"

彭小满"噼里啪啦"地抛了一地澄黄色的果子，果子生着细茸茸的小白毛，抖一抖，就精灵似的飘扬在鹭洲湿润的空气里，叶子也"窸窸窣窣"地被风吹响。苏起弓腰拣了个小的，剥了果皮送往嘴里矜持地一嗛，咽了一口便弯着眼睛笑起来说道："特别甜。"

那还算不亏。彭小满稍放开了胆子，一面摘果子往下丢，一面屏息凝神，猫腰往更高处的枝丫上小心地攀。李鸢怕他真摔了，在底下仰头看着，从这个角度望去，无意间，看得清他宽大的 T 恤衫里的平坦近乎凹陷的肚子，和隐约的、根根分明的肋骨。

李鸢不知道是不是自己多想，觉得每一个男孩子其实总要经历这么一个特别

"瘦"的阶段。

身量只是一说。少年人身板单薄，四肢瘦长纤细，伏案念书过久而佝偻的背掐不出二两的肉，偶尔在夜里还会因关节生长疼痛难捱。整个人像一只能随风上青云的风筝，灵魂不重，感觉哪儿都能去，仿佛终日下肚的卡路里一点儿都不剩，全转化成脑子里的无拘无束、天马行空。直至天色微变，风吹雨淋，这些似是而非的东西破灭了，沉淀了，人才如破土的笋似的逐日拔高，长结实。

"梆"的一声，李鸢的思绪被打断，他扶着额，朝上头翻了个白眼："你是故意的吧？"他一只手接住掉在衣服里的那颗滚圆的枇杷。

"对不起，对不起。"彭小满牢牢地攀着树枝笑。枇杷叶笼在脸旁，把他的面庞分隔出暗的一片，亮的一片；他眼睛一弯，新月形的眼皮褶子则一齐弯成精致的下弦月；嘴边的瘀青未散，旁人的视线不由自主地落上去，还会发现还有一颗不大明显的小小虎牙。

"我真不是故意的。"

"我怎么那么不信呢？"李鸢看他双手合十佯装诚恳道歉的模样，叹气，撇嘴，"你怕还不扶稳点儿，别胆子一大就干悬事，行吗？"

"兄弟们！！"

突然，老远处传来一声着急忙慌的高喊，仿若吹响嘹亮的号角："撤，撤，撤！那几个人绝了，去门卫室把保安招来了！赶紧下来，走！"

游凯风蹲在地上，嘴里含着一个枇杷，手里还剥着一个，歪嘴笑嘻嘻地递了一个新鲜的果子给来人，说道："何大爷啊？何大爷来怕什么？哎，来尝一个，甜。"

周以庆抖了抖沉甸甸一满袋的枇杷，择出了袋子里的两片叶子丢掉："何大爷来了咱们分给他点儿呗，他的小孙女不是常来玩吗？"

"甜什么甜？"报信的人拿起果子往游凯风的脑门上丢去："是姓胡的那个！上回阴你和李鸢的那个！"

姓胡的保安名牌上写着"胡八一"，八成也是在建军节出生，和某知名盗墓题材小说里的男主角同名同姓。他长得人高马大不提，更是八字眉、重汗毛，还剃了一个圆寸头，一脸凶煞的门神相，是个吃硬不吃软、非常爱在学生背后搞小动作的主儿。从老城工业园那边辞掉工作之后应聘上了"鹭高"的门卫，俗话说新官上任三把火，他一把烈烈的三昧真火直接燎到了眉毛上。

他没来的时候，门卫室的校规违反考勤表不过寥寥几页，他来了半个月就给记得密密麻麻不算，还另印了一本崭新的，什么迟到、早退、骂人、吃东西、踩草坪、不穿校服……该管的和不该管的他全包了。整天瞪着俩"电子眼"紧盯着学生不放，净想找个大麻烦。

李鸢和游凯风那次被老班逮着偷玩手机，着实是"人在教室坐，锅从天上来"，手都没敢往兜里摸过，下课就被老班拎起来一头雾水地老实站着，当着全班同学的面被翻出了作案工具，往桌面上一放，证据确凿。所谓抓贼拿赃、捉奸在床，两个人好歹不是正玩着被逮了，外加看在李鸢是尖子生的分儿上，都没被多罚，也没告诉他们的家长。

可游凯风就想不明白了，是谁嘴那么欠呢，在外头叨叨地说？做人怎么这么不厚道呢？

隔天缑钟齐在食堂打了饭，坐在他们对面，冲他们用手比了个檐帽的样子，眉头成一个"八"字，推了一下眼镜，似笑非笑地说道："听别人说，保安是在校门口看见你们裤兜里的手机形状了，直接告诉了教导主任，主任又来告诉了老班。"

一天天的，这人手伸那么老长是能让你当副校长吗？游凯风当时就把勺子一丢，差点儿掀了饭盘。

游凯风把嘴里硕大的枇杷核一啐，勾着来人的脖子，佯装大哥地往前走："走！陪哥会会他去。"

"打什么啊？！"陆清远飞过去在他的屁股上踹了一脚，拽着他的衣领子往回扯，"赶紧收拾！"

游凯风侧身一闪，看众人纷纷捡起了一地枇杷，"点货销赃"，收拾"犯罪现场"，眼看着下一秒就要脚底抹油撒腿跑了，"哎，你们这就怕啦？！"

"你少装大哥。"李鸢把一袋挺轻的枇杷匆匆挂在周以庆的胳膊上，"学校里明令不让碰老树，你上哪儿说都不占理，还正面对打，打完给你记个大过，不给你发毕业证，你信不信？"

"哎，你们干吗呢？！"又来了一个通风报信走地下工作的，一路小炮弹似的发射过来，按着被吹成了中分的齐刘海儿咋呼道，"人都快来了！教导主任跟着他一起呢，还不快跑，等着找死啊？！"

"我——的——天？！"

众人惊诧，说好的就一条哮天犬，怎么连带着把二郎神也给请过来了？

彭小满在树上吓得竖了一胳膊汗毛。

"快，快，快！先撤，先撤！"李鸢把周以庆手里的塑料袋接过来推给陆清远，"都先走，从白术堂那儿绕回去，别跟人撞个正着。"

续铭把地上的报纸和矿泉水瓶往怀里一抱，镇静地说道："都先跟我走，走里头，小点声儿，别吵。"他一挥手，闭上嘴带着人飞快地闪进了红楼的走廊里。游凯风还哼哼唧唧着不愿躲，被缤钟齐和周以庆揪着衣摆连拖带拽地一路拉扯走："你别闹了，就数你目标大！"

大家一时作鸟兽散，溜得非常快。

"你也先走。"李鸢望了望在自己身后徘徊着慢吞吞不动的苏起，又抬头望树，"干吗呢？蹲着不动？赶紧蹦下来跑路啊！"

彭小满勾着树，心里的一个大白眼能飞出去一里地，在心里用京腔骂——近三米高，还对着水泥地呢，你上来试试，腿给你蹦折了！

"你——"苏起挺忧心地看了看彭小满，又望着李鸢，欲言又止，"你们……"

李鸢回头冲她笑了一下："真没事，抓三个抓两个都是抓，能跑一个是一个，你别傻，我等着他一起走。"

"我是怕你们——"

"我们没事！"彭小满背过身子努着嘴，小心翼翼地试图采用传统的下树姿势，高撅着屁股正一点儿一点儿地往下挪，"我们打架的检查还没交呢，不怕再多写一份。"他没留神脚底一滑，被树杈冷不防地刮了一下脸，"哦，嗞，疼，疼，疼……"

他立刻抱着树又不动了。

李鸢想推苏起的后背，想了想又收手没做，朝她打了个摆手向前的手势："赶紧走，听我的，别耽误。"

苏起心里的失落和担忧掺半，犹豫再三，她到底还是应了那句"听我的"，一步三回头地小步走远了。

"你成不成啊？"李鸢看着苏起甩着一摇一摆的长马尾辫离开，紧接着抬头对着高处的彭小满不满地说，"小爷？少侠？蹦下来就一秒钟的事情，你尿不尿？我接着你呢，你怕什么？"他在树下展了展双臂。

"我尿，我尿。"彭小满毫无骨气，点头承认。

教导主任跟着胡八一气势汹汹地拐过弯，一眼就看见了树上蹲一个、树下站一个，登时脑门冒火，挥手朝他们喊道："哎！说你们呢，干吗呢？！还不下来？！哪个班的，这么不像话？！"

姓胡的那人一抬帽檐，帮腔抢答："高二理（2）的！我认识！"

就你有嘴。李鸢蹙眉暗想，抬头："人都来了，你还不跳？！"

"我不跳！"树杈子直晃摇，彭小满犹豫了半天，也没琢磨出一个符合人体力学的自由落体姿势，"那要不，你赶紧先走，要速的话速我一个，你也不亏，行不行？！"

李鸢急了——跟你在一块儿就没好事。

"赶紧下来！像什么话？！说了不让摘，不让摘，都听不懂人话吗？！下来，都老实站着，不许跑！我看看都是谁，这么不守规矩！"教导主任点着手指头，好险没在不远处喊劈了一把好嗓子。

李鸢见来人怒火滔天，俨然逼到了眼前，电光石火，面色不善地咂了一下嘴，转过身抢篮板似的伸手蹦高，用力钳住彭小满高处的脚腕。彭小满吓了一跳，下意识地失脚一蹬好险没迎面踹上李鸢的面门。

"哎，你别——"

李鸢飞快地侧头躲过彭小满的"正面一击"："别什么别？"

李鸢偏头搂着他的脚腕施力往下一扯，摘苞谷似的把人从树上生生地掰了下来。彭小满下意识地抓紧了一根树杈不放，却抵不过重力加速度，只听"嘎吧"一声脆响，连人带树杈一下子仰面倒在了李鸢身上。李鸢也脚下不稳，护着彭小满的头一屁股滚坐在了教导主任的脚边。李鸢一仰脖子，稳准狠地正对着对方写着"简直大逆不道"的怒容。

往后李鸢一直觉得自己当时有病。

彼时他自上而下俯视着彭小满，看他攥着一根枇杷枝，满眼的惊魂未定、大难不死的神色，脸上还留下了一道浅浅的绯红色印子，他第一刻想的竟不是"这次完了"，而是"他真的好轻"。

你的灵魂的重量呢？

"很好。"大势已去，李鸢肩膀一松，低头小声凑在彭小满耳边自嘲，"咱们惨了。"

彭小满仰头看了他一眼，头一歪，握着枇杷枝抵着额头，突然笑得不行，满眼说不出的逍遥之色。

老班把黑板擦重重地拍在了讲桌上，霎时四下里腾起一阵雪白的粉尘。前排的女生忙捂着口鼻，低头小心翼翼地拿本练习册扇起了风，眨了眨眼。

教室里的电扇"吱呀呀"地在顶上旋转，底下静如死水，没一个人敢吱声。为引用名人警句，校里张贴了毕达哥拉斯等人的肖像上墙，金发高鼻的洋人学霸脸，此刻正睥睨座下众人。

"都给我站着！"

老班陡然一声高喝如同平地惊雷起，吓得大家哆嗦了一下。紧跟着两声桌椅板凳被拖拉的声音响起，李鸢和彭小满低着头，一前一后地从座位上站了起来。

老班摸着一口锅倒扣似的啤酒肚子，伸手朝他们比了根大拇指，鼻子都快气歪了："行，真行，你们两个真行！哎——'鹭高'就数你们有通天的本事了！这大错小错一个接着一个地犯，怎么？放飞自我啊？和谁过不去呢？"

李鸢低头在嘴里漫不经心地动了一下舌头，彭小满则摸了摸鼻子。

"心都野了是吧？啊？时间很多，高考跟你没关，是吧？"老班在讲台上左右踱步，食指往下一戳，眉一挑慢悠悠地说道，"来，来，来，还有谁？都站起来，站起来。都自觉点儿啊，不要让我一个一个地问，自己犯事自己门儿清，该站的人都站起来，不要耽误下节课的时间！"

缑钟齐推了一下眼镜，率先推开椅子立正站好，一点儿不犹豫。

老班摸着下巴，说："好，仗义。来，还有。"

苏起和陆清远随后同时起身，偏过头摸了摸脖子。

"还有。"

周以庆跟着抿着嘴站直，回头看续铭绷着嘴角，端着一张看破红尘的脸，也立了起来，模样凛然得像是要被押往菜市口断头赴死，活脱脱的"风萧萧兮易水寒，壮士一去兮不复返"。老班也没想到连续铭这浓眉大眼的家伙也"叛变"了，挑眉愣了愣，随后忍不住拔高了分贝说道："还班长呢？我迟早给你撤了！来还有！一起站！别挤药膏似的，我说一句才站起一个！"

李鸢听身后没有声响，便手抵住鼻尖假意一咳，装模作样地无意往后一顶身，撞得游凯风的水瓶和铅笔盒登时"稀里哗啦"地响。

"我的大……"游凯风劣迹斑斑，在老班面前素来夹着尾巴低头做人，被李鸢这么故意一闹，忙伸手按着欲倒不倒的保温瓶，瞪了李鸢一眼，才跟着另外几个人一起，清着嗓子，佯装着泰山崩于前而色不变地从座椅上站起。方才他豪言壮语、胸脯拍得响，这时彻底胆小地沉默了。

一口气站起来了小半个班的学生，老班望过去跟一片白杨林似的，个儿顶个儿地挺拔、精神、有朝气，个儿顶个儿地不让人省心！老板眼皮一翻，气得要升天。

他必须得爆发一下。

"不像话！都不像话！把学校规定都当耳旁风！说了不让摘、不让摘，还摘！我看你们是馋成虫了！你们知道那棵树有多少年的历史吗？！你们知道是谁种的吗？！在树下够两个尝尝得了，还小半个班的人都上！你们那么爱上树，我下节课不上了，咱们全去校门口找树上去！我给你们看着！有爬不上去的人咱们就不下课！我让你们爬个够，要不要？！"

老班将矛头一转，遥遥地指了一下第一嫌疑人彭小满："你那么爱上树，毕业了就去海南摘椰子，好吧？！飞船以后就指望着你上了吧！"

李鸢的笑点其实特别低，动辄一句他话能径自笑个不能停。彭小满听李鸢极不适宜地从嘴里"扑哧"了一声，回头看，他正抿着嘴憋得肩膀直颤。不看还好，一看不行，彭小满一边在心里叫冤，一边捂嘴也想跟着乐。除了普通话差一些，班主任这包袱抖得厉害，应聘去相声剧社训练两年，肯定也是个台柱子。

"笑？哎，有脸笑！来，你再笑一个我看看！摘也就算了，我睁一只眼、闭一只眼还说得过去！你们两个人倒挺大方啊！直接把树杈子给掰下来一大截！干什么？拿回去当柴烧啊？！"

老班跟变魔术似的把讲台底下的树杈掏上来，往讲桌上一放，眼皮一耷，越发生气："人家老树在那儿被风吹雨淋的时候都还没有你们呢！那都是有情怀、有人文历史的，不是长在那儿让你们解馋的！你们知道这是什么行为吗？！"

不知哪只"小麻雀"在底下"啾啾"，埋头小声戏谑了一句"破坏文物"，极短的刹那，"嗡嗡"骚动后，众人都憋得很辛苦。

"谁说的？谁说的站起来到讲台上说！我看是谁有嘴，一天到晚就你会说！我看你语文能考几分？！"

"小麻雀"吃了一通枪子，迫于"淫威"咬了舌根，自行了断了。

老班像老牛似的好一阵大喘气，花白的胡楂在下巴上直颤。他抬手顺了顺起伏的胸膛，年纪大了不好吼，容易脑出血："别以为我平常管你们管得不严，我就真由着你们胡天胡地了。最后一届，哎，送你们进了大学我也就功成身退，回去带孙子养老了。最后一学年，烦请你们一个一个都老实点儿做人，别让我一个高血压、高血脂的小老头儿还整天跟在你们后头擦屁股，落个晚节不保。"

他拧开杯盖喝了一口水，抬手比了个"六"："六月份，六月份高三的就要高考了，你们期末考试，我倒要看看你们学得怎么样。我要是看到咱们班的平均分要比（1）班低那么一点儿，你们就都给我洗干净脖子，看我怎么好好收拾你们，其他话我不多说。"

老班又看向李鸢："你和续铭，还有缑钟齐，这几个，拿不下年级前五名就等着试试，弦跟皮都绷紧点儿。"

他再看向抠着指头的彭小满，犹豫再三，欲言又止，微不可察地叹了一口气，到底没多说。

"怎么罚你们两个人等周一的升旗仪式上说，顺便再把你们打架的反思一道给读了，旗也别升了，回头全校就光听骂你们吧，真给我长脸。"老班不高兴地掸了掸书本上的粉笔灰，临出门又折回来猛一拍门板，发出"咣当"一声响，"这节课都给我站着上！我看谁敢坐！"

卫一筌在外头把一场大戏听了个大概。

老班走到门口便忙换了副赔笑脸，眉心"川"字一散，朝卫一筌点头致歉，眼边出现鱼尾似的细褶："不好意思，卫老师，我搞了个'批斗'，耽误时间了。赶紧，你赶紧上课吧。这一帮不省事的小孩儿，没招儿想，真没招儿想。"

"行啦，您老也别多生气了。"

在"鹭高"一水儿的"啤酒肚""地中海"里，卫一筌是难得的青年教师，刚读完博士不久，年轻儒雅、爽朗通达，课上得也风趣，是"我眼中最帅的老师"系列的男主角。他抬手在老班背上安抚似的拍了拍，推了推细框眼镜："您班里的学生都聪明着呢，他们心里有数，您别担心，都是小孩子心性。"

"都站起来一米七、一米八的个子，还小孩子心性呢！"老班摇头不认同地短叹，"都站着！卫老师别心软，别让他们坐下。"

看老班端着茶杯、拿着三角板，背着手在回廊处走远，卫一筌才拿着物理书笑着进门，挑眉看了一眼讲台上的树杈，和底下学生们大眼瞪小眼。送走西天如来，一众小仙才稍稍缓和了冷肃气氛，松快下眉眼来，动脖子的动脖子，侧头讲小话的讲小话。陆清远腿酸，屁股沾了一下椅子，又怯懦地站了起来。

"开追悼会啊？"卫一筌一副故意逗他们玩的口气，指了指讲桌上恹恹横躺着的树枝，翻了一下物理书，"派个代表讲两句悼词呗？"

冤有头、债有主，众人皆侧头去看彭小满。彭小满低头摸后脑勺乐了一下："就……永垂不朽吧。"

他还是那副没什么心眼儿，又仿佛同别人隔着一层屏障样子。

傍晚放学，大家在教室里"分赃"。虽出师不利，被杀个铩羽而归，但他们好歹也算战果累累。猴钟齐是组织里的狗头军师，帮着名义上的意见领袖续铭把三大袋枇杷果均分给了班里的同学，帽子、衣兜也行，书包、饭盒也行，大家都各自装点儿回去尝个意思。除了几个素来心思清净、从来不跟游凯风这些人鬼混的同学，一个个都眉开眼笑。按李鸢后来的话说，场面活像难民营发救济粮。

彭小满和李鸢作为身赴前线且背了大锅的两员立功猛将，受了猴钟齐好一通宽慰，又一人拎了一大兜枇杷回去。他们走去停车棚取车，难得一道回。李鸢趁彭小满弓腰解车锁的工夫，顺手把塑料袋往对方"岁月静好"的车筐里放去。

"你不要啊?"彭小满扒拉了一下袋子,抬眼看他。

李鸢骑的是一辆抢眼的红色山地自行车,还是那种在阳光下能闪瞎人眼的漆面,极为高调,极易被偷——这是他高中的第三辆车,之前丢的两辆,一辆亮黄色,一辆亮蓝色。亮就对了,不要问为什么。

他丢得林以雄后来都没脾气了,一抖肩上的警章叉腰笑着问他:"哎,你说你小子作为一个人民警察的后代,没侦查、反侦查的这根弦也就算了,被小毛贼惦记到这份儿上,你就不觉得是在往你祖坟上倒粪桶,如蒙大辱、被戳脊梁骨吗?"李鸢从来也懒得跟他正面犟嘴,心说:您得意什么?辖区里有人丢了电动车去派出所报案的,你们有几次给人家找到了?上次丢了一个小孩儿,你们调了全城的监控也半天没找到,最后还不是小孩儿自己从火车站跑回去的?

他踢了一脚车撑:"家里没人爱吃水果,都给你了。"

以前李小杏倒是挺爱买水果的,如今若是带回去,放烂了也未必有人动它。

彭小满想说:你不爱吃水果,大家出主意的时候你跟着瞎起什么哄?琢磨了一下又没说,他换了句开玩笑的话:"怪不得我看着你不水灵。"

"哎,是,就彭少侠你漂亮。"

"一般,一般。"彭小满打蛇随棍上,跨上自行车,回头冲他吐了一下舌头,"也就比你白点儿。"

"我当你要说'世界第三'呢。"

"没那么大脸。"

李鸢看着他脸上那道新挂的彩,笑了笑没作声。

出校门上了晚桥,乌南江江面熠熠有光,他们两个人并行骑过,挡了后方来车的路。彭小满拨了一下车铃,往李鸢的方向靠去,偏头一看,来车是一辆锃光瓦亮的奔驰。路遇这种几近百万级别的好车,彭小满一向绕弯躲着走的,像他这种整日里骑车"生死时速"、好赖没准儿的穷学生,万一一不小心把汽车剐了、蹭了,把自己当猪肉价上秤卖完了都赔不起。却没承想汽车不提速,缓慢地行到李鸢手边,放下了车窗。

卫一筌两手扶稳方向盘,镜片上沾上了晚霞的茜素红,分外儒雅好看地冲着他们笑:"挺难得见你们一道啊。"

彭小满心里"扑通"翻了一个小跟头——现在的高中老师都这么挣钱吗？！

"我们赶着回去写检讨，左一个三千字，右一个三千字。"李鸢侧头看他，"我看升旗仪式得加时啊，卫老师。"

"要不你们十六倍速念，把词练熟点儿。"卫一筌不摆老师的架子，对着学生也是照开玩笑，笑完了又转脸正经地说，"特意过来提醒你一句，七月底的机器人大赛华南赛区决赛，你得跟着去。"

"别，"李鸢听罢，当即皱眉推辞道，"我都功成身退了，您还拽着我不放？不去，我没时间。"

"少了你，机器人社团没人挑大梁。"

"我什么时候说我要当大梁了？"李鸢乐了，顿了两三秒，"我怕耽误复习的时间，高二不敢过分散漫了。"

学校里机器人社团的事情彭小满一概不懂，也不知道李鸢还是骨干社员之一，但听了还是忍不住想插嘴——你好意思说这场面话吗？我前天还骑车送您老人家去打游戏呢。

"这么跟你说吧。"卫一筌沉默了一刻，索性在桥上稍停，踩死离合，"教育资源不平衡你知道，高考的政策你也懂，你在青弋顶天，在全国排名未必能进上前多少。你如果想报利南大学或者里上电子工程大学这类理工科的重本院校，想修他们的医科或者电子、土木这类的王牌专业，竞赛的 A 档加分和证书百利而无一害，就算你想走他们的自主招生，有面试，有推荐，这是你不二的敲门砖。"

彭小满有点儿不知道要不要等李鸢。

他等，他们的关系没铁到那份儿上；不等，好赖他们是一起出的校门。他蹬了两下踏板，与李鸢和老师错开两三米的距离，伸脚触地，将车在桥头撑稳，回头看在汽车边低头说话的李鸢。

气质是要时间来酿的，高中生难谈气质，可好看与不好看，还是能分辨的。有的人的好看，眼耳口鼻，皆是花鸟工笔画里一笔一笔的着墨勾线，合规矩且有章法；而李鸢的好看，是山石似的写意而难描摹。这种感觉在于给旁观人的情绪，而不只在视觉上单纯感受。

彭小满忍不住饶有兴味地分析着李鸢的长相。

——眉骨未免太过高耸了，有了点儿西方人的味道，倘若不是山根够高得以符合眉目间的意境，险些就要不伦不类了；脸稍显窄长，两侧颊肌扫了侧影似的有些凹陷，好在下颌角够深，清减怅然的感觉则中和成了冷峻；嘴唇也薄，但胜在上唇唇峰二迭，棱角分明得削弱了些薄幸的味道。

恕彭小满直言，李鸢长得怪显老。可这种类似凛然的成熟感，落他身上居然毫不违和，且魅力值大增，相当耐人寻味。校服在他身上一穿，倒像是儿戏，像是在娱乐圈里一路摸爬滚打上来的中年演员，还非要去演青春剧了。彭小满倚着车把，望着不远处的两个人，视线不自觉地就散焦了，视界里是茜红的底色。

"走吧。"李鸢在彭小满眼前摆了摆手，骑行过晚桥桥头一直向前。

"哎！"彭小满撑起车身，出声叫住他。

"怎么？"李鸢转头，"有什么要请教的？"

"我就是想问一下，卫老师为什么这么有钱？"彭小满踩着踏板挪前凑近，低声问，"老班这种德高望重的还骑'电驴'呢，他怎么就开上豪车了？"

"你不知道？"

彭小满摇头。

"那个全国连锁的很有名的火锅店，你知道吗？"

"啊。"彭小满点头，"排队都排不到。"

"那是卫老师他爸妈开的。腰缠万贯的命、教书育人的心，他简直是小说里男主角的人物设定：书教不好就只能回去继承亿万家产了。"李鸢看他险些掉了下巴，忍着笑继续说道，"你还别说老班，他儿子是国外研究所回来的高知人才，平常开的也是百万级别的好车，老班是不显山不露水而已。"

彭小满感到脸上传来一点儿温热触感，回神才发觉李鸢半身已经突然靠近，在他的脸颊上自然地按下一抹，指腹上便沾了一道淡色的血印。彭小满被树枝划出的那道浅口子，渗出了血。

"你奶奶不会又领着你来讨说法，咱们再给她演一出二人转吧？"李鸢把拇指比给他看，即使漫不经心地笑着，也几乎像山的背面一样，其中固定含有沉默内敛的气息。

"放心。"彭小满先愣了一下，随后笑，"我就说被蚊子叮了，手重给挠破了呗。"

第三章
心里的蔓草

林以雄周末调休，前一晚闹到前半夜才回来，一阵开锁、低咳、脱皮鞋的大小动静，扰醒了里屋刚刚熄灯睡下的李鸢。他侧身转了个方向，把滑下肚皮的夏凉被连同松软成"饼"的"努努"一起，往胸口揽了揽。末了又睁眼，在昏暗的屋子里眨了眨眼睛，起身去了林以雄的房间。

林以雄年轻时养下了抽烟喝酒的臭毛病，四十岁出头，不免有几样险不致死的中年慢性病：一是慢性支气管炎，冬夏受罪，吹不了空调、上不了高原；二是轻度缺血性脑卒中，左手常年麻胀滞涩不够灵便，情况稳定之后，得长期吃药。

一盏昏黄色的小壁灯下，林以雄正四仰八叉地躺在棕丝床上，地板上的制服和帽子乱丢一气，袜子也没脱，两只大脚跟臭咸鱼在燠热的被窝里捂了三天的味道差不多，酸臭酸臭的。粗硬的胡楂长得也是漫山遍野，再等几天，便会像一颗钢丝球。

李鸢弓腰把一地纷乱东西拾起，伸手把林以雄跟翻锅贴似的翻了个儿，把毛巾被铺盖往他背上盖："您抬抬头，我怕忘了您长什么样子。"

林以雄侧头闭眼，含含混混地一阵哼哼，手插塞到枕头底下："半宿没合眼，饶过你亲老子。"

"吃药了吗？"

林以雄不答。

"我问你药。"

林以雄动了动眼皮。李鸢转身去厨房倒了一杯凉白开，颇不大耐烦地拉开抽屉，把药盒和药罐子拿出往床头柜上一放："吃了药再睡，中风了鬼养你。"

林以雄眉骨山根和李鸢一样高耸，偏西方的样貌特征，外加他这两天休息不好，睁眼也轻易翻出两道欧式大双眼皮。他自下而上地盯着李鸢仰看了一刻，松懈的眼皮倏然一抬，从鼻子里嗤笑了一小声："你亲老子，你不养谁养？"

李鸢听完，把手里的水杯放在了床头柜上，用力不小，发出"砰"的一声重响。

李鸢睡眠浅，读书虽说到不了囊萤映雪或是头悬梁、锥刺股的刻苦地步，但熬夜做题也是惯常的事。六分超然的天赋，加上满分的勤勉用功，在青弋已够他甩众人爬到年级一等一的名次上。可也正如卫一筌所说，教育资源优劣不等，所谓鸡头凤尾，在全国，他未必能名列前茅。李鸢想走，想离开青弋这个斗绝一隅似的拘囿的小地方；他又不确定，自己最终、到底、究竟，能不能行。

且个中关键在于，他在迷惘而不知所谓的年纪里，"躲什么"和"要什么"，都像悬浮似的，仅有轮廓，尚在半空。

这天林以雄和李鸢都没想到傍晚李小杏会来。李鸢起身去开门，林以雄捧着一锡锅素挂面从方桌边站起来，趿拉着拖鞋，稀里糊涂地大口咀嚼着。见纱门外立着李小杏，林以雄咬断面条，李鸢则抿了一下嘴巴，一时都不知道该说什么才对。

李小杏穿着打扮俨然入时了不少，她曾经到腰的黑发原先便剪到了肩，如今全然剪短，染了时新的板栗色。和林以雄离婚以前，她是不戴首饰的，嫌碍着做家务，嫌珠光宝气，如今耳坠和戒指一样不少，至于原先说的那些推辞，倒真像是不得已的违心话了。

"妈。"李鸢隔着纱门叫了她一声，李小杏冲他温柔地笑。

她来拿李鸢的独生子女证明。大概是因为一段时间不联系了，母女还好，母子碰面，则窘迫无言多过想念。李鸢在客厅里抽了纸杯给她倒水，慌乱似的翻找了两三个剥漆的泡桐角柜，拿出了林以雄藏的祁门红茶便要打开，被他放下面碗，真意假意不辨地低声一咳，提醒得停住动作。林以雄不愿对李小杏做类似低头示好的举动，计较到连一杯好茶也不愿分。李鸢不管，照泡不误。

"牛牛长高了啊。"

李小杏立在李鸢的房间里，李鸢看到她侧过来的半张脸粉底不匀，颧骨处腮红扫得过分，眼睫毛粗粗翘起状如蝇腿，不知道是对着镜子刷了多少遍。她把精致的正红色牛皮手包搁在李鸢的书桌上，金属链的包带落在玻璃台面上，激出一阵脆响。

李鸢不动声色地皱了一下眉——不单是因为对方招呼不打，冷不丁就亲昵地叫了他的小名，更是因为玻璃桌面下压了一张李小杏抱着小时候的他去公园坐碰碰车的彩照。好在照片上压了一摞砖似的练习册，遮住了。

"没长高吧。"李鸢顿了一下，"一直一米八五，你走了之后从来没长过。"

"是吗？"听他这么说，李小杏多少有点儿尴尬，"可……可能是你瘦了吧，显的。"

她说孩子看着高了，像国际惯例，像没话找话，一半是因拘谨客套，一半是要打破尴尬，是随嘴说的一句起首语，较真就没意思了。好在李鸢没继续有意为之：没有瘦吧，一百三十八斤，你走了以后从来没瘦过。

李小杏环顾老旧的天花板一周，无所适从似的眼光落在李鸢屋里的落地扇上，想了想又笑："怎么，还没预备着开空调啊？你那么怕热的一个小子。"

"再等等吧，天还没入伏。"李鸢低头发现她做了美甲，没贴样式，单涂了淡粉色的甲油，看起来一副气色十足的红润模样，像几片淡彩的鱼鳞，漂亮里仿佛有淡淡的腥气。乌青蜿蜒的经络在她雪白的手背上凸起，是到了一定年纪的体貌特征。

"开早了怕电表受不住。"

"我看哪……你和你爸就只吃面条呢，怎么不烧菜呢？"李小杏在心里默数他桌案上的练习册数目，各科皆有，共十八本，页脚翻卷，分别码作三摞，"现在学习压力这么重，不吃好点儿怎么行呢？营养怎么能跟上呢？"

"就是懒得烧了，偶尔点一两次外卖。"

"这样啊。"

李小杏鼻翼翕动了一下，抬眼一眨，看清李鸢的上唇上冒了一颗鲜红凸起的小火疮。李小杏那笑意与眼神不可名状，陡然的心疼和担忧里掺了点儿凉白开稀释一样，李鸢更多看懂的居然是惊喜。她惊喜什么呢？惊喜自己寻到了一个恰如其分的契机，一个能理所应当地把话题顺遂地进行下去，又能自然而然地亲近到李鸢的契机。李小杏两步上前，高跟鞋踩地发出"嗒嗒"两声细响，轻松似的笑着朝前伸手抬高："你看你……"

在她快要触到那颗小火疮前，李鸢分明闻到了她手腕间扑鼻而来的香水芳香。和自己记忆里的母亲的气味迥然不同。

李鸢眼皮一抬，下意识地环臂挡在前胸，一副防备似的姿态；抿了嘴，也就连同火疮一齐抿进去了——没让她碰。李小杏看清他的不愿意，便被烫了似的往回缩手，两个人就像彼此弹开了对方。

"你看你的嘴巴，熬夜熬得太凶了，火气上来了吧？"李小杏看看他的高鼻梁，又看看他的头顶，指了指。

"没有。"李鸢拒绝的姿态太明显，似乎伤着人了，他在心里生出了歉意与微不可察的负罪感，语气便补偿一般和缓下来，稍微笑了一下，表情像放进微波炉里加热了二十秒："我就是……水喝少了。"

"好好休息。"

"嗯。"

"这个季节要多吃素菜。"

李鸢想从容地点头答应，倏地又跳脱地想深、想远——她究竟还记得不记得，自己不吃青椒和芹菜，偏爱笋和黄芽白呢？

林以雄翻找独生子女证明的动静"丁零当啷"的，大到李鸢以为他在拆一台洗衣机。家里原先有一台半自动洗衣机，果绿色，还是林、李二人新婚时买的。后来越用越旧，动静越大，一拧开关满屋子"嗡嗡"响，四条腿癫痫似的乱颤。林以雄彼时还曾打趣过李小杏——就你挑的这玩意儿，插个方向盘坐在上面，我能开着它带你娘儿俩去商场。

那时候一家三口，小破房、小电瓶车，每天都还挺有滋有味地过。不知道从什么时候开始，他们就像一盘散沙似的攥不紧了，风一刮过飘摇而去，都没有给李鸢反应的余地。

"喏！"林以雄把手里一本枣红色封皮的独生子女证从房门外甩给李小杏，李小杏伸手没接住，证掉在高跟鞋边上了，李鸢蹲下帮她去捡。

"还有这个取暖器。"林以雄用左手虚扶着一个齐膝高的纸箱子，"这个你也拿走，当年你的小姐妹给你从日本带回来冬天取暖用的破玩意儿，放在家里招灰又占地方，你也一起拿走！"

李鸢和李小杏一并看着林以雄毫不遮掩的不耐烦神色。

林以雄最不喜欢他们母子二人用这样相似、一眼便知有浓厚难割舍的血缘联系的目光看他。就好像这两个人才是同声共气、志趣相合的亲密血亲，自己如油触水，交融不进，于是就被无言而抱歉地推拒开了。自己倒成为这场家庭悲剧的罪魁祸首、始作俑者。他心里一百分的不爽里有八十分的不甘与不服。

"林以雄，"李小杏接过李鸢手里的老旧红本，错开一步站立，换了一下前后脚，"有意思吗？你就学不会好好说话，是不是？"低头笑了一下，她又气定神闲地抬头看他，"我哪次和你说话你不这样？我跟你离婚不代表我就欠你的、该你的，不代表就给你本事一直冲我甩脸子。"

林以雄活像吞了个笑话下肚，高耸的眉峰故意大幅度地抬高继而落下，抬手抹过嘴角两侧捋过下巴，偏过头去乐了乐："你这话逗啊，水不平要流，理不平要说。哎，怎么我就给你甩脸子了？"

"不与傻瓜论短长。"李小杏眼皮一奔一抬，耸肩一叹后，敞开说道，"你觉得没有就没有吧。"

"你们女人就会这样！"林以雄扶门站直，眼窝处凹进两道颇深的沟壑，扫去一层沧桑的病态，与李鸢的眉眼无二，"话到最后，是理不是理都在你们嘴里了？！你跟谁拿腔拿调的呢？"

先动怒的人先输一局，李小杏自矜的神色里带着锐利的得意与不屑，眼神上下扫视对方，腰倚上李鸢的书桌，胸脯微微抬高一顶："怎么，林以雄，脏字不离嘴在你这儿不叫甩脸子？你够开放啊。"

林以雄有些气急败坏，环臂昂起下巴："老子一直这么说话，你不知道？怎么你跟了马周平，听他给酸几句亲啊爱的肉麻话，受不了我这个大老粗狗嘴不吐象牙啦？你原先不一直听得惯吗？啊？"

李小杏嘴角微僵，短暂地吐了口气后正色说道："说你说我，你少提他。"

"虚啊？"

李小杏不作声了。

林以雄"乘胜追击"似的紧接着跟上："你怎么不早心虚？怎么不见你早跟那姓马的不是东西的眼皮子底下张牙舞爪、人五人六的？你上赶着给马煜平当后妈，他不搭理你、给你脸色、说你贱的时候，你怎么不这么能说会道？！"

林以雄话毕捶了一下门框，李小杏胸前起伏两下，站直儿欲上前："你——"

"啪"的一声，床边的李鸢抬脚踢翻了书桌边的小方凳。

早夏黄昏，昼夜分割不均等。李鸢送李小杏出门，热油汀很重，她穿的是高跟鞋，拿着不方便走路。筑家塘傍晚金亮的天光照进一半的巷中，将晦暗的楼洞分成破败与崭新的两半。李小杏小心地踩着高跟鞋下楼，先沐进了光里，人像登时被雾化柔焦。她转过头来看李鸢，拘谨又赧然地笑了笑："牛牛不用送了，妈妈走了。"

李鸢大半身子在暗处，只有鼻尖、人中到下巴被照亮了，他说道："你提不动，这东西像一头死猪似的沉。"

李小杏被逗笑了，动了一下腰，沉默片刻后说："你马叔叔马上来路口接我。"

李鸢顿了顿，继而向左略略偏了一下头，于是鼻尖也不亮了，回道："嗯。"

"好好学习，注意身体。"

"嗯。"

"别小小年纪苦大仇深的，活泼点儿。"

李鸢笑："行，知道了。"

"别跟你爸似的。"

关系复杂，李鸢的心情也复杂，一点儿也没有了欢度周末的好情绪。他感觉像吃了一只苍蝇，不让吐，只让咽。李鸢在家和在外是两个样，他佯装老成、敞亮爱笑的样子全给外人看了，给自家人的，全是默不作声的漠视与抵抗。这里头又有执拗、偏激和孩子气的一部分，整个人拧巴着似的很矛盾，就好比他绷起下巴，刻意横平竖直地回应李小杏那句："像不像他其实都跟您没有关系了，您顾自己吧。"

李鸢心里的蔓草杂乱无章地快速丛生着，黏人的藻似的蔓延上足踝、手腕，剪不断，理还乱。他忍不住拿手指往墙缝里戳，一次、两次、三次……越发用力。

彭小满有意放轻脚步，鼓起平板似的清瘦前胸，提前回身大幅度挑眉，对奶奶比了一个噤声的小动作。老太太配合地弯了一下眼，很给面子地抿紧了有点儿瘪的嘴唇。李鸢无知无觉地持续着手指上的动作，似乎是感觉不到疼痛，低头无言。筑家塘里的野猫个个肥美圆润，常摆着长尾在人脚边踱来蹿去，一楼的出租房公用两处老旧的水龙头常不被人拧紧，任水一滴一滴地往下滴。

"滴答、滴答"，细弱规律的声响在阴凉逼仄的塘内清晰可辨。

彭小满趁其不备，在李鸢背后飞快地抬手一推："嘿！"

李鸢不出意外地一个趔趄，干脆利落地额头碰墙，发出"咚"的一声响。

"我——"李鸢登时怒从脚底生起，在对象不明的情况下，不由分说地在心里把背后那人的祖上十八代问候了一个遍。他揉了揉额心，将两道眉一高一矮地蹙起，然后转过身。

彭小满没谱儿，也不知道怎么就使了这么大劲。他见李鸢转过来一脸的乌云蔽日、煞气冲天的样子，很没出息地被吓了一跳，先鞠了个九十度大躬，紧跟着双掌合十，连珠炮似的提前道歉："对不起，对不起，对不起。手重了，手重了，我该死，我真不是故意的！"

李鸢见下黑手的人居然是彭小满，"啧"了一声，外加翻了一个无语至极的白眼："你怎么这么欠呢？"

"我不是故意的，何况你也太……"彭小满抬头看到他额头上一块椭圆的淡淡红印，像是在学校里午休，趴在桌上被压出来的一小朵娇艳的睡痕。心里抱歉万分，他又忍不住地嘴角颤得一直拍腿直乐，憋得一句话都走了音："身娇、体软、易推倒……"

这小子插科打诨是一绝，李鸢这会儿算是知道了。

他看到彭小满毛茸茸的短发顶在头顶，正巧站在唯一的亮处，一半的轮廓在天光里模糊掉了。彭小满穿着干净雪亮的短 T 恤衫、露着青白脚踝的水洗七分裤、走起路来"嘛啪"作响的人字拖。他差不多是刚从农贸菜场回来，吃了一路的热浪的样子，脸上挂着汗水，整个面庞看起来都是亮晶晶的。

"回吗？"彭小满举高手里捧着的切开一半、蒙着保鲜膜的油绿皮、水红瓤的大西瓜，扬了扬，"要不，上我家吃口西瓜去？"

李鸢没说话。

彭小满指指他的额心，露出虎牙嘻嘻笑了一下："来吧，给您请罪的。"

彭小满的奶奶背着手拎了一个鼓鼓囊囊的碎花小布袋，也慢吞吞地走上前，李鸢朝她礼貌地点了一下头。她笑起来朝李鸢招了招皮肤松弛又雪白的手，温温柔柔地开口，一点儿也不像彭小满说的犀利："是啊，小鸢来家里坐坐啊，过来给你点儿好东西。"

一老一少两个人并排，都是笑着，亮晶晶的。

筑家塘像是青弋犄角旮旯里的一小截盲肠。外巷与里巷的结构布局有很大不同，外巷笔直，稍开阔，里巷则挛缩纠结，窄而蜿蜒。傍晚走起来，类似旧沪弄堂，湿乎乎、黑洞洞的，空气闻起来像乌南江的腥咸味道。李鸢在这地界撒野长大，其实也很少往里巷走，里外隔着半堵水泥剥脱、裸了红砖的矮墙，界碑似的分了你我。里巷租户居多，多是来自比青弋更为狭小的地级乡镇，口中的方言也来自五湖四海，对本地人常有不可名状的躲避与讨好表现。

本地人矫情自矜，多的是一文钱不值的优越感。

里巷路边的电箱裸露着，助力车和瓦楞纸箱也被随意摆放着。巷内左右拉紧的一道道晾衣绳，红外线似的横向交错，挂得不高，李鸢一没留神就被勒了头顶，"啧"了一声后迅速低头。彭小满怀抱西瓜略略回头，见绳上几条大号的碎花平角裤上下晃悠，就忍不住咧开嘴，李鸢挑眉，他便强忍着没"哈哈"笑。

"小满的拖鞋，你穿着不会小吧？"彭小满的奶奶从涤纶长裤里掏出一个用碎花手绢裹成的小卷，拿零碎票子里夹着的钥匙出来开纱门。彭小满往地上甩了两双人字拖，一双印着史迪仔，另一双印着兔八哥，全是跟他脚上那双一样的热带夏威夷的二流子风："选一双。"

李鸢哪双都不想穿。

"那就这双。"彭小满替他做主，兔八哥被留下，史迪仔被"遣返"鞋架，"其实我有一套，还有一双唐老鸭的我没带过来，正版的。"

彭小满家在筑家塘最靠里的深处，左、中、右三户紧挨，另外两家都是做小生意的，贩售推车把本就不大的地界堆得满满当当。因是一楼，里屋难免昏暗，湿气也大，李鸢闻着，似乎还有点儿淡淡的中草药香。市政这几年把青弋拆得七零八落，格局老旧的房子几乎已经很少了，像彭小满家这样，主卧和侧卧为先，与厨房和盥洗室相隔一个狭小天井的房子则更为稀少，绝版。

因是租户，彭小满的家布置得很简单，家里的东西成双成对，墙上有一处小小的神龛，里面摆了一张黑白的遗像。遗像上是位老先生，彭小满鼻尖以上部位和他像，李鸢猜他们是祖孙的关系。

彭小满的奶奶抬手抄起近半米长的不锈钢西瓜刀，在茶水桌上一刀竖劈，把西瓜汁水淋漓地分了两半，一半再分成薄薄十几块，一半裹上保鲜膜送回了厨房。彭小满的奶奶把西瓜连瓢带碗地端给李鸢，李鸢忙笑了一下，接过西瓜对她道谢。

"客气什么？和小满都吃完，一搁就倒瓢吃不了了。"她说完又眯了眯弯起来的月牙儿眼，点了点李鸢身上的那件白色 T 恤衫，"不要滴身上了啊。西瓜汁可难洗了，尤其你这雪白的衣服。"

李鸢愣了一下。

李小杏几乎已经不再对他说这样的话了，自从她和林以雄分道扬镳，自从她不惮参与重组的复合家庭，选择追随另一个她认为好过林以雄且她心仪的男人，淡出自己的薄物细故以后。这话旁人说其实有点儿亲近过头，彭小满的奶奶却说得丝毫不违和，没有任何可考的目的性，让李鸢乍然感到熟悉的陌生感，又不会觉得不自在。

彭小满佝偻着背蹲在纱门口，门没被关严，露了道让蚊蝇能明火执仗地钻进来觅食的大缝。彭小满的奶奶指了指彭小满，转过头冲李鸢小声嘱咐："小鸢去帮忙把门带严，再给那小子的屁股来一脚，说了关门、关门，他就是记不住。"

李鸢不能真踹彭小满，站出来关门，假模假式地抬腿顶了彭小满的屁股一下。

彭小满立刻转过头冲他龇牙："你……变态啊！"

"我那是故意的吗？"李鸢见他正在浇花，墙根下一个小盆里种满茂盛的景天三七。彭小满手里拿了一个水壶，上面又是印着一个奇奇怪怪的卡通造型——粉色的长鼻象。

"哦。"彭小满眯眼，"你不是故意的，是我故意的，我往你脚上讹的。"

"是你奶奶说那什么……"

没法儿聊。李鸢特识相地闭了一下眼，闭嘴不接话了，把手里切好的西瓜递上去。两个人跟两个老大爷在马路边等公交车似的往地上并排一蹲，慢吞吞地吃着沾着夕阳的西瓜。他们往盆里吐籽的时候，对视了一眼，突然就跟被隔空打了笑穴似的笑了起来，十分莫名其妙。

彭小满笑得被西瓜瓤呛了嗓子，才顶着鼻尖咳了两声："我发现你的笑点很低。"

李鸢把西瓜皮往盆里一放，抹了一把下巴上的汁水："说得就跟你比我高到哪儿去似的。"

"我低，最多是个吐鲁番盆地，你是马里亚纳大海沟。"彭小满接着乐，"哎，你是不是那种一个人看《猫和老鼠》都能对着电脑笑出声音的人哪？"

说得不假，但李鸢不想承认，承认就显得他像个心智不成熟的傻瓜，一点儿不符合他一直以来对外维持的装酷如风的级草形象。他自诩有故事，不是很想点头说"是"，享受着自己与他人不同的优越感，做作得不得了，十分自命不凡。

彭小满见他不说话，又拿起一块西瓜："你今天……不高兴啊？"

"这你都看出来了？咱们不是不熟吗？"李鸢似笑非笑地侧过头看他，顿了顿又忍不住问，"我表现得很明显吗？"

李鸢觉得自己很矛盾。

家庭关系而已，他既害怕被聪明的人看穿，又怕不聪明的人看不穿。不聪明的人看不穿，他就少了一次把故事变相地说给别人听，把痛苦给别人看，显示与人不同、沾沾自喜的机会；聪明的人看穿更可怕，一眼就看透了他的底牌，看透他的矫情——不过就是一个没有长大还想学别人耍酷装深沉的小鬼。

李鸢看不出彭小满是什么性格，明面上，是大写加粗的"没心肝"，外加乐天到蠢，可能某一天会察觉到他藏着的另一面呢？也许彭小满深不可测呢。反正李鸢觉得他和别人挺不一样的。

"你真逗啊，这还有什么明显不明显的？"两滴红色的西瓜汁摇摇欲坠地挂在彭小满的下巴上，被云影天光穿透，有一个高亮的小点，"高兴就高兴，不高兴就不高兴呗，怎么了？"彭小满说，"你还能弄出个既高兴又不高兴的表情吗？那都是人装的，不是本我，假死了。"

他突然就拔高到哲学思辨的高度，太深奥了。李鸢张了张嘴，一个字没说地低头笑了笑，又意味不明地点了点头，不讲"对"，也不讲"不对"。

彭小满的奶奶后来给李鸢的好东西，是一只玻璃的密封罐，里头是自己熬的川贝枇杷膏，原料就是上回他们几个从学校里费尽周折采回来的枇杷。她留了一部分尝鲜，剩下的便全加川贝熬了，口味好，也易保存。彭小满的奶奶分了他一罐，还顺嘴嘱咐李鸢要多吃饭，他身板虽高，但是看着太瘦。

彭小满在他后头唠叨——真会疼人，看你长得帅，还真拿你当孙子待了。

学生生涯，大喜有三：晚读突停电，大考巧延期，早操遇大雨。

张潮在《幽梦影》里写，春雨如恩诏，夏雨如赦书。周一大清早的大雨太给面子了，何止是赦免，简直是大赦天下，下得白昼如黑夜，倾盆大雨。李鸢穿戴整齐一身雨衣，蹬车出狭窄逼仄的筑家塘，入了一帘骤雨，宛然涛中浮萍、风中枯叶，雨衣帽登时被风灌满得上下翻飞，什么用也没有，雨水顺着缝成串地往衣服里淌。

李鸢索性摘了帽子，骑到校，被浇出了一头分外不羁、狂放且性感撩人的湿发，一并捋到头顶上。彭小满继续压着时间点"漂移"进了教室，看着倒是一身干爽，除却鞋湿、额前的头发被浸潮了，一绺绺乌黑头发正贴在光洁发亮的额头上。

游凯风喝了一大口甜豆浆，一双肥手游走在狼藉的抽屉肚里，摸索着第一节课要讲评的两张数学试卷，隔着李鸢冲彭小满嘻嘻笑着喊："哎，哎，哎！"

窗外天色灰蒙，教室里"嗡嗡"声一片，亮着灯，十分潮湿；《王后雄》《薛金星》《荣德基》，教辅三巨头在课桌上堆成了座座连绵起伏的高耸之峰。彭小满应声回头，视线先对上李鸢，诧异了一秒他湿透的全身，再对上他身后的那颗圆硕的脑袋："什么？"

他的心里话：你是不会念我的名字的三个字吗？

"我想扫你。"

扫我？

彭小满没明白，李鸢便机灵地替游凯风轻轻地补全："他是说，你的刘海儿像条形码。"彭小满听了撇嘴眯眼，示威性地猛搔乱刘海儿给他们看：真绝，骂人还带同声翻译的。

开胃菜似的两节语文课毕，大雨伴着响雷依旧下得簌簌不停。老班端着水杯从回廊那头慢悠悠地走来，刚现了半边圆润的人形，就被班里靠窗坐着的一个同学看见了踪迹。同学手疾眼快地抬手噘嘴打了一声信号，闹哄哄的班里片刻间便"此地无银"地安静了下来。陆清远迅疾地一迈长腿，丢了篮球横跨两组座位，一屁股坐回了自己的位子上。班里的学生转笔翻书的转笔翻书，低头喝水的低头喝水，个个是实力演技派。

"再给我装，八百米开外就听咱们班吵，人来了你们给我装。"老班抬高着一边的眉毛，拍拍门板，抖抖手里的一沓试卷，冲着续铭一扬："外面下雨，大课间改上自习，班长上来把卷子发一下，上课之前交上来。"

学生们一听就犯怵，苦大仇深地蹙起了眉，一听到要写卷子就沮丧得没边，一肚子"哎哟"不敢当着老班的面撒，一个个哼哼唧唧，耷拉着眼皮往后慢吞吞地传，折了边角的不要，多了的白卷递回讲台上。大家纷纷低头快速浏览一遍密匝乏味的试题，倦得恨不能一头搁在桌上晕厥过去。

升了高二，这些东西整日就跟不要钱、不要命似的往下发，语数外、理化生，一套一套地轮着来，趴在桌子上眯一觉的工夫，起来时能被发下来的崭新习题报纸和练习卷生生活埋。一天二十四小时，有十六个小时里弦都得绷得铁紧，这就是准高三生的宿命。

李鸢写试卷，和缑钟齐、续铭那两个人是一类，属于"遇神杀神，遇佛斩佛"，压根儿没有"题不上手"这么一说，是大写加粗的"高级学霸"。这类人答题的思维流畅缜密到自入其境、目中无人，解题素来推崇走极简风，在保证答题过程的同时删繁就简到最大程度，除此之外，压根儿不屑于写"答"字、码公式，看着懒懒散散、漫不经心地誊几个步骤，比游凯风和彭小满瞎写满的得分高得多。

人比人，气死人，大家智商不在一档，没法儿说。

李鸢把卷子横铺，一抬头，看彭小满笑嘻嘻地举着个手掌正望着他。李鸢不明所以，歪头，彭小满便冲他搞怪地耸了耸眉："击个掌吧，老天爷让咱们逃过被批斗的一劫。"

"你说做检讨？"李鸢放下水性笔，挺勉为其难地凑过去跟他轻轻击了一掌，没有一点儿情商地认真打击他道，"你没听老话说吗？'躲得过初一，躲不过十五'，就咱们学校……"

他故意似的冷笑了一声。

好的不灵，坏的灵，没来得及等彭小满表示不服说"你就不能想得乐观点儿"，

"十五"就来了。

校学生会挂胸牌的实习学生干部，高一的几个男女生，三三两两地端着牛皮记录本站定在（2）班门口，抬头望了望班级门牌，又望了望讲台上站着的老班。出于他们比高二低一个年级，一个姑娘便礼貌又显得拘谨地敲了敲门框小声问道："请问，李——什么啊这……"她盯着手里的本子嘀咕了一句，边上一个扎马尾辫的姑娘立刻侧头压着嗓子提醒："鸢，yu——ān，鸢。"

"呃……鸢。"女生摸了一下鼻尖，继续问，"请问李鸢和彭小满在吗？"

班里的同学停下手里的笔，饶有兴趣地把视线纷纷投向最里边靠墙那组的前后桌的两个人。彭小满冲门外举了手，尤怕把李鸢落下自己落了单似的，冲着姑娘指指自己身后。

"有什么事情吗？"老班问。

"就是，那个，学校安排他们现在大课间去白术堂那儿大扫除，以作……以作违反校规章程的……的处分，让我们几个喊他们过去呢……"

"怎么？"老班拧开保温杯喝了一口水，边说边笑，"怎么喊人去做大扫除，跟要上刑场似的呢？教导主任还怕他们跑了，派你们来押送啊？"班里的同学听老班这么调侃，"扑哧"一声，都没忍住笑。

"不是，不是。"小姑娘挺不好意思地摆摆手，指了指自己身后的一个男生脖子上挂的那台小单反相机，笑起来解释，"教……教导主任是让我们来跟着拍照做记录，回头写了稿子得登在下个月的校报上……"末了她又嫌不够官方，不够有威信力似的，合上本子一别头发，掷地有声地说，"麻烦请老师让他们配合我们的工作。"

"配合，配合，肯定配合！"老班的眼睛眯起来一弯成蟹爪菊，开口便忍不住似的要笑场，他抿嘴憋了半天也没憋住，干脆利落地"扑哧"一声，引得班里众人紧跟着也哄作一团，笑得最响的当数游凯风，幸灾乐祸地笑，笑声像一只大鹅似的。老班拍了一下肚子，抬手指指下边一脸不乐意的李鸢和彭小满，半真半假地打趣："长不长脸？快回家把好消息告诉你们的爸妈吧，你们要上校报了！"

彭小满想骂人，李鸢也想。

这得是多跟学生过不去，在小黑屋里关多少天才能想出这等损招儿？

李鸢站起来，默不作声地朝身后的游凯风比了个不满的手势，一只手插兜，非常不情愿地跟着彭小满向门口走去。学生会的几个同学扶着门框，指了指教室里的卫生角，慢吞吞地小声言语："教导主任还说，麻烦你们自己带扫帚和抹布，还有小水桶……和拖把。"

讲台下的众人登时更是笑得不怀好意，笑声此起彼伏，陆清远趁机在底下吹了一声幸灾乐祸的口哨。连苏起都忍不住停笔不看题，将视线围着李鸢和彭小满来回绕了好几周，看他们一高一矮、一前一后，猪八戒扛钉耙似的肩架着扫帚，被一路"押送"出了回廊。苏起侧头看了一眼努着嘴搞怪的周以庆，推了一下眼镜，与她同时抿嘴笑开。苏起笑完了又忍不住看向窗外，看他们离开的那个楼梯口。

窗外夏雨"沥沥"，空气里浮着一层泥土被雨水浸润后的青涩的土腥味儿，和簇新的卷子上的密匝排列的符号与数字混作一团，就像少女柔柔初醒，且还打着哈欠的青春一样。

白术堂紧挨着那棵被他们摧残了的老枇杷树，飞檐高翘，出檐则更加低远，四角如轻盈活泼的飞鸟展翅，是典型的纤巧秀丽的宋代木制建筑风格，茂密的绿林树影掩了轮廓，则更加古朴静谧。

因为堂内存了校史碑与高考英雄榜，堂门正前处又立了"鹭高"第一任校长的青铜铸像，所以这块地界算是"鹭高"最威严肃穆有底蕴的地方。不论哪个学生，不管他犯了什么样的大过小错，都得按例被捉过来遛一趟，整一整文气，定一定心神。就跟电视剧里的大家闺秀犯了点儿芝麻大的破烂事，都得被家族长辈长吁短叹地拖去祠堂跪一晚，生怕造了祖上的孽似的。

彭小满低头扫着堂下回廊上被打湿的落叶，屋檐下的水滴隔着短短间距排列着形成下坠的细小水流，像挂在檐下的一排透明的珠帘。雨滴落地飞溅，拍打在立柱与供以休息的回廊石凳上，和他扫帚触地的"唰啦"声巧妙地应和。

李鸢见他特别牛气，一点儿也不怵眼前男生的单反镜头，任凭对方跟一个照相馆里上蹿下跳的艺术总监似的，端着相机变换角度连按快门，自然而然地做着手里被处罚的工作，抬手、踱步、转身、弓腰，漫不经心得就像一次提前做好了充分准备的街头伪抓拍。李鸢怀疑要被贴上校报的是这小子的个人写真。

李鸢在一边拿了一块小抹布，有一搭没一搭地擦着本就干净如新的一根木制立柱，忍不住从鼻子里发出细小的"扑哧"一声，说笑也不算笑，自然得就像一个下意识的反应。

彭小满听见了，挑眉看他："'劳动改造'呢，你还高兴啊？"

李鸢是骨子里就爱装酷的人，虽然笑点低到地心，成不了苦大仇深、愁眉不展的那一类，也依旧深深渴望做喜怒不形于色的那一类人。于是他便收敛嘴角，摇摇头，不说"是"，也不说"不是"。

"那就是比昨天高兴。"彭小满陈述道。

李鸢望着他淡褐色的眼珠、新月形的双眼皮褶，过度解读似的在他眼里看出了深意。像有一个圆融又自在的外壳，把所有尖锐的情绪都包裹住了，美好而虚假，让人想戳破。

高兴还是不高兴，李鸢都有点儿老气横秋地说不清其中的区别了。不是装酷也不是后知后觉，他是真的单纯地说不清。学校和家里，生活乏味的两点一线，都是鸟笼，他们只有个体与集体的区别，每天只有早起或不早起，熬夜或不熬夜，累或感觉不到累。应试教育体制下的高中生，情绪是无用的累赘，累就睡一睡，不累就写一写，不存在高兴就加分，就能考得更好的状况。高兴什么又不高兴什么，他不必浪费时间想。

李鸢觉得至少得等到参加完高考，他有一条可以选择的分岔路了，才能在保留有余地的情况下，说得清心里绞成一团的子丑寅卯。

彭小满在回廊抬手拿扫帚把指着李鸢的头顶。李鸢抬起头看了看，又低一点儿头问他："怎么了？"

"蜘蛛。"彭小满比画了一个弹球的大小，"看你头上有蜘蛛。"

李鸢十分怵节肢类昆虫。这是彭小满知道的第一个关于他的小秘密，于是对他的印象，在"早熟、学霸、长得显老、爱装酷、能打架、游戏王者"之外，多了一条：色厉内荏。按说这也是一道奇景了，李鸢一米八的个头，愣是被小虫唬得不敢动，十分稀奇。

彭小满忍着笑替他伸手一弹，身高落差颇大，得踮着点儿脚；李鸢被他笑得不爽，心虚又确实不大好意思，竭力端着张神色如常的脸，一只手扶着立柱，一只手垂在腿边，微微低头僵着脖子，怕惊动了头上的小蜘蛛，使它再顺着脖子溜进他的衣领里。

他们彼时都听见了几声清晰的快门响。

可惜，这两个人往后再久都不知道，这张照片被贴在了那篇够让他们羞耻一辈子、关于违纪违规的校报文稿的初版上。初版撰稿人想得倒是很简单，这张照片的一切都很恰到好处，无论是取景、光线、构图还是意境，有点儿说不清的观感，像是从明净的水流里捞出来的一样，有天然的奇珍纹路。

结果照片被校报的负责老师给无情地"枪毙"了，理由也简单——这是什么？都违纪违规了，还这么不认真、不严肃？与主题不符。

结果李鸢和彭小满一生中第一张凑巧的合影，便长久地躺在了"鹭高"校内电脑的资料储存库里，湮没成千千万万文件中相当不起眼的一张照片，等着被格式化。

老班是一个言出必行的老头儿，说铁腕必铁腕，说你要完你必要完。他陡然加强了对（2）班的监管力度，缩短了晚饭时长，拉长了晚自习时长，且强制要求晚自习只能做当堂发下去的练习卷，不许偷着写作业，节省晚上"开夜车"的时间。可问题在于老班人懒还好抽烟，在班里蹲不住，要么续铭，要么李鸢，轮流着被叫上讲桌替他看堂。

这晚一把手续铭调休，换二把手李鸢上。

李鸢其实都不知道这班里的这些个班干部是按什么刁钻诡异的选法给选出来的。管理层典型的阳盛阴衰，叫得上名号的什么正副班长、团支部书记、各色委员和各科课代表，一水儿是心眼儿如碗大、和"心细"二字沾不上一点儿关系的男生。就连游凯风那个成绩烂得掉渣儿的角色，也能是一个收作业的小组长，但是班里那些个文静且性子好，看着有责任心的女孩子，半个官职都没捞着。

按说大清都亡多久了，老班还能重男轻女？后来有谁闲着没事问了一问才明白，是因为高中的班干部纯粹是替老师跑腿，意义不大，而且老班觉得自己是个男的，和女同学之间不大能拿捏得好亲疏关系，近也不好、远也不对，干脆就全用男生，支使起来顺手顺嘴，挺好。

续铭看堂是属于压根儿不管的那种，讲台下面沸反盈天，乱成一锅粥了，他在讲台上做题，依然神色不改，巍然如山。游凯风一直觉得续铭这人家里必须有点儿佛学背景，看他坐在那儿，定如青松，大写的禅意，整个都像看破红尘、佛光普照了似的。李鸢比他强点儿，好歹听着动静大了，还知道抬头敲敲讲台，装个模子、做个样子。

晚自习数游凯风最不老实，卷子里十道题，他有五道题不会写、三道题看不懂、两道题全靠蒙，两笔糊弄完了任务就东摸摸西摸摸，琢磨着找点儿什么杂事做。其次就是陆清远，他是体育特招生，篮球不离身，和游凯风一并属于"戏精大学话痨专业"保送的，写张卷子也长吁短叹、上蹿下跳的。

李鸢正趴在讲台上解着一道立体几何题，已知条件还没读通，就听陆清远在最后一排高高举手道："副班长，我举报！"

"报。"李鸢从试卷里挪开视线，抬了抬头。

"报，你座位后面这头活猪吃独食不分我们点儿。"陆清远皱眉，揉了个废纸团冲游凯风甩手扔过去，没中，砸在了墙上，"我们在这儿饥肠辘辘地写卷子呢，他那儿也太香了吧！"

他不说大家不知道，一说大家都闻见了——教室里正飘着一股若有似无的牛油火锅锅底味儿，还是川辣红油的那种。大家顺着一嗅就能轻易顺藤摸瓜地寻到发源地——游凯风这个家伙的抽屉肚子里。

李鸢把书往讲台上一盖，反手从粉笔槽里拾了一个粉笔头，不动声色地一甩手扔下去，正中红心，掷到低着头的游凯风的脑顶中央，只见粉笔头俏皮地弹了一下，"吧嗒"一声落进了抽屉肚里。

"哎，我——"游凯风低头叫骂，眼睁睁地见粉笔头好死不死地掉到他的饭碗里了，"咕咚"一下子没进了红油汤，那叫一个精准无误、不偏不倚。

"你什么？"李鸢站在讲台上一拍卷子，"练什么九阳神功呢？就看你那个位子往上冒气。"

"我没——"游凯风抬头打哈哈。

"彭小满。"李鸢能信他，简直白和他交好一年多，转头去看正咬着笔头、神思一看就知道没在卷子里的彭小满，挺把自己当人物似的分配了个任务，"麻烦你，替我看看我座位后面那个人在抽屉肚里干什么勾当。"

"Yes, sir.（好的，长官。）"彭小满也是表演爱好者，港剧刑警上身，站起来朝后伸展不怎么长的上半身，弯腰再直身，抬手轻轻地虚贴右眉骨，"报告长官，抽屉肚里是一个自热的方便小火锅，鸡尖、毛肚、豆腐皮什么的。"

"哇哦！"

话音刚落，就听班里响起一阵此起彼伏的惊叹，眼里都仿佛能射出飞刀——大家都饿得脑子转不动了，凭什么你一个人偷吃？！

李鸢撑着讲台起身一脸"你真行"地下去巡查："可给你牛坏了啊，游凯风，你这么有本事，要不下次在抽屉肚里弄个韩式烤肉和回转寿司？"

"你别那么夸张……"游凯风摸摸鼻子，拿书把抽屉肚挡住，掩鼻偷香，"这空间，我给你搞一个石锅拌饭就不得了了。"

李鸢拿着卷子抬手一扬："我骂你，你还当夸你呢？少废话，记黑板。"老师不在的情况下，晚自习违纪的行为要被记到黑板上，恐怕是全中国所有学校都约定俗成的传统套路。

"哎，别啊，你这人怎么这么不仗义？！咱们分还不行吗？"

李鸢摆手。

"叫你哥还不行吗？！"游凯风把自热火锅从抽屉肚里端出来，看着李鸢走回讲台，折了根粉笔在黑板上落了一个三点水，一猜就是他的名字，没跑儿。游凯风抬手朝李鸢的后背扔了一卷胶带："哎，你这么刚正不阿的，有意思吗？"

胶带落在地上，骨碌碌地滚到了讲桌下，李鸢在讲台下一片密集的低笑声里，动了动右脚尖，把胶带利索地踢到更远的课桌深处，恶意地在黑板上留了一排碗大的粉笔字："本晚，游凯风在自习时偷吃东西遭举报，态度恶劣，拒不认错！"最后他又补了个愤慨的叹号。

"我什么时候态度恶劣了？！"游凯风指着黑板上的一排添油加醋的字，"你写还起因、经过、结果呢？你当写作文呢！"

李鸢站在讲台上抬了一下眼皮，把粉笔扔回粉笔槽，倚着黑板冲游凯风歪头，怎么样吧？

"你应该再加一句。"缑钟齐把水笔翻转点了点黑板，帮着李鸢出损游凯风的主意，"加一个'偷吃东西情节恶劣，群众公愤，望组织严惩。'"

李鸢颇认同地打了一个响指，又去拿粉笔："你说的这点可以。"

游凯风又把手边的修正液连盖子一并往忍不住笑的缑钟齐头上丢，缑钟齐手疾眼快地挡回去，游凯风又揉了一个纸团不依不饶地丢："讨厌！"

缑钟齐是典型的情商满分、四平八稳里又带点儿出其不意的好学生，家里三代从医，为人处世总给人春风之意，哪里都妥帖又滴水不漏。李鸢不太能做到这样，有时候也会想，缑钟齐这样的人，是可以毫无阻碍地越过迷惘，直接滑入复杂社会而融入其中的吧，会是受欢迎的。

无奈十七八岁的人想得太多、见得太少，总有个别人要去恶意揣测他滴水不漏背后的心机城府，再去看，就越发觉得他的每一句话、每一个行为都有企图，都在私卜进行过无数次利弊的揣摩。

好比他礼貌地拒绝了老班丢来的副班长的担子，说分不开精力，这才强拉硬拽地扔给了李鸢。就有人要说——装腔作势遭雷劈啊，摆什么谱儿啊，清高的样子。好比他有自己的原则，不论当面还是私下，绝不喊老师的外号，旁人都在拿老班的本土口音、球状形体生冷不忌地打哈哈，他即便已经忍不住跟着笑了，开口的时候也必尊称一句"班老师"。就有人又说——搞得跟人不一样，显得就他有素质？

就连他擦眼镜时不习惯用衣摆而一定要用随身携带的眼镜布，这种纯粹和卫生习惯挂钩的事情，也能被强行解读出不寻常的深意——假干净。

这事说起来有恶意，但其实解释起来无比简单——忌妒、闲得慌，看你优秀我不爽，忍不住我就要拟些莫须有的罪名聊以安慰。

在被游凯风惹起的一阵小小喧闹里，便响起了一声突兀又不合时宜的嗤笑，嘲讽居多，不怎么善意，"好学生不学习、讲话，就不管了是吧？"三开的大白卷，被他在桌子上翻得"哗啦"响。

对方话有所指，说得也不怎么客气。缑钟齐听了，无所谓地笑了一下，便依他意思地闭嘴，摆手投降和游凯风休战，转过身子继续去看卷子上的试题。倒是游凯风听了这话觉得别扭，左右扭着下巴，兼着右眉一耸，朝声源望过去："哎，你拐弯抹角、阴阳怪气的，跟谁闹呢？"

说话的人是一个理科全能，唯独语文和英语差一点儿，两项短板合力拍得他眼冒金星，骨碌碌滚下了年级前二十名的榜单。他找老师问习题问得倒勤，"开夜车"

开得也苦，奈何挣扎再三，也做不到名列前茅。他满脸不成熟的通红闷痘，唇上缀着刮不净的两抹淡灰色的小胡子，眼镜腿在他的太阳穴边留下了两道油腻的白印子。

这人就好穿显得高贵的颜色的衣服，淡紫、深紫、黛紫。如果说远看过去是一坨葡萄，葡萄得说——别拿我类比。哪个东西被当作形容他的喻体都得翻脸。于是便形容不清了，简单粗暴点儿吧，他就像一坨含含糊糊的紫色生物。

"含糊紫"推了推眼镜："有你什么事？"

一句话迎上游凯风的面门，触怒了他，他还就是个好狗拿耗子的人，歪着头反问："那我跟他说话，又有你什么事？"

"晚自习不是你一个人的。""含糊紫"聪明，开口就站在官方立场说话，拿腔拿调，头朝闷头听戏不言语的众人一抬，"你不嫌吵我们嫌吵，你不想学别人要学。"

"你只说'我'就行了啊。"陆清远在后排转着篮球出声，"别'我们'，谁跟你是'我们'？"

"含糊紫"说话没错，晚自习打闹哪能占理，可就是他那副梗着脖子端着的样子，那副"我写不出来卷子，考试考不到年级前五名，全是因为你们营造的学习氛围不好；我明明很有责任心、很刻苦，班主任怎么看不见，不让我当班长或是副班长，简直屈才"的做派让人不爽。

"含糊紫"转过头，笑起来总是一股讥诮："我说你了吗？没你，你不算其中。"话里的意思分明——就你那破烂成绩，当我愿意把自己跟你划成一类似的。

"哎，我也不是。"周以庆刚趁乱吃完一根糙米棒垫肚子，抹干净嘴边沾着的碎渣儿，力挺陆清远和游凯风早早地站队，"我也不是你那个'们'，我挺乐意听他们两个闹的。"

苏起抬脚顶了一下她的桌脚，示意她别话多做出头鸟。

缑钟齐听了也略略回了一下头，看着她微微笑了一下。

游凯风属于嘴很欠的那种人，一旦占了上风就乐得没边儿，"咯咯"直笑道："我什么话都没说啊，他们两个人说的，你自己人格魅力不行，人家不愿跟你物以类聚。"

"含糊紫"接连两次败北，心理上登时就失了平衡，忍不住阴损地要攻击对方的生理缺陷。盯着他飞速地思索了几秒也只得出一个"肥"，于是"含糊紫"立刻加以修辞，抬起下巴轻吐三个字："死，肥，猪。"

"你再说一遍？"游凯风眯眼看着他。

哪能再说，谁不知道见好就收？"含糊紫"看游凯风明显要发火了，登时就觉得挑衅的目的达到了，顷刻觉得通体舒畅，肝是肝、肺是肺了。他把笔帽按回笔身，还迎合他的神色，得意地转了一下，带着点儿笑意地耸肩撇嘴，不说话了。

游凯风转身抄起卷子往他那个方向砸，李鸢和彭小满同时站起来"哎"了一声，比不上游凯风手疾眼快："我让你再说一遍！"

游凯风的卷子整洁雪白，像一只扑腾着的信鸽似的越过三组座位，稳稳地盖在了"含糊紫"的脸上。总不能坐等着被拍不反应，"含糊紫"等卷子拍了面门才来得及抬手一挥。众人的视线跟着卷子走，见"哗啦啦"散开的三大张卷子"啪"的一声被打破了一个大洞。"含糊紫"嫌动作不够利落潇洒，又踩了一脚，雪白的纸张上登时被印上一个四十码的篮球鞋印。

"来，有本事你再说！"游凯风吼道。

缑钟齐和彭小满站起来扯住游凯风的衣领，把他往座位上按："算了，算了，你别把班主任招来。"

"含糊紫"被拍了脸，扶了扶眼镜，依旧软弱得不敢骂第二句，伴装着一身傲骨的样子——是我不屑与你多费口舌。他瞪了瞪游凯风，径自拿了桌上的水杯，拧开杯盖，漫不经心地抿了一口。

"是。"陆清远似笑非笑地劝，依旧转着篮球、倚着椅背，椅子的半只椅腿摇摇晃晃地悬空着，"你别跟那种人一般见识。"

苏起回头往他桌上小力一按，示意他可别看热闹不嫌事大地火上浇油了，敢情你不劝和就算了，还非撺掇着他们打一架是怎么的？

游凯风充充门面还行，他是来不了强的硬的，可是对付一个站起来才是他横一半竖一半的"小鸡崽儿"，还是绰绰有余的。游凯风不怵，李鸢就更不怵了，游凯风要动手的话李鸢会帮，且第一个帮，一面在于他确实看那人不爽，一面又在于，动起手来是一件挺简单纯粹的事情。打能怎么样，反正他们不会拼命打的。

情绪和手段都是当下的，再难听的话、再下三烂的手段也是短暂而容易三思后有所悔过的。他打完算完不留后手，不搞些阴不阴、阳不阳的东西让人不舒服，哪怕落了伤，留了口子，疼痛也是坦荡的。李鸢时常隐隐畏惧自己这潜意识里深藏的暴戾想法，又确实不爽于生活里的人事种种，无法挽回似的，毫无预兆地漫长积累。

最后还是续铭面不改色，端着张表情像藏狐一样的脸站起来安抚住了游凯风，一句话就拧紧了众人的皮："不怕死你们就把老班招来，招来了他，大家都得死，全班完蛋，谁敢谁试试！"

彭小满似乎对班里的人总是知之甚少，就算看，也只看得出浅浅的一层表面。诸如这个人好看，是个班花；或者谁谁谁干净端正，一看就知道是个学霸。最近他莫名其妙地和李鸢一起放学，只是总是骑得慢吞吞的，要落在李鸢后面一截。彭小满被间隔排布的青弋路灯照得面孔忽明忽暗，开口迎着湿暖的晚风问李鸢："男生有的时候会这样吗？"

"少见吗？"李鸢听他说得新鲜，就跟从来没碰上过这等子事情似的，反问道，"总会有平白无故'我就是看你不爽，要找你结梁子'的时候，不然你以为那两个人上次为什么跟你打架？"

一提起这件事情，彭小满似乎就想起嘴角刚好的瘀青，好像一按那处就会酸胀地疼痛，他下意识地撒了抓着车把的一只手去挠嘴角，又搓了搓："我不是说这个。"

"那你说什么？"

"我说，"彭小满顿了顿，"我是说，凯爷扔卷子过去差点儿飞起来揍他的时候，我看你在讲台上一脸兴奋的样子，你自己察觉不到吗？"

"就是感觉你吧……"彭小满骑到了路灯下，笑起来的面庞清晰地呈现在李鸢的视野里。他褐黄的眼珠叠了一层路灯的人工的黄光，增加了视觉上的膨胀感，明亮得像猫的眼瞳一般，满眼说不出的通透，李鸢有一种被看出深意的贯穿感。

"特别兴奋，巴不得他们闹起来似的。"彭小满不明白他那个神色是为什么，于是问，"是因为你们都瞧他不爽吗？"

不是。

那为什么？李鸢说不清楚。

第四章

我不留在这儿

端午节有一天的法定假期，不过通常都连着周六和周日，凑在一起能攒一个小长假。"鹭高"不，得抓紧时间补课，放假三天？想都不要想。一方面，碍于大考转眼就在来年，成败在此一役，时间确实紧迫；另一方面，"鹭高"位于乌南江江心，年年适逢雨季，水平面陡然上涨没上洲头，则有涝灾的隐患。因而在梅雨时节的日子总要放一周的"水假"。事关学生的人身安全，"鹭高"不敢糊弄。

如此一来，绞尽脑汁地压榨学生的业余时间的事情，学校就更是习以为常、心安理得了。劝你不要有情绪，老师说来说去也就那几句车轱辘话——补课为谁？我累给我多少钱花？不为天、不为地、不为我、不为他，学也是你，不学也是你。所谓沉舟侧畔千帆过，梅花香自苦寒来，你拼的是今天，搏的是未来！你考过"高富帅"，你战胜"富二代"！

游凯风：不高兴。

靠不靠谱儿且不提，老师让你学你就学，别那么多废话。

果不其然，校里通知端午节只放一天假，意思一下，又想着佳节同庆送粽子太俗，迂回一下，就烦请各位老师各发学生几套高考真题试卷聊表心意吧。课代表把试卷成摞成捆地搬来教室，散发下去，学生们皆忍不住纷纷拍桌叹气，深感宽慰地慨叹："真是气杀我也。"

林家有端午小聚的习惯，李鸢极其不愿意去。林以雄轮休一天，把工作服扔到乱颤乱叫的洗衣机里随便洗了，换了一身洗旧脱色的文化衫，背面荒腔走板地印了一句"自在人心"。"你奶奶特意嘱咐你去，说想你了。"他脱了短裤，抖了抖床上的那条涤纶裤，又举到鼻尖了闻因长久搁置酿出的霉味儿，"夏青和周文都去，你不去，我怎么讲？"

"您就说我死了。"李鸢刚做完两套真题试卷，仰躺在床上拿着手机打了一局游戏，林以雄在隔壁房间和他说话，隔了堵不怎么吸音的墙。

林以雄从隔壁两步蹿进来一蹦，把手里换下的格子短裤往李鸢脸上扔过去一蒙："嘿！大过节的，瞎说什么浑话呢？！"

李鸢的奶奶住在老爷子留下的那套机关宿舍的房子里，八十多平方米。老爷子是拿血拿肉堵过日本人的枪眼的老革命，后来又横跨鸭绿江去了抗美援朝的朝鲜战场。他福大命大，平安归来，被分配去龙河水库做了小半辈子的处级干部，临退休才回了青弋。

老两口儿事业有成，育有两男两女，按说是标准的人生赢家。奈何很多事情不遂人愿，旁人的"我以为"也仅仅是他以为。先是林以雄患了脑卒中，紧跟着婚变，带着李鸢做了无所依的老光棍；再是二女儿，也就是李鸢的二姑，四十多岁的年纪，意外得知自己是被父母在当年行军路上抱养的真相，情绪崩溃，接受不能；再是小儿子，林以雄的亲弟弟，李鸢的四叔，三十几岁被查出得了大病，胰腺癌转了食道癌，近乎掏光了自家积蓄也无力回天，前两年才走。

密集的一连串有关人情而非物质的打击，敲打得一身钢筋铁骨的老革命家心力交瘁，起夜喝水的时候不小心跪地一摔，心力衰竭，人就没了。那是李鸢第二次去殡仪馆参加追悼会，林以雄捧遗像，按青弋的规矩，李鸢是嫡孙，就得负责过顶摔碎那个火烫的烧纸盆。

生死其实就是这么没有定数，诸事都混乱无章，拢在盆里。可李鸢彼时视野里一片水雾蒙着似的模糊景象，始终觉得那烧纸盆触地一破，看着瞬时间四下里飞溅开的滚烫陶片与火星灰烬，模糊地觉得，这才是开始。

李鸢跟着林以雄刚进房门，就闻到一阵扑鼻的粽叶香。家在四楼也不免潮湿，不向阳，近乎有些阴森了。林虹晚了一步出来开门，放下了筷子在围裙上擦手，伏在厨房的门边瞄了他们一眼，推了推鼻梁上的圆片眼镜："说了让早来、早来，还搞这么晚。"她转过头冲着厨房喊："妈，毛子和牛牛到了。"

林以雄打小五官就深，体毛也重，外号一个"毛子"，一个"小地主"，随机抽选着喊。李鸢倒很固定，就一个"牛牛"，到了万事开窍又阻而不发的年纪，谁喊他都觉得别扭。林虹喊，他更别扭。

"大姑。"他脱鞋叫人，林虹点了点头。

"粽子刚煮好的，来一个啊？"李鸢的奶奶面色褐黄，灰白色枯发，七十三岁，也不算很衰败的年纪，把自己弄得无比憔悴，瘦骨嶙峋，总气若游丝得像她全靠提着的一口真气过活。她勉强地抿了抿嘴，看了看林以雄再看李鸢，眼光一闪，还是疼爱："牛牛放几天假啊，现在累吧，压力大？"

"还好，不太累。"李鸢轻轻对她笑了一下。焦点不论放在哪儿，余光总能扫到客厅墙上那两张并排挂着的遗像。遗像画得好，一点在于逝者表情的从容与柔和，一点在于，无论从哪个方向看去，逝者仿佛都是在面对面地看着你。李鸢的爷爷和四叔的遗像都画得很好，眉目清晰地谛视着这个家里的所有人、所有的复杂情况。

李鸢走近壁橱，从香盒里取了两束香正要点，偏头才发现一直坐在沙发上低头按手机的林娜，正挑起眉梢看他。

林家人五官都深，都长着一副石膏模特似的山根眉骨，林老爷子年轻的时候更是，眉目冷峻，怪是怪了点儿，常被人说成混血儿，可也算潇洒倜傥得妙不可言。唯独林娜，李鸢的这个二姑和他们都不像，弯眉细眼，塌肩窄腰，典型东方式的扁平文弱样子。这点截然不同，在她知道自己是被抱养来的之后得以辅证。再看，谁都心照不宣地越发觉得她迥异、疏离。

"二姑。"正脸相迎了，李鸢得礼貌地喊人。

"嗯。"她意味深长似的在李鸢身上瞟，抬了抬柳叶似的眉毛点点头，笑得假，又精明古怪，"我不说。"

李鸢没办法地笑着打哈哈："您要说什么？"

林娜嘴角一敛，嘴唇抿作一线，仰进沙发里盯着自己一步裙下的膝盖，掐了掐大拇指指甲，神色原本就是假晴，登时变得真阴了："我要说的事多了去了。"

李鸢和她对视了几秒，舔了舔嘴巴不看了，把香插进了小桌上的一个小坛里。

林娜的话他没法儿接，也不能接。那里头的深意超过晚辈可以了解，甚至插手其中的范畴。换言之，就是大人嘴里常挂着的一句口头禅：大人的事情，你小孩子不要管。李鸢又不知道"小孩儿"能如何定义，从心理还是生理、成年还是成家、独立还是统一、单一还是复合。

中午吃饭的时候，饭桌上有虾蟹，夏青过敏不吃，就调换了座位被李鸢的奶奶怂恿去坐了主座。她是李鸢这一辈的长姐，是一个文静勤勉的重本高才生，刘海儿一并与头发挼到后头扎成个高马尾辫，额头光洁饱满，眉目和善，一说什么就扬着嘴巴眯眼微笑，十足的温柔的长相。但她和她的母亲林虹、她的父亲夏志苗，他们一家对李鸢和林以雄是百分之百的轻视甚至排斥。他们精于掩饰，便表现得若有似无，但李鸢始终察觉到那股仿佛被玷污了尊贵血统似的轻慢态度。

真要说，也没有什么特殊的原因，不过就是自己总是冷言冷语的样子，对他们并不热情，因而惹得他们也不乐意做过多的情感回馈；或是林以雄这人市侩计较，本事没有，臭毛病一箩筐，话也总说得难听，即使是手足，也是让人一眼看着就不悦的那一种。总而言之，两个政府官员外加一个重本高才生凑成的一家三口，高人一等，轻视别人是日常习惯，理由不重要。

李鸢的奶奶喜欢夏青喜欢得飞起，因为她总好言好语，似真非真地常凑过来讨好。老太太耿直，对一个子孙好得失了偏颇，也从来不觉得不妥。开局沉默，她嫌冷肃，就伸筷子夹了那盘鲈鱼里最精华的一块雪白肚肉，蘸了姜汁递进夏青的碗里。

"多吃这个，上大学累啊。"老太太把筷子收回嘴边无意识地嘬了一下。李鸢瞥见夏青极快速而嫌恶地蹙了一下眉，又去看林虹，林虹眯眼冲她微不可察地"啧"了一声。夏青便又大大方方地笑起来："谢谢姥姥，也不累，就是听听课、上上自习而已。"

"大学累什么累，您逗呢？"周文一开口就说话不好听，似是"咣当"一声在桌面上砸了个脆响，"上上小课、谈谈小爱的，累什么？"

李鸢夹了一颗枣进嘴，听了这话，枣核好险没顺着食道呛进肺里。

夏青的脸色陡然由白转红，继而染上一层淡淡的黄瓜绿。李鸢端起碗咽了一口鱼汤，带了带嗓子眼里的红枣，林以雄仰头灌了一口啤酒，抬手拂掉胡楂上的酒沫。

"你……"老太太把筷子往桌上一拍。

"张嘴瞎说什么呢？！"林娜柳叶眉一竖，横过胳膊肘冲着周文的肚子一撞。周文哪儿能坐着任打，将砂金色的粗硬头发向后一拨，捋出乌黑的发根，挺起懒散歪着的上半身向前一凑，腾出了空间让林娜撞了个空。

"我说什么了？"周文越说越乐，神经质似的笑，笑出了脖颈上的几段凸起的青筋。他性格还真倒是敞亮，身上那个类似"左青龙、右白虎"的文身，就那么无所顾忌、大大咧咧地袒露在 T 恤衫领口那儿。

"你怎么跟你妈说话呢？"周建忠推了一下框镜，警告意味地假咳一声，接着推了推周文面前一筷子没夹着吃的饭碗。

"我跟我妈说话，跟你有什么关系？"周文别过头冷哼，尤其不待见他这个软弱了一辈子、破事还多的父亲。

"你小子——"

"你想干什么？"林虹把半卷鬈发朝耳后一别，朝碗边低头，噘了噘抹着点儿玫瑰红色唇膏的嘴唇，啐干净了嘴里的一口混着细小鱼刺的肉渣儿，"大过节的，吃个饭你想干什么？"

"我不想干什么，大姨，真的。"周文又换上笑嘻嘻的面孔，用手撑着下巴，支着歪在一边的脑袋，伸舌头尖舔了舔原本是穿唇环的那一个小洞眼，"没睡好，瞎说呢。"

"你一直是这样。"林虹一教训起人，就要挺直脊背，下意识地环臂胸前，即便话是好话，句句不假，也让人十足十不爽她那高屋建瓴的做派。半辈子都坐办公室的人能没人给说过吗？说你这样不好，官僚做派似的，招人恨，可她愣是不改，那做派反倒逐年驾驭得越发流利纯熟，就像在一个大写的"傲"字上面长了一个人似的。

"你从小到大就是这样，你现在知道'废'字怎么写吗？你知道自己现在像个什么样子吗？"她低头复又一抬，不愿听他多一句反驳话似的按了按手掌。周文也不恼怒，一副笑模样地眯眼晃着脑袋，听她像煞有介事地训话，回道："嗯，对，接着说。"

"你不要觉得自己从技校出来刚有口饭吃就不得了了，你现在做的每一件事情，都决定你以后是人模狗样地坐办公室，还是继续在工地上搬砖。周文，我告诉你，你妈你爸不会教育孩子，我跟他们说了多少遍从小就要严管、严管，他们就惯着你，把你搞成——"

"你讲那么多给谁听？我们惯的？我惯谁了？"

林娜把擦过嘴的纸巾揉成一团紧捏在掌心里，在桌下换了个跷腿的上下次序，高跟鞋磕出两声脆响。她伸着细细的雪白手指往前一点，腕上的一条细银链子上下直晃："我告诉你林虹，你们林家最会多管闲事打马后炮的，就是你们一家。"

夏青在一旁轻轻地嗤笑出声，白眼翻得丝毫不做掩饰。夏志苗还是端着架子，咽完了嘴里的白米饭，抿了抿嘴。

"'你们林家'？"林虹眯着眼，"还想着把自己往外择？"

林娜不说话了。

林虹突然就笑了："今天端午节是妈和我求着你们一家子来的？'你们林家'？我真是听了大笑话要笑掉牙了，你要是觉得委屈，"她抬起手指了指门外，"你大可不来，没人逼着你在这里受委屈，真的，林娜。"

"你不要这样讲……"老太太局促地上来打圆场，转过头又见林娜隔着一桌子饭菜瞪林虹，腮帮咬紧跟着一突一跳。老太太的手从桌子底下伸过去，越过周文和周建忠，要去摸林娜搭在膝盖上紧紧交叠的手："娜儿，娜儿，不是你大姐这么讲的……"

"您还没听清呢吗？"周文漫不经心地喝着杯子里的果汁，"人家这个地方就不欢迎咱们，就您还一大早又化妆又换衣服地上赶着热脸来贴冷屁股呢，显得您多贱哪……"

林以雄到底不大听得下去了，拿手里的易拉罐敲了敲桌面。没几个人看得起他，就代表着周文更看不起他，周文挑眉瞄了林以雄不悦的面容一眼，从鼻子里哼了短短的一声。

"说句良心话，"林虹坐得更加板直，俨然眼皮底下的不是饭菜，好似一份重要的跨国合资的商业合同，"爸在世的时候，最疼的女儿就是你，小四、毛子跟我都不如你，我就想搞清楚你到底在不舒服什么？林家不欠你的，林家对得起你，你忍到现在不就是为了爸的那点儿钱和这套房吗？"

"林家、林家，"林娜吸了口气，挣开老太太捉着她的手腕的那只枯瘦的手，"你一口一个'林家'，一口一个'你'，林虹，你从知道我是被抱养的开始，就没把我当过林家人。小四生病你一天都没陪过，全是我在医院；爸住院你就送了两回汤，你也一次都没住过，你忙？"她用力咽了一口口水，艰涩地说道，"我没要过什么房子和钱，倒是你，林虹，你自私自利到一种境地了，我这辈子，真的是开眼了。"

"我自私自利？你儿子的技校不是他姨夫帮忙，你看他那个样子你觉得他进得去？我自私自利，周建忠那年闯祸被拘留，后来他自己保释自己出来的？我自私自利，你当年生孩子没钱住院，谁借给你的？我自私自利我把那套空房子让给你住一个月，三百元钱的水电费我替你交了半年？"

"我该你的钱，我一分不差地都算清楚还给你了。"

"钱还清了，人情呢？"

林娜半天不出声，过了一会儿才小声带笑地来了一句："林虹，你那叫施舍，你开心就给，不开心就不给，你给我是觉得你高我一等，你那叫屁的人情。"

老太太把筷子往桌上用力一拍，盛汤的小碗倒在了桌上，奶白的鱼汤顺着台面扑到了桌下，淋在了一直沉默坐在一旁的李鸢的手上和裤子上。

"爱吃不吃，不吃都滚！"老太太压着哭腔说完，抬手把饭碗一扣，站起身掉头回了卧室，"砰"的一声带上了房门。众人都不说话，盯着桌面，林以雄捏扁了手里的易拉罐。倒是周文又懒洋洋地开口，指了指李鸢的裆："不去厕所哇？尿一身鱼汤？"

李鸢立在水龙头边搓着裤子的布料，面无表情，姿势却显得猥琐。

"哎。"周文不吭声地钻进了厕所和他一并站着，递了一根烟上去。

"不要。"李鸢摇头继续搓裤子。

"装你个头。"

"懒得跟你一来一回地对骂。"

"看不起我？"

李鸢顿了半天，才慢吞吞地笑："你看得起你自己吗？"

周文说得轻松："我是浑球，我怕谁？"

"你每天这么说话，硌硬别人、舒服自己吗？"李鸢边搓裤子边问。

"硌不硌硬别人我不知道，反正我自己也不舒服，可爷乐意啊，爷我爱说什么就说什么。那帮货，就是不爱听大实话呗，装那样子，喊。"周文盯着他笑，"也就是你，还让我看着舒坦点儿。"

李鸢看他可不舒坦。

以前他常常被周建忠拿鞋底抽得鼻青脸肿，林娜怨怼与心疼交加，骤雨似的打骂一阵过后，又抱着他哭。周建忠再抬脚踹下来，她就挺着背替他挨，挨了又痛，痛得受不了便又哭闹着抬手去扇身下的人。如此反复，周文觉得自己得跟她一起疯了。林娜把他推出了家门，红着眼眶、堵着鼻腔，从门缝里扔一百块让他去三舅家躲躲。然后她一抹鼻尖，背过身便和周建忠又乱叫、打砸摔抢地掐作了一团。

李鸢记得周文从来不肯进自己家门的，一身狼狈、鼻青脸肿，还嫌屋子又小又破，还有一股子霉味儿，愣是坐在走道的台阶上不动，又哭又笑，笑完了接着哭。彼时筑家塘的街坊四邻，老觉得林以雄家有个神经病亲戚。

李小杏其实真的是个很温柔的人，总会打盆水，替周文擦着脸上打翻了画板似的五彩缤纷的斑驳痕迹。她拿着毛巾凑上去，周文就拧着脖子躲，有时候实在不耐烦了，就用手推搡一把李小杏，说一句"滚"。李小杏不怒，写完了作业在一旁看着的李鸢气得痛心，老想着要不要飞过去照他的心窝给一脚，叫他别给脸不要脸。

一来二回次数多了，周文也就不躲李小杏的毛巾了，老实坐着任她仔细地擦。李小杏偶尔问他一句什么，他也会时不时地应上两句了，间或抬抬头，瞪着那双雪亮的眼睛和李鸢对视。李鸢彼时就技术纯熟地装酷如风，环臂倚着门框，气定神闲地挑眉望回去。

周文唯独尊敬李小杏，她说些什么他或多或少地会听，也是因为如此，所以后来李小杏怀孕，家里不同意引产的除了李鸢只有他，而李鸢的奶奶催她做手术催得几乎急不可耐。可惜，小孩儿说话作什么数？大人的事情，小孩是永远不许僭越插嘴的。于是那个李鸢其实也并不怎么期待的小妹妹，就没了。这个林家的乱和冷，李鸢知道了。怎么装成熟装得像个大人，李鸢也一直在不厌其烦地模仿尝试。

"小杏舅妈真的挺惨。"周文笑眯眯地凑过去，拨了拨刘海儿，"再嫁了一个不逼着她打胎的好人家，就可惜你了，没妈了。"

李鸢一拳打在他的肚子上的时候，快得自己也没什么感觉。周文被弹到墙上仰面冲着天花板不说话，抿嘴忍了片刻，"哼"了一声，啐了一口。

"哎。"

李鸢拿着老肥皂往裤子上打沫，没吭声。周文疼完了，就仰在墙上一直"哎"来"哎"去。到底听多了让人觉得被冒犯了，不爽，李鸢再转过头看他："你不喊'表弟'，也知道我的名字怎么念吧？"

"你别说，就你那偏门的字我还真差点儿不知道怎么念。"周文耷拉着眼皮看他的裤子，"再说，就跟你喊过我'表哥'一样。"

真别说叫一声"表哥"了，李鸢连句"哎"都没有。

"不过你爱叫什么就叫什么，我无所谓。"周文用手按着被李鸢捶痛的地方，站直身子，肩胛骨上蹭了一片米黄的墙灰："刚才听他们说了你两嘴，你知道他们在叨叨你什么吗？"

李鸢猜周文这辈子最大的乐趣就是没事找事，他一个人心里不舒坦，非得拉着旁的人跟他一块儿不舒坦。那种心情越是超过他的，他越是能释怀点儿，怕不是有什么心理缺陷。李鸢一边这么想，一边又不拦着他继续说。李鸢看着他眨了下眼，意思是：你继续，我随意。

"他们跟你爸，别让你考到省外去，就留在青弋考'院大'，要么考'电大'，找一个有编制的工作，成家，齐活儿。"周文语气轻松，幸灾乐祸的笑意里又带了点儿怜悯，手往嘴边上一搭，闹得就跟计划多不能让人听见似的，小家子气，凑近会闻到他的头发上带着股陈旧的烟味儿。

"他们还说让你改名字，老太太提的，说林家的孙子姓李像什么话，离都离了，得改姓林，林鸢。"说到这儿，周文嘴巴一扬，突然乐了，"你说'林鸢'多难听啊，还'羡鱼'呢，哎，我说的这是个成语吧？临渊羡鱼。"

裤裆那里一大团尴尬的水印子，裤筒凉凉地贴在肉上，李鸢想说：我要去哪儿，他们管不着，我考哪儿、我姓什么，自己决定。再一想，这话自己说给他听有用吗？说给这个脑子不知道有没有粒花生米大的二流子听，有意义吗？没必要说。

——他又极其想说，想把这些话掷地有声地扔到他们的脚面上，砸他们个狠的，疼得跳起来叫骂最好，省得一个个张着大嘴，只知道唠叨别人的事。

可到底是怯弱，他只能把这些话一遍又一遍，像涂完答题卡，反复确认检查似的说给自己听。

我不留在这儿。

我得出去。

出了青弋，离开这帮人，我去哪里都行。

李鸢换了裤衩，刚把"努努"揽进怀里，林以雄的电话就来了。李鸢没打算接，手一抖按了接听键，手机搭在膝盖上就听到扬声器那头的林以雄的一把亮嗓子。以他这嗓音的分贝和浑厚度，在半夜里逮贼才是绝杀，一句"你有种别跑"猛地亮出来，犹如一剑穿喉，小蟊贼得被吓得原地翻跟头。在 KTV 飙歌时，《天路》那调子他分分钟吊上去还带拐个弯，不服不行。

"你喊那么大声不扰民吗？"李鸢不得已把手机拿上来贴着耳朵，还揪了一把"努努"的胡须，"片区民警被报警，你们怎么算？"

"你少跟我来这个啊。"林以雄在那头昂起下巴，"还没问你呢，怎么一声不吭就走了，也不跟你奶奶和姑姑打声招呼啊？"

"您不知道汤洒我一身啊？"

"洒在你裤子上也没烫你嘴上，你就算掉进油锅里也能喊声'救命'吧，没工夫过来说句'我先回了'？"

李鸢顿了两秒，低头撸了把猫尾巴，索性直说了："懒得打招呼。"

"哟，你——"

"我回都回了，您还打电话过来，准备让我折回去给他们鞠躬道歉是吧？"李鸢打断他的话，"你们不继续讨论非要我改姓的事情了？"

李鸢这话说得赌气了，讲完自己也后悔。

林以雄的呼吸声在扬声器里均匀地响了两三声，最后一声显得沉重："我又没同意。"

您没同意。

"没同意，奶奶跟大姑逼着我妈拿小孩儿的时候，您不是也不同意吗？结果呢？"

"我那是——"

"您别说了。"

林以雄跟李鸢说话得被气得心脏病发作，这世上最欠捶的行为莫过于憋着股劲想要你解释又非不听你解释，这做作劲儿也基本在两类人身上：一，情商为负数的恋爱期少男少女；二，熊儿子李鸢。

"滚蛋！"

林以雄挂断了电话，李鸢听他急了，登时就像用手指把一层薄纸戳破了一个窟窿，爽了点儿。李鸢仰躺在床上，想着夏青原先并不怎么受奶奶的喜欢。老太太一贯把亲孙与外孙分得很清楚，大姑为此相当不悦且懊恼，和她母女关系冷而生分，很长一段时间里，大姑几乎从不带夏青来用热脸贴冷屁股。夏青对林家人的态度惯常地冷淡而漠视，李鸢其实也很可以理解。换作是自己，恐怕态度更冷，恐怕更要嗤笑不屑。

倒是小时候的自己，典型的林家样貌，性格机敏开朗，很讨长辈喜欢。进口巧克力或是从海南带回的新鲜芭乐，除了自己谁都没有。只是老太太在宠他的同时，每每都要不无遗憾地小声加那么一句："好好的林家种，非要跟她李家姓，什么东西？"

李鸢问过李小杏，初中的时候，问她："我为什么和别人不一样，和妈妈姓不和爸爸姓？好怪啊。"彼时李小杏答得模棱两可，似是而非，神色却恬静甜蜜，说"没什么，谈恋爱的时候就和你爸商量好了，小执念而已"。

这话让谁听都显得证据不足，谁信啊？又正巧赶上那几年狗血伦理剧大行其道，出轨、私生子、有情人终成兄妹，李鸢有一搭没一搭地看了李小杏两眼，分分钟顿悟了精髓。往自己身上把模板这么一套，有大半年的时间都在私底下默默地猜想——我不会是我妈和别人的私生子，我爸是个"接盘"的吧？就这大逆不道的想法得亏是李鸢没有求证似的问出来，要不得被李小杏和林以雄"混合双打"，活活揍死在床上。

但只为这个姓，李鸢几乎就怨不了林以雄窝囊、懦弱，是一个不做丝毫争取只会指责他人而全然不看自己的无能的人。因为这个姓，他笃信他的父亲曾经真的很爱他的母亲，曾经勇敢地扛下了林家所有人的目光与高压，坚持让自己姓李，只为了恋爱时的一个随口约定。只是如今再提，物是人非事事休似的，该妥协的他都妥协了，都是《故事会》后头印着的那几则不痛不痒的笑话了。

　　游凯风的电话打进来的时候，李鸢几乎已经仰在床上要睡熟了。游凯风的来电铃声在李鸢的备用直板机上设置的是特别提醒，铃声和旁人的来电铃声不同，是那首 *See You Again*（重逢之时）。李鸢一开始很不愿意设置，心说：咱们两个男的，设置什么特别提醒啊？

　　游凯风不管，半真半假地解释道："设置这个是为保命，为了万一哪天我老子把我揍得只剩一口气了，你能给我打个120，再不济，我被他一脚踹出游家大门了，你能上火车站给我送口吃的。"

　　"啊——喀喀！"李鸢嗓子发痒，刚接了电话就捂上了嘴巴，侧过头去咳。

　　"下楼打开你们家这大铁门。"

　　"开你个头……"

　　"我在你家楼下，两大盒粽子我就这么给你提来了，你还不知好歹。"他顿了一会儿还是锱铢必较地骂回去了，"开你的头！"

　　"什么馅儿？"

　　"什——你等会儿，我看一下。"游凯风把小手机夹在肩膀和下巴之间的缝里，两手抬高，左右看了看手里的两盒包装过度、华而不实的粽子，"一盒紫薯蜜豆，一盒什么……水晶粽，什锦水果的。"

　　李鸢翻身，掸开醒了就来伸舌头舔他的鼻梁骨的"努努"："我不吃甜的，不好意思，门我就不开了。"

　　"哎？"游凯风挑眉。

　　李鸢没忍住笑："底下那门锁一千六百年前就坏到底了，用劲一拽就开，畅通无阻。"

　　"是吗？"游凯风走过去用手一拽，"咔嗒"一声拉开了锁，沾了一手铁锈，"真的，你家这防盗门，聪明点儿的狗都防不住……"

　　"别不服。"李鸢翻身，脸埋进枕头里，"这儿还真没进过贼。"

　　游凯风进门换鞋，李鸢一眼就看见了他脚上的那双新的名牌运动鞋，浅灰色鞋面、果绿色鞋底，沾的全是黄泥点子。胸前挎了双肩包，一摸鼓鼓囊囊的，这阵仗，得是把小半张书桌的东西给搬空背来了。李鸢把鞋柜里自己的一双塑料凉拖拿出来往地板上一甩，"啪"的一声，鞋蹦跶了两下。

"你是来抄作业的吧？"李鸢一语中的。

游凯风皱眉撇嘴打了一个清脆的响指："我鸢老厉害了！什么都知道不说，学习还特别好！"

"继续吹。"李鸢环臂，"再吹三句不带重样的，我就给你抄。"

"学习特别好不说，人还帅；人帅不说，运动能力还强；运动能力强不说，心肠还好！"游凯风毫无傲骨，谄媚得如同一位脑满肠肥、贪了大财的公公，就是太监。

李鸢奋拉下眼皮，想吐。

游凯风刚跟李鸢混熟那会儿，一看他成绩名列前茅，一看自己门门成绩飘红，天壤之别，也的的确确是痛定思痛过一阵子，心说：大好的资源就在身边，和学霸做朋友啊，大腿不抱白不抱啊！于是他死乞白赖地求过李鸢给他讲评数理化的错题。那时候李鸢没像现在似的，跟他这么生冷不忌、荤素不拘，虽然一块儿吃饭、一块儿去厕所，但没到互相贬损的程度。

那时候李鸢就看起来沉稳，装得深沉。游凯风心说：你怎么也得帮我提上一二十分，让我从末流里脱困吧？故游凯风打足一百二十分的精神，听他勉为其难地给自己开课后小灶。头两天讲数学，一张卷子十题九错的概率，李鸢半小时讲完了两张卷子，全程基本以"你看这很简单""你口算一下就能得出结果来""这里基本可以省略不写""这个是基础，不提了，说多了没意思""然后就能得出结论"贯穿，游凯风还没将顺已知条件，流程就已经说到下一题了，什么也没听懂。

如果李鸢的思路能留下印子，那就是潇洒的笔走龙蛇，那就是电光石火的流星追月，他不是快，是风。游凯风重新定义了"学霸"的概念，也自此掂清了自己的斤两。

他还补个什么啊，直接抄吧！

"你明天带给我不就行了？"李鸢从冰箱里给游凯风拿了一罐饮料，抠开了拉环，"我要是不在家，你不是白跑？"

游凯风指指卷子上的一团涂改痕迹："这是什么玩意儿？"

"π。"

"我爸回来了。"游凯风抄得头也不抬，字丑得像团密匝匝的摩斯代码，"懒得听他在那儿啰唆，喊，我看他连咱们学校的门朝哪儿都不知道，一回来恨不能把八百年的大错小错补齐了骂个痛快……待在家里就烦。"

"然后你就拿你爸带回来的粽子来贿赂我？"李鸢略略歪头，见"努努"凑过去拿温热的小肉垫颇亲昵地去钩游凯风的裤腿，有点儿不爽，抬脚踢开它。

"我这不是顺手吗？反正放在我们家也没人吃……"游凯风五分钟抄完了一张三角函数的试卷，铺开了一张立体几何的，继续埋头疾书。他抄李鸢的证明过程是最爽的，一切均删繁就简，一句"由此可得"可概括天地人伦、宇宙洪荒。

"你们家不是还有个小阿姨吗？"

"她偷我妈的名牌发卡，早被开除了。"

"那我们家也吃不了。"林以雄血脂偏高不大吃甜的东西，李鸢纯粹是对黏的玩意儿不感兴趣。

"彭小满。"

"啊？"

游凯风从卷子上抽出视线看了李鸢一眼："'啊'什么？你上次不是跟我说他巧得要死住在你家楼下吗，给他家送一盒呗。"

李鸢反应了一刻便笑："你不是总说跟他不熟吗？"

"不熟！是因为我原先摸不清他是哪门哪派、什么路数的人，万一要是个玩阴的人呢？像叨叨我和老缑的那个人似的。"

这话是实话，彭小满这个人，喜乐的情绪始终是一个悬浮游离的状态，让人摸不清哪门哪派，就怕他是个下损招儿玩阴的魔道。

"你摸清了？"

"还没。"

"那你说个屁。"李鸢撇嘴。

"我是说……他这个人应该还可以。"游凯风拿笔尖在卷子上点了点，"人傻嘴欠，跟我挺像的，上次摘枇杷算是我的锅，他也二话不说替我背了一大半……就，我搞不清他是什么状况，但人是好人，能交。"

李鸢不置可否。过了一会儿他站起来抱着"努努"往厨房走："赶紧抄，抄完了带你去无事献殷勤。"

李鸢想着顺便把上次装枇杷膏的罐子还给他。

枇杷膏基本上是被林以雄喝完的，他常年抽烟，气管极差，这玩意儿下火清肺，多喝有益。林以雄隔会儿就喝一勺，几天挖了个干净。他问李鸢从哪儿弄的、还有没有，李鸢回他：“别想了，限量。”

李鸢只用手指蘸了一点儿抿过一口，黏稠又淡淡的清甜味道，混着股微涩回甘的药香。

往后饭桌上就着酒再谈起来，李鸢、游凯风和彭小满，都还把那天傍晚的事记得很清楚。

道理是这样：从不发火的人，一旦被触了底线，怒火是遮天蔽日，是黑云压城城欲摧；同理，总是笑的人，哭起来同样是给人一种莫名其妙的震慑感的。震慑在于，你相信了那悲伤的程度，即便开朗如这个人，也会因此而郁郁寡欢。你下意识地无比认同他悲伤的缘由，甚至是莫名其妙地感同身受，霎时被气氛渲染，哪怕丝毫不清楚其中的因由。

李鸢和游凯风去找彭小满的时候，见他正蹲在自家门口。傍晚的黄光勾出他的轮廓。他正对着隔壁家的一株不知其名的盆栽出神。重点在于那满脸灰白的泪痕、粉而发亮的鼻头，还有咬在嘴里的半截雪白手指头。

“我……”游凯风愣了，换了手提粽子，指了指彭小满，看向李鸢，“他……他这个……”

虽然有时候夸人感觉挺羞耻的，但李鸢承认，他的眼睛顾盼神飞。但现在他俨然不神飞了，眼里全是细小的委屈与零碎的哀愁了，几乎是本能地，李鸢的心跟着飞快地抽了那么微不可察的一小下，继而，是莫大的又不能言说的好奇与窥视欲。

你难过什么，你为什么哭呢？

李鸢这么一想才发觉，其实端午节，本来就不是一个值得高兴甚至庆祝的好日子。

彭小满这几天见到李鸢时特别尴尬，事出端午，被他跟游凯风撞见自己背着人哭的傻样子。

其实那天李鸢压根儿就没想撞见，琢磨了一阵，心说：我看破不说破吧，权当没瞧见，悄悄地掉头走了算了。没承想他忘了身边还有游凯风这个猪队友呢，李鸢跟他打了个眼神示意离开，看对方了然点头从容比了"OK"的手势，扭头就撞在人家码着煤球、杂志、啤酒瓶的杂物堆上了。"稀里哗啦"一阵响动陡然响在巷里，掉下来的一只酒瓶，碎成一地翠绿剔透的小块拼图。

彭小满活像特工，眼睛瞪得像铜铃、耳朵竖得像天线，警觉机敏犹如黑猫警长，登时朝着二人的方向偏头："谁？"

游凯风跺脚一翻眼皮，将衣领一竖，瞬间入戏，转身压着嗓子道："'洞妖'（01），'洞妖'，我是'洞拐'（07）。"

李鸢一巴掌打在他的后脑勺上。又觉得彭小满那鼻音浓浓的声音，有点儿可爱。

对相当一部分的人而言，高中的美妙之处，不仅在于情感萌芽，校服、操场、篮球、笔记，晴空与雨季皆有，什么话都可说，更在于目标纯粹方向单一，利益冲突细小稚拙。若无意外，只看大的概率，大家更始终能保持一份不必时刻明说的荣誉感与归属感，大于家而小于国，给人以刚好的保护与安抚。

大家在相仿的年纪，做相同的作业，听相同的课程，挨相同的批评，吐槽相同的老师；害怕的东西也相同，怕体测长跑，怕老班的一句"从某某开始，依次上来讲台上解黑板上的题"，怕把试卷拿给家长签字，怕开家长会。

"鹭高"还真就要和别人不一样，旁的学校，就拿青弋八中说，每次家长会都是得开在期末考试后头。成绩一出，年级排名做成得翻两次才看得到底的表格文件，开诚布公地往投影上一亮，家长就跟股市的股民抬头盯着大盘似的，心悬在扁桃体处，看自己家的熊孩子的那列，涨停还是跌停，清晰明了。班主任就是高级操盘手，以一己之身，负众家之股，碰上甩手不管把小孩儿全权托付给学校的，那就成为一个游戏代练，操好几辈人的心。

"鹭高"非就要开在期末考试之前，这就很尴尬了。首先是班主任尴尬，筹码空空没的开场，惯常都是"来各位家长，请看咱们发下去的这次期末考试成绩"，生给拐个弯，改成"各位家长，请看咱们发下去的平时作业情况"。

好比枪口当胸，以为能见血封喉，等滋出水来才发现是个玩具枪，老师气势陡然削半，肃杀范儿全无。

家长也尴尬，回去抄皮带、抄扫帚也没个说法了，惯常是"臭小子，过来看看你这次考的"开场，得改成"臭小子，过来你听听你老师说的"。没有佐证资料，训人都虚，边呵斥边琢磨，边强装冷肃地打着磕巴。捡便宜的是学生，再怎么被一顿劈头盖脸地臭骂，最后都能以一个直捣黄龙且让家长无言可对的理由有力收尾——我这次期末考试一定能考好，不信您等着看吧。

牛皮先吹，保命要紧。

家长会在傍晚，好些私家车、小电驴鱼贯拥上了晚桥。本就逼仄的双车道不适宜行车，这会儿更堵，鸣笛混响。"鹭高"内车辆进出还非需要办理登记，长龙逶迤，更是纹丝不动。游凯风家是游母来，一趟出租就能到的事情，偏开豪车，被堵在桥心进退两难，七八个电话不间断地打来强催游凯风走过去接她。

李鸢和续铭没法儿走，这会儿就是阎王身边的牛头马面，包黑子身边的王朝马汉，发卷子、记名单、引家长落座这等脏活累活他们得义无反顾地做不说，捎带手还得兼顾着答疑解惑、安抚家长的情绪。

——哟，我家小孩儿怎么坐靠后的位子？！他大近视眼，怎么看得见哪？！

阿姨是这样，座位我们每周都会轮流调换，呈"A"字形，别担心。

——哎，小伙子呀，咱们班有几个小同学报马老师说的那个辅导班哪？哎呀，费用太高啦，我们家不太想报……但就怕别人都报，我们不报成绩跟不上……

其实还是看个人情况吧，反正我没报。

——哎，小帅哥，你平常作业都做到晚上几点哪？怎么我们家小孩儿九点、十点就关灯睡觉啦？他不会是每天早上过来抄的吧？

呃……每个人学习效率不一样。

连续铭都逼着自己强行收敛了普度众生的佛光，摆着接地气的笑脸了。李鸢觉得他两个就像是西装革履，坐在常年恒温的银行里的柜员小哥。隔着一层防弹玻璃按下叫号铃，动动下巴皱一下五官继而假笑道："您好，请问需要办什么业务？"深感服务行业艰辛之余，也能借机观察人。

李鸢就爱观察人。

譬如翻山越岭终于一路龟爬到了教室的游凯风的母亲。她穿着显气色的奶茶色套裙，柔和得体，港星范儿。齐肩的秀发油润乌黑，烫成微微内扣的发型，垂坠在两侧，眉目温和，皮肉虽呈整体向下的走势，却白得几乎莹莹发亮。坐下的时候会谨慎注意着椅子上的灰，手包搭膝不离手，身边的家长声音过大，她会不动声色地不悦地皱眉，衰老得洒脱释然，大气里有养尊处优的懵懂纯然，优越骄矜。

再或是缑钟齐的父亲。眼尾上翘的凤眼近乎和他儿子一模一样，他高得有些佝偻，却不像他儿子那么活泛而周全。落座开始他便显得局促而无所适从，手里拿到的一张全托辅导班海报，被他展开了又叠上，叠齐了又展开阅读，间或抬头四下里望一望相互谈论着的家长们，默默地推一下镜框。人格缺失的特征很明显。

再是陆清远的母亲，一个矮小健谈的小生意人，把店面里的为人处世那一套技巧套用在人情交际上，同样适用，且得心应手，很讨人信任。

再是彭小满的奶奶，亲切得一如往常。

李鸢有点儿搞不明白，老班几乎是在通知上直截了当地表示，这次家长会是高三总复习前的最后一次家长会，尤其重要，烦请不要再让爷爷奶奶、七大姑八大姨来凑数。彭小满还挺敢。

"小鸢！"李鸢见彭小满的奶奶穿过走廊的人群，径自进了教室，周围探寻的视线落了满身也察觉不到，笑着摆手冲李鸢打招呼。

"嗯。"李鸢上前引她落座，指了指最后一组的倒数第四排位子，"您坐那儿。"

李鸢再把视线收回来的时候，越过老太太落到她背后的彭小满的脸上。泪痕没了，粉红发亮的鼻头也没了，像那天一副哭兮兮的心伤样子的那个人就根本不是他，一如既往地嘻嘻哈哈和谁说笑着。只在收到李鸢的视线后他飞快地滞了一刻，似是而非地偏头躲了一下，继而再是不作防备，搞怪地冲李鸢挑眉。

林以雄参加家长会迟到也不是第一次了，他那个派出所，加班不断、下班没准儿，得卡着点打卡才算你一天没白去。只是李鸢这天没料到，来的人不是林以雄，是李小杏。

她俨然又是一番打扮，手包换了一个黑色亮皮的在小臂上挎着，鱼嘴高跟，鞋头前端冒出的两根脚趾涂了水红的甲油；再到上身，修身长裙，"V"字形领口，脖子上戴着一根闪亮的银链子。真要一比，仪态和气质她几乎不输游凯风的母亲，装的。所以她一出现在吵闹的教室门口冲李鸢招手，众人就如同嗅到了气味一般将目光游移过去，那些神色，探寻里有质疑的，质疑里有艳羡的。

李小杏这份"精心"让李鸢莫名其妙地不舒服，就好像，她这"精心"是摆脱束缚后的肆意表现，他和林以雄是她原来的牵绊。好像原来朝夕相对的那个形象不是她乐意的，这个才是。李鸢平白地迟疑了半天没动，一只手握着卷子，一只手撑着讲桌。

"哎，那位家长，来了怎么不进去？"老班腋下夹着一沓资料从办公室过来，两腮一凹抿掉了最后一口烟，捏下那截湿润的烟蒂在瓷砖上摁灭，踮脚在李小杏身后探头。李小杏听了动静，忙局促地侧身让开空隙。

"愣着干什么？"游凯风在背后戳了一把李鸢的腰窝，"不是你妈吗？"他又抬头冲李小杏咧嘴笑："阿姨好！"

李小杏回一个笑，继而求助般望向李鸢。她把挎包往胳膊上又提了提，看了看四下里近乎全部落座的陌生家长，不由自主地去扯裙摆，扯了两下，又去看李鸢，眼神里多了点儿无所依的弱势。李鸢一下就心软了，觉得抱歉。

"我坐那儿。"李鸢走过去低头，指了指彭小满奶奶身后那个座位，"坐倒数第三排的那个位子，妈。"

李小杏抿嘴笑了一下，轻轻地在底下握了握李鸢的手。

傍晚从回廊高处一眼俯瞰过去，掺金的淡红云霞昭示着第二天又是个艳阳高照、热死人的鬼天气。"鹭高"的年级位置很烦，年级越高班级楼层越高，高二的在五楼，课间休息去二楼上个厕所得连追带跑地掐着表。相比之下高三的更惨，在顶层，夏天不仅教室活像个笼屉蒸得人半熟，每天还都得背着几十来斤的"炸药包"爬楼爬得狗喘，进了教室汗淌如瀑近乎垂死。

学生没处说理，学校有理——顶楼怎么了？安静！爬爬楼怎么了？锻炼身体！

拐着弯学校也能给圆上。

李鸢、彭小满、缑钟齐和陆清远，四个人在回廊上横站一排，一人叼了一根老冰棍吃，书包放在脚边，等着家长会结束。缑钟齐和李鸢是属于毫无心理压力的那种学生，学霸金钟罩护体，不存在因为成绩不好被留下来单独喝茶谈话这个概念。陆清远则算是大彻大悟爱谁谁的那种，伸头一刀，缩头也是一刀，大不了挨一顿剽悍的毒打，但凡打不死，隔天他就还是一条"鹭高"好汉。

游凯风和他一比，档次登时就低了，把他的母亲安排好了之后，他脚底一抹油，背上书包就溜之大吉，比跑八百米体能测试的速度快了不止一倍，招呼也不打，陆清远拽都没拽住。

回廊上停了三两只偷窥的"小鸟"，对嘴啾鸣，静中取动，像语文老师周玉梅嘴里总说的：意境。彭小满是陡然矮下去的那个，夹站在缑钟齐与李鸢中间，像被大力按下去的一块凹陷。彭小满发觉李鸢吃冰棒的方法异于常人，不嘬、不舔、不吸溜，而是大口地咬下去咀嚼，在鼓出的腮帮子里发出冰被咬碎的细响。这大刀阔斧的男生吃法，彭小满一看，就觉得脑仁儿冻得直抽抽。

李鸢侧脸低头和他对视上了，挑眉。

彭小满看他在嚼东西时，脸部线条更加分明深刻，腮边那块三角似的肌肉，好像是愤怒隐忍地咬着后槽牙一突一跳的。吞咽下嘴里的冰碴儿，梭形的凸起喉结跟着上下一滚，回到原位。彭小满冲他比了个拇指："少侠牙口真好。"

李鸢笑了一下没说话，看他手里的半截老冰棍被他嘬得将化未化，穿在棍上像一块润泽的白玉。清亮的糖水像他额上滚出的汗，一道痕迹蜿蜒绕在半截雪白的指头上，糖水最终凝挂上了指甲盖。那指甲看起来薄得剔透不够健康，一点儿月牙儿白也没有。彭小满抬手含冰棍，顺道翘起食指，张嘴裹住把糖水吮了。

冰棒太凉，把他的嘴唇冰成了带点儿水光的深粉色。

他那天到底……

李鸢把冰棒棍子咬进嘴里。他那天到底为什么会哭呢？不可思议。

"哎，彭小满？"陆清远展臂，一只手搭着缑钟齐的左肩，一只手穿过围栏间隙，仰靠着，宽松的 T 恤衫下摆蹿到了肚脐以上，露出平坦的小腹，又有若隐若现的肌肉的轮廓。长得高有时候真不代表身材就好，缑钟齐和李鸢是典型：肢体不够柔韧，脊椎不够直挺，颀长有余耐力不足，显得沉重。反观陆清远的体形才称得上优秀，在于比例合宜肌肉得当，更在于他躯干有蓄势待发的矫健之意，有朝气。

"啊。"彭小满应了一声。

"你不是本地人吧？"陆清远用了个刁钻诡异的姿势侧头问他，"我记得你是云古的吧？"

"你怎么知道？"彭小满听了不否认，先问，再笑起来点头，"是，是云古的。"

"云古？"缑钟齐把棍子丢进包装袋，拧了两把攥进掌心，"别称水都，历史文化名城，风景秀美、民风淳朴，素有'奇峰环月，满城春柳'的美誉。"

陆清远张嘴愣了愣，反应过来抬脚往他屁股上踹了一下，乐道："怎么什么酷都能被你装上呢？有点儿文化瞧把你能耐的。"缑钟齐笑起来不理他，跟着问彭小满："华北到华南，为什么千里迢迢地转到这儿来了？"

李鸢侧了一下身，低头看彭小满伸手扯了扯衣领。

"多方因素吧，不好说。"

这一听就是在敷衍，还有那么点儿慷慨深沉的意思，让李鸢想起《倚天屠龙记》里的峨眉彭莹玉，被丁敏君剑指左眼，鲜血横流，依旧凛然道的那句："大丈夫做人的道理，我便跟你说了，你也不会明白。"可话在彭小满这么个高中生嘴里，显得特别违和。于是李鸢盯着他的头顶发旋没忍住笑，轻轻"扑哧"一声，好歹没什么尖锐的恶意。

彭小满听见了也没吱声。

"云古要是一线城市，咱们青弋就是一百八十线。"陆清远顶了一下鼻尖，伸腿往前一翘，做了个膝盖颠球的动作，"特别有落差吧？"

"还成。"彭小满稍稍停顿思考片刻，歪了一下头，"原来的学校吧，压力大，牛的学生太多，没这里自在，当然我不是说你们不厉害。云古其实也……也没这里空气好，没这里住得舒服，什么奇峰抱月、满城春柳，听他吹呢。"

李鸢跟漏了气似的，侧过头又"嗞"了一声。

"嗞——"彭小满这就很不高兴了，装着把他的反应往心里去的模样，手搭上围栏对着他似笑非笑地说，"李少侠，你今天看我很不爽啊，有意见直说，别在一边水开了似的'嗞'来'嗞'去，行不行？"

李鸢咬着棍子不看他，抬手摸了摸下巴。缑钟齐冲他一指："他不是看你不爽，你放心，旱的旱死、涝的涝死，他是不平衡了。"

"不平衡？"彭小满追问。

缑钟齐聪明地点到即止，推了一下眼镜，不作答了。李鸢转过头，视线越过彭小满去看缑钟齐，眼睛一眯，他那副颇有角色可塑性的五官，顿时就显得忠奸难辨，像电影里的特务似的，充分好看，也有别样的危险与深意："你又知道了？"听不出他是高兴还是不高兴。好在缑钟齐总拿捏有度、气定神闲，回望着李鸢点了一下头："我知道，你觉得我不知道。"

彭小满和陆清远听得脑子里云里雾里的。

"高考在青弋考，还是回云古？"猴钟齐问彭小满。

"学籍还保留在那边，这里只是借读一年半，考的话，"彭小满翘了一下脚尖，"还是得回云古。"

陆清远颇愤愤地一拱眉毛："在他们那儿上一本的分放咱们青弋，文理学院都进不了，就数咱们这种鬼地方上不下。"

彭小满不服，冲他笑："你这是地域歧视。"

"才不是咧。"陆清远伸过一只手来掰着指头算，"云古那边的大城市教材内容就少些，文言文少，数学的模块少，英语听力免除，爽死了，硬件设施普遍高咱们这种地级市好几个段位；你再说他们的升学体系，铁打似的完善，根本不愁，咱们这儿还得交这个赞助费、那个择校费的；再最后别说分数线了，考卷就根本不一样，他们全国卷，咱们地方卷，能比吗？"

"你怎么算得这么清楚？"李鸢听完乐了。

"知己知彼，百战不殆，我不是得拿分吗？"陆清远摸了一把后脑勺，"亏我是个体育生，但求过线就行，不像你们文化生啊，任重道远、道阻且长，搏吧。"他攥拳嬉皮笑脸地往下一扽，特别欠揍地比了个加油的手势。

说及这儿，其实谁都想抱头。学习啊，就那好比在茫茫深夜，千里迢迢地摸着黑赶路，路上人影形如拥挤的鱼群，密密匝匝且方向一致。你走了十多年，打更的大爷就拿着破锣在你耳边捶了十多年，哑声说："你往前走，你就快到头啦！这是一件单纯，又乏味的事情。"

谁也没说你走这条路就是对的，只是你生就生在这条不宽不窄的路上，别人都走，你逆行不了。你从懵懂无知，清澈见底，到有了"须稍做努力"的丁点儿察觉，再到被迫着，有了咬牙也要搏出一二的野心。

身前一拨，身后一拨，你以身前人为鉴，身后人以你为鉴。要路遇形色各异的奔跑的人，有的人快，穿的是溜冰鞋，你扯了胯的两大步，不如人家轻飘飘的一出溜；有的人慢，瘸了条腿，老大不情愿地勉强跟着蹦；有的人欢天喜地地蹿进草丛里，寻摸到了一条蜿蜒小路，未必就好走，但也黑压压地嬉闹着分流出一支；有的人实在是力竭又不知所为了，一屁股坐上路牙，坦然地冲仍做努力的人招手，像说：目送你，傻瓜。

但你最好始终都自觉，自觉地知道，等真的天亮到了终点，不要不平衡。

何况更没谁说这个终点就是唯一的终点，醒醒吧朋友，喝口水，跑下一趟。

续铭像一个居委会主任似的，拿着自己的一只全钢保温杯从教室里推门出来，一走到回廊上，就见四个人顶着张苦大仇深的脸看着自己。初夏昼长夜短，晚霞愈浓，把他们四个染成粗糙血色，吓得续铭崴了脚，差点儿一脚踩进排水槽。

"什么表情？"续铭踱过去和他们并成一排，"追悼会？"

"是，追悼呢。"陆清远伸手过去勾搭他的肩，为赋新词强说愁地叹，"追悼我们即将逝去的青春！"

续铭原地转了一百八十度，绕开陆清远缠上来的胳膊："青春不急，先紧着追悼你们即将逝去的游戏。"

彭小满伸头问："怎么说？"

"意思就是说，"续铭点点陆清远脚边的篮球，"老班要求从下周开始，家长配合学校严格监督学生在家的一切行为，手机、电视、游戏，一切杜绝，及时反馈。听班主任的意思，学校希望各班的班主任能私下和家长们建个微信群。"

"我的天！"陆清远惊道，"偷偷建群最不道德了，学校怎么不上我们家安监控呢？！"

续铭听罢这话冷笑："好傻好天真。"

天黑散场，走廊里鱼贯涌出喜怒各异的家长，在外面等着的学生自然也神色迥异。彭小满去了一趟厕所，李鸢前后脚地跟着一起。他真不是故意的，是冰棒下肚，真有几分尿意。

"鹭高"的厕所其实设置得很变态，便利老师为难学生，不顾臭味袭袭地把地方安在了年级办公室对面。尿池半扇门，站定一排，倘若办公室的门也不关，学生常要和班主任或是任课教师脸对脸地提裤子，男的还好，女的则尴尬极了。

李鸢毫无心理障碍，徒留彭小满一个人，尿也不是憋也不是。李鸢怕他搞坏了自己的膀胱，故意低头用口哨吹了半首《东风破》。在他那九曲十八弯的调子里，彭小满到底没忍住。

"你不就是想问我为什么哭吗？"彭小满扣上裤扣，"总是看着我欲言又止的。"

"想知道不奇怪吧？"李鸢瞥他。

毕竟是你，高二（2）班看起来最没心肝的一位少侠。

彭小满在水龙头底下冲手，十指交叠在一起揉搓，摇头笑道："不奇怪。"

"所以呢？继续啊！"李鸢睚眦必报地在水龙头下淋湿了双手，诸葛亮潇洒拨琴似的往他脸上弹去，飞出去无数星亮的水滴。

"姓李的！"彭小满抬起胳膊用袖子抹脸，干脆就接了一捧水往李鸢身上兜头泼去，"突然想哭了是因为情不知所起，行了吧？还不许别人脆弱脆弱吗？！但我声明绝不是情感问题！"

"今天非得杀得你求饶。"李鸢将水龙头拧到最大，一只手负责来往接水、洒水，一只手负责防御，一级备战兼攻击模式全开，下手丝毫不留情。李鸢恨只恨手边没有一个水瓢，把这学人说话兜圈绕二环路，手还很欠的小子浇个湿透，淋他满头满脸。

天下武功唯快不破，在李鸢的密集攻击与铁壁防御之下，彭小满丝毫寻不到进攻敌方头脸的破绽，脑子一转便要耍诈，剑走偏锋，接了一捧水往李鸢胯下稳准一泼，水花四溅，登时在他胯下洇出一团惹人遐思的水迹。

休战，彭小满攥着湿漉漉的刘海儿"咯咯"直笑，一无愁绪。

第五章

你的猫在他手里

　　散会后，正是青弋夜市起摊时间，明溪路有一条美食街，街边商户们依次支起尼龙的户外帐篷，点上一盏昏黄的挂口灯。卖麻辣小龙虾的居多，红艳艳地堆成隆起的山包，一盆盆地摆着，扑鼻的香气与乌南江的水汽混杂在一起。

　　放学的学生三三两两地走着，有的并排，有的一前一后。彭小满一脚荡着自行车跟在奶奶后头，彭小满的奶奶紧着步子速度倒快，彭小满倘若分心踢一脚石子或被谁叫下扯两句玩笑话，再抬头，就被落下一大截。李鸢推着自己的红色山地车，看着他的背影，沉默地与李小杏并排走着。

　　燥热的晚风，转眼便把他的裤子吹干了。

　　李鸢不是一个有很多事情可以被家长拿来诘问或是质疑的孩子。他想让你知道的事情，有章有法、条理清晰；不想让你知道的事情，一点儿也不透露，少有把柄。李小杏常没有看他逐日成长进步的成就感，在质疑自己心智和世俗经验，还能否教导李鸢的同时，又觉得情谊寡淡，血不浓于水。往常还好，离婚之后，这样的隔阂越发明显。

　　有时候她想解释，或是维护母子之间的关系，又不懂得如何去做，看到李鸢有一丁点儿的抗拒之意，就会懊丧。她始终认为离婚不是不可原谅的错，对孩子，有伤害，但对她自己，她不能把自己的一辈子都拘囿在一段千疮百孔的关系里。林以雄的家庭是她毕生的噩梦，她不逃不行。

　　她来开家长会，当然可以说是对李鸢的一种变相讨好。

"陪妈妈吃个饭吧，你看有没有想吃的东西？"

李鸢停在一棵法国梧桐下，看着三米外的彭小满行远，有点儿犹豫。他盯着李小杏玫红色的嘴唇，说："我爸今天恐怕不加班，可能在家等我呢。"

这还是敷衍。李小杏有时会有点儿恼恨，恼恨这个年纪的孩子为什么就不能对家长的简单要求痛痛快快地说句"好"呢？她踟蹰一阵，想说"我给他打电话报备一下"，转念又不想和林以雄说话，便央求似的对李鸢笑道："你和你爸爸打电话说一下嘛，妈妈又不留你多久，啊？"

李鸢抿嘴颔首，低头把车支在了马路边。

帐篷里，挂口灯下，有几只硕大的蛾子四处飞舞，撞在身上居然会一痛，继而留下一道磷粉痕迹。李小杏接过油腻的一本菜单，翻开看了两眼后问李鸢要吃什么，李鸢随口说了句"随便"，见她极快地皱了一下眉，才无奈地沉吟一阵，点了一道干锅花菜，和一盘青弋有名的醉花蟹。

李鸢看得出李小杏对这样油腻腻的、大厨颠勺油点子几乎溅到鼻尖上的地方有些不适应。以前她不是这样，没这些穷毛病，所以李鸢便颇好笑地在心里想：何必呢？他低头喝着大排档准备的免费的涩嘴陈茶，憋不住乐了，喷出一声轻快的鼻音。李小杏疑惑地朝他望过去，他也不说话。

李小杏拆了包纸巾执着地擦拭着方桌上一块陈年污迹，先快后慢，再后来成为机械动作。她笑着说："你坐的那个位子，我看，离黑板有点儿远吧？"

"我看得清的，上次体检，一只眼睛视力五点一，另一只五点二。"

"那……那个，你们班主任说你成绩一直稳定，很看好你，就是个性有点儿随性不拘了，小节上要注意，不要因为这些小事影响你学习。"

"嗯，知道。"

"你们班主任还说，"李小杏把餐巾纸攒在手心里，从左手团到右手，"学校八月份放暑假，会有补课班，号召成绩好的学生尽量都报，后进生视自身情况而定，妈妈觉得，你得报一个。"

"这我得回去跟我爸说一下。"

李鸢不再说话，剥着不锈钢盆里的五香花生米，花生壳迅疾地在他手边堆成一座小山。

"你的那个前桌……"李小杏闲聊似的又找出个话题。

"他怎么了？"

她非常惊喜地发现，李鸢停下了手里的动作抬起头注视着自己，如同在电视新闻里听见了一个在意的消息。她有点儿押中宝似的欣喜，便提起精神继续顺着话题进行下去："我是和他的奶奶还有另外几个家长一起，被单独留了几分钟，有一搭没一搭地听那老婆婆说了几句，不知道你们班里还有这么一个特殊的孩子。"

游凯风以前说过一句还挺鞭辟入里的话——你且装吧，我还就告诉你，但凡是人都有点儿好奇心，只不过是看谁装得像。你没兴趣无非是因为这个人、这件事你不在乎，真要把什么人、什么事挂在心上了，事无巨细，你恨不能让对方做一张列表出来发给你看看。什么事情都得看对象。

彭小满可不在李鸢心上，李鸢想知道他的事情，也无非是因为，他是普通里的特殊，貌似是秩序里的无秩序。李鸢这么想。

"你前桌同学的情况你也不知道啊？"李小杏捏着纸杯不喝，冲着李鸢笑，见服务员上了一盘海带丝，抬手往李鸢的方向推了推盘子，"动筷子吧，搞到这么晚才吃。"

"我跟他又——"李鸢把卫生筷从当中"啪"的一声掰开，一分为二，掐去了上头的两根木屑，"不熟。"

"坐前后桌都不熟，那还有熟的吗？"李小杏没忍住笑。

李鸢夹了一筷子海带丝进嘴，打死了卖盐的一般齁咸："住一户，都不定熟呢。"

李小杏神色一滞，僵了片刻，低头将手包链往手腕上缠了两圈。

"您继续说吧。"李鸢便把筷子头叼进嘴里，神色和缓地看着她。李小杏眯了一下眼，过长的上下假睫毛交缠在了一起，视线便显得有些模糊。她恍然觉得李鸢的那眼神，内敛而镇静得出奇，就好像坐高了一截，俯身看她，有一种怪异的温柔怜惜。她怔了一下，摸了摸桌沿，捻了捻指间："听说，那个男孩子的妈妈一直生着病呢，他还不是本地的，老远转过来读书的。"

李鸢抬手托着下巴，将筷子含深了一截。

"苦得很，听那阿婆悄悄讲的话那意思……"李小杏像是怕被人听去她在背后道人私事地压低了嗓音，抬着手背往嘴角一贴一遮，朝李鸢的方向倾了倾身，"他妈妈有先天病和尿毒症，大把大把地往里撒钱保命，还好爸爸工作不错，撑得住。"

"真的假的？"李鸢笑得有点儿不信，他惯常地佩服这个年纪的女人添油加醋、篡改是非的本事，进耳朵里的是十，嘴里说出来能成百。他摸了一下鼻尖，又夹了一口海带进嘴，被咸得抿嘴。

"妈妈骗你，有钱花呀？"李小杏收敛着白他一眼，仍是在笑，"不然你以为人家干吗大老远从云古大城市转来咱们这小地方啊，不就是家里照顾不过来，托付给奶奶照看着嘛。唉，孩子也可怜哪，快要高考了，父母不在身边，家里又是这种情况。"她抬手指指李鸢："像你呀，身在福中不知福。"

"他……"李鸢用了一刻钟消化这个事实，惊又不惊。旁人的家事，于他总是隔了不薄的一层东西，欠缺真实感。他抬眼望着头顶的挂口灯，眼睛一抬又翻出一对欧式双眼皮，很细小地唱叹一声，"他真的不像，看不出来。"

"那是人家早当家，那是人家不愿让你知道。"

"可……"

"牛牛啊，"李小杏柔情地望着他，教诲似的开口，一下子用力过猛了，让李鸢分外不舒服，便偏过脸去皱眉，"你年纪小，才觉得很多事情不如你的意。你难过，但不是只有你一个人难过。大家都难，只是比你难挨的人比你坚强，你要学学他们。"

"您说我娇气呗？"李鸢轻笑。

"妈妈有这么说吗？"李小杏眉毛一竖，"从什么时候开始，妈妈说什么话你总是要阴阳怪气地偷换概念？我是就事论事地教你一些道理，为什么你却要反转它的意思，明着暗着来指责我呢？"

"我没有。"

"你不要说你没有，你不要学你爸爸那一套，什么事情只会否认、推责任！"李小杏突然抬高了分贝，"我跟你好好说话，你永远板着脸、装样子，我是你妈妈，你要尊重我。"

李鸢放下筷子不说话了。

沉默许久，李鸢才继续问她："我其实一直想问您一个问题。"

李小杏怔了怔，随即失笑一声："你问就是。"

"我就是想问，您还没和我爸离婚的时候，"李鸢抬头看着她，没什么苛责诘问的意思，撩了撩额发，把花生壳拨向一旁，"就和马叔叔在一起了吧？"

李小杏再次怔住了。

"其实我没觉得您跟别人好有什么不对，就是觉得，爱不能发电，不是所有的东西您都可以说得那么冠冕堂皇。"

李小杏神色僵滞地看了他一刻："你这是在问我吗？你不是确定了吗？"

"所以呢？"李鸢皱眉，"您承认吗？"

李小杏低下了头，拨开了眼边的一缕头发。

"只要您当年没和我爸离婚，您和马叔叔哪怕只是精神出轨，那都叫出轨。这一点您永远欠我爸，他不是不知道，不是被您蒙在鼓里还无知无觉的那种人。他从来不点破，您该谢谢他。"李鸢顿了一下，笑起来，"所以有的时候，您觉得我是在躲避您，其实没有，我只是有点儿不知道怎么面对您。"

"牛牛，我……"

"其实我想想也觉得没必要，你们到底也离了，纠结这些事也没什么用，可是那个疙瘩真的去不掉，有时候见到您，我就会想一些奇奇怪怪的东西，"李鸢几乎是有些腼腆地冲她笑着，"想着想着，就会觉得很恶心。"

李小杏的神色尽数凋败，她眨了眨眼，眼里一层水光。

李鸢得了片时舒畅，尤其是将"恶心"二字说出时。脱口之前，他在脑子里做了短暂但周全的思考，想着要不要换一个说法，把"恶心"改成"硌硬"或是"不舒服"也好，"恶心"到底直白太多了，总有恶言相向的意思。可是他没改，是因为内心深处希望家长也要直白地痛一痛，痛过才明了，是是非非，子女不是完全懵懂，不是完全不懂，不说，当然也是因为在忍。

"对不起，妈妈。"而后李鸢还是温柔地向她道歉，进行不知何意的弥补。

不知隔壁哪桌点了红烧肥肠，老板娘端着满满当当的盘子从李鸢这桌侧身掠过，混杂着油烟，迎面扑鼻而来一股浓郁的油脂的异味。李鸢见李小杏突然神色痛苦难耐地蹙起了眉心，佝偻着背，一只手捂上了胃部一只手贴在嘴边。

"妈？"李鸢站起来凑近她，想问她怎么了。

李小杏猛然抓起了桌上一只多余的纸杯，低头俯身到桌下，对嘴过去发出一声压抑的干呕。

筑家塘，月光隐隐，晚风倒凉。彭小满的奶奶拿着一把散了绲边的旧蒲扇，搬了两只藤条凉凳，和彭小满对坐在房门口，像煞有介事地开着批斗大会。“努努”突然又来“溜门儿”，彭小满脚一伸，挡了它踱向水盆的去路，拦腰一抱，把一团毛茸茸的身子圈在了怀里揉抚。“努努”身上有淡淡的肥皂气味，归功于李鸢洗得勤。

彭小满的奶奶把蒲扇往彭小满头上拍：“好好听我说话！”

“听着呢，听着呢。”

“把猫放下。”

“您说呗，又不妨碍您‘批斗’。”

“啧！”

彭小满“啪”的一声，一巴掌拍死小臂上的一只大花蚊子，冲她笑开。

“一个学期迟到七次、早退两次、晚自习缺勤一次、数学小测给我考五十多分就顶别人一个零头两次、抄作业被班主任逮着一次、校园违纪两次。”彭小满的奶奶十根手指头不够掰，索性攥拳往他的脑门儿上使劲敲了一下，“我看你是不想好了！”

“啊！”彭小满的眉心登时浮出一块粉红的痕迹，老太太打人忒疼，“您记忆力也太好了吧，一条一条记得这么清楚。”

“废话，我坐在下头丢人，臊得慌，想记不住都难。”

“我让您别去，您非要去。”彭小满挑眉说。

“哦，你爸把你托我这儿照看，我管你吃喝拉撒，合着其他就不管啦？”彭小满的奶奶见花蚊子围着他的鼻尖打转，摇着蒲扇拂开，荡起的一阵凉风吹翻了彭小满的刘海儿，露出一块月亮色的光洁额头，眉梢有一颗红色的闭口青春痘，“当我稀罕去，我一个七十多岁的老太太两头跑，别人都看着我呢。”

彭小满的那颗虎牙在嘴边隐现，他没说话，低头一下一下抚着“努努”光滑油亮的脊背。听奶奶这么一说，许久不曾有过的沮丧与怀恋涌出，继而他突然感到了稍纵即逝的细微鼻酸，就好像乍然闻到了谁家炖的糖醋小排一般。彭小满抬头看了一眼星星，这里的星星比云古的多许多，也亮许多。

彭小满的奶奶陡然短叹一声。她这年纪有此一声，只觉得其中充满了驳杂的内容，好比一叹叹出了过往十年的生活。

"你不能混啊，小满。"彭小满的奶奶笑起来，双眼宛如一对下弦月，眼梢延伸出蜿蜒细密的层叠纹路，给人的感觉很和煦，总让人一眼就觉得她性子好，想亲近，"你要走的路，总要比你爸爸妈妈长，你现在就不努力，以后怎么办？"

彭小满回望她，一时茫然不清明，思索了几秒后才了然，笑意重新挂上嘴边："我每天都很认真的，好吧？"

"鬼扯，认真的话，数学还能只考五十多分？！"奶奶佯装着又要拿蒲扇抽他，"我看人家小鸢动辄能考一百四十分，你就考他的分数的零头，你害不害臊？还是前后桌呢！"

"哎呀，我数学少根弦儿，您又不是不知道？"彭小满抬手挡蒲扇，往后一缩脖子，"我没说学习，我是说……我是说我在认真地生活，争取着每天高高兴兴，尽量没有负担。"

彭小满的奶奶只看着他，不接话。

"我觉得咱们家特别怪。"彭小满笑开，同样眼梢弯弯，"感觉谁都有可能先走一步，就跟做游戏似的。"

所以我一直有所积累、有所预想，不为那天悄然到来时，太过措手不及，太过狼狈，或者说，太过遗憾，遗憾连发自肺腑的喜悦、无上自由与肆意都没有过，那简直白活一回。彭小满嫌这剩下半句话太感伤，有别离的意味，又自己觉得很造作，所以没说。

"胡说。"彭小满的奶奶瞪了他一眼，朝外"呸，呸，呸"地啐了三声，还抬脚过去踱了踱，"说谁走？咒我，谁都不走！"

彭小满侧过头笑得"咯咯"直响，在静悄悄的巷弄里有轻微的回响："非往自己身上揽。"

按阴历算节气，现在是小满已过即将芒种，青弋百花零落，田野地头的中稻已进入返青的阶段，秧苗青绿，生机盎然。有失有得，在一些事物消弭之际，一些事物又正交替着肆意抽长。

过后几天，李鸢情绪持续低落。一是因为天气越来越热，灼得人懈怠的心思压垮了斗志，偏偏这松散劲越是明显，班主任看在眼里过后越是要严上加严，一方施压，一方"遇强则强"，看起来更懒散。按老班的话说，每个人带一面镜子来好好照照自己一点儿不着急、不知道发奋的那个样子，我看茄子遭霜打了都比他们精神些。

二是卫一筌二话不说在机器人大赛的参赛人员申请表上填了他的姓名，他任团队副组长，代表华南区鹭洲中学参赛，等于是强买强卖、赶鸭子上架，意思是他不想去也得去。

三是因为李小杏，她怀孕了。

李鸢记得他当时几乎有点儿蒙，在他眼里，李小杏彼时的神色，窘迫里带着些微自得，干呕的生理反应让她眼睑发红。她抬头看了看李鸢却许久不言，神情凛然无畏惧。李鸢歪头动了动嘴巴，由愕然到难以置信。他消化了这件事之后才是皱眉，全身心地投进了厌恶情绪里。他低头看那张油腻腻的方桌，一瞬间控制不住，恐怕就要伸手掀了。

这就好比被谁兜头浇了盆油，顺手丢了一个打火机上去，星星之火陡然就燎原了。愤懑里有心酸和委屈，可心酸委屈也就罢了，他居然还惊惧。他在惊惧什么呢？他不知道。

其实李小杏选择怀孕没有错，一点儿错都没有，有什么错？她再婚了要一个夫家的孩子没毛病啊，多合情合理啊。李鸢也觉得他心里这股铺天盖地的别扭劲来得蹊跷。他倒是很想为自己纾解出这纠结苦恼的情绪，更想找一个主题宏大的论断去解释他的心思，因为那样，他就可以很坦然地跟自己说——我真不是忌妒，没吃醋，没害怕被两头抛弃，真不是拘泥于这些儿女情长，真不是。

李鸢笃信自己是酷哥，标榜无挂无碍，什么都无所谓。

糟心事一堆，结果就是李鸢板着脸一整天。游凯风人蠢，但从来不是没心眼儿的人，和李鸢在食堂打饭，问他怎么了。李鸢只侧头回问："很明显吗？"

"废话，你早上不照镜子的啊？一对乌青眼，你要是扮演国宝我也就不说什么了。"游凯风把手里的铁勺翻过来，对准李鸢的眼鼻照，"你这一天气场全开、不怒自威，我看方圆百八米都没有人敢靠近了，我跟你坐在一桌吃饭，算我当你是兄弟。"

"行了，别叨叨了。"李鸢拂开勺子，捏着眉心好似头风发作，"第一次希望你是一个哑巴。"

这么神游了一天，李鸢破天荒地把这天发下的一沓练习卷和三本理化生的练习册落在了抽屉肚里。他取了车骑到半路想起来了，实在懒得掉头回去，心下一横，想着千年一回地不写也就不写了吧，爱谁谁。可这边还没踩上脚镫子呢，那边"活雷锋"破风似的追来了。

"哎，少侠！"

李鸢被叫得很尴尬：不应吧，显得不礼貌；应吧，多傻啊。他琢磨了片刻，还是放下了长腿，脚尖点地，回头，看到彭小满细如剪影的身形被淡淡发黄的路灯灯光依次温柔地传递过来。李鸢舔了舔嘴巴说："你慢点儿，我不走。"

这天李鸢没等他，是因为见他下了自习被老班单独叫去了办公室"品茶"，指不定说多久呢，便先走了一步。他们现在的关系有点儿怪，不等也不是，等更不是，介于熟与不熟之间，夹生。

"凯爷说你的作业落了！"彭小满的鼻尖上有汗，清亮的密密的几颗在皮肤上挂着，脸颊的皮肤在灯光下显出一层细腻红润的水光。角质恐怕没那么好，李鸢能看见淡青色的血管和红线似的血丝。

彭小满将手伸进自行车前筐，扬了扬手里的卷子，骑车驶近，看清了李鸢的神色，戛然按住前闸，彭小满眯起眼鄙夷地调笑："你不是故意的吧？"

李鸢看着他，点头："是，我就是这么个垃圾。"

"那我好心给你送作业，你还一脸苦相？"彭小满把卷子往他手里塞，"不想写你给我，我不揭穿你。"他说完挑了挑眉，一副慧黠的样子。

"你傻吧？"李鸢把书包滑至胸前，拉开拉链把东西塞进去，边说边笑，摸了一下鼻尖，"我苦相不是因为你。"

"一天了吧？"

"哟。"

"我不是你的粉丝，"彭小满摇摇食指，"求你可不要有什么想法。"

青弋的星空还是美的，穹顶是蓝紫色而非普遍意义上的黛蓝色，像是晚霞退得不够干净，混进了点儿紫红颜料的洗笔水，不交融，两者一上一下彼此贴近地浮着。星星就像是撒进去的，财大气粗的那种撒法，满眼尽是。PM2.5？不存在的。

可惜气候湿热，拂面的晚风也是潮的、暖的，仿佛被大狗当头舔了一口。李鸢和彭小满的额发俱被吹成一个标准的五五分，同样丑，谁也不好意思说谁。

"我觉得吧。"彭小满拨了一下车铃。

李鸢目视着前方路况，见正经过香海大道的银河公园，人少车少，便放慢了车速侧过头看他，拨了拨头发："嗯？"

"我怎么觉得你拨头发的动作都特别装酷呢？"

"你滚。"

"行，不打岔，我重说。"彭小满安抚性地点头，"我觉得吧，人不开心的时候，你想这些是没有用的。就算真的要想，你也最好说给别人听，让别人替你想。"

李鸢眯着眼瞧他，嘴角扬起来："啊？"

"就是……"彭小满的眼皮往下耷了一下，睫毛低垂着片刻又翻卷而上，很漂亮，好比拍卖会上璀璨的稀世物件，在万众瞩目之下被揭开了遮挡的厚重帷幔。李鸢觉得他这话题转得过快，俨然是盘山公路上的一个急转弯，李鸢有点儿跟不上老司机的节奏。

"你知道黑格尔吧？高一政治书里学过的那个。"

"有点儿……印象。"李鸢先是摇头再是点头，侧头向那边迎风笑了一声，车把一时扶得不够稳当，车身便微醺似的在晚风里摇摇晃晃，"黑格尔都出来了，哲学思辨哪。"

"就是他，他说法律、道德、宗教的情绪，这种情绪也是一种经验。"

"啊？"

"你别老'啊'，思考我的这句话。"

"啊？"

"哎哟，"彭小满吸了一口气，"意思就是说，有一些情感方面的东西、价值观念上的东西，会影响甚至能左右咱们的情绪。其实不论是开心或是不开心，都和咱们心里好坏的信息观念有关，你在意什么，其实很多时候不是取决于它怎么做，而是你怎么看。"

彭小满话里的意思，李鸢明白得差不多了——行吧，彭小满明摆着在拐着弯开解他呢。可看彭小满的日常种种，李鸢又觉得他不会是这种人，太过把别人的事情当自己事情看待。何况他自己也那样狼狈地哭过，他话里想传达给李鸢的豁达态度，就有点儿证据不足，偷穿不合身的外套的意思。思及这些李鸢就觉得他可笑，又有点儿稚拙的可爱，于是和他莫名对视了几秒，才没忍住问他："你的政治会考什么水平？"

"政治，"彭小满回忆了一下，竖了个食指，"好像考了'A'吧？"

李鸢拉长前音颇难理解地追问："那你干吗不学文科？"

"因为理科好找工作。"彭小满笃定地眨眼，"还因为文科写字太多，我嫌累手。"

"可惜了，要不下一版政治课本的主编就是你了。"

他们向右转弯骑进了平舟路，路宽缩减大半，再绕过路口的三色堇花坛进了非机动车道。路窄，李鸢说话的时候习惯要看着对方，免不了频繁地回头，彭小满心说：您这么个小帅哥可别摔个狗啃泥。他站起来用力蹬了蹬踏板，加速和李鸢并行。

车把一歪，彭小满的右手手背准准地磕上了李鸢的左手手背，两个人俱不设防，猛然被这么一下子疼得牙根一跳，"啊"了一声后同时龇牙咧嘴地弹开甩手，倒抽着凉气。

彭小满皱眉，示意自己万分抱歉，李鸢手指点地，示意他先跪下再说。他们抬起手腕，眼见着手骨筋上浮起一块淡青的菱形印子，差不多大小，左右相对的位置。

"那照你这么说，不高兴了要怎么办，哭？"

李鸢算是开玩笑，张嘴冲手上的印子哈了一口热气。

"嗯，哭可以，好法子。"彭小满居然还认真地回答，眼里有笑。

李鸢的神情却突然变得严肃，过了一会儿又柔和肆意下来，他看彭小满像看一个心智稚嫩的孩子，眼里有他自己都察觉不出的优越感。

"我怎么可能哭？"李鸢说。

"哭怎么了？"彭小满反诘，表情其实不那么正经严肃，却也有一股执着劲，"哭了才舒服，比你闷着强啊。"

"有的事不适合哭，说了你也不懂。"

听他这么说，彭小满还是笑得很开，能感染人的那种，但中途眯了一下眼睛，突然就变得轻蔑、偏执。

李鸢看得很清楚。

他偶尔会觉得就是这样，他们这个年纪，就是这样。和很多成年人一样始终相信着自己是背景特殊的那一个，自己的痛苦别人不懂，不切身，所有的好意宽慰都有站着说话不腰疼的成分。其实很多事情一一列出来用放大镜看，屁大点儿的事，哪儿叫事啊？

可自己就是看不穿也不信，不信别人能懂，不信别人说得对，不甘心被别人轻视、被任何人用高屋建瓴的语气说教。十七八岁的人都是倨傲的动物，彼此较劲似的以为，不好的经历越多，越是让别人对自己刮目相看，越是无上荣耀的王者，越是气质别样，是个闭着嘴也不会被忽视的、深沉有故事的人。

筑家塘夏天常有一股小玉兰花的香气，可就是没有路灯，三年前就全坏了，社区居委会到现在也没派人来修。这种事和自己的关系可深可浅：换是自家煤气灶坏了，住户能一上午把燃气公司的电话给打爆；换成路灯这事，高高挂起，谁爱管谁管吧。

李鸢和彭小满不知怎么回事，各自陷进了自己的心思里，一路都没怎么再说话。巷口黑黢黢的，几团窗户里透出昏黄的灯火。十字路口处有零星两个小食摊位，一个是卖馄饨和水饺的，一个是卖红糖冰粉和水果捞的。

几个老头儿老太太搬了藤椅在巷口的电线杆子下坐着，头顶着几张小广告，面朝着西面的路口乘凉。老头儿老太太和彭小满不熟，眼不带眨地看他骑车掠过，但是看李鸢打小长大的，特别热情地摇着蒲扇拦他下来说话。

彭小满回头看他按了手刹停下来脚撑地，低头冲老太太随便笑了笑算是招呼。彭小满"哎"了一嗓子，李鸢挪开视线来看他，彭小满便伸手指指弄堂里头，示意自己先走。

"明天见。"

李鸢点点头，看起来嘴巴又动了动，想说话，又没说。

彭小满脚点着地，荡着腿滑动着自行车往弄堂深处走，抬头看两侧屋檐将天空挤成一个狭长的矩形，偶尔还有纵横的挂绳与横杆。他心中懊悔这晚姿态摆高了，心思一动，居然要去对别人说教。

李鸢看上去是那种两三句"鸡汤"就灌得倒的人吗？自己是脑子坏了才跟他说那些不咸不淡的废话。

为什么呢？

彭小满想起他这天下了大课间，随着人流进了教室，乍见的李鸢的那张侧脸。天光明亮，冒在窗外的一截榆树的青绿顶冠上，他盯着窗外看，不知道是在想什么，还是单纯地在放空呢？彭小满眼皮一耷眼睛一眨，目光便收回，落回了凌乱摆着教辅书的课桌上。

好像就那么一下下，心里某处就像原先早搏一样猛地跳停了一下，不是觉得他酷，而是彭小满灵光一闪地有了归属与认同感。

这种同忧相救的共通感，中彩票似的难得。

巷里愈往里愈黑，突然扑面而来一股混合着药水味儿的腥臊气。彭小满忍不住皱眉，看前面不远处有辆电驴与中年男人的影影绰绰的轮廓，车上有两三个缠着绿网的脏笼和火钳，那人嘴边一个橙红的火点。彭小满拨了一下车铃，示意他稍微避让点儿，结果那男人倒像是受了多大的惊吓，短促地"哎哟"了一声，动了动脚步，手里掉下了一个淡黄色的尿素蛇皮袋，落在脚边发出闷闷的一声。

男人咬紧烟嘴啐了一口，似乎也飞快地看了彭小满一眼。

彭小满心说：招你惹你了，怎么就张嘴骂人呢？还没能给这人一个大白眼，就看地上的蛇皮袋子古怪地蠕动着，"噌"一下子蹿出个橙黄色的东西，便要往巷里跑。彭小满还没来得及分辨那是个什么，男人已经动作迅猛地蹲下，扑向前伸出一只手，稳准狠地钳住那东西，往蛇皮袋敞口里粗鲁一塞，绕圈扎紧。

拦住李鸢的是五楼的顾奶奶，她人很和善，智力不太行，见着他必问这年几年级，告诉她一次她就得惊讶一回——哟，都这么大了啊，我以为你还念初二咧。老太太絮叨叨地仰头和他扯着闲篇，正说到林以雄呢，巷里突然传来一阵响亮的电驴鸣笛声和一束淡黄的车头灯灯光。李鸢应声探头看了一眼，见一辆脏兮兮地溅着泥点的、坐着一个光头男人的电驴加速驶了出来，着急忙慌，好险没一车头撞上李鸢的车。

李鸢下意识地跟着看过去，没看出个名堂呢，又听耳边传来一声愤慨的高喊。

"别跑！"彭小满背着书包从弄堂里跑出来，抬手指着李鸢："李鸢，追！追那'光头'！你的猫在他手里！"

"努努"刚出生的时候才小拳头那么大个儿，一粉团，就被母猫老娘弃在了筑家塘小菜场后头的五金店门口，硬要说，也算是和李鸢有点儿同病相怜的意思。"努努"最惹李鸢怜的，是它明明被弃过，却总是对别人的亲近很懵懂、不设防，对威胁偶尔会浑然不觉。他安心地放它白天出去散逛，是因为自己和林以雄的时间不允许，信筑家塘没坏心眼儿的人，信"努努"长这么大总能分清楚点儿好歹。

李鸢后来才想抽自己一个大嘴巴：都是条命，养不好当初就别逞能要养。

"哎，哎，小鸢哪！"顾奶奶颤巍巍地支起身，指指手边一个门洞，门洞里有一辆燃油助力车，"骑我家老三那个追，没上锁呢，一拧就跑！"

旁边的一个跟着乘凉的络腮胡子老头儿愤慨地直拍大腿，眼瞅着大腿根上浮出个漂亮的掌印，"哎呀，现在人心都黑掉了，这还没夜里睡觉呢，就出来偷猫偷狗的，净干这些个损阴德的事情！"

"就是说呀！猖狂得不得了，逮着不把他的手打断！"另一个人跟着附和，嘴巴直撇，皱着眉毛看李鸢放下自行车，两步过去一脚跨上那台燃油助力车，试了试高度，拧了拧离合加油，"嗡"的一声，荡出一声响。

"别追啦，这些人都跟耗子似的，一溜烟就没影了，精着呢！"

"报警，不报警有什么用啊？"

老头儿不服："报警有屁用，你看谁管？！"

李鸢没理，回头看了看站着喘气的彭小满，抬下巴指了指后座。

彭小满站着没动。

"那你帮我把车推回去。"李鸢耽误不起工夫，见他没说话，转回身，"谢了，等我回来再找你拿车。"

他这话很平常，但没来由地有了诀别的意思，就跟电视剧里"等仗打完了我就回老家结婚"似的，预示此行必定凶多吉少，有去无回。彭小满站在原地被自己脑补后脊梁一凉，将书包一放，想也没想，两步蹿上前拽住了李鸢的衣服，抬脚也跨上了车。李鸢将油门加满正要撒手，锁喉似的，觉着衣领被猛扯着一紧，重心跟着往后一沉好险没撑住："你——"

"帮你啊！"

"我——"

"快，快，快，那男的前面左拐，你先走起来再说！"彭小满说着像拍马屁股似的拍了把车屁股，就差喊声"驾"了。

彭小满和他挤在一块儿，骑猛了往前一冲，人自然就往李鸢的背上贴。高是有高的好处的，能把人遮得严严实实，除了挂在腰上保持稳定的两只手，其余的一点儿风也吹不到彭小满，看前面的东西，还要尽力抬一下屁股。李鸢是头一次骑这飞车党的玩意儿，速度提不上多快不说，噪声还大，外加车体死沉，左右不稳就觉着要倒。彭小满在后头跟着一并提心吊胆，李鸢猛一不熟练地急拧了一下刹车，彭小满就忍不住往李鸢的腰肉上掐。李鸢身材精瘦，没什么赘肉，便就连着肋骨一起被彭小满掐。

他们被等红灯的私家车们逼停，李鸢到底没忍住，"嗯"一声，闷闷地叫唤，目视前方紧紧锁定着五六十米开外那个男人在红绿灯下五彩斑驳的"光头"。

"你……抠你自己行不行？"

"哦，对不起。"彭小满反应过来，撒手举高连声道歉，坐直了身子越过李鸢的左肩伸头看了看，凑回去问，"就……就这么追能追上吗？"

"目测不行，回民路和银河公园交界那儿二十四小时里有二十小时堵，他走在咱们前面，肯定追不上，堵上一小会儿就该看不见了。"

"……那？！"

"绕路。"前面的私家车动了，李鸢连忙跟上，生怕落下一毫一厘，"我看这人是猫狗市边上的，他身上那文化衫上印着'御座兰亭'，八成是工地上的人晚上歇班出来'搞私活儿'的，从银河公园里绕到清河路那边堵他。"

"一边追你都能一边看见？！"彭小满确认似的又看了看那越发小的背影一眼，隐隐约约觉着那人背上是印了几个字，"你这侦查能力不去公安学校多亏啊。"

"长了眼就能看出来。"李鸢向左转方向，预备着沿湖周小路穿过银河公园，说完冷不丁地回头看了他一眼，在这节骨眼上，还能睨彭小满一眼。

所以这话彭小满没接，接了就是自打脸。

晚风凉月，银河公园不大，但历史有那么一点儿，南宋不甚出名的一个文人的衣冠冢就立在这里。这里一年四季都静，不挨着大马路，鸣响被阻隔，狭窄的小径一侧挨着丰盛茂密的草木，一侧挨着一方正长着田田荷叶的芙蕖塘。这个时间散步的人最多，三两并排阻着道路，逼得李鸢像一条黄花鱼似的溜边走，侧着点儿身体重心飞快地骑着。引擎声音甩在后头，累赘一般被利落地抛下了，仿佛跟不上车。

彭小满被环境感染，心弦松了一寸。水光树影，李鸢的身上有股气味，肯定不是难闻的气味，是淡淡的香，嗅进鼻腔里还有些发凉，像薄荷脑。彭小满忍不住去分辨，这股气味究竟是来源于李鸢的发间，还是李鸢的衣间。

晚风拂过两侧耳垂，招来一阵清淡的芙蕖香，在混杂的气味里，彭小满闻出李鸢发间的香味儿偏甜且有一种果实类的微酸，恐怕买东西不太会挑，很没常识地随便拿了一瓶女士香波就回去用。

一对老夫妻走在前头突然横挪，李鸢猛然按了刹车，一个急停。

彭小满一头撞上去。

"在人行横道上骑这个瞎闯什么？！"老先生被刹车刺耳的摩擦声吓得原地一蹦，活像死里逃生躲了大劫，牵着老伴儿藕节般肥嘟嘟的手肘子忙不迭地加快步伐走远，"年轻人骑车都不看路是吧？不知道公园里人多啊！"

李鸢深知理亏，点头道歉又重新拧满了离合，回头看彭小满："你没事吧？"

彭小满捧着下巴说不上来话，疼得嘴里正汹涌地分泌着口水。

"你是不是啃了我一口？"李鸢将手伸到身后摸了摸，"怎么那么疼？"

"没有！"彭小满抬头，捂着嘴巴含含混混地瞪眼，断然否认，"我没啃你。"

"我都摸到牙印了。"

"你……你赶紧追行不行？"彭小满咽了一口口水，闪烁其词，手往前一指，"再不追人就溜没了，哥！"

李鸢看着他不作声，右手拧满了离合，脚收回踏板支起了重心，再次发动前，才眼皮一耷笑了一下："你是狗吗？"

他话里有笑意，虽不合时宜，但声音很小，融进了风声和市井声里，所以一点儿也不突兀。

也不知道李鸢是运气好还是天生空间思维高度发达，点儿掐得特别准。他这辆助力车刚叫唤着爬了一截石子小坡上了清河路，偷猫的那个"光头"骑着电驴正巧就在四岔路口那儿拐了弯。清河路是支路，狭窄且车辆稀少，那人正亮着夜灯迎面冲李鸢骑来。

"怎……怎么行动？"李鸢停车蓄势，眼睛一眨不眨地紧盯着前方，彭小满就像一个帮派火并前没接到任务通知的傻白马仔，抬手扶着李鸢的肩膀，清了清嗓，低声问，"我该干什么？"

"你扶着车。"

"你呢？"

"我揍死他。"

骑车的那个"光头"心里正虚着呢，远远就看一个大高个儿坐在一辆燃油助力车上虎虎生威地瞪着他，要是有对儿"左青龙""右白虎"，宛然就是一个斧头帮帮主。"光头"本想一低头、一加踩油门蹿过去，当没这事算了，就算这小子知道自己干这个偷鸡摸狗上不了台面的勾当，到底也和他没有关系，不能活雷锋上身把自己扭送派出所吧？这不能是一个便衣警察吧？

可还没等他拧紧油门，就看见了李鸢背后坐着的彭小满，两个人这么一打照面，"光头"立刻就明白前因后果了。反应速度快到离谱儿，差着两三米的间距他猛按了急刹，马路上原地掉转车头，响亮地骂了句带口音的脏话，撒丫子就溜。

"还跑！"李鸢那哪叫跳下车啊，根本就是飞下车，把车把一放冲着彭小满嘱咐道，"看好了！"

"哎，你——"

他不带个称手的家伙吗？！肉搏？！

李鸢好歹一千二百米的体测能跑三分零六秒，谦虚点儿说也是个半职业运动员的水平，加上他手脚又长，逮一个慌不择路、车把都扶不利索的偷猫贼，简直跟玩似的。彭小满猝不及防地重心一歪，好险没连人带车横躺上马路，于是连忙撑住车身，看李鸢没跑多远，伸手一把拽住了车上的脏笼，施力，神乎其神地把人和车连拖带拽地扯回了原地。

脏笼上腥臭的气味很重，纱网上还有一块块淡褐色的印记，像血又不像。李鸢忍不住更怒，抬手一胳膊肘猛撞在男人锃亮的后脑勺上，疼得男人撒手放把，低头捂住脑袋"嗷嗷"呼痛。

李鸢去扯他腿间夹着的尼龙袋，男人死活攥紧着不撒手。

"撒手！"

男人被扯得身子直歪，正险险地挂在车上，黢黑的两只手也紧拽着袋口不放，活像是护着他家祖传的宝贝命根子。

"我让你撒手！"李鸢瞪着他说得一字一顿，一想到"努努"正在里头憋屈地"嗷嗷"叫唤，就恨不能一把开山刀上去竖着劈了这大光头，"别给脸不要脸。"

"喊。""光头"逞能耍狠似的歪嘴笑，满口黄牙，比苞谷地丰收看着还热闹，"不大点儿的小崽子学人——嗯！"

李鸢抬腿蹬上去，一脚给他踹了一个"五谷丰登"。

"光头"倒不是不怕揍，是没承想李鸢这小子下手能这么干脆利索不打招呼，不设防地一下仰面翻下了电驴。尼龙袋脱手滚上了柏油马路，挡得一辆路过的私家车方向盘打得猝不及防，走远还摇下车窗响亮地骂了一句脏话。

彭小满在一旁看了，手疾眼快地撑停了助力车，趁"光头"捂着肋骨痛呼来不及站起身反应，小跑过去将尼龙袋抱在了怀里。彭小满一摸，才发觉袋口扎得特别紧，唯独在袋身上扎了三两个透气的小孔，作用不大，觉出袋里的"货物"明显在里头正极不安分地上下扑腾。

彭小满赶紧手忙脚乱地解开扎口，手有点儿笨拙，二话不说上了嘴，一并用上了后槽牙才生给拽开袋口，啐了两口，展开袋子一看里面——两条中华土狗、一只金贵的橙黄圆润的布偶猫"努努"。崽子们一见着天光，皆仰头冲着彭小满"嗷嗷"叫唤了起来。

李鸢趁人爬起来的工夫，泄私愤似的，闷声上去又补了一拳一脚，外加扬手打过去一巴掌。不知是无意还是故意，那一掌落在了男人瓦亮的光头上，"噼啪"一声，肉贴肉地激出一声爽得令人鸡皮疙瘩乍起的脆响，好比敲响了一尊罩在头顶的金钟。一波未平一波又起，"光头"疼得一时不知顾着哪头是好。

彭小满拎着袋子，被走过来的李鸢扯着胳膊往助力车旁带："上车，袋子拿好。"

"哎，那这人……？"彭小满转过身子指指身后，"就完了？"

你办事也太雷厉风行、四平八稳了，要不怎么是班干部领导层呢！

"嫌不过瘾，少侠你可以留下和他再战三百回合。"李鸢瞥那"光头"一眼，嫌恶地轻轻皱眉，"搁这儿吧，反正死不了，不信他爬不回窝。"

"你可真……"彭小满啼笑皆非地翻上了车后座，把蠕动着的尼龙袋放在了自己与李鸢中间，搭上对方的双肩扶稳。

"真？"李鸢问。

"真牛。"

"过奖。"李鸢抬脚，一拧离合蹿了出去。

布偶猫真是美呀！彭小满坐在助力车后，额发被风吹得一并向后飞扬，挂着满脸痴慕表情地紧盯着袋口探出头，眼里有星辰大海的美猫。"努努"也萌，到底和气质清贵的名种猫比不了，太黏人了也显得不够骄矜。彭小满伸手揪住了布偶吐出来的一截粉红小舌，猫儿觉着动不了了，倨傲地抬着肉垫推搡彭小满的手掌，彭小满这才心满意足，防着被挠，识时务地撒手。

李鸢听他在背后莫名地"咯咯"傻笑，冲后视镜望了一眼，盯了片刻，跟着扬了一下嘴角。

李鸢往回走的是原路，没再赶着投胎似的那么开得生死时速。一是"努努"被找回来了，李鸢有工夫去思考着交通安全这么一回事了；二是暂且放心了，谅那帮偷鸡摸狗的玩意儿也不至于真追上来和他拼打拼杀。结果是乌鸦嘴，他就听背后响起一阵"嗡嗡"作响的引擎轰鸣声。

"我的天！"彭小满转头探查完敌情，回过身猛烈地拍打李鸢的脊背："四五辆！那'光头'叫人叫得也太快了！"

背后一水儿电驴横向并行仿若电音飞车党，"光头"远远殿后朝前指着手里的家伙事，李鸢加速："啧。"

"他们手里有东西吧？那是——"

"甩棍。"

"甩——"彭小满半张着嘴巴下意识地把尼龙袋揽紧，防着李鸢突然转弯摆尾，抓紧了他的肩膀，"不是，至于吗？拿回他几只阿猫阿狗的，他至于这么拼吗？！"

"他们八成是怕咱们报警。"

"那……那你要不告诉他，告诉他咱们不报警，天这么热让他们赶紧回去吧？！"

李鸢迎风略略侧了一下头，满脸的"关爱智商不足者从我做起"的表情："他们几个怕是想死。"

"不是，这么生死关头你还一身傲骨干什么啊？！"彭小满糟心地拍打着李鸢的背部，"咱们很被动好吧？咱们现在是被追杀的状态，先保命要紧啊！"

"你以为这帮四五六十岁的老大爷追上你真能把你怎么样呢？他们也就摆个飞车党的架子唬你呢，你闭嘴坐稳了！"

"你废话，他们追上你一人给咱们一巴掌也够受的了！"

"你再废话我就把你甩下去。"

"你——哎！""努努"很黏李鸢，嗅到自家主子的气味了，抬着肉垫就要往李鸢背上攀。彭小满扯它的尾巴没扯住，"努努"一下就跟一条活泥鳅似的滑跑了，紧跟着没等右爪钩上李鸢的左肩，一个身形不稳，"嗷呜"一声，翻下了助力车。

彭小满伸手没兜住。李鸢余光看着一道橙黄身影滚下了车边，连忙拧了车把侧转方向避让，还没来得及回神分辨落下去的那团东西是什么，就又感受到了背后那人一阵急促的拍打。

"停，停，停，放我下去！"

"不是你自己说要逃命吗？！"

"你的猫掉了，你停不停？！"

彭小满觉着和他说话特别费嗓子，李鸢"嘎吱"一声，按了刹车，这可不是小事。

彭小满二话没说地飞身翻下后座，冲着原路折返，弄得李鸢回身连句"你等等"和"你小心"都没来得及说。"光头"一行人看这两个小子停了，三三两两地使劲跟着一按刹车，在马路上摩擦出一阵锐利的剐擦声，心说：这是要停下来正面硬打啊，还是要什么阴招儿啊？硬打不怕，四五个一起做工的兄弟能怵这两个小毛孩子吗？要是要阴招儿，他们还真得犹豫着要不要上。现在的小孩子，都精明上天了。

"光头"紧了紧手里握着的甩棍，遥遥地看后座上一跃而下的彭小满冲着柏油路上一团橙黄的东西小跑过去。他眯缝着眼缩头一瞧，才恍然——好小子，断人财路不说，被追到这份儿上还敢腾工夫下来拾一个落下的，真当哥儿几个吃素跟你过家家呢？！

"就那个！""光头"龇着满嘴黄牙冲彭小满指去，"就逮下来的那个，就那嘴欠的小子叫的人！逮他，逮一个算一个！"

手边马仔似的几个岁数相当的弟兄应和一声，冲着彭小满就去了。"努努"精明地耳朵一竖，听了动静忙拔起四腿往迎过来的彭小满怀里撞，爪子紧钩着他襟前薄薄的一层 T 恤衫，抓得彭小满生疼。

"彭小满！"李鸢猛鸣着笛，"动作快！"

"我赶公交车也就这速度了！"彭小满闲的就是一张嘴，疼得五官皱起宛如一颗核桃，朝前一望惊了一跳，倒着蹦了一步，立刻转身抱着"努努"往李鸢的方向蹿，"救你猫命，欠我人情，期末借我抄数学！"

李鸢心说：咱们的座位号不定差着几个考场呢。

但他们俱没想到"光头"一行人里，有一位老兄深藏不露，骑的居然是燃油摩托，马力十足的那种。其余几个人看着目标近了，忙分开给这撒手铜让道，只听"嗡"的一声发动机响，那人带着股腥臊的味道迎面破风疾驶了过来，不消一刻就抢先了彭小满一步，凑近他身后，伸手猛扯了一把彭小满的衣领，把他带得转圈趔趄了一下。

彭小满紧搂着"努努"不撒手，看燃油摩托上跳下来的老兄的发量不比那"光头"强到哪儿去，"地方支援中央"，秃得也很凄惨。那人扬手一抬手里的甩棍，眼看着要顺势落下，直指彭小满的肩胛骨。

彭小满顺势往地上一滚，审时度势地来了一个飞速闪避。

那人非但不依势上脚攻彭小满下盘，仍轴劲直犯地扬着甩棍，企图瞄准时机一击来个疼还打不死人的招数。他们这行人，谋财第一，害命不行。可惜他到底岁数到了，捧着个肉墩墩的啤酒肚行动不便，没等落下，甩棍便被身后的李鸢握进手里攥着了。

那人抽不动甩棍，回头，见李鸢站起来高他起码一头半，像一堵墙，头皮简直炸了——谁非让老子当这个出头鸟的啊？！现在的臭小子营养都这么好吗？！

"下来干吗？等着他打呀！"援兵一到，彭小满立刻机敏地猫着腰躲去李鸢背后，直身一抬脚，着急着往助力车上跨，"撤啊，老司机！"

"想跑！得爷爷我让！"

"光头"不知从哪儿赶上，提着甩棍张牙舞爪地就冲彭小满和助力车去了。李鸢这边正和"啤酒肚"极尴尬地胶着着，余光瞥见"光头"趁机蹿过身旁，预备着中途抬脚一击，没承想时机不对，想拦却没拦住，让他过了。

彭小满看人来了，做好了硬扛打算地护紧了"努努"，挺直了腰杆缩了一下脖子闭眼，心说：这棍子就当我送你了。他没等来一甩棍，睁眼，看"光头"极其猥琐地飞快扯下了助力车上插着的钥匙，得意地眯眼冲彭小满摇了摇，而后抡圆了胳膊一气扔去了马路对面："跑啊，不是跑吗？来，我看你们再跑啊！跑啊！"

李鸢脑门上青筋一跳。

杀千刀的，这可是借的车！

"光头"一招儿下三烂招数躺赢了半局，底气登时足了，忙招呼着一旁三两个停着的弟兄下车，扬手挥了挥："来，堵上他们，我看看这两个人可还学人狗拿耗子多管闲事！今天就代你们的老师教教你们！"

这突然就很有黑帮火并的架势了。很可惜彭小满头脑清晰，分明知道此时形势相当不利——五对二不说，车骑不走就是废铜烂铁，外带护着一袋子动物。李鸢再能打，和他在一块儿也就是在学校里勉强拔尖的野路子，对面一行人实打实算社会上摸爬滚打上来的，钱比天大，真要动手他们比谁都狠，都不怕犯事，李鸢手无寸铁地拿生肉扛铁，指不定被打成什么熊样呢。

不打得他们每人断两条肋骨，怕不解这几个人心里的破财之恨。

他们两个正面扛才是蠢中之蠢，先躲再说。

"要不咱们先——"

"东西拿着。"

没等彭小满开口劝他先带着东西趁机跑路，就被李鸢猛一挽胳膊拖过了他身边，侧身撞上他的肩，只感到一阵蒙。彭小满只感觉李鸢的右手顺着自己的胳膊一路滑了下去，螺口似的扣住了左手的虎口，被他猛钳着大拇指开跑。

听到声音后反应过来的"光头"见状不依："哎，还跑！追，追，追！"

他们钻的是柏油马路旁的灌木小路，前阵子阴雨，草坪上湿滑积水很不好跑，彭小满觉着，要不是被李鸢这么生死与共、不离不弃地死死钳着，他早就一个大叉竖着劈出去了。

"报警，快，报了他们大概就被吓跑了，你赶紧！"彭小满不忘提着尼龙袋，冲李鸢说。

李鸢沉默了。

彭小满拖了他的胳膊一下："你别光跑啊，你不会是没带手机吧？！"

"你不也没带吗？"

"我又不知道有这么一出！"彭小满听身后一阵动静紧跟着不放，皱着眉忍不住边甩手边说道，"那还跑个屁啊，站着让他们揍完算了！"

李鸢钳得更紧："前阵子你跟别人打架那傲骨呢？"

"我有个屁的傲骨，那情况又不一样！"彭小满哭笑不得，完全没了斗志一直沮丧到底，"咱们这是在拍港片吗？！"

彭小满特想跟他说：少侠你撒手，我不跑，我真的不能跑，宁愿你先走，丢下我，我去替你挨了那顿甩棍算了。可这话他没法儿说，时机不对，该解释的解释不了，也没必要，听解释的人未必想听，也未必信。

彭小满只觉得自己真的很久没有这样迈开过步子了，即使不是有目的或是有着明确终点的那种，这种忍不住喘，忍不住淌汗，忍不住跟跄又连忙站稳的跑法，都让自己觉得指端涨麻，太久违了。

李鸢其实还是觉得这天的这事不算事，跑不掉就打呗，自己其实可以撒手了，分开跑可能还快些。可他又无端地觉出了彭小满和常人不同的惰性与无所谓，感觉这样的人不带着就一定会放弃。

换句话说，李鸢突然想明白了这人最让他觉得奇怪与特殊的一个点——没终点，这不叫随遇而安，而应该叫漫无目的。这是藏在随性的表象里的游离怠慢。

第六章
伤员和病号

　　游凯风这人，在家和在外是两副面孔。人前，他话多得让人觉着他的母亲最先生出来的是他那张嘴；人后，闷葫芦一个，画个圈站进去能半小时不动，聊天靠"嗯""啊"交流，大写的"烂泥一摊"，加粗的"混吃等死"。

　　在家里，他和他的母亲关系不错，倒真不是什么血浓于水母子情深，而是他们在心里，一并对他的父亲游健怀有一种思念与怨愤牵连交织的共鸣情绪，从而在思想上有一致性——恨他、爱他，很像琼瑶小说里的主人公。

　　可他这天和他的母亲闹了不愉快，不为游健，不为家长会，为的是那几件鸡毛蒜皮，离不开"以后"二字的小事。

　　游凯风坚持想要走表演专业，坚持想要在高三上半学期休课两个月去参加艺考集训，坚持要考里上电影学院表演系。游凯风的母亲在晚饭席间听他这么笃定一说，立刻笑起来，抬着筷子冲他的鼻尖点了点："别说你爸训你，让你别走那条道，就是他让，我看你倒贴，'里影'也不收你吧？"当父母的，恶意讥讽不自知，当子女开得起玩笑。

　　游家新聘的小阿姨用围裙擦着手来收桌上吃光的菜盘，抹布在桌上一抹，没忍住，"扑哧"一声笑得一喷，转脸飞快地上下瞄了游凯风两眼，抿嘴猫腰钻回厨房里了。

　　游凯风心眼儿如碗口大，从来不装事，跟谁都没有隔夜仇，一句无意的"坏话"这么一听，也难免心思往胃里一沉，喉咙里堵得难受，他当即拍了筷子黑脸。全世界的人都能讽他、骂他，说他头皮进水、痴人说梦。就唯独父母不行，没理由。

"不吃啦？特意煮了虾子给你，还剩这么多啊？"

游凯风的母亲看他推开餐桌椅，耷拉着眼皮跶拉着拖鞋径自上了二楼，回头问他话，换来一声震天响的关门声。

还吃个屁，游凯风仰躺进他一团糟的褥子里，身体往下陷。

左脸边是他昨天换了没洗的一对条纹臭袜子，右脸边是一包开了袋没吃完的原味薯片，游凯风觉着什么东西硌着腰，手探下去一摸，是半颗之前愣是没咬开的山核桃。他的房间通常不让小阿姨进，没有人管，所以才总这么没处落脚地脏乱差着。他自己待着倒还觉得挺自在。

墙上也还算干净，工工整整一左一右对联似的贴着两张海报：一张科比·布莱恩，是他的男神；一张娜塔莉·波特曼，是他的女神。彼时他上初中，和这时一样不爱读书，就常不切实际地假设，想自己以后要么去国外打职业篮球联赛，要么去国外演电影。后来上了高中，体测频繁，他就此认清了自己肢体协调能力低下的生理缺陷，身形又像激素吃多了似的胖了起来，打篮球联赛算是没戏了，可演戏还是他的梦。

胖怎么了？他翻了个身。

其实被人否定的感觉他常有。游凯风，你成绩不行，没那个脑子，你不是学习的料。游凯风，减减肥吧，要不以后怎么找女朋友？游凯风，你怎么什么本事都没有，就那嘴会说呢？游凯风，你行不行啊？之所以能当耳旁风一听而过，是因为那些方面，他不在乎；而自己真正相信的有才能的地方，仍被人嗤之以鼻，标准变了，能承受的底线也另当别论了。可以说他是脆弱不堪了。

手边的手机响起来的时候，游凯风还闷着口气呢，拿起手机来见屏幕上显示着陌生号码，立刻按了接听键："没钱，不买房，不需要，谢谢。"

那头的人愣了愣，"呼呼"两声吐纳后传来一声轻快的呼吸声，彭小满没辙地笑了笑："没房，不推荐流量套餐，不卖保险。"

游凯风撑着胳膊坐直，听了八分意思，乐了："小满君？"

"凯风君？"

"怎么？"聊人生啊。

"你小鸢爷不太好。"彭小满话里带笑，像说着一件很轻松普通的事情，"委托我请您来趟小诊所，带着钱。"

"啥？"游凯风诧异道，"怎么个意思？你倒是说清楚。"

"意思就是……你们家李鸢今天有血光之灾，在附近的诊所缝针呢，就想说，你能不能过来一趟，送一下医药费什么的？"

"啊？！缝针？谁……谁打的，你打的？"

听筒里响了一阵，明显是手机被拿去交由第二个人之手。游凯风愣了愣，正要发问，就听那头响起了李鸢的声音，端是一副没事人的口气："就他那个子，能把我打得流血缝针送医院，我就算他练过了。"

游凯风听彭小满在一旁"呸"了一声。

"不是，怎么回事啊？"游凯风反应过来，忙跳下床四处找鞋，边说边去摸桌上的钱包，"那你跟谁打架了，怎么还缝针呢？严重吗？你怎么也这么不知道轻重啊？你还没敢跟你爸说呢吧？我卡里还有五千元，够吧？不够我再找我妈要点儿？……行吧，什么位置？给我发过来，我马上打车过去，你和彭小满别急，马上到！"

李鸢听他挂了电话，才按掉了手机的免提键，低头按了两下键盘发了一个地址过去，把手机递还给了正帮他清创的小护士："谢谢你啊。"

"我觉得吧，虽然凯爷明显低估了你的战斗力，在潜意识里认为你一定是被人揍成这样的，"彭小满闷闷地咳了一声，在旁边笑，眼看着小护士把半瓶生理盐水倒上了李鸢的掌心，看到他的指缝里登时"滴滴答答"地滴下淡红的血水，他冲李鸢比了一个爱心的手势，"多的不说了，祝友情长长久久。"

李鸢疼得皱眉头，摸了摸鼻尖，读书十几年培养出来的素质不允许自己呸他一口。

李鸢这手还真不是被揍的，是被一脚踩的，准确地说，是被彭小满一脚踩的。

彭小满觉得这晚那帮偷鸡摸狗的老男人就是冲着打断他们的肋骨去的，追得那叫一个"山无陵，天地合，乃敢与君绝"。他都已经跑得狗喘，满眼金星了，他们都出了清河路绕到供电公司了，那群人还不离不弃地跟在他们屁股后面。彭小满心说：你们有这毅力干点儿什么正事，现在不是坐在办公室当老板，最次也是个包工头吧，至于跟我们两个高中生拼死拼活的吗？

李鸢怕助力车放在大马路边上回头再被人推跑了，搞不好还得赔一笔，那就亏大了，就也不敢撒丫子跑远，拉着彭小满绕圈，躲进了附近的回民巷，可惜没勘察好路况，一头被逼进了条死胡同。手无寸铁，出不去，跑不了，李鸢二话不说，扭过头就抱起一旁只剩半条命狗喘着的彭小满往墙上送："我算是知道你为什么不参加体测了，'彭黛玉'小姐。"

"哎，哎，哎！"彭小满冷不丁就离地了，"你想干吗？！"

"翻进去敲这户人的窗子，搞醒他们帮忙报警，不要说打架偷狗，说聚众赌博。你抬脚！"

"哎，不是！"彭小满哭笑不得地抠着墙，"不是，你等会儿，你等会儿啊！那……那这户要是没人，你一个人在下面不被那几个人揍死啊？！"

"不定谁死呢。"李鸢踮脚，推搡着彭小满窄窄的后腰，用肩向上顶他的屁股，"揍死一个总比揍死两个强，你现在就是一个累赘。"

"我——"

"你就不能动动脚吗？！"李鸢抬手拍了一下彭小满的脚踝骨。

"我不会爬树，你又不是不知道？！"

"爬墙也不行？"

"爬什么都不行！"

李鸢一句"你活着干吗？"堵在嘴里还没来得及说，就被蹿过来的"光头"猛拽了一把衣服领，手上一抖，但还好没摔了彭小满。

勉强算电光石火，彭小满的半身重心越过了墙头，眼看他就要滚进安全区了，被"啤酒肚"从旁一扯又滑下了大半个身子。李鸢就服了，先抬手往彭小满脚下撑了一把，又一拳抡去身后拂开了"光头"，余下的一只手扬高在半空划弧，一巴掌上去往"啤酒肚"的头脸上响亮地盖去，"要动手跟我打，你再拽他一下试试？！"说完他转身抡起墙根下的一个物什就上了。

浪漫，大写的浪漫，听着掷地有声的一句偶像剧的台词，彭小满头皮一麻，觉得李鸢可以演偶像剧的男主角。

彭小满脚下一顿，脚掌心仿佛被什么东西有力地一撑，他凝神闭气，很不优雅地一骨碌翻进了围墙。哪儿能料到这门这户是喜欢囤货的主，报纸、杂志、啤酒瓶和易拉罐垒在墙下。彭小满连拍带卷地一屁股砸了上去，惊得巷里登时响起了一阵急促的狗吠。

好歹这家有人，对方以为进来的是一个不开眼的小贼，亮灯，惊叫，户主领着女朋友出来隔着扇阳台的玻璃门喊："你是谁啊？我报警了啊！"

这正中下怀！彭小满一听这话，恨不能跪下高呼万岁："好，好！报警，赶紧报警！有人追杀！"

李鸢以一敌五，横着随手抄起的高粱扫帚严阵以待，伺机团杀，隔着一堵围墙听彭小满一句"追杀"，好险没脚下踉跄——得亏没一身血，要不非招来武警。

小护士拉下盖着口鼻的一次性口罩，拿着一块白棉纱紧按着李鸢的掌心，抬头朝彭小满招了招手："同伴来一下。"

彭小满走过去蹲下，低头看那块瞬间被血浸得殷红的棉纱："止不住吗？"

"穿刺伤，没有残留物在伤口里，口子也不是很大，几厘米。"护士拿食指和拇指比了个并不算短的长度，"但是有点儿深，肉已经有点儿往外翻了。"

"咝——"彭小满听这话完就皱起了眉头，抬起头苦大仇深地望着李鸢。

李鸢没忍住笑了一下："就跟疼在你身上似的。"

"血肯定是能止住的。"护士见医生来了，起身让开了半人的空隙，"但我们这儿现在暂时没法儿给你上麻药，也没有天然吸收性的缝线，只有尼龙线，你还得来拆线。你看是在我们这儿止了血之后去医院缝呢，还是就在我们这儿缝？"

"后期会有什么问题吗？"李鸢看着端着搪瓷盘边走边忙活的医生。

"清创、消毒、缝针、打破伤风、开药，我们也是按流程走啊，能有什么问题？"医生推了推脸上的框镜，瞥了一眼彭小满，"不就是怕你们不放心我们小诊所吗？怕你们觉着我们这儿的人黑心还不干净吗？"

"我那么说了吗？"李鸢挑眉乐了，转了转手腕子，"缝呗。"

彭小满眨了眨眼："生缝啊？"

"不然呢？"李鸢看着他笑，见护士捻开了白棉纱，他手心朝上，把一朵花似的伤口祖露在彭小满鼻尖下给他看，"那彭少侠你来？"

彭小满翻了下眼皮，侧头躲开那一手艳丽的火红颜色，很嫌弃地撇了撇嘴："我不是怕你忍不了疼吗？你还不识好歹。"

"怕什么疼啊，还怕疼！"医生剪开一块水蓝色的一次性垫布，拆了一袋医用乳胶手套，"三四针的事情，眼一闭不就过去了？"

"过是过去了，"彭小满皱眉看着李鸢，侧头小声叨叨，"过哪儿去了还不一定呢……"

李鸢冲他指了指："你能不能盼我点儿好？"

小护士听了捂嘴直乐，弯出对笑眼："男孩子哪儿有那么虚的？这样，"她指指彭小满，"要真怕疼，等会儿缝的时候，你跟他一直说着话，别让他分神，你看是给他唱一首歌还是说两个笑话。总之，转移注意力就没事，很快的。"

彭小满"啊"了一句："哎，美死他了，我还给他唱歌咧！他自己背一段《岳阳楼记》转移下注意力就得了呗，权当记重点了。"

"怎么着？"李鸢一听他这口气还就来劲了，"你老人家一脚下去给我踩成这样的，没让你赔钱算我行善积德了，你给我唱首曲儿，哪儿不合情合理了，嗯？"

他"嗯"什么"嗯"？

"那……那我也没想到那墙上嵌着玻璃碴啊。"彭小满半讨好半商量地说，"要不我给你讲笑话吧，你看你要听国内的还是国外的？"

"别，"李鸢歪头笑着看他，"就唱歌。"

"我不。"

"那你等着我去找你奶奶要赔款吧。"李鸢眨了眨眼。

"哟！"彭小满眯眼：威胁我。

"放心，我不点歌。"李鸢笑得控制不住，看着没有一星半点儿手疼的样子，"你挑你拿手的唱，华语的就行，要不然我听不懂，入不了戏，你也白唱。"

"还华——"瞧给你厉害的。彭小满啼笑皆非，摸了摸鼻尖。

彭小满其实喜欢唱歌，打小就是。记得那时候，一次幼儿园儿童节会演，排了个《采蘑菇的小姑娘》的节目。按说彭小满这样长着小辣椒的男娃娃，理应抹个红嘴唇，排在队末当活动背景，奈何他天资太好，一嗓惊四座，属于"开口跪"的那种。故而幼儿园园长想着办法也要让彭小满领唱，愣是给他安了两条假小辫，套了一个小兜肚，把雌雄莫辨的他推上了舞台中央。

再到小学和初中，没人的时候瞎哼哼是他的个人习惯了，人只要一闲，或是沮丧失落、不够畅快的时候，旋律会自然而然地从嗓子里泻出来，应心情而做出随机却恰当的挑选。

李鸢纯粹是在逗他玩。他心里不爽，利落一拳砸上席梦思床垫似的，被困围的感觉越发明显。彭小满则是一个很敞亮不沉闷的人，和他说话有时候像在和手机的人工智能软件说话，会让人隐隐期待他下一句要说什么，是荒腔走板、插科打诨地抖包袱，还是跳起来乍毛、满嘴脏字乱飞，又或是陡然深沉下去，思考片刻后，吐出一串不得了的哲学思辨？

彭小满没有攻击性，笑或者骂，都有温和宽恕的底色。

李鸢做了他"士可杀不可辱"的充分准备，似笑非笑地依医生言，把胳膊搭上去，看着碘酒团在掌心洇开一团褐黄色，预备着挨下那第一针时，彭小满哼出的一阵旋律小小地吓了他一跳。

李鸢诧异地挑眉看着他，感觉到针尖毫不犹疑地顶进了皮肉。

彭小满边唱边回瞪——不是你死乞白赖地让我唱的吗，看什么？

这首歌李鸢听过两次，难度高，好听，他喜欢。他觉得这是只有原唱歌手一个人才能唱好的歌，太有他的个人风格了。也的确，彭小满的嗓音，听上去不如原唱歌手婉转清越，闷闷的，底气略有不足，有一种类似磨砂的质感，仿佛一种天然的、带着粒子与金属质感的低声混响。

李鸢盯着他垂下去不看人的眼睛，看不见瞳仁，就只能看他那一排黑亮的眼睫。

彭小满将调子拿捏得非常精准，原曲中每一次精致上扬的转音，在当下的环境里，竟都被他细腻地照顾到了，且从容不迫，很是流畅。这首歌有点儿自我对话、自我审视的意味，已经非华语歌曲里惯常要带的情爱主题了，意象朦胧、超然，不适合配合很拖沓的情绪，故而彭小满咬字利落，仔细听，甚至会觉得有点儿含得太紧，过于字正腔圆了。

但合适，一词一句，分明是他自己的唱腔与风格。

李鸢当然不是不痛了。彭小满的歌声自然也不是蛊惑人心的海妖的歌声，李鸢仍然能觉出尼龙线穿过肉里，而后打结抽紧的钻心揪痛。可彭小满情绪的传达、情感的解读是到位的，七八成的内容如柔波拂岸，通过他嘴里的每一个词句与旋律，进了李鸢的耳里，好比一种需要经年累月才会产生质变的细微安抚。

护士在一旁坐着，本来是调侃地歪头笑着，而后就不由自主地静静听他唱了；李鸢则撑着下巴，忍不住点着左脚，跟着轻轻地打起了节拍。

游凯风推门，疾走如风地一头扎进了小诊所，被门槛绊了一下，好险没一头撞翻那张医用屏风。

"你们这门槛也太——"高了……游凯风骂了一嗓急忙定神，一抬挂满热汗的胖脸，见彭小满惊得双肩一耸，停住了歌声回头，"不是，你……你们……到底是缝针啊还是开演唱会啊？"

他们怎么还唱起来了。

医生面不改色心不跳地回头瞟了他一眼，护士小姐起身扶稳屏风，很敞亮地皱眉"啧"了一声，意思不言而喻——哪儿来的一个不开眼的小胖子瞎闯，扰我听歌。李鸢虽然不想承认，但很想抬脚踢一下彭小满，跟他说——哎，别停啊，挺好听的，真的。

"一打五？！"游凯风递过来一瓶冰矿泉水，"哎，你可以啊，这都没给你揍成脑震荡？"

李鸢拎着一袋药立在诊所门口的灯牌下，冲游凯风晃了晃裹着纱布的右手："你很希望我横躺在医院里是吗？"

"我是那个意思吗？"游凯风伸手拧开了矿泉水瓶盖，扶着瓶身就往李鸢嘴边递过去，"来，仰头。"

"行，行，不用，不用。"李鸢接过瓶身挥开他的手，"受不起，我自己来。"

游凯风松手，转过头直乐。

两百块钱的清创缝合，二十块钱的破伤风，一百二十八块钱的口服与静脉注射抗生素，加起来拢共小四百块钱，真要一算，这里比公立三甲医院还贵些。

"明天把钱带给你。"李鸢把矿泉水递回给游凯风，看他拧上，抬手拂开下巴上的一串水珠。

"急什么？我又不差这点儿。"游凯风笑着回了一嗓，"你好好琢磨怎么跟你爸交代吧，快期末了把手给伤了。我看你怎么考试吧，你打算用嘴叼笔还是用胳肢窝夹着啊？"

李鸢挑眉，不置可否。

那对小情侣报案之后没一会儿，一辆警车亮着闪着红蓝光的警示灯来得飞快。从车上下来了三两个戴着大檐帽的民警，没有林以雄。偷猫偷狗的那一行人早听了报警的动静，识时务者为俊杰地撒丫子溜走了四个，极其不仗义地徒留"光头"一根独苗，被李鸢一脚踢中了肋骨，双手反剪按在了墙上动弹不得。等解释清了来龙去脉，看警察带走了"光头"外加余下的两狗一猫，李鸢才舒口大气按了按眉心，结果被彭小满看见了淌了一胳膊的血。

李鸢缝过针后又吊了一小瓶阿奇霉素，本来这药就得慢慢地滴，"努努"又不满足于小护士给他装的小半碗奶，在诊所后头的小天井里饿得"嗷嗷"叫唤。李鸢没辙，想着彭小满的奶奶恐怕也正在家急得飞起呢，就让彭小满带着"努努"骑着助力车，提前回了筑家塘。

他唱完那首歌，似乎用尽了他一圈远途奔跑后，残余的那点儿力气，再和李鸢开口说话时，有轻微的声响，就像漏了细小缺口的风箱一般。李鸢看他竭力地鼓了一下胸膛，久久才叹，顶着鼻尖清嗓，才抱起"努努"打了一个响指："那我先回，'努努'你明天再来接也行。"

"你最近是不是和小满君命里犯冲啊？"游凯风笑嘻嘻地跟在李鸢后头，送他回筑家塘，"我觉得你们在一块儿就准没好事，我看你们是八字相克吧。"

"今天是赶巧了。"李鸢回头瞥他，"封建迷信要不得。"

"废话，哪回不是赶巧？巧一次叫巧，巧两次你知道叫什么吗？"游凯风又拿出一瓶矿泉水来，佯装点头哈腰地递过去，"来，小鸢爷请，瞧我这眼力见儿。"

李鸢很不给面子地摆手没接，知道他说不出什么好词，却还是追问了："叫什么？"

游凯风眯眼，咧嘴笑开，"叫缘，妙不可言！"

李鸢看着他一哆嗦，随后破功，笑得停不下来。青弋的车流掠过他身畔，破开湿滞的晚风，甩下他，驶向乌南江的方向，驶向道路远处金黄色的明灭光影里。

林以雄的那次脑卒中，来得毫无征兆，就是早起抬脚在床上穿个袜子而已。一刹那间天昏地暗，一声巨大的响声后，人仰面倒在了地板上。

李鸢还以为他就那么直挺挺地死了，突然觉得两耳轰鸣如同失重，头脑空白地奔进房间，失神一绊，踉跄地跪倒在昏迷过去的林以雄身边，嘴边的牙膏沫子还没来得及揩去。急救、报警、喊人、拿钱，还有心肺复苏术，通通是屁。李鸢的脑子里那时只横躺着一个硕大而绕不开的问题——林以雄会死吗？他的眼泪一下子就掉了满脸。

对死亡的畏惧若要转化成一种可见的具象化的表达，大概就是救护车的鸣笛声，急促尖锐，搅人神志，告诉你什么叫生死当前、命悬一线，可怕到察觉出走起路来带着细微的风，都会有"那是至亲的灵魂穿过身体"的荒诞的想象。

也就是那时候，李鸢知道，除了自己，林以雄是目前为止，他与这世界最密切不可分的联系。没什么特别的理由，只是因为他们是父子而已。

李鸢在梦里又想起那一个兵荒马乱、如履薄冰的悬心的早上，又在梦里听到了救护车的声响。彼时两膝重重地磕在地板上的疼痛，在梦里仍然毫不人道地保留着，而后随着意识模糊，时空混淆，痛觉转移到了右手手心上。

李鸢睁开眼睛完全清醒，是因为被房间门窗外的那点儿闪烁的光亮，与一些克制着的复杂人声给扰到了。他醒了就觉得手越发痛，让他在床上翻滚不休、想拿手掐一掐。

李鸢口渴下床，看了一眼表，凌晨两点二十五分。他避着睡熟成一团的"努努"，围床绕了一圈找到拖鞋，端着杯子拐进厨房，一眯眼看到林以雄穿着背心和短裤，顶着鸡窝头，伸脖，半身探在窗外向下猥琐地张望。他不定是加班到几点才回来的，也不开灯，阴森森地不吱一声，李鸢好险没把水杯失手砸在他的后脑勺上。

"您干吗呢？"李鸢先问。

"哎！"林以雄吓得差点儿蹦起来就着窗子跳下去，转过来一张漆黑似铁蛋的脸，"你个臭小子，大半夜站在人背后不吱声啊，怎么回事？！"

李鸢耷拉着眼皮看他："我半夜起来倒杯水还得敲锣打鼓是吧？"

李鸢拎起一个不透明的塑料冷水壶，晃了晃，触到了手心的伤口，倒吸了一口凉气。

"手！手怎么了？"林以雄眼尖，瞧见李鸢手上裹着白纱布，忙踩着拖鞋走过去，要抓过来看看，"谁给你打的？快，让我看看怎么搞的。"

李鸢就纳闷了，他打眼看上去就是那种注定会被人痛殴一顿的脸吗？还说知子莫若父呢，鬼扯。

"别碰，疼，没被谁打。"李鸢往后一撤，躲开甩了甩，"'努努'今天差点儿被人偷了，几个小贼，我追了几站地跟他们打了一架，不小心被拉了个口子，没事。"他没提彭小满。

"哦！"林以雄挑眉，撇深嘴边的两道法令纹，"合着今晚小赵和小刘掐回来的那个'光头'是你帮忙逮的啊？那男的是惯犯呢，我听说还有团伙。"

"英勇吗？继承您的衣钵没？"李鸢张嘴打哈哈，边喝着水边绕过他往窗边走，"吵得很，楼下怎么了？"他往外一瞟，隔着一幕深蓝的夜色，发觉对面楼也有几个人被扰醒了，披着衣服来到窗边探头。

"哪晓得呢？"林以雄拨了拨头发，抠着下巴上顶出的一层细密的胡楂，"路口开来了一辆救护车，巷子窄进不来，抬担架的，好像出了点儿事。"

"哪户？"李鸢回头问他。

"巷里顶头那户吧，我猜是，我远远看他家亮着灯呢。"林以雄皱眉琢磨了一阵，"是一个老太太带着一个跟你差不多大的男孩儿，哎，他是不是跟你一所学校啊？"

李鸢顿了顿，而后向外猛探出大半个身子。

"哎，你再掉下去！"林以雄过去往他背上一拍，看李鸢放下水杯转身就出了厨房，一齐跟着出去，又看李鸢蹲在玄关处匆忙换上运动鞋，"干吗去啊，凑热闹啊？！"

"等会儿上来！"李鸢开门再合门，"很快。"

救护车去的是彭小满家。李鸢快步下楼，奔出门洞的时候，两个医护人员抬着医用担架刚巧经过他眼前，冲他嚷了一句："来，小心让一下。"

担架上躺的是彭小满。他那个身材，居然占不满一个窄窄的架子，单薄的一副骨肉，陡然就没了站起来蹦跳的生命力。李鸢张了张嘴，惊异而无法置一词，他看到彭小满胸前的领口大敞、汗水津津，左手横在嘴边，向左略略侧着头，被人扼着咽喉似的艰涩地大口呼吸，胸膛高低起伏。那声响与困难的模样，使他就像丢上岸

的 一尾狼狈的活鲤。

李鸢心里一紧，又迟疑，想走过去问他怎么了，又觉得时机不对，问了他也未必能顺畅开口。而彭小满心有灵犀一般感知到了他的注视，强自转过头来看他一眼。天漆黑，空中有少数的星子，李鸢从门洞向前走了几步，因为下楼太急所以同样在喘。他见彭小满眼眶湿润又平静如常，那没有波澜的样子，弱化了急救普遍意义上的急迫与凶险，仿佛是习惯了。

彭小满对着他眨了一下眼，说不上什么，而后紧紧地闭上，一顿，挪下遮住嘴巴的手把盖在肚子上的医用被单扯到脸上完全盖住，幼稚且任性地躲避似的。

彭小满的奶奶衣服齐整，头发一丝不乱，拎着小包紧跟在医护身后，满面忧心的愁容。等到李鸢伸手轻轻地拦了她一下，她才仿佛从中抽身，恍惚地转过头来："哎，小……小鸢啊……"那柔软的手也极其自然地往李鸢的左手腕子上一攀，紧紧地一把攥住，握了握。

"奶奶。"李鸢低头看她的手，触感有点儿凉，却发现她坚定地使出不大的力气，没有一点儿他以为的慌乱与颤抖，"彭小满他……？"

"小毛病，小毛病。"彭小满的奶奶侧过脸望着医护人员将担架娴熟地抬上了救护车，钻进去扳动控制面板上的氧气切换阀，她便撒了手冲他轻轻地摆了摆，微不可察地抿了抿嘴，"大半夜的，你赶紧上去睡吧！"

"家属上车！"另一个医护人员也钻进车内，司机从驾驶室里探出半个身子，点火鸣笛后说道："那个谁，小赵！下去扶老人家一把呀！"

"哎，哎，哎。"飞身蹦下来一个穿短袖制服的女医护人员，搀住彭小满的奶奶的胳膊，将她往救护车内引，"小心，老人家扶着那框子一蹬就行，我给您撑着，放心。"说完她又越过彭小满的奶奶佝偻着的肩背，偏过头来问李鸢："你也是陪同的家属吗？但我们救护车上只能跟一个家属，这个先跟你说清楚啊。"

"他不是，他不是。"彭小满的奶奶挨着担架在车内坐下，冲女医护人员摆手，"就我一个，赶紧吧。"说完她低头去掀彭小满盖在脸上的被单，掀开了一半，抬头又冲车外的李鸢笑笑："别站着啦，孩子，上去吧，后天他就回学校上学去了，让同学都别挂心啊！"

李鸢看了那担架片刻，抿嘴点了点头。医护人员上车关上门，引擎发动，之前熄了的 120 警示灯又在昏暗的巷内亮了起来。

看热闹不嫌事大，是一种无可厚非的市井文化，是分割精神高度的槛。直至车子开走，楼上半夜起来趴在阳台上的人，才话里带笑地遥遥喊楼下立着的李鸢："哎，怎么回事，小伙子？"

李鸢环臂扯了扯衣领，抬头瞄了他一眼，转身进了门洞，没理他，拐进楼梯口，迎面碰上穿着拖鞋跟下来的林以雄。林以雄弓腰朝外望了望，发觉救护车已经开走了，巷内又恢复了寂静："到底是怎么回事啊？"

李鸢耸了耸肩，越过他上楼往回走。

"不知道。"

李鸢的脑子里半宿都是那救护车的响声，加上手也疼，翻来覆去，在床上翻滚到了天色既白也没睡。隔天他手揣在口袋里进了教室，顶了一脸"一宿没睡，识相的别靠近"的滔天煞气。可偏偏游凯风就是一个不识相的，觍着张胖脸凑过来嘘寒问暖："手疼吧，我看你这脸色？早上吃药了？你爸回去问你了没？你小子可爽了，名正言顺地写不了作业了。"

"别喊行吗？我左手也能写。"李鸢转过身，把四张一百元钞票折成一叠，越过彭小满空着的座位，递给游凯风。

结果彭小满真的缺勤了，高二（2）班这天早晨少了看追风少年人肉漂移压点进教室的逸趣。

一早就是令人闻风丧胆、心如死灰的两节数学课连上，立体几何学到一半，课堂进度正好到了空间平行与垂直关系。老班左手端着保温杯、腋下夹着三角板，进教室前丢掉了嘴边的烟屁股，侧头啐了一口，眉目间隐隐有山雨欲来之势，想必是心情分外不爽，胸中郁结。

不想死的人，得装乖。

审时度势，闻风而动，收作业的小组长捧着一摞本子拔腿瞬移回座位坐好，低头抄作业的人忙放下手里疾飞的水性笔，低头佯装着早读，很有眼力见儿。

就是不知道谁那么胆儿肥地顶风作案，在老班进门的刹那，趁机从第二组扔了两本学案去第四组，两本薄册子在半空之中展翅画弧，冲着续铭的后脑勺就去了。

被他面不改色地抬手，轻易地稳稳接住，其动作之精准利落，有如藏龙卧虎的隐姓高人，云淡风轻地抬指一点，隔空灭了一只豆大的蚊蝇，牛得让人想站起来给他扔钱鼓掌。

"陆清远！再让我看到你抄续铭的作业，你就搬着你的桌子滚去挨着卫生角坐！"老班一开口就一股烟味儿朝第一排的同学扑面而去，他一抬下巴，折断根新粉笔，"要么下周你带着铺盖卷坐到讲台边上来，跟游凯风一起，一边一个，明教光明左右使，好不好？"

游凯风躺枪，耸肩挑眉，一脸不高兴的样子；底下的人跟着一阵哄笑，伴着翻书的细碎声响。

李鸢还没来得及掏出他抽屉肚里没写的空白试卷，就听老班口吻不善地又转了话头，叫了他的名字。李鸢抬头，看他径自就冲自己来了。

"手。"那股陈年烟味儿又飘飘然袭上了李鸢的面门，"你又是怎么回事啊？让谁弄成这样的？啊？不是又跟谁干架了吧？"

李鸢本想着不说呢，哪料到老班这老头儿消息这么灵通，被他张嘴一句话泄露了。他低头叹了一口气，无奈地把裹着纱布的右手往桌上一摆，转了转手腕，示意自己毛病不大："就是不小心划了一下。"

班里登时哗然，除了揣着明白装糊涂的游凯风，都在底下纷纷议论，其中有几个人的脸色当下变得很着急，忍不住一直往李鸢这边望。

"不小心？"老班握着他的手腕冷哼一声，压根儿不信，手往他的肩上一拍，"不小心能裹得跟个肉粽子似的？你这手是不小心滚刀上了，还是不小心滚别人的车轱辘底下去了？缝针啦？"

您真聪明。李鸢没忍住笑，而后收住，微微点头。

"几针哪？"老班眉头一皱。

李鸢慢吞吞地抬手，比了三根指头。

"真不像话！"老班响亮地咂了咂嘴，突然拍桌，好险一掌掀翻了李鸢的水杯，"这都什么时候了，还不拿自己的身体当回事？！关键时候，多耽误工夫！你当自己年轻，瞎闹得起是吧？"

老班转身走回了讲台，拿起三角板往下一指："我今天不是在讲李鸢一个人！

我在说你们，说咱们全班！"

底下噤若寒蝉，所有人大气不敢喘一下。

"不是说要等到高考前才叫你注意保护自己，搞好自己的身体，这种问题你们时时刻刻都该谨记着。讲句难听话：命就一条！你到这世上就一趟往返，不要年纪轻轻、头脑一热搞个无法挽回的错误，白活这一辈子。现在的孩子都是独生子女，不为自己，为你们的父母，你们也要好好惜命。"

小小手伤，一下子跳到了生死的命题，大家都觉得有点儿沉重，又有点儿莫名其妙。就好比非要去跟一个毛孩子探讨假如你明天就死去会怎么样，让人觉得扫兴、懵懂、无法体会、不能理解。老班自然能明白，底下不是每个学生都明白他话里的含义。

老班长叹，往讲台上一撑："你们这些孩子啊，就是一点儿阅历都没有，顺风顺水惯了，不晓得平平安安的好。你看看现在的学生，你们看看现在新闻上说的都是什么啊？打架、找事，被人活活揍死在路上了。还有喝酒，一帮学生拉帮结派，喝得醉醺醺的，一脚踩到湖里就那么给淹死了，捞上来都泡发了！要么就瞎吃、乱吃，看到什么都吃，腰子吃坏了搞成急性肾衰竭去抢救。"

他一说到"腰子吃坏"，底下响起了几声"扑哧"声。

"笑！看戏呢？那都是跟你们差不多大的学生，就躺在急救科里到现在没出来呢！"老班往门外一指，也不知道在指谁，"十七八岁的大好年纪，身体健健康康的是你们的福气，你们不要搞错了！好好珍惜是真！你们班主任我可从来没有要求你们'开夜车'，熬半宿不睡搞坏身体吧？"

老班顿了约十秒，摸了摸鼻子："刚开完家长会抓你们学习，我作为你们的班主任现在讲这话不合适，但我这老头儿撇开这个身份，还是想跟你们讲讲……高考这个东西啊，我说句实在话，你们和你们的家长现在看得比天大，但等十年、二十年——哎，也别是十年、二十年，四五年吧，四五年一过，你们再回头看，随缘，高考就是一个小岔路口，你以后的机会多的是。"

"青春无悔、年少疏狂那话是屁，不要听网络上那些傻小子为你们的头脑一热讲的漂亮话。"老班抿嘴歪头，食指叩起往黑板上敲，"随心不随性，遵纪守法，谨言慎行，惜命，这是你人生的本钱，这才是真的，懂吗？"

随心不随性，惜命，李鸢盯着桌子握了握右手。老班这番话着实大刀阔斧，论断粗糙，语言潦草，半点儿精致委婉的文学加工也没有，虽少了酸腔滥调，却有如一段诚恳的陈情。底下的人听完，倒真的沉默了一阵。众人的心思自然迥异，这话他们究竟是听进去了，还是不屑到底，认定他刻板迂腐、泥古不化，老班无从得知。

"还有数学作业呢？！"占用了十五分钟说教一番，老班又以一个大幅漂移将话题绕回了眼下的课堂上，"说好了早自习结束之前送我的办公室去呢，怎么没人记着呢？"

续铭在底下举手，沉着嗓子不卑不亢地说："课代表今天没来，没交作业的人名单还没统计出来。"

"哦……那什么，"老班了然地敲了敲眉心，"啧"了一声，"彭小满今天身体不舒服请假了，李鸢帮忙——哎，算了，你手不行！那谁，续铭，帮忙整理一下数学作业，下课后送到我的办公室来。行了，上课！把书打开。"

老班转身在黑板上写下标题，学生闻言，不禁纷纷往彭小满空着的座位的方向望去，李鸢也回头，见他桌上铺满了凌乱的数学作业册，和组长们写着迟交名单的小字条。

课毕，苏起生拖硬拽着周以庆过来问长问短，几乎是急不可耐，又着实不好意思开口，索性周以庆侠肝义胆地帮她问了。

"手没事吧？"周以庆兜里装了一小包枣夹核桃，一人两颗，分给了游凯风和陆清远，转身又扔了两颗给缑钟齐和续铭，"不是真打架了吧？"

李鸢正补着昨晚没来得及写的练习卷，接了周以庆的东西没拆，装进了笔袋："谢了。打是打了，但严格意义上说，我无责。"

"这话怎么说的？"陆清远把枣往嘴里一丢，鼓着左腮，听了乐了乐，"还无责。"

"他是见义勇为不成，一不小心被猪队友拖了后腿。"游凯风蠢蠢欲动，迫不及待地想参与其中。

"什么见义勇为？"苏起在一旁趁机问道，谨慎小心，温言软语，"凯爷说的那个？"

李鸢左手也能转笔，还和右手一样玩得溜，一会儿翻一个装酷如风的花样，令人眼花缭乱，右手虚撑着太阳穴："就是几个偷鸡摸狗手脚不干净的小贼，偷到我头上了。"

"这样啊，"苏起略略皱眉，不好意思问深，便看看他手上的纱布，又看看他乌黑的头发，"那猪队友……？"

李鸢低头在几何图上画了一道利落的辅助线，抬头看着她笑了一下，没说话。

游凯风犹嫌不够似的，招呼一旁的续铭："快来，大班长！"

续铭正遵老班之命替彭小满整理数学作业呢，能理他才有鬼。续铭扬了扬手里的名单："先把你的数学作业交了再说。"续铭瞥他一眼，拿腔拿调地说，"本人刚正不阿，休想让我替你瞒着。"

"哎哟！"陆清远佯装厌恶地侧过头抚胸假呕，"续铭，你太能硌硬人了……"

游凯风一屁股坐回自己的座位，抬手在李鸢旁边打了一个清脆的响指，"哎，昨天我看彭小满不是好好的吗？他怎么了？"

"不太清楚。"

"哎，你好冷淡啊！"游凯风凑上前戳他的肩胛骨，"哎，人家昨天在诊所怕你痛，还蹲在地上给你唱歌呢，你就这反应啊？！"

"哟！"周以庆挑眉跷了个二郎腿，慧黠地弯起眼睛笑，"彭小满还会唱歌啊？"

"你还别说，"游凯风满脸真诚地说，"真好听，这种一个曲调里拐个山路十八弯的歌，我听到现在也就他小满君唱得好了。"他边说边比了一个大拇指。

李鸢始终能察觉到彭小满有所隐瞒，但不能确定昨晚的那场急救是否是他隐瞒的事情的一部分。如果是，如果连老班也不对班里同学做明确解释，那他也不能说，也必须是一个旁观者。他和游凯风的心理很不一样，他对常情总有很深的顾虑。表现在他对彭小满这个人身上，就是他强自按住了自己对这个人的好奇心。

李鸢压根儿没想到他顺手抓一个偷猫贼而已，还要上新闻了。

晚自习开始前，老班喊他去年级办公室，他本以为叫自己过去是要问彭小满的事情。等他手插着兜慢吞吞地过去了，才发觉办公室里坐着年级主任和一个扛摄像机的人，外加一个拿着话筒的长发穿筒裙的知性美女，话筒上贴着"青弋早知道"。

李鸢多聪明啊，当下关门就想掉头跑，教导主任站起来冲他"哎"半天没有用，还是老班一嗓子把他喝住了。

"你一个大男孩儿羞什么！"教导主任一脸慈祥好比观音附体，踩着祥云就飘过来了，拉着李鸢的胳膊把他往办公室里扯，"做了好事还怕人说呀？"

李鸢直躲，双手揣在口袋里侧开一步。

"来，周记者，就是这孩子，你们找的李鸢，还有一个孩子没来。"教导主任转头又笑眯眯地冲着李鸢说："这是咱们民生频道的周记者，这是李摄像。哎，是你吧？是你昨天抓着了一个偷猫偷狗的惯犯吧？"

李鸢回头看了一眼老班，见他一摊烂泥似的仰在办公椅上喝茶、耸肩。李鸢转回头，咳了一下，点头。

教导主任笃定地拍手，抬起下巴，也不知道在神气什么，颇自得地挑眉："你看！咱们'鹭高'的学生准没错！采访他就对了，这年级谁不知道这孩子，一脚迈重本门里的，学习顶呱呱的优等生。"

李鸢忍着没反驳，特别想指着自己的脸问他——您还记得我之前和一个小矮个儿折了您心爱的枇杷树，您就差给我们下一个劝退处分了吗？

民生记者可以说是相当爱聊民生了，坐下来连访了四十分钟，把事件的起因、经过、结果，包括李鸢的手伤问了个一字不漏，转译一遍就能写篇一万字短篇小说，李鸢觉着自己家的祖孙三代都要被他挖出来了。李鸢一提自己的爷爷是个抗战老兵，自己的父亲是一个街道派出所的民警，记者那两只戴着大美瞳的眼睛登时就像爆了灯，随后她低头忙在笔记本上奋笔疾书。

李鸢不用猜都知道，第二天这位美女记者就肯定得把他写成根正苗红、一心向党、就差在脑门上刻着"为人民服务"的"三好学生"。

记者也问到了彭小满的情况，李鸢没多提。

采访结束的时候，周记者又从包里翻出一台单反相机，对着李鸢来了十好几张全身照，外加三四张脸部与手部受伤的特写，过后又热情地问老班要不要也被采访一段。老班为人低调，拿书挡脸，拨浪鼓似的摇头，死活不干。

也就是教导主任有乡镇企业家的风范了，给老班留下一句"明天让你们班的孩子们准时回去看电视"，之后就引着那两位记者去"鹭高"最有面子的白术堂了。

老班把手往后脑勺下一垫，露出半截脂肪堆积的肥肚腩，就差没当着李鸢的面把大白眼翻教导主任的脸上了："给牛的，哎哟，不知道的人以为是他姓孟的给学校捐了一栋楼呢。"

李鸢在一旁笑，老班便冲他竖食指："听了就算了，别瞎说啊。"

"您放心。"李鸢冲他比了个"OK"的手势。

"你也是，早上问你你也不说是逮贼逮的。"老班给他接了一杯水，"我还真当你又和谁干了一架呢，差点儿就想着给你爸打电话了。"

"说了显得我太装。"李鸢接过水杯，"我跟您是同一路数的——走低调的偶像路线。"

老班听了"咯咯"直乐。

"老班——咯，班主任。"李鸢急刹住。

老班挑眉："老班主任？！"

"对不起。"李鸢忍笑摸了一下鼻尖，沉吟片刻，问："彭小满他……？"

老班歪头看着他："怎么了？"

"他昨天晚上……我正好在。"李鸢话总不说全，缺胳膊少腿，像强自兜圈打着哑谜，"您知道吗？"

老班沉默片刻，动了动肩，坐直，微不可察地叹了一声："我当班主任，所以肯定知道，就不知道你知不知道了。"

"我不知道。"

"那小满他是怎么跟你们说的？"老班笑眯眯地看着他，"他不上体育课的事情，他怎么跟你们编的？"

"他说是哮喘。"李鸢喝了一口水，"还是祖传哮喘，传男不传女，一跑就要旋转升天。"

老班喷笑，狗不理包子似的笑出一脸褶子："行，还是一个段子手。"老班拉开抽屉，拿出里头塞着的公文包，拿起桌上的电动车钥匙，"去，拿上你的书包，跟我走。"

"去哪儿？"李鸢问他。

"你说去哪儿？"老班站起来掸掸肩上的粉笔灰，看看窗外昏黄的天色，"省二医院，代表咱们班，带你去看看小满。"

省二医院在青弋城北，要越过乌南江大桥，算是华南一流的公立三甲医院，其中当数心内科与神经内科最好，光一个科室就有十一位经验老到、资历丰富的坐诊专家。

老班那小电驴骑到半道就没电了，李鸢到底没好意思看他一个老头儿在前头蹬得满头大汗，心说：别再给您累出个好歹来。他赶忙跳下车，接下了掌舵权。老班没拿班费，个人出资买了一个大果篮，外加一箱牛奶，还说这牛奶算李鸢的，由他拎进病房去。李鸢这装酷男孩儿哪儿愿意担他这个情，愣是不要，在边上的花店买了一束花捧上。

李鸢跟着老班进了新住院大楼 B 楼，上了六楼心内科。彭小满的床号是 72，在双人间。李鸢和老班敲门进去的时候，房里就彭小满一个人，正光着脚丫子盘腿坐在床上，边看着墙上的电视，边吸着一碗一点儿油星子也不见的绿豆粥。

李鸢在后，发觉他脸色不好，一层瓷器似的隐隐青白，眼睛明亮如常，富有神采。

"我的天！"彭小满蒙了，做学生做了十多年，一看见数学老师就心里犯怵，这毛病改不了。彭小满恨不能赶忙飞下床找鞋穿上立正站好。他满脑子转着：我数学作业写了吧？上周迟到的名单还没到他手上呢吧？哎，我上次数学小测不及格来着，完了，完了，完了，天要亡我！

老班看他那副正襟危坐起来的紧张样子，走进来直乐："瞧给你吓的，我平常是多雷厉风行，给你留下这么深的心理阴影？"

"不是……"彭小满眨了眨眼，"我还没反应过来呢……"

彭小满侧过头去看李鸢，发现他站在老班身后正一脸憋得辛苦的表情，彭小满挑眉望着他，他便抬手指指自己的左脸。彭小满便顺着他指的位置摸上自己的左侧脸颊，捻下来一粒不小心粘上去的绿豆。

丢人。

彭小满的奶奶拿着出院通知单，低头拎着保温桶，跟着主治医师一起进了病房，瞥见医生步子一停，指着前方转过头来问她："这两位是……？"

彭小满的奶奶身子瘦小又微微佝偻，特别可爱地歪出半个身子，才能看见前方，手往前一指，对着李鸢和老班笑了笑："哎？"

"医生是吧？你好，你好。"老班正了正衣服领，伸手过去，"我姓班，是'鹭高'的老师，这孩子学校的班主任。"他又指指李鸢，"这个是这孩子的同班同学，副班长，我们这不是代表咱们班来看看小满的情况吗？要不大家心里也不放心啊。"

医生和他握手，向彭小满的奶奶确认："是吗？"

"是，是，是！哎，也不打个招呼就来了。"彭小满的奶奶忙不迭地点头，小跑到床头柜边拿杯子倒水，顺手往彭小满的头上盖了一巴掌，"跟个乐山大佛似的傻呵呵地在床上坐着，也不知道给客人倒水！"

"哟——"彭小满被一掌拍了个哭笑不得，缩头垮着张脸，"我是病号，医生让我少活动。"

"哎，不麻烦，不麻烦！"老班冲她摆手，"您别那么客气，真的！"

"我那是让你尽量避免剧烈运动。"医生走到床边，翻了页手里的彩超诊断，重音放在"剧烈"二字上，笑着幽默了一句，"避免过度劳累，注意饮食清淡，美托洛尔不能停，我可从来没让你懒着不动吧？成年人了，不能偷换概念、乱传医嘱啊，小伙子。"

彭小满的奶奶端着两杯茶叶水递上，老班连忙迎上去接，李鸢双手捧过其中一杯，忙点头说谢谢。过后，他看彭小满的奶奶叠握着一双骨瘦如柴的手，温和地盯着自己看，就抬起头来笑了一下，问怎么了。彭小满的奶奶拿食指点点自己眼袋的位置："昨晚没睡好吧？是不是让小满给吓到了？"她又指指李鸢的右手，"手怎么了？"

"啊。"李鸢愣了愣，继而摇头，"没吓到，没关系，不小心划了一下。"

彭小满居然这晚就要出院了，时间短得让李鸢觉得难以置信。医生送来了诊断彩超和出院通知单，吩咐医嘱的时候，把彭小满的奶奶请出了病房。这举动就跟国产电视剧里演的似的，医生配合家属给病号一个"问题不大，配合治疗就好"的积极心态，事实则不然，院方早私下告知家属，要做好一切心理准备。李鸢看老班冲彭小满点了点头，跟出了病房，于是只留下彭小满和自己。

彭小满猫似的爬向了床头，探头精明地往门外瞥了一眼，转过头笑，冲李鸢招手："吃晚饭了没？"

李鸢正琢磨着要怎么迂回地问他是得了什么病，既不让他感到唐突，也不会暴露自己过多的目的性，被他这么没头没脑地一问，反应不及，挑眉："啊？"

"啊个头。"彭小满眼里带光，亮闪闪地看着他又问了一遍："我问你，吃了没？"

"没。"

"哎，正好！"彭小满打了一个响指，像江湖艺人似的一个鲤鱼打挺，利索地蹦下床找鞋，"医院后面有条街，有家砂锅粉丝好吃极了，过了这村没这店了，走，走，走！"

李鸢觉得彭小满是一个外星人。

青弋这几年一直在修修建建，似乎正极力想撇开"古城故里"这样一个稍显陈旧，又进程缓慢、不够张扬、不够有现代性的名头。古都，好像一个转念就会被世人所遗忘了。对拥有抱负与野心的年轻人而言，青弋是滋生惰性而无法上进的温床，而对有些人，生活在青弋，日子却是好比密匝缝纳的针脚一样，踏实、温暖、有积累、无负担。

彭小满逐日习惯这样的车程缓慢，山水皆有，日落城头；而李鸢，焦虑、忧郁、难耐、岌岌可危，早就厌倦了这里太过包容的变相拘囿。

彭小满穿着一双拖鞋就溜出了医院的住院大楼，领着李鸢走了一条通往医院后门的捷径。那儿种着瘦松与香樟，背后隔了一排铁艺围栏，李鸢想说：你不是不会爬墙吗？他还没开口，就见彭小满猫腰找到了一处极不显眼的"狗洞"，被人扳断了三根铁杆，大大咧咧地敞着口。

彭小满钻得倒快，低头一弓腰就过去了，徒留李鸢蹲也不是拧也不是，各种姿势换了个遍。彭小满在外头乐："让你长那么高个子。"

"你那叫矮子的阿Q精神。"李鸢侧身，尝试着探出左肩，没承想卡住了锁骨，无奈重来，先探出了无比颀长的右腿。说来也寸，他好死不死地穿了条水洗牛仔裤，一迈，扯胯了。

"要不你翻吧。"彭小满看热闹不嫌事大地瞎出主意，笑嘻嘻地抬手往上一指，"少侠飞檐走壁，这高度，不就是你这大长腿迈一脚的事吗？"

李鸢往上一看，杆杆铁质尖端在围栏上方凛然指天耸立，那意思就是说：来吧好小子，看爷不戳你个鸡飞蛋打断子绝孙。李鸢扶着围栏瞥他一眼："你是不是恨我？"

"天地良心！"彭小满抬手比天，又是嘻嘻笑着，似假似真。

李鸢好不容易成功脱困，一抬眼，天色已经陡然深沉下去了。医院后面的小吃街其实有名有姓，一位姓苏的南宋文人曾客居此地，留下他传世的几笔文墨，为纪念他，这里就叫"苏旅巷"。本来建筑都是有南宋遗风的，可惜后来政府扩建，拆去了很多古旧的景趣，如今商业气息愈来愈浓，往昔的影子，其实近乎不见了。

李鸢和彭小满一路溜达过来，见彭小满买了一堆小吃，一份铁板鱿鱼、一份香辣花甲、一份福鼎肉片，外加一根苹果糖。等走到了那家李记砂锅的露天棚下落座，彭小满的手上几乎已经拿不下了。李鸢替他扶正了屁股下的塑料凳，防止他仰面翻车："你是刚被从难民营里放出来吗？"

彭小满拿了一串鱿鱼递给他："我怀疑我出院以后得被我奶奶二十四小时盯着忌口——你拿下面这头，小心烫。"

李鸢捏着鱿鱼低头笑："末日狂欢？"

"是，"彭小满叼着扦子，"是她给我的自由过了火。"

李鸢作为一个土生土长的青弋人，还真没听说过彭小满说的这家苍蝇馆子。抬眼看过去门脸还没别人家的排气扇大，破锣嗓子的胖老板娘在窗口单露个头，套一件脏得看不清布料的围裙。老板娘面前一左一右地摆了两个大灶，一个灶上各有八个火力极旺的灶头，彤红火地全部燃着，热气腾腾地煮着圆形小砂锅。砂锅里的汤由千张页和粉丝做底，鸭血豆腐浇头和红烧牛肉浇头任选，葱和蒜另加，沸了再泼一瓢秘制红油，香到令人窒息。

"要是再晚点儿来，这家的队得从这儿排到省人大，这顿我请。"彭小满要的砂锅鸭血，多放辣子，不要香菜、葱和蒜。他喝口桌上摆着的陈茶，吐了一下舌头，"喝了一天的医院食堂的绿豆粥，我的脸都绿了。"

"我算看出来了，饭量不可貌相，食欲不可斗量。"李鸢要的红烧牛肉，辣子适量，不要葱和蒜，但要求多放香菜，猛放，大胆放，肆意地放，以至彭小满像看一个天外来客一样满脸惶惑地看着他。李鸢拆开一双卫生筷，不小心手滑，蹦出去一根，正巧弹对面的人的下巴上。

"哎。"彭小满没躲掉，被弹了个猝不及防，低头吐掉嘴里的花甲壳，抹了抹下巴，"说就说，不带发暗器的。"

李鸢听了没绷住，道了个歉，手撑在桌子上笑了半天没停。

胖老板娘是个实在人，两碗滚着的砂锅被端上桌的时候，李鸢那份里的香菜堆成一座翠绿的小山，那股让彭小满始终觉得诡异的奇异气味扑面而来，熏得他恨不得翻白眼。

"你这个表情，"李鸢手提着筷子滞在半空，挑眉无奈地说，"很容易让人觉得我是在吃大粪，好吗？"

"跟吃大粪也差不了多少。"彭小满抬屁股挪了塑料凳的位置，换到了下风口，"唉，这个奇怪的味道。"

李鸢伤了右手，没法儿拿筷子，于是用了左手。按常理而言，人是要么习惯用左手，要么习惯用右手，像李鸢这种打小就能左右开弓的神人，真不多见。李鸢的奶奶自打发觉了自家孙子有这等技能，就总是十分得意，一直逢人就说：我林家长孙子神异，绝顶聪明。李鸢为此不爽，一面硌硬自己成为她嘴里自满的资本，一面觉得自己搞不好会被她说得中年谢顶，头发呈"地方支援中央"的长势。

想到这里了，李鸢就去看彭小满低头咬粉丝而露出的乌黑头顶。彭小满竟有两个发旋，并排生着，一左一右。青弋的老人间惯有句民间的俗话，说"一旋横，二旋拧，三旋打架不要命"，翻译成白话，意思就是说，有两个发旋的小孩儿，性格容易太过耿直，只知进而不知退，但异常聪明。

这话靠谱儿？显然不靠谱儿。先不说发旋这玩意儿，李鸢觉得就和命理阴阳压根儿不搭边，纯属于"封建迷信要不得"的唯心主义思想。何况彭小满的"进"，他哪只眼睛也没瞧见。至于聪明，可得了吧，就那"不会写就跳过"，结果交上从头跳到尾让人惨不忍睹的数学试卷，体育老师都不至于教出那水平。

光线慢慢变得更加暗淡，霓虹灯依次点亮排开，苏旅巷的行人也渐密，闲来逛晚市的情侣居多，分吃着一份东西，甜甜蜜蜜地互挽着手。彭小满吃东西倒很有章法，食量如水牛，食速如蜗牛，都是一小口一小口地咀嚼吞咽，吐东西的时候，也要竭力把头低下去，同时还要拿手遮一下，十分文明。

彭小满没骗李鸢，这家苍蝇馆子的砂锅当真物美价廉，好吃极了。可辣子也是真够实在的，也不知道老板是不是有川渝血统，吃完辣口辣喉不说，过后还隐隐烧胃，跟吞了一块煤球似的。遇上个肠胃功能不好的人，第二天能闹肚子。李鸢吃了半锅实在扛不住了，从小超市拿回来两瓶冰牛奶，拧开一个，一口气喝下去一半。过后他一只手撑着额头，一只手敲着桌子，一边欣赏彭小满大家闺秀似的文雅吃相，一边很不体面地发出"咝"声。

彭小满也不知道是真能吃辣，还是硬撑着装的，声音都不带喘地连汤带水地吃了个精光，等他把筷子一放，抹嘴抬头，李鸢愣了愣，见他像琼瑶小说里的女主角似的蓦然两行清泪，顺着苹果肌就滚下来了。

好比他吃的不是李记，是一碗给状元郎饯行的离别苦酒。

乌南江夜晚涨潮了，白天从乌南江大桥上往下看，还能看清在靠近水岸的地方，裸露着几处狭小而不规则的水中洼地，而此时此刻，就只能看清茫茫一片的肃静江面，与浸在水中，摇摆浮动的青弋灯火。江心是鹭洲中学，被外围的一圈绿丛覆盖，临近高考，有人在中央放着孔明灯。

"鹭高"本来是禁放孔明灯的，说是有火灾隐患。其实索性放宽倒还好，反倒是往往牵扯侥幸的问题，就偏有人去赌那小概率。说白了，就有人总觉得小小违规无伤大雅，随性就好。就像情侣遇到一棵古银杏，就要把彼此的名字悄悄地刻上去，求一生一世；就像香客遇到了一尊佛像，说了不让碰触，也非去摸摸佛脚，求平安顺遂。

彭小满走在前，手里拿着那个实在咽不下的苹果糖和牛奶瓶；李鸢在后，看他身上的宽大 T 恤衫被车流驶过身侧的气流与晚风共同吹得鼓起，强行假胖，实则是真瘦。他们一同发出吸溜声，如同迎风协奏。

彭小满猛地停下脚步回过头，眼眶还带着淡淡的红，两个人对视一刻，彭小满笑着从裤子口袋里摸出一条拆了封的口香糖："兄弟，咝——交个朋友。"

李鸢再一次没绷住，侧头乐出声，抬手挡了一下。

"我原来的那所学校，云古那边的，我说过吧？是云古一高。"彭小满吹了一个泡泡，闲闲地倚靠着大桥上的一排围栏，手指着鹭洲，亦是指着"鹭高"，"也是有水，但不是江，是喷泉，天然的那种。学校特别有钱，还从外地买了樱花树回来种在中央草坪装高级，被我们叫成情人坡，不谈恋爱简直对不起那个景色。"

李鸢摸出一张纸片，把口香糖吐进去揉捏。

"但你知道我们那所学校，有一个别称叫什么吗？"

"云古第四监狱？"

"我的天。"彭小满很惊喜，问，"你是怎么知道的？"

"全国第二大的高考工厂超级中学，云古一高，都出纪录片了，你觉得现在有哪个高中生不知道？"李鸢看着他笑，"军事化管理，但升学率奇高。"

"啧啧。"彭小满皱着鼻子乐，听不出是高兴还是不高兴，"我都不知道我们学校这么有名。"

"你说的这个名，全是骂名。"李鸢提醒他。

"我知道啊。"彭小满耸肩，拨了拨被风吹乱的头发，"谁都知道，老师也知道，主任也知道，辅导员也知道，校长也知道。但是呢？"彭小满顿了一下，继续说，"每年还是有很多新生源源不断地进来，有些简直是削尖了脑袋要往里钻。"

"那倒是得承认，你们那里的人不是总说，要是身边不认识三两个考上清华大学、北京大学的，都不算云古一高的人吗？"李鸢话里有点儿微不可察的嘲讽之意，"怎么，你算是急流勇退了？史上最厉害的逆行？"

彭小满改作双手捧脸，瞳孔被大桥上明亮的排灯灯光映照成浅棕色，眨眼，眼皮上那两道新月形的细褶就时有时无。

"你可以抨击，但我就是单纯地想活命而已。"

知识改变命运。彭小满的父亲彭俊松就是靠着一股"只要学不死，就往死里学"的拼劲，才考出祖籍地青弋，去了云古的石油大学，本硕连读七年，拿着重本文凭又去西亚的某石油大国待了两年，后回国结婚生子，高校谋职，顺遂安稳。为此彭家上下对这句话表示深信不疑，便连带着彭小满，也按要求把这句话熟背于心，宛如头顶的达摩克利斯之剑。

过高的期望肩负在身，其实目的就已经不单纯了。没有继承自家父亲那顶聪明的智商，又被千难万险地推进了云古一高，套一句过气的网络金句：彭小满彼时内心是拒绝的，连鼻毛都在表示拒绝。该怎么说呢，就好比挤地铁，压根儿就不是你自己要上的这趟，结果你硬是被人流用力地推搡了上去，退也无门，逃也无门。灯还坏了，车厢二话不说地鸣笛，"哗啦啦"驶进黑黢黢的轨洞，两眼一黑。

问一句还有没有坐错车的，没人回答，那种隔阂与孤立，令彭小满无端地心惊胆寒、冒冷汗。

在那种所有人都一门心思学习的地方，那里就是逐梦者神圣不可侵犯的天堂。心不在焉的人，会被强行忽视，乃至排斥，被说成带坏风气，坏了一锅粥的堕落老鼠屎。彭小满太白净，又总是自玩自的默不作声，说他是老鼠屎难听了点儿，鸽子屎，反正是屎，想好，要敬而远之。

那么他与期望结果背道而驰的下场，就是校方陡然释放的高压，与强度几乎比原先增加一倍的日程表。反复如此，彭小满总要时刻绷着铮铮鸣响的心弦，松开，拉紧，松开，拉紧，松开，拉紧。

"砰——"

终于在听到人说，云古一高这年累病了三个学生的时候，弦断了。这是彭小满在十五岁手术装了双腔起搏器后，第一次心律失常外加房颤。

他就是不好学，就是漫无目的，就是青春有悔。彭小满从来不否认那些人的拼搏向上，承认那些汗水浇灌出的梦想是真的璀璨动人。那又怎样？他不喜欢。

彭小满拉了一下衣领，一块粉色的瘢痕渐露，没等李鸢看清，彭小满松开了手，那痕迹又不见了。

"我是肥厚型梗阻性心肌病。"彭小满挑了一下眉，"祖传的，传男不传女。"

这是挺俗套的剧情。

李鸢觉得自己恐怕在看一本言情小说。

他也一时不知道用什么情绪去回应，面对彭小满以如此轻松的状态袒露的这么一个不大好的秘密。彭小满的神色太过正常，又被桥上灯光照得很温柔，就好像他是在说一场三天就能被治愈的小感冒，又或者根本就是在说别人的事。但怎么可能是感冒呢？那是心脏，至关重要，停一刻，人就无力回天死得透透的。李鸢不知道自己是该表现得悲痛惋惜些，抱有同理心好，还是打个哈哈，继续和他抖包袱好。

李鸢闭嘴了，什么也不说好。

"哎，你不要这么严肃好吗？"彭小满无奈，把下巴搭在胳膊上，"我是先天病又不是癌症晚期，你不说话会搞得我很惶恐。"

"我不太了解你这个病，"李鸢把右手松了的纱布头很随便地绕了一圈，"所以不知道该怎么说。"

彭小满看不下去，示意他把手伸过来。李鸢没多说，把手伸过去了，看彭小满的神色突然认真了点儿，先是解开那个脱了的活扣，揉散开布头后顺势捋平，继而依照先前的缠绕方向一圈圈缠紧，问了一句疼不疼，李鸢摇头，他才随手系了一个不松不紧的蝴蝶结，特别精致。

"精致极了。"李鸢笑了，"你是不是有一个公主梦？"

彭小满瞪了他一眼。

彭小满吸了口江风，鼓起胸膛，吐露说："这个东西也不是很严重吧，和……癌啊、瘤啊什么的还是不太一样。就是那种——"他停下来想着如何措辞，"嗯……跟正常人一样，你不会立刻翘辫子，但老有个地雷埋在那儿，得绕着走，踩上了就是非死即残的感觉。"

李鸢垂眸，看看他的鼻尖，又看看他的眼睛。

"我是在十二岁半的时候被查出来的，因为我妈是在三十二岁的时候心律失常才被查出来的，医生问她，'唉，早怎么不来？你这个可能是先天病，有遗传性。'好家伙，给我爸妈吓得哟，连拖带拽地把我带去医院做全检，结果，"彭小满拍了一下巴掌，"上辈子造孽，天要亡我，我就很不幸地中标了！"

李鸢看他笑得开心，也没忍住，跟着笑了一下。

"当时医生说得是不严重，什么心室壁呈不对称性肥厚啊，什么左心室血液充盈受阻啊，什么心肌细胞等等，我也听不懂。后来我就一直吃药，做了个手术，装了个特别贵的双腔起搏器，跟什么双枪老太婆一样。不过好像也不大好使，有时候我还是会觉得心悸啊，喘不过气啊，没力气，也晕过，当然我听说也有平白无故猝死的先例吧……反正，"彭小满低头摸了一下鼻尖，"这么多年，给我爸妈和奶奶添了不少麻烦，我妈其实——"

彭小满强自一咽，把话掐断。李鸢聪明得很，依稀想到了李小杏的话，但只字不提。

彭小满突然表现得有点儿不好意思，遥望江面："我这个人也是比较不自觉，有时候作天作地的就把身体这事给忘了，觉得自己没毛病，结果一不注意，就又会不舒服。所以我这次进医院纯属意外，就……嗯，你不要觉得过意不去。"

"我也没觉得。"李鸢也看向江面。

彭小满"扑哧"一声，气笑了。

他们一直沉默下去，到彭小满以为李鸢不会再问什么了，起身站直，准备说"要不回吧"的时候，李鸢才开口："不能治愈吗？"

"你说我这个病啊？"

"废话。"

"不能。"

彭小满神色一松，宛如水波荡漾："这也是我一直觉得很坑的地方，就是这个鬼病我做了那么多努力，不跑、不跳、不闹、不情绪激动、不过度劳累，比我妈怀孕的时候都讲究。但也只是预防而已，就算概率很小，我还是有随时死掉的可能性，就问你我惨不惨？"他耸肩，皱鼻子。

李鸢想说，惨，结果说："要替你保密吗？"

彭小满乐了："你还挺逗，这有什么需要保密的？我又不是迪迦奥特曼。我之所以跟你说，是因为你看见了，所以要解释一下以防止你胡思乱想，听过就算了，我也不是跟你卖惨。你要是昨天晚上没下来，我肯定不会跟你说。"

李鸢没说话，表示理解，的确，他们又没到知心换命的那程度。

回医院的路上，天公不作美，突然又下了一场让人猝不及防的雷阵雨。彭小满又不敢猛跑，只能没有什么作用地边抬手遮着边慢慢小跑，柔柔弱弱的。雨势挺急，李鸢差点儿被雨水打得眼都睁不开，停下来回头等他，心说：你要不是个大老爷们，我就横着把你夹在腋下给提走了。

两个落汤鸡刚进了 B 楼六楼，彭小满连病房的门都还没进，就被他的奶奶听见了动静，抄着病房的电视遥控器就追出来打，疾跑如飞，其步伐之稳健，简直不似一个小老太太："瞎跑！让你一声不吭地瞎跑！啊？病着呢！下着雨呢，带着小鸢瞎跑！死在外面！"

那遥控器敲在背上可是一敲一个准，疼得彭小满抱头鼠窜，跳起来边逃边蹦。他看一旁站着李鸢，福至心灵，拿一身雨水湿透到裤衩的李鸢当救星，乱叫地躲李鸢背后直藏，掐李鸢的腰肉。

"你再跑，你再躲！"彭小满的奶奶边说边打，李鸢痛得想一脚把他踢飞，又觉得自己有责任，便心中有愧，耐着性子非常配合地展臂拦着，好一幅"舐犊情深"画面。

老少咸宜的一出老鹰捉小鸡，耍猴似的热闹。老班跟出来，作壁上观，非但乐颠颠地看着热闹不算，还掏出来一部淘汰了八百年的智能手机拍照，难得地为"师"不尊。护士站的值班护士站出来提醒，说麻烦家属肃静，走廊内禁止打闹，没承想话说一半，自己也看乐了。

在李鸢陪老班推着那没电的小破电动车回学校的路上，雨停，有月。老班和他谈了点儿想法。

"你们不是住得近，就楼上楼下吗？我觉得你和小满两个人，可以搞一个班级内的帮扶小组一帮一，生活方面你也可以协助协助他。"

"啊？"李鸢转头，冷不丁地甩老班一脸水滴。

老班没躲掉，"哎哟"一嗓子，抠了抠溅进了水的左眼，抠出粒眼屎，弹掉："你那么大反应干吗？'一帮一'没听说过啊？"

"听说过，就是没明白……您想让我帮他到哪一步？"

"能让你到哪一步？总不能让你住到他家里管他的吃喝拉撒吧？"老班倘若不板脸，一乐法令纹就深，嘴边一对大写加粗的"括弧"，"学习肯定是一方面。你基础好，脑子又聪明，虽然不说，我也知道你是很肯学的那帮孩子，老师心里清楚。你跟小满一个班还不了解他吗？他是'文科脑'，语文和英语好，数学不行，真要让他怎么学，顶天了也就考八十分左右。"

"班主任，我说实话，他那数学就是连地基都没挖的那种。"李鸢没忍住冷笑一声，是来自学霸的蔑视，"'奇变偶不变，符号看象限'他都不明白是什么意思。"

老班笑起来，气管里就像堵着一口痰，有"沙沙"的细响："所以想让你帮着夯实基础呗，我啊，实在分身乏术，带着四个班的课我顾不了那么细。啧，怎么讲呢，我一个班主任带课，管得也严，脾气也不好，学生怕我我知道，我照顾细了未必起到正面作用。所以我就想着你们这个同学之间哪，尽量把作用发挥到最大，但目前为止，他还是你的战友，不是你的对手。真到了以后考研那一步你们就明白了，那才叫孤军奋战呢。"

李鸢不说话，既不说好也不说不好。

"生活方面，我想着……他上学是骑自行车吧？"老班问李鸢。

李鸢在心里扶额，心说：这当牛做马的副班长我不干了，话里意思是让我当免费家教不算完，捎带还得给他当车夫呗？

"嗯。"李鸢不能明说，毕竟是班主任提的，他只能点头。

"嗞……"老班不自在地直想搓手，摸摸后脑勺，又掏掏兜，掏出根软壳白沙叼上，也没点火，"也不是说就强按头逼着你帮他，班主任我不是那道德绑架的货，我的意思就是……人哪，谁都有苦难的时候，一方有难八方支援的，咱们帮一把是一把，你就稍微上点儿心也不耽误你工夫，也不非要你怎么样。说到底也是要看小满他磨不磨得开脸，领不领咱这个好。"

过后老班就没再多说，两个人一路并行，直到快上了晚桥，老班才又问他："可想好考什么学校，搞什么专业了？"

李鸢没思考多久，低头笑了笑："外地就行，专业没仔细想，应该不是学医就是学电子工程。"

"哎，你一提电子工程，我想起你们卫一筌老师跟我说的机器人大赛了，是在暑假吧？我看咱学校还挺重视呢，你们团队加油啊，拿个荣誉，搞几个证书回来。"他顿了顿又说，"是，当副班长是官不大，活儿杂，可干好了也不错，回头给你推个省级优秀学生干部，成绩又拔尖，保送资格就到手了，对不对？"

李鸢在月色下看着老班，觉得他恩威并施这一出玩得很厉害，就是知道你在想什么，堵得你说不了不好，琢磨一下倒也合情。

李鸢转念又想——不就是给车装个后座的事吗？"岁月静好"二号。

第七章
发烧

　　隔天起床刷牙，李鸢右手疼得差点儿连牙刷都拿不住，感觉缝针的那位置像被人泼上了一勺芥末油，正火烧火燎地胀痛着。他想着是不是昨晚淋雨沾水发炎了，打算解纱布呢，抬头瞄一眼墙上的表，六点十五分。手疼成这样也没办法骑车了，他得坐 12 路公交车，人满为患挤得恨不能跳窗不说，车程还是绕远路走，晃晃荡荡到学校需要整四十分钟，这会儿就必须得出门了。

　　李鸢走到玄关，看到门边一左一右横着两只臭皮鞋，顿了一会儿，冲屋里喊了一嗓子："爸，我走了。"

　　他下楼出门洞，天色且还微暗，天气预报却说这天早上是个难得响晴的天气。李鸢走了两步，和拎着一个保温杯正走着的彭小满撞个正着。

　　"巧了，兄弟。"李鸢手插着兜，腋下夹一把黑伞，靠过去和他并排着走，"你的'岁月静好'呢？"

　　"岁什么？"

　　"岁——我说车，你那辆自行车。"

　　"被我奶奶收了，她不让我骑，医生说骑慢点儿还行，按我那上学的生死时速骑飞了又得过劳。"彭小满恐怕是刚被从被窝里揣出来，哈欠连天，抠了抠眼角，顶着三根翘起的乱毛，问道，"谁让你给我的自行车起艺名的，我恩准了吗？"

　　"我错了，少侠。"李鸢说。

　　出了筑家塘，彭小满一低头，看到李鸢穿了一条款式挺前卫的运动裤，休闲的直筒裤型，纯黑色，只在裤缝侧边绣了一个巨大的品牌标志，生怕别人不知道他穿的是什么牌子似的。一想到这天又有体育课，彭小满翻了一下惺忪睡眼，打了个哆嗦。

"同在江湖，这回就算了。"彭小满回道。

李鸢特嘲讽地朝他抱拳，过了一会儿又笑。

彭小满不常坐公交车，要不是凑巧碰上李鸢带路，找站牌他怕是都得找半晌，哪知道是这鬼阵仗。宝相庄严的胖司机一路猛踩着刹车片，从十字路口那头把车疾开过来停下的时候，彭小满觉着这车就像是一个带轱辘会跑的鱼罐头。

我看里面的那个男的被挤得快要站到车顶上了吧，脸都变形了！彭小满瞪大了眼珠子，李鸢则神情泰然，见惯风雨似的波澜不惊。

按常理，这趟车就算严重超载了，司机得为行车安全负责，应当不启前门、只启后门。可要怪就怪12路公交车线路的末尾三站全是学校，青弋卫校、青弋道路交通学院、"鹭高"。车上黑压压的全是学生，谁不怕迟到？故而中途只上不下，大家削尖了脑袋就是三个字：搡、挤、干！

"哎，快，快，快，要上的赶快！"司机皱着眉头，鸣着笛，佛相全无，对着监视器化成青面獠牙的凶恶罗刹，"前面的往后动一动，动一动啊！后面那么大位置，站着不动干什么？前门上不来从后门上！后门上的投币，投币！刚才上来四个人，怎么就投了六个币？！还有一个人呢？不给走啊！想逃票是吧？"

李鸢手插兜率先小跑向后门，把书包顺到胸前背着，瞅准人缝钻了进去。

彭小满在后，刚踏上车，脚心且没贴实，司机急匆匆地就挂挡发动了。车身跟着"嗡嗡"抖了一阵，彭小满便重心不稳地脚下一崴，背后书包一坠，眼瞅着要往后仰："哎呀？"

"哎！"李鸢及时伸过来一只手到他眼前，彭小满手疾眼快地一把抓住，顺势攀了一下车门，借力弹了进去，撞在了李鸢的胸前，撞得李鸢往背后人群里踉跄。

"手，手，手！"哪知道李鸢脑子一蒙伸出的是受伤的右手，被彭小满不知轻重地一攥，疼得扎心，他赶忙抽开，倒抽一口凉气，"我的天……"

"对不起，对不起，对不起！没事吧？"彭小满侧身让车门合起，背靠扶手举高双手，道歉，"没给你抠淌血吧？不是，你怎么还在疼呢？我真不是故意的，对不起，对不起——"他还欲把李鸢的手捧过来端看。

"行，行，行！"李鸢为了面子强忍着咽了一口气，边甩手边打断他的话，"'对不起'说一遍就够了，真碰上'对不起'解决不了的事情，你说一百遍也没用。"

彭小满识时务者为俊杰地闭嘴，和他脸对脸地站着。这个姿势很尴尬，因为很像偶像剧里的画面。李鸢站在台阶上，扶着头顶横着的那杆扶手，看着窗外倒退的街景；彭小满站在台阶下，倚着门边的那根立杆，打开手里的保温杯杯盖，喝了一口里面的豆浆，豆浆是奶奶早上现磨的。他们两个人挨得很近，几乎是一方一个侧身，就能贴在一起。

李鸢看久了窗外的街景感觉眼晕，就把视线收回了车内，掠过众人，又落在了彭小满的脸上。他昨天晚上手欠，睡前搜了搜彭小满说的那个病。李鸢心说：这到底是个什么垃圾搜索引擎啊，准入门槛与甄选标准低到地心。他往下翻了两页，跳出来的全是广告，点进去一看，各种乱七八糟的弹窗跳了出来。李鸢翻着白眼关掉广告再看页面，净是某某"业内知名专家"说些没用的屁话。

李鸢再往下翻，总算翻到了一篇正正经经的某论坛网站的日记，发帖人是一个年轻的妈妈，说自己八个月大的宝宝被检查出了这个病，医生说根治不了。李鸢看了一眼发帖日期是五年前的元月，最后一帖说到她带着孩子第三次去妇幼保健院做全检，接着就断了。李鸢就着这个半截的故事，昏昏沉沉地滑进夏凉被里睡了，好像还梦到了彭小满，梦里一掠而过的，是彭小满遥望着乌南江面的景象。

其实说到底，患病的人，看上去多多少少会有不同，可也是因为有了这样的意识，李鸢才看得出来彭小满与常人不同。车门外天色大亮，阳光蒙着一层轻薄的水汽，透过玻璃洒进来。彭小满的脸颊皮肤便呈现一种半透明的质感。原先李鸢以为是他的皮肤白，现在看来已经不单单是白了。那光，不是折出来了，而是照进去了，透出红来。那些蜿蜒细小的红血丝，凝在他的皮肤下，竟有些像水池里的红鲤鱼。这一切体貌，其实都是心肺功能过弱的表现，有点儿好看，但不健康。

车过了几站，他们便被人流挤到了车厢中段。摩肩接踵的，大家都不好站，头顶晃悠的拉环就剩了一个，李鸢抓上，佯装无奈地侧过头，饱含遗憾地对彭小满说："情势所逼，你就抓着我吧，不要掐腰，扶哪儿都行。"李鸢实在被他那个手欠的抠腰大法给疼怕了。彭小满翻了翻白眼，揪住他的书包的尼龙带，点头道："行，行，我矮，我认。"

车身晃晃悠悠，两个人都禁不住有点儿昏昏欲睡，直到车上坐着的几个卫校女生对着他们直瞄，一边交头接耳，一边对着身边的人指指点点。彭小满疑惑着挑眉，揉揉眼睛，才顺着她们抬头望着的方向看过去。

"扑哧——"

有此一声，李鸢惊得瞌睡都没了，甚是直白地侧过头表露出了嫌弃的神色，好比看见了他家"努努"正和一只黄皮土狗在泥坑里撒欢打着滚。李鸢说："豆浆都喷到我的手上了。"

"就别管豆浆了，李少侠，你一定要答应我，"彭小满满脸难耐的神色，憋笑憋得尤其痛苦，声音带着一丝颤抖，他抬手指向头顶前方的公交车载电视，强自按捺爆笑出声的汹涌欲望，生咬着嘴巴，"答应我，苟富贵，勿相忘。"

"啊？"李鸢抬头，顺着他手指的方向看去。

车载电视的小小屏幕上，俨然是他那张似寒冬腊月、哈气成冰的脸。

"青弋早知道"，不是说好了是地方台吗？怎么是一个车载频道？！

李鸢哪知道自己上电视的表情那么臭，看过去就跟谁欠了自己七八十万块钱跑路了似的，抿着嘴、耷拉着眼皮、歪着脑袋。这哪儿是一个高中生啊，就算赌王接受外媒采访，也未必能有他这个架势。李鸢尴尬得要死，赶忙收回视线，把脸贴到胳膊上："公开处刑。"过了一会儿他又站直了拽着彭小满往自己身前带，"你帮我挡着点儿。"

"不是，少侠你这是侠肝义胆、锄强扶弱啊，又不是扫黄扫到你的，你怕什么？哎，你是什么时候接受采访的？怎么班主任还在你身后呢？"彭小满躲开，仰头看得兴致勃勃，招摇得很，生怕周围这几个围观的姑娘看不出李鸢就是电视上那个小帅哥本人似的，"你还是'三好学生'呢？不过你这表情太僵了。哎，过两天学校是不是就要给你发锦——嗯。"

李鸢把胳膊往他脖子上一架，勾住、锁喉："你可以闭嘴了，兄弟。"

彭小满掰不动他的胳膊，手伸过去，使出掐腰大法。李鸢没来得及反应，身体猛然就弹开了，好险没一脚踢飞边上阿姨放在腿边的菜篮子。彭小满脱困，涨红着半张脸，揉揉下巴，了然地挑眉，语调拐着弯地"哦"了一声："我算是知道了你的……弱点？"

李鸢抬手比了一个骂脏话的手势。

李鸢这趟12路公交车坐得很不安，就怪彭小满极不低调的一嗓子走漏了他"电视名人"的风声，一传十，十传百，过后闹得一车人都转过头来看他，指指点点、闲言碎语不说，还有掏出手机拍照的。中间甚至有一个拎着包的阿姨干脆就指名道姓，站起来拉着李鸢又指着电视，异常欣喜地问："哎哟，小伙子，你就是电视上这个人吧？"李鸢遮遮掩掩地说"对不起，我不是"，很不大方。

李鸢本以为事情这样就算完，没承想到了青弋卫校那一站的时候，最先嘀咕李鸢的那几个女生背着书包站起来准备着下车，没等李鸢和彭小满坐下，为首的一个扎马尾辫、留着齐刘海儿的女生拿着手机就凑到了李鸢跟前，笑眯眯地弯着一双眼："帅哥，能加微信不？"

这搭讪套路。彭小满在一边干看着偷笑，侧过头继续喝他的鲜豆浆。

结果李鸢以"即将升入高三摸不着手机，加了也白加"为由，干脆利落却相当客气地拒绝了。谁知道姑娘一点儿也不恼，曲线救国，掏出本子撕了一张横格纸，拿笔飞快地写了一串数字，不由分说地往李鸢手里一塞，还是笑眯眯地说："小帅哥，等你有时间了就加我呗，哎，有没有人说你长得挺像明星？"话一说完，司机停车报站，彭小满看她掭了一把马尾辫，眨了一下眼，大大方方地就跟着人群下车了。

"留灯吗？"彭小满透过车门的玻璃，看到那个女生下车之后满脸欣然地和女伴击掌，没忍住笑。

"留什么？"

"啧，没接住我这眼。"彭小满指了指他手里的那张字条，"我是说，怎么样？你打不打算把你们这萍水相逢的关系升华一下？"

"不打算。"李鸢眨了眨眼睛，把字条往口袋里揣。

到校落座，彭小满差点儿一跟头翻到楼下去。

"这……我就一天没来，发了多少张卷子？！"李鸢在校门口买了一套煎饼馃子，彭小满其实在家就吃过早饭了，奈何这玩意儿卖相确实不错，酱红、葱绿、饼面金黄，他没忍住，也买了一套。彭小满把东西往桌上一放，看着桌上那一沓被人叠好的空白练习卷，抬手兜着自己要掉的下巴。

"四张数学卷、三张语文卷、三张英语卷、两套理综卷、两张英语报，都给你捋齐放好了，有一部分今天要交，你就跟任课老师说一下明天补交，顺便数数少不少，少了去办公室拿。"续铭端着一副上门清账的大掌柜的架子，恨不能敲着算盘珠子，"昨天两本练习册的作业你也先欠着，不过帮你解释过了，你可以下午再交。顺便说一下，昨天的数学作业还有五个人没交，名单给你，你负责催一下交到老班的办公室，辛苦了。"

续铭潇洒地撕下了练习册上的名单，摆到彭小满眼前，转身施施然地飘走。

彭小满正脸冲下地扑倒在了桌面上，拍打着李鸢的左右肩膀，哭天抢地说："少侠，我的命好苦啊！我的心脏好难受啊！！"

李鸢把煎饼里夹着的薄脆咬得"嘎吱嘎吱"响，低头笑个不停："失算了？换作是我的话索性就住院半个月，爱谁谁。"

"你是不是一年不学习名次也不会往下掉的那种人？"彭小满仰着一张表情沮丧的脸，"学成精的那种？"

"你想太多了。"李鸢抬手去摸自己的耳根，"每一个看似不学习的学神背后，都有无数不为人知的挑灯苦读的日夜，懂？"

"真的假的？"彭小满抽回手，"你也是那种偷摸学习的人？"

李鸢搓了搓手指，摸摸耳垂，咽掉嘴里的一口煎饼："你一说话我就想揍你。"

早自习是老班看堂，他夹着小破笔记本电脑进教室，二话不说来了一个大动作——并组。

他昨天回去仔细琢磨了一下，心想既然是实行"一帮一"，就绝不能只顾及一位或一对，给人阶级之分，有隔阂感不提，即便真的行之有效，也非常局限。他索性就将其推广至全班范围，实行普遍政策，来个"试运营"，以成绩优劣为准，进行大范围组队。"鹭高"高二（2）班原先一直是分六组，每组八座，正好四十八个人。老班下令，以他投影上的表格文件为准，进行同桌配对，将六列合成四组。

班里哗然，继而炸锅，如水进油。

"吵什么？！别的班不上课啦？！"老班放下鼠标拍了一下黑板擦，扬起一阵雪白的粉尘，"换座位用嘴换啊？！看好自己的位置，安安静静地收你的东西、搬你的桌子！我看是谁在说话？！"

游凯风铤而走险，不仅不闭嘴，还站起来愤然反驳，指着投影仪说道："老师，我不跟那个姓赵的坐在一块儿！"

"姓赵的"就是"含糊紫"，那次上晚自习时差点儿和他掐起来的那个人。本来游凯风就没咽下那口气，怎么看那小子怎么觉得讨厌呢，好家伙，坐在一块儿？指不定谁先咽气呢！

明白是怎么回事的几个人看游凯风果真急眼了，纷纷停下收拾的动作，忍不住在底下捂嘴偷笑，其中就有彭小满，当数他捧着书包乐得最开心。

"坐下！让你站起来说话了？坐下，坐下，坐下！"老班冲他的鼻尖指了指，接着环臂，"啧，怎么每次就是你游凯风屁事多呢？哦，自己学不明白，特意给你安排一个肯学的上进生带带你，你还不乐意了？毛病。哎，那你说说，你想跟谁坐？你说，看我让不让。"

"就……"游凯风摸摸鼻梁，顿了顿，接着又嬉皮笑脸地向前一指，"就李鸢呗！"反正我们平常也是在一块儿鬼混。

"李鸢不行！"

"为什么啊，班主任？"游凯风垮脸，哭笑不得，"他不也是好学生吗？我就只想跟他坐在一块儿还不行吗？"

讲台底下齐整地响起一阵倒抽凉气声。李鸢在前面坐着，听了一番"陈情"，硌硬得哆嗦了一下。

"人有帮助对象了！"

"那……那换换不行吗？"游凯风抬头看投影，看到李鸢名字边上的"彭小满"三个字，"反正也不是固定的，那就……那就彭小满跟那个姓赵的坐呗！我跟李鸢坐一块儿行不行，班主任？""含糊紫"听他一口一个"姓赵的"，心中大为不爽，明明白白地表现在脸上，冲着游凯风的方向一个接一个地翻着白眼。

"不行，不行，不行，你和李鸢在一块儿能落个什么好环境？那小话可不得紧着你们不停地讲啊？挨着李鸢，你甭想！"老班挥挥手，不耐烦地皱眉，"再说赵劲和小满的性格也不合适，我带你们两年了，还不知道吗？我还能坑你不成？"

游凯风抓耳挠腮、抓心挠肝："老班，这不是坑不坑的问——"

"行了你！"老班扬手一敲黑板，一锤定音，"游凯风，你要么就老老实实地按我安排的这个位子坐，要么，你就跟陆清远一样，搬着你那桌子坐到讲台边上来，以后我就重点保护你们，你选，你选。"

陆清远被分到和苏起坐一桌，正美滋滋地收拾着呢，听老班在讲台上这么一说，忙撇清关系："哎，别啊班主任！我很乐意，特别乐意！对您的安排完全没有意见！"说罢，他朝游凯风努嘴，"就他一个！班主任，要坐讲台边您让他一个人坐！"

四下里响起一阵嘘声。

"我……"游凯风纠结迟疑，"那……那要不我一个人坐？"

"你问我呢还是问你自己呢？！哎，你可想好啊！"老班忍不住乐了，像煞有介事地说道，"我跟你提前说好，这位子大动我也就动这么一回，搞不好你就要在讲台边上待到毕业，班里就你是重点保护贵宾头等舱，独一份，冬天你就靠着门口喝风，到时候别赖我不疼你啊。来，再给你一个机会，你坐在哪儿？"

"我错了，班主任。"

底下的人闻言，笑他脊梁骨比糖醋小排还软烂不禁戳，幸灾乐祸之声四起。老班则朝早收拾好了东西，梗着脖子噘着嘴的游凯风冲赵劲的方向一指："费劲，去吧，东西带好，好好相处。"

相处个屁，游凯风面上无波，心中拍案捏拳：老子玩不死他也得给他带沟里去。

李鸢收拾东西很快，桌面干净，并没有"崇山峻岭""万壑绵延"地垒着一摞摞教辅书，将学神的极简作风贯彻到底，笔也少，就用顺手的那么两三支。他三两分钟就清空了东西，挎着书包将自己的桌椅并在了第四组靠墙的第五排，撑着晕沉沉的脑袋，看彭小满手上拿一摞，腋下夹一沓，背上背着一个"炸药包"不算，还毫不浪费肢体地用嘴叼着保温杯的挂绳。

牙口真好，李鸢边想边伸了手，接过他嘴边的保温杯，特想紧跟着摸摸他的小脑袋，比个赞说：做得好，旺财！

大家调整一番，大致的位置算是定了：陆清远和苏起一组，奈何一方的个头实在超了"海拔线"，为了不妨碍后排同学的视线，暂且委屈苏起与陆清远一起坐去了第三组第五排，和李鸢、彭小满这组，隔了一条不算宽的过道；周以庆被调去了猴钟齐身边，阴阳调和、动静合并，坐在了第四组第六排；老班好歹也没有"霸权"到底，将方枘圆凿的赵劲和游凯风这对儿安置在了第四组第四排，倒算是给李鸢和游凯风这两个好哥们互留个念想，做不了同桌，好歹还是前后排啊。游凯风想：真要是和赵劲水火不容地掐起架呢，老子还算有个帮手，不至于孤立无援，稳了。

彭小满乍有些不习惯身边有人，往年在云古一高，他也是一人一桌不说，也没有人愿意和他玩。如今周围一圈都算是聊得来的朋友，后背又安安稳稳地抵着墙，难免心中踏实，蓦然有了集体的概念，别的不说——上课走神都方便了，老师的盲区啊！

"我怎么觉得，"彭小满在桌上搭着胳膊，看李鸢的左臂和他的并在一块儿。李鸢的胳膊精瘦颀长，自己的则细瘦羸弱，好比李鸢的用量词是一只，自己的则只能算是一管。彭小满莫名其妙地懊丧不满，忍不住触了一下对方的小拇指，"老班这里面有阴谋呢？"

李鸢动了动小拇指，懒得躲，戳回去，托着下巴瞥他一眼："他要阴也是阴我，信我，你落不着坏处。"

"他是不是为了我？"彭小满就是手欠，还想戳李鸢。

"再手欠？"李鸢闲闲一握，当即一把攥住他无处安放的小贱手说道，"虽然你这想法还挺臭不要脸的，但我得说，你的直觉是准的。"

彭小满一时忘了抽手。他能明白老班对他、对班级，那份大刀阔斧、毫不精致的在意与关爱。

李鸢这天没来由地昏沉，手痛，趴桌睡了四节课。要是换成别人，任课老师早就把一板槽的粉笔头"嗖嗖"射出去了，换成他，双重标准吧，他爱睡睡吧，反正也有谱儿。委屈了彭小满，膀胱里一泡尿憋了三节课，看李鸢埋着脑袋睡得香，实在有点儿不忍心闹醒他。中午放学彭小满撒丫子奔向食堂前，着实不能再憋了，拍拍李鸢的肩，求他抬一下椅子露一个能让自己挤出去的缝，李鸢头也不抬地翘起了椅子。奈何他们没什么默契，李鸢落下椅子腿的时机拿捏有误，胯下惊魂，彭小满好险没被他挤出尿。

下午是连上两节的体育课。自打体测长跑过了以后，这课虽变得可有可无，可到底也没有老师敢再随随便便占着不放了。好歹体育老师们都识相，不是那些被偏爱就有恃无恐的人，让大家做做体操、做做热身和俯卧撑也就算完成任务了，多半是上一半课时就解散让大家自由活动的。

这天是坐位体前屈，看着不累，实则是堪比上老虎凳的隐性酷刑。

李鸢、陆清远和缑钟齐等人，在操场边的墙根下排排站成一列，表情凝重地齐齐抖腿。

"我告诉你们，老班绝对是天蝎座！他就故意把那货搞到我边上来坑我的！"游凯风蹲在地上做着横向拉伸，腿上那条限量款的贴身裤子眼看着就要被他撑开了线，"那货上课的时候跟老师互动起来没完没了，屁话也不跟我说一句，搞得好像我怎么他了，怎么那么欠呢？"

陆清远的肢体韧性非常好，横叉和竖叉抬腿就来。他边抖腿边看着游凯风在地上挣扎："我看你才是欠，看别人不爽还要跟人家说话，你有病吧？"

"废话，我坐在里边，好歹要出来上厕所吧？"游凯风愁眉苦脸地站起来拢腿收胯，"我说'让一让'，他就跟没听见一样，我要不是看他一时半会儿的还不禁揍，早把他的脑袋按进抽屉肚里了！"

续铭换座位以后也相当不爽，他被分到和班里一个最能瞎咋呼的姑娘坐在一起，比起周以庆有过之而无不及。半天的时间，同桌瞪着一双汪汪大眼把续铭从头到脚打探了个遍，上到祖上几亩田，下到换牙哪一年，光是续铭的保温杯里泡的是罗汉果还是胖大海，她就问了两遍。续铭好比西天如来遇上了在手心里撒尿的花果山猕猴，再庄重也恨不能指天骂娘。

到底还是忍住了，续铭不无怜悯地看着游凯风，环臂抖腿道："我懂你。"

李鸢把手插在兜里，嫌太阳光灼人，眼皮又往下耷拉了几分。听游凯风说起撒尿，他才想到了什么，低头看到彭小满揪了一把草茎编成一个小环儿，李鸢问："你中午去上厕所的时候，我是不是压到你了？"

"哎哟，我可谢谢你，你还记得呢？"说起来就胯下一紧，彭小满把一根草茎送进嘴里咬着，"早饭差点儿给挤出来。"

"实在抱歉。"李鸢"呵"了一声，扬起了嘴角，似假似真地道歉，"我当你跟纸片子似的，给你缝就能飘出去呢。"

"你怎么不说我就是一缕烟呢？也别缝了，钻个眼就行了呗。"彭小满把手里的草环放在手心里，亮给他看，"怎么样，也算是法国顶级珠宝设计工匠的水准吧？来，我给你戴上试试？"

李鸢靠着墙，一脸"你就是一个笨蛋"的表情。

彭小满硬掏过他插在兜里的那只左手，将圆圆的草环往他的小拇指上一套："我这眼简直比游标卡尺还准，正好，爷赏你了。"彭小满顿了顿，握到了李鸢的手腕，"你的手真的好烫。"

"谢少侠。"李鸢抬手，才仔仔细细地看清了那个草环——出乎他意料地精致，三根草茎绕成的别致样式，有点儿类似他那件秋毛衣上的元宝针。那件秋毛衣当初还是李小杏帮他织的，特意做大，他穿了三年，手肘部分磨损严重。他翻了翻眼皮，抬手抵了抵额头："烫吗？感觉有点儿烧……"

"你昨天淋雨回家是不是没——"

话被体育老师猛一声响亮的哨声打断："拉伸结束，过来器材区这边集合！按学号排队站好！"

操场上登时哀号声四起，好比哭丧。

对女生而言，坐位体前屈相对轻松，十到十五厘米的距离通常不成问题。有意思的就是看男生推，硬胳膊硬腿，做不好就是负分。陆清远坐上软垫并拢那双长腿，屁股好险到了垫外，按理说一点儿不占优势，奈何他的身体柔韧性太好了，一推推了十八厘米，对得起他体育特长生的名号；续铭身材比例不错，可惜个子不高，万年端着脸，推的成绩中规中矩，算他难得拔不了头筹的一项运动。

到缑钟齐这儿就有意思了，身子长且僵，看着愣是连吃奶的劲都给用上了，到底连推板都没碰着，他竭力顶了顶指尖，勉强推了一个负五厘米的成绩。高二（2）班第一个负分成绩，获得了同学们的热烈鼓掌。

游凯风比他强不到哪儿去，胖且僵且长，往下一拱身，T恤衫下摆便蹿上了后背，露出一大块雪白油亮的五花肥膘，李鸢站在他背后看着觉得辣眼，"啧"了一声，别开了脸。彭小满倒还是一个仗义的人，见游凯风动作艰难、行状凄惨，犹如一个自己给自己剪着脚指甲的大肚孕妇，忍不住趁体育老师低头填表的工夫，膝盖凑到游凯风的脊梁骨上迅猛地压了一下。

"哎哟，谁啊？！"游凯风低头闷声虎吼，推出去十九点五厘米，破了目前为止的最高纪录，又惹四下里的人发出一阵惊呼。

游凯风颤巍巍地从垫子上起来，活像被人打了，面露菜色且揉着尾椎骨地追了彭小满两人圈，喊着："有种你就站住！"

"我没种。"彭小满趁机躲到李鸢背后揪着他的衣摆不放，"这就是吕洞宾与狗。"

李鸢按学号顺序坐上了软垫，屁股下面一阵蓬软，顿感周身的骨骼都在作痛，带着隐隐的酸胀感。体育老师瞥了一眼李鸢手上的纱布，问了他一句手行不行，李鸢点点头没说话，吸了一口气，伸直双臂俯下上身去贴近双膝。指尖触到金属推板的刹那，他突然感到耳鸣，如同水流涌进了脑内，竟"嘶嘶"成韵，强按着不适皱眉向前推，呼吸通道又被阻隔，致呼吸不畅，头脸发涨。力竭后起身，李鸢昏沉的感觉更甚，听老师报了六点五厘米的成绩。

李鸢从软垫上站起，好比从一朵流云迈向另一朵流云，这么腿根发软地向下一跪，就又是一场松软香甜、无忧无愁的美梦。

"哎，你！"

彭小满展臂，接住了李鸢轰然朝他坍塌而来的身子。李鸢一时无法回神，耷拉着的脑袋贴上了彭小满的脖子，身体滚烫如一只冬天马路边的油漆桶烤山芋。

"我的天！李鸢！"彭小满在他的脖子上一摸，推他的肩，慌了，"你……你这是发高烧啊？"

下午三点的明溪路是不常见的，高中生披星戴月、朝五晚九。李鸢想起明溪路上，有家门脸油绿油绿的中国邮政，每次上学经过，它还大门紧锁着尚未营业，再等到放学经过，已经早早关门了。这天这么坐在出租车里路过，他才难得见到它营业时的样子，门可罗雀，冷清得不行。所以在人情寡淡的现在，信件存在的意义究竟在哪里呢？李鸢靠在椅背上出神，彭小满的一只手伸过来，往他的额上碰。

"爽吗？"李鸢问他。

"时机不对，冬天应该很爽。"彭小满的整只手掌贴上去，还是很烫，"咱们学校那是什么鬼医务室，连袋退烧药都没有，校医还坐在那儿嗑瓜子，改成收发室得了呗，叫什么医务室？"

彭小满柔软的掌心贴上去冷冰冰的，李鸢闭眼："你以后出息了，可以给母校捐一个。”

“要捐我就捐一栋楼，顺便换一个食堂承包商。”彭小满收回手，指了指李鸢书包侧袋里的保温杯，“光捐医务室也太抠了。你得多喝水，我已经在老师的办公室给你灌满了。”

李鸢慢吞吞地拧开杯子，倒了热气腾腾的满满一杯水：“凯爷说以后要给‘鹭高’捐一个游泳池，你们一块儿吧，省得麻烦，顺便让校长给你们铸两个铜像。”

“我没‘永垂不朽’呢，铸什么铜像？”彭小满嫌他晦气，“呸”了一口，“感觉……你跟凯爷关系确实挺好的。”

“他是怕我一伸腿瞪眼，没人陪他去食堂吃饭、一起上厕所、给他作业抄了。”李鸢吹了吹杯盖里的热水，往座椅里又陷了一寸，“对不住，少侠，我又晦气了。”

“没关系，你晦气你自己，你随意。”彭小满摆手，“还挺羡慕你的。”

“羡慕我差点儿被烧晕？”

“羡慕你有人着急。”彭小满盯着他贴着杯盖口的嘴巴，“羡慕你发烧时，被人里三层外三层地围着，一个个恨不能蹦过来亲自给您做心肺复苏。”

“瞎凑热闹呗。”

“凯爷、苏起和陆清远他们听了你这话，得众筹买凶要你的狗命。”彭小满笑他不知好歹，“那年我在云古犯了病，倒在操场那儿怎么也站不起来，最后连120都是我自己打的。”

李鸢侧过头看他，把水杯拧上盖子装回书包里：“为什么？”

“因为他们会怕呗。”彭小满耸耸肩，看向另一侧的车窗，“他们大概会觉得：‘哎哟好吓人，怎么回事？这人跪在这儿是什么毛病？我不敢动他，还是去叫老师吧。’就没有人真的及时走过来说：‘同学你痛不痛，是不是哪里难受？’也许我的观点片面吧，不过，反正……我没有遇到这么关心我的同学。”

李鸢对他的这段话，不知是回应以怜悯还是认同，无奈只能转过头，闭着眼，倚着车窗不说话了，眼眶似乎因为发高烧而微微干涩，于是他抬手揉了揉。

李鸢课上发高烧晕倒，吓坏了一帮师生，当数体育老师受惊最大，差点儿蹦起来打120。开玩笑呢，学生在我的课上出事，还是体育课，真出事了算谁的？

到底还是李鸢自己昏沉沉地从篮球架下站起来拦着老师，说没事，不至于，就是一时腿软没使上劲，请假回家吃个药就成。

老班闻风便放下钢笔下来操场上查看情况，游凯风自告奋勇地打报告要陪着送李鸢回家，老班以一句"你别想翘晚自习"驳回，继而话头转向彭小满——要不就麻烦你照顾一下吧，你们回家顺路。合情合理。

李鸢听了没吱声，一屁股坐回篮球架下，撑着胀痛的额头，彭小满也没说不好，也不觉得为难。

明溪路的行道树依次向后退去，出租车师傅回头冲着彭小满说道："前面临泉路修地铁，我这出租车过不去，得从高架绕，你们看行不行？"

"绕……得绕多少钱？"彭小满去摸裤兜里揣着的一把零钱。

"哎哟，这么近，我又不是黑车，正经打表能绕你多少啊？"师傅跟听笑话似的说道。

李鸢从口袋里拿出一张五十的钞票往彭小满手里一塞："您绕吧。"

彭小满见李鸢头一歪，整个人往车窗上一瘫，一副虚弱的样子，微微蜷了蜷。彭小满既不是心疼也不是讨好，单纯觉得他那样会被磕成脑震荡，靠起来不舒服，犹豫了一刻，伸手戳了戳他的肩胛骨。

"嗯？"李鸢转头，灼热的气息乍然拂过彭小满的手指头，彭小满应激性地往回缩了缩。

"来吧。"他抖了抖自己的右肩，"靠在那儿你回头再吐人家一车，这儿今天限时免费，不占白不占啊。"

李鸢听了笑："平常不免费是什么价来着？"

"论钟点算，少说……也得万八千吧。"

"你那肩膀，八成是金镶玉的。"李鸢坐直，重心左移，缓缓地靠上了彭小满的右肩。夏季校服是涤纶的料子，易脏易皱也并不柔软，倘若依靠乌南江的硬水浆得过头了，便会略略发硬且不贴身。李鸢隔着这样一层带着淡淡皂气味的衣料，用左侧脸颊感受彭小满皮肉下的骨骼。他的躯干很温暖，那温度类似于鸟类的翅下的感觉。

彭小满换了一个坐姿，使肩膀得以抬高，以便李鸢这个大高个儿靠下来不会太难受，问道："少侠什么初体验？"

"硌，非常硌。"李鸢闭着眼，想说你瘦过头了，超模也不如你。

彭小满转过头笑："现在知道凯爷的好了吧。"

下午三点的青弋优哉到出奇，学业、前程皆可暂时被抛在脑后。冒尖的楼顶、森绿的树梢，即使是在高架上，并不慢的行驶速度，也令人觉得进程甚缓。天气并不依预报所言那样所谓的万里晴空，但毫无云翳，碧蓝清湛。彭小满想打开车窗吹吹风，想到靠在他身边的这个病人，又没敢。

李鸢腰上吃劲，没有完全靠上去，可到底是一米八的个子，斤两自然不小。可彭小满近乎神奇地觉得，那份重量并非沉重到使人感觉压抑，相反，那种类似于经年积累的丰实的分量，好比熟宣纸上的那一柄温润剔透的白玉镇纸。

彭小满遥看窗外，天上远远地飘着一只断了线的风筝，非常渺小，在天地间悠然自得。

车停在筑家塘门口的合欢树前，行程打表收了十二元。李鸢和彭小满都是瘸着腿从车的两侧下来的——李鸢靠麻了左边身子，彭小满被他压麻了右边身子。两个人皆跟中风似的拧巴着胳膊和腿，恨不能直奔老菜场后门的那家盲人推拿店。

"谁能给我来个分筋错骨手？"彭小满转动着"嘎巴嘎巴"响的颈椎，怀抱书包，姿势吊诡，犹如怪物。

李鸢回过头，神色带着明晰可辨的疲惫不适与佯装出来的抱憾："真对不住，本派不教这招儿，不然我铁定'错'了你。"

"你是不是恨我？"那天李鸢说给彭小满的话，彭小满原封不动地奉还，跟着他进了门洞，得亲眼看他开锁进家门、吃了药躺下，才能算光荣交差。

"不，不，不。"李鸢把书包滑至胸前掏钥匙，慢吞吞地摇头，"我敬您。"

"滚蛋。"

筑家塘的旧筑楼梯逼仄晦暗，人稍不留神就会碰了头、蹭了灰，要么就踢翻了谁家攒着过年烧炉子的煤球堆。他们一前一后地走到三楼楼梯口，两个人都听到了一阵从上传来的低声言语，分辨起来也简单，是一个中年男人的小声言语混着一个女人的盈盈笑声，外加一阵金属碰撞的开锁声。

其实这是挺正常的声音，偏偏因为发声者那强压着嗓子的低语方式，而显得尤其暧昧，说不明白，黏糊糊的。

彭小满没在意，却见面前的李鸢先是停下脚步，后是转头朝他比了一个噤声的手势，又朝他打手势，示意别动、别跟。

彭小满便依他的要求不动了，张了张嘴，看李鸢的神色陡然冷了下来，鼓了一下胸膛，抬脚像是要继续上楼。彭小满看不懂的是下一秒，李鸢那像是一时之间盈满的凛然与热切表情，突然又像被兜头的凉水给泼灭了一般，只剩下沮丧和犹疑。他往上站了两级台阶，抿着嘴、歪着头，还是那个牛气哄哄的样子，冷冷地望着四楼不动。

彭小满不说、不动不代表不看，顺着李鸢看过去的方向抬头，潦草地看见一个肤白且微胖、身穿粉色衬衣的中年女人拎着手包，低头进了右边那户的门；门里有人招呼，那人飞快地伸手关了门，彭小满又看清了半张中年男人笑容可掬、乐和得近乎有些局促的脸。

彭小满想：李鸢和他爸真像，李鸢老了铁定就长他爸那个样子，真是亲生的。

人在经历极具戏剧感的场面时，大悲大喜往往来不及积累，取而代之的反而是一种难以言喻的滑稽感。彭小满的心里"咯噔"一声，他思维活络，对那种男女氛围近乎一眼就懂——狗血剧？他没吃过猪肉还没见过猪跑吗，这是什么鬼？！彭小满下意识的反应不是考虑李鸢此时此刻是怎样的心情，而是在想脱口而出"我什么也没看见，我先走了"后，转身就跑。没料想李鸢也是逃，他默不作声地手插兜，越过彭小满，一路下楼，头也没回。

"哎？"

彭小满愣了愣，反应过来，转身追去。

李鸢到底是病恹恹的，身上的高热还没退下去，没走远，返回到了筑家塘的合欢树下埋头蹲着。彭小满跟过来，站在他背后，一时无言。

李鸢闷着不说话，彭小满也不知道跟他说什么好。

彭小满琢磨了一刻，走过去与李鸢并排蹲下，然后揪了一根路边的草编起了手环。合欢树上早早就有蝉了，聒噪不歇地叫着，花开如漫天红霞，颜色深浅不一，秀美且罗曼蒂克。彭小满边编边想起他的父亲彭俊松——严父，打小逼他看名家著作，蹲马桶也得抱着一本名著才让脱裤子。

他想起来一本书，里头有一句经典的句子：人有时只需静静地待着，悲伤也成享受。

就这么待了好一会儿，彭小满摸了摸鼻尖，擤了一下鼻子，才摊开掌心把那只颇精致的草环展示给李鸢看："你不想回家就先去我家，你得吃药。"

李鸢接过那只草环，往手指上套了套："你奶奶呢？"

"这个点，她肯定找老太太们搓麻将去了，青弋雀神。"彭小满站起来拍拍手，"走吧，咱们'孤男寡男'。"

彭小满站在小马扎上拿家里柜顶摆着的小药盒，惊呼一声，顺势带下来一堆胸透片、彩超单和一些鸡零狗碎的小玩意儿，外加一床弹花被。"稀里哗啦"的，人被砸了个七荤八素。里头有一盒幼儿园小娃娃才玩的塑料雪花片，盒子被摔开了一个敞口，雪花片撒了一地，李鸢一个病号，陪他蹲在地上拾了将近二十分钟。

"你这些都是什么乱七八糟的东西？"李鸢还拾到了一堆玻璃弹珠、三两条花里胡哨的塑料串珠、一颗不知道打哪儿来的硕大"水钻"，和一只缺了一条大腿、头发被揭乱成一顶母鸡窝的小芭比娃娃。

那颗"水钻"是彭小满小时候从他母亲的头花上抠下来的，十多年前钱还值钱，那款头花当时在饰品店里卖，就明码标价八十块钱，很不便宜。彭小满手欠抠掉了上面最大最闪的那粒"水钻"，拿去和小伙伴们玩过家家，佯装云古第一集团老总，身家过亿，结果被葛秀银发现，把他抓过来一顿暴打，好险没被吊起来打。彭小满眼睛一亮，还挺怀念："这是我的童年。"

"你不觉得，"李鸢耷拉着眼皮，看着那一堆五彩缤纷的小物件，"你的童年有点儿女气吗？"

"本来就女气，非常女气！我小时候就被我老妈当女孩儿养，四年级有男女意识之前，我的发型都是妹妹头，一片齐刘海儿的那种。虽然我现在有点儿糙，"彭小满将手掌一并，托住下巴，状似一朵花，"但你不觉得我还是很清秀吗？"

"考你一个问题。"

"嗯，你说。"

"地幔的厚度。"

彭小满愣了愣："啊？文科的啊……"

"不知道？"李鸢把地上的最后两块雪花片丢进盒子里，"那记得要去查正确答案，因为那就是你的脸皮的厚度。"

彭小满差点儿伸手把他摞倒在地上。

吃扑热息痛前，彭小满先让李鸢测了体温，掏了一根旧水银体温计出来，让李鸢夹在腋下。李鸢和他眼对着眼夹了十分钟体温计，彭小满取出来抬高胳膊一看刻度："四十二摄氏度？！顶到头了。"就这李鸢还没晕过去被熬成人干呢，还吃个屁的退烧药啊，赶紧拨 120 吧！

"你是不是没甩？"

"甩什么？"彭小满理所应当似的问他，"用之前要甩？怎么甩？"

李鸢脑袋疼，想揍他，不想说话。

"行，我错了，对不起，我重测。"

李鸢把体温计重新夹回腋下十分钟后，拿出来再看。彭小满说："三十八点二摄氏度，算中热吧？实在不行，我觉得你还是去挂个水？"

李鸢摇摇头，又笑了一下。

"那就，"彭小满把手里的扑热息痛扔给他，"我的床褥都是干净的，吃完药你再睡一会儿吧……如果你还不想回家的话。"

李鸢有点儿生气不假，但没到要难过的矫情份儿上，更多的应该还是进退失据，不知所措。

他很明白，一旦林以雄和李小杏的婚姻关系结束了，各自发展新的家庭关系是必然的，他也一直做着这样一个在夹缝中生存的准备，觉得自己其实应该无所谓。可到这样的结果真的有所预兆且乍现轮廓的时候，李鸢还是很没出息地觉得尤其不舒服。连在李小杏离开林以雄前，他无意瞥见她和马周平超过底线的亲密接触画面，都没觉得这么不舒服。

他真的以为林以雄是一个没有女人爱的烂人，窝囊、拖沓，作为父亲，注定要拖累自己一辈子，自己都已经认命了，结果事情好像又不是这样了。

彭小满去了家里的小天井，不知道折腾什么东西呢，"叮叮当当""稀里哗啦"，恐怕是在爆破核弹，李鸢这么想。他躺上彭小满铺着麻将席的单人小床，感觉凉凉的，然后有点儿局促地把脸贴上了彭小满的田园碎花枕头，结果又闻到了和彭小满的肩膀上一样的透明皂的味道。

那个穿粉衬衣的阿姨，李鸢见过，她丧偶，有一个上小学的小女儿，是青弋街道派出所里做户籍管理与台账的内勤。去年过年的时候，她送给李鸢一件手织的四平针绀色毛衣，因为袖子有点儿短，裸着一截腕子受冻，李鸢一直没穿，扎着袋子塞在林以雄的房间的衣柜里。

天时、地利、人和，全占了，她和林以雄倘若有朝一日走到一起，这结合非但不受任何道德审视，甚至有点儿"兜兜转转'缘'来是你"的真爱画风，是可以大肆昭示，可以告诉别人——我找了大半辈子，这才是我的灵魂缺失的另一半。

不用想他也知道，这个时间、地点，他们在家里能干什么。可李鸢只要一有那样不大上台面的意识，脑海中有那样一点儿模糊的影像，太阳穴就"突突"直跳，他感到焦心、尴尬，烦躁得想站起来骂娘。李鸢翻了个身，滚烫的胳膊搭在了滚烫的眼皮上。

李鸢真的需要开始消化这个事实了，迟早要面对这个结果——他再也没有纯粹、专注且排他的父母与家庭了。这不算痛苦，但真的沉重。

游凯风发来了一条短信，李鸢掏出手机看——"到家没有给我们一帮着急死了没事吧放学我去看看你吧你有没有想吃的东西"！

看来游凯风是真急了，连标点符号都没打，恐怕他是一边防着老师一边躲着赵劲，偷偷摸摸地藏在抽屉肚里发的。李鸢迅速回了短信："别来，没事，明早去上课，睡了，强行'晚安'。"

李鸢把手机撒手一丢，叹了一声。

彭小满兜着半袋碎冰，蹑手蹑脚地凑近李鸢，把冰贴在了他精瘦的脚踝上。李鸢被冰得激灵了一下，撑起上身，下意识地就抬脚横扫过去。

彭小满捧着冰袋子向左蹦："我要不躲快点儿，你这会儿就要在墙上抠我了呗？你反射弧也太——短了。"

李鸢收回脚："我们武林中人都是这种速度，你拿的是什么玩意儿？"

"我跟你打招呼了啊，别蹦。"彭小满扬了扬手里的东西，走过来扳正李鸢的双肩，把他按倒，让他在床上躺平，仿佛预备着要给他做心肺复苏，"冰袋。我觉吃药不太够，你烧得还是有点儿厉害，所以帮你物理降温。"

李鸢自下往上地看彭小满凑近的面庞，看那青白的皮肤下一根根细细的绯红血丝，竟然剔透得像玉石里的天然纹路。彭小满轻轻地扯了扯李鸢的校服领子，露出他一块肩胛至锁骨的皮肤，将冰袋缓慢地敷上去："稍微忍一下吧，不会很冰吧？夏天，爽才对吧？"彭小满对着他笑了笑，露了一下虎牙。

李鸢全程默许，看他又走到床边，关上了摇头扇，拉上了窗帘，遮住了青弋下午四点的灿金色阳光。李鸢在他的声音里，听出了一种温柔的安慰与不可言说的柔软，就像他那天唱的那首歌。

"睡吧，大学霸。"

李鸢这一觉睡得真沉，比被人照着后脑勺抡了一闷棍子还沉，像仰面摔进了海里，顺着洋流在海面中央漂荡，人喝饱了水，继而徐徐下沉，一刻不停地陷落，隐没了光影明暗，直至掉进连时光至此也停止了运转的海沟里，仿佛那就是人世的深蓝色的尽头，不醒来，就是死去了。年少时，丰盛奢侈而过犹不及的矫情遐想，得以在梦境中实现。

可事不遂人愿，中途总有一些可爱到有些古怪的海鱼前来亲吻他的四肢，温和无害地叨扰他。李鸢半梦半醒之间，察觉出彭小满至少往他身上盖了三条夏凉被，换了两次冰袋，重测了一次体温，强行把他拽起来喂了两次水。

彭小满其实是后来听他有点儿咳嗽，气管里仿佛有"沙沙"声响，才去拿奶奶熬的枇杷露兑了一杯温水，拿小铁勺给他喂了几口，想着也许能缓解些肺热，他不要烧得脱水才好。喂第三次的时候，李鸢动了动胳膊，彻底醒了，发觉对面坐着的人是彭小满的奶奶，李鸢嘴里的一口水猛呛进了肺里，而后剧烈地咳嗽起来。

"哎哟，没事吧？"奶奶赶紧放下手里的水杯和小勺，伸手边拍李鸢的后背，边回头冲着门外喊："小满，快拿一条干毛巾来。"

彭小满活像舞台上的二人转演员，转手绢似的转着毛巾进了屋，嘴里叼着一只香糟鸭掌："我就说他得被你吓到，你不信。你们现在看上去就是武大郎和王婆。"

奶奶站起来照着彭小满的脑门儿上就是一记手刀："是，我就是一个毒老太太！你给他擦一下，我去看看锅里的卤肘子熟了没。"说完她"噔噔噔"地出了屋子。

李鸢差点儿咳出半叶肺，好不容易才止住了："几个意思？"

"她喜欢你、心疼你呗，说我毛手毛脚喂不好水，非得她亲自来，结果玩儿脱了，跑路了。"彭小满把鸭掌里的脆骨嚼得"嘎吱嘎吱"响，张开右手亮给他看，"来验一验，我手上没有油啊。"

他凑过去，将手心完整地贴上了李鸢的额头，按了一会儿，又翻过手心将手背贴上去。李鸢的视线游移向窗外，窗帘拉开了半片，天色暗了，宿鸟归巢。

"恭喜少侠。"彭小满收回手抱拳，"已然痊愈了。"

彭小满家里满是柔情的烟火味，他家至今用的还是瓦数极低的老式挂扣灯，把人照得浑身是暖色，留下错落的狭长阴影。堵在李鸢脑子里一天的如同棉花絮似的琐碎无序的东西，被一觉冲净了一半，他恢复了敏锐的外界感知力后的第一反应就是饿，非常饿，感觉能吃下一头大老牛。

李鸢显然赚了，彭小满的奶奶做了冰糖肘子。

彭小满家夏天吃饭的时候就在天井下搭一张矮脚方桌，周围码几个小马扎，就着一点儿剩余的天光，点着一盘蚊香。李鸢往里走，抬头看才发现这块不足四五平方米的狭窄地方，竟还种着一棵羽状复叶的香椿树苗。树苗高度和成年人身高差不多，顶尖嫩且泛红，略有香气，被驯服了似的拘谨地生长。彭小满从对面昏黄的小厨房里端着盘子出来，就像从可供消磨的梦境里出来，留下了可溯洄从之的行迹。

"来，小鸢尝尝咸淡。"彭小满的奶奶拆分了肘子，夹了连皮带肉、红棕发亮的硕大一块进李鸢的碗里，霎时间就把碗里的白饭给盖满了，"我老太太是青北的，做肘子都是偏甜口，冰糖放得多，不知道你吃不吃得惯啊？"

彭小满把胳膊肘搭在方桌上，手托着下巴，叼着筷子头，看着李鸢左手拿筷，文雅地夹了小半口肉进嘴，心说：你装什么优雅矜持？

"怎么样？"奶奶又给李鸢舀了半碗蘑菇汤。

"很好吃。"冰糖肘子甜咸适口，入口即化，丝毫不腻。李鸢点点头，不夸张地简洁称赞，令人听起来觉得他分外真诚："我以前吃过的，都没您做的好吃。"

奶奶相当受用，当即乐成一朵洛阳牡丹。

夏天的三餐对李鸢来说，无比好打发。在校，轮番吃煎饼馃子和食堂的饭菜；在家，半锅清水煮上半筒挂面，丢几根小油菜进锅里，煮熟就算齐活；速冻的东西也很方便，馄饨、饺子、面片或是汤圆，拆小半袋，丢进锅里煮熟就行；或者干脆就是点外卖。李小杏不在，李鸢跟着林以雄过日子，已经可以不考虑食物的味道好坏与温度了，活糙了，免去了劳神费力的生存末节，需求就变得简省而单一了。

李鸢还一直以为，自己对吃是没有太多兴趣的，可是想想又觉得不合理——谁能不喜欢好吃的东西？至多是没有到非吃不可的程度。其实事情只在于，眼前的饭菜是否有那样可投递的情绪寄存，是否有非字面意义上的那种温度。

彭小满席间三番五次地想夹肘子，都被奶奶无情地一筷子打掉，一顿饭下来，彭小满差点儿被她老人家废掉右手。第四次夹取肘子失败，彭小满一放筷子立刻垮脸："我就尝一口还不行吗？一点儿，就一点儿，不要肥的光要瘦的。"

"五只糟鸭掌全让你啃了还不够？半点儿也不行，不听医嘱怎么回事？"彭小满的奶奶边说边给李鸢夹肘子，"小鸢，能吃就都吃掉，别给他留，我看他是馋成虫子了。"

"他也才退烧，吃太荤的东西不好！"

彭小满的奶奶毫不在乎，跟听了一个笑话似的："哪个说的？鬼扯呢。人家小鸢身强体壮那么高的个子，就非得是吃肉才好，哪像你，多愁多病的哟，你是绛珠仙草林黛玉？腰上挂一条钓鱼线，风大了能把你当风筝放吧？"

彭小满登时怀疑起了血统问题，皱眉问："我是您的亲孙子吗？"

"问你爸去，反正你爸是我的亲儿子。"奶奶笑眯眯地耸肩，"你是不是亲的，我倒真不敢拍着胸脯子确定，你爸说了，我也就信了。"

彭小满认尿，低头喝汤："行吧，当我没问。"

李鸢边喝汤边乐，被彭小满听到了他的笑声。

"开心吗？"

"不开心。"李鸢摇了摇头。

"好笑吗？"

"还行。"

彭小满冲他吐舌头。

饭后，李鸢帮着收拾碗筷，彭小满的奶奶死活不让，端着一摞脏饭碗把两个人往屋里赶："去，去，去，洗个手去屋里待着，要么看看书，要么聊聊天，别在这儿占地方。去，等一下我给你们洗桃子，青北的脆桃，特别甜。"

两个人作罢，屋里到底还是闷，彭小满便走到树下，贼兮兮地向李鸢招了招手。李鸢不知他何意，不说话也不动，看他在香椿树上一阵摸索，像是触到了什么隐匿着的细小开关，"啪"的一声，香椿树上立即亮起了一串绞绕至树梢的装饰灯。无数星形的小灯泡连成长长的一串，不甚明亮，装饰意义大过了照明意义。

"我就说你有一个公主梦。"

"也不是，我就是偶然觉得，这树光秃秃的不太好看，才买了一串灯弄上。"彭小满仰头，看着香椿的枝叶，"还挺神奇的，天黑的时候盯着这些灯看一会儿，就还觉得心里暖乎乎的，挺有节日气氛的，感觉天天都是圣诞节。怎么样，你觉得呢？"

李鸢走过去，摸了摸其中的一颗小星星灯。也不知道是什么鬼批发市场的质量，才点亮这么短短一刻，灯泡就有些发烫了，他说道："我觉得挺晃眼。"

"咝。"彭小满摇头，哀其不幸，"你也忒无趣了，心疼你三秒钟。"

李鸢听了笑，毫不否认。

"我今天……"

"你今天……"

两个人几乎是同时说出口，话头倏地撞到了一起，双方皆陡然停下，看着对方。

"你高你先说。"彭小满随嘴扯了个四六不通的由头。

"我今天也是赶巧，不小心让你看见的，其实没有什么解释的必要，因为是我家的私事，我不说，也是怕你会胡思乱想脑补些什么鬼，反而不太好。"李鸢把右手揣进兜，咬着左手的食指关节，"我爸妈早离婚了，这是大前提。"

"嗯。"彭小满点点头，觉得这件事稀松平常，并不惊讶。

"我不知道你一开始是怎么以为的，但我猜肯定不怎么好，至少也是一出乱七八糟的家庭伦理剧。"李鸢漫无目的地兜了半个圈子，"我今天其实不该在你面前有那个反应的，但到底……我年龄还比较小，没办法像大人那样把情绪控制得那么好，其实你看到的情况没有错，是我心理有问题。"

彭小满鬼使神差地伸出手，摸了摸李鸢比他高不少的脑袋，蓬松发质的顺滑却略硬的触感，沿着掌心漫开。李鸢愣了，彭小满也愣了。

"拿我当小孩儿吗？"李鸢宽恕彭小满的一时造次、举动逾矩，但也不躲开，反而低下头来冲他笑，看着灯串的光在他脸上映下了不规则的光斑。

"不敢，我是一时兴起了。"彭小满有些悻悻地收回手，环起臂来，"所以，你希望我怎么看待你？你要我怎么想，我就怎么想。"

李鸢顿了顿："我希望你像看待正常人一样看待我。"

"说得好像你很不正常一样。"彭小满啼笑皆非，嫌他矫枉过正。

"可能吧，夸张了，但我想表达的是这么个意思。"李鸢眨了一下眼，"不知道你懂不懂？"

"懂，"彭小满打了一个响指，"放心，我真的懂。"

这个"懂"字，有几分应激性，又有几分由衷的可信度，李鸢暂时不想。往往抛出问题的人，求的就是聊作安慰的认同，背后的深层含义不需去想，目的只在于答案本身。他希望自己心中的某一处，和彭小满有神异的共通与同理性，不问为什么。

李鸢看到天井拐角摆着彭小满的"岁月静好"："你彻底不骑自行车了？"

"看情况吧。"彭小满朝角落看了看，"来不及的时候还是会骑，但我奶奶现在基本上要求我挤公交车了，还能逼着我早起一会儿呢，不至于太懒。"

"我明天在巷口等你，六点二十分，行吗？"

彭小满盯着他："啊？"

隔天彭小满又要早起，奶奶也跟着受累。她匆匆忙忙地漱了口，戴上发箍，在睡衣外头套着一件碎花小马甲，蹲在小厨房里替彭小满张罗早饭。彭小满有时候也挺过意不去，可看她就乐意早起陪着的高兴模样，又舍不得开口对她说：我其实吃不吃早饭都行，您没必要。他猜奶奶最怕的，一定就是被否认价值。

湿度的缘由，夏天的筑家塘偶尔也会有雾，蒙蒙一片的灰白色雾气被挂口灯灯光染成阴天似的柔软昏黄。彭小满刚走出里巷，就看见李鸢正等在路口，左脚支地骑在他那辆自行车上，正望着头顶那株顶冠硕大的合欢树。他人高，长得好，这便能算上一景，描摹勾线，赏心悦目。

让彭小满掉下巴的事，是李鸢给他的亮红色自行车安了一个后座。

"你也走田园小清新的路子了？"彭小满挑眉，"有一种……愣给钢铁侠扎了一条小马尾巴的感觉。"

"我一个'漫威'粉听了没横劈了你，算我顾及同窗之情。"李鸢掉转车头，体热转成肺热，虽然不烧了，但有点儿咳，"上来吧，老班今天看早读。"

"你真要车接车送啊？"彭小满特不信地朝他笑，站着不动。

"不上你就去坐 12 路，反正一会儿一趟。"李鸢转过头来，"不过我得告诉你，临泉路下个星期就全线封路了，我猜交通局又得重新规划线路，山水迢迢再绕个远，搞不好你得四点起。"

李鸢拨铃，响起一串清越的脆响，他清了清干痒的喉咙："给你三秒，不上来我就走了，一，二——"

"三！"

彭小满替他说了，背着书包蹦上了后座抱上他的腰，小声喊了一句"驾"。李鸢懒得跟他计较，笑了笑，摆正车把，弓身施力踩下踏板，车身晃悠了两下，继而安稳地向前驶去。其实，直到彭小满轻轻地揪住了他的校服衣摆，李鸢才突然有了意识，意识到四季更替，他始终要一个人走过的这条短小路途，突然有了另外一人参与。

本来毫无意义的事情，居然也突然因此变得不同。李鸢听到他好像又在哼歌，忍不住去仔细听，分辨出来是《晴天》。

第八章

学霸晚安

六月的青弋，雨水比往年要更多，按老人们常挂在嘴边的青南俗语来说，叫"云绞云，雨淋淋"。"鹭高"高二各学科进入期末复习的末尾阶段，作业量犹如乌南江的水平面，逐日暴涨，多到吐血。芒种一过，高三的最终大战也是转瞬就在眼前。

高三学生撕书的那天，校里领导相当开明，睁一只眼闭一只眼，只给立了一条小规矩："撕可以，扔随便，但记得放学留下来打扫卫生。另外注意，别一激动把老师和同学扔到楼下去就行。"

到底是信了学生的邪。得亏是投影仪和黑板是钉在墙上抠不下来的，要不那天也得被一并扔到楼下去。

在那天傍晚，晚自习开始前的第二教学楼，一至五楼的回廊里黑压压地站满了凑热闹的学生，众人皆抬头仰望着头顶上方，等着这群整天神龙见首不见尾的学姐和学长被放虎出笼，开始最后的狂欢。不知是哪一个男生，双手围在嘴边冲对面楼撕心裂肺地吼了一句"action"（开始），等同于一声令下，伴随着霎时间沸反盈天的尖叫与欢呼声，万箭齐发。

彼时李鸢正遵老班之命，教彭小满写着一道立体几何题，憋出了一肚子不开心的情绪。自己压根儿就不是一个会给人说题的人，李鸢心说：老班教书这么多年怎么就不明白呢？数学这种东西，分明只可意会不可言传，全靠开窍，满级大神带一个刚注册账号的小垃圾，境界都不在同一档次，怎么教？

"这个要画辅助线，懂吗？"李鸢敲敲那个线条驳杂堪比立交桥的立体三棱锥，还算有耐心。

"懂。"彭小满咬着笔头猛点头。

"懂的话你做，我看着。"

"嗯……"

他懂个毛毛球。

"看着。"李鸢信手扯过他的那张白卷，在纸上画了两条射线，学霸画的辅助线都精准、潇洒且无比好看，"延长线段 MN、CD 交于点 E，能使线段 NE 成为线段 CE 在平面 AMN 内的射影，这样你才可以根据已知条件求证线段 EN 垂直于线段 PN，最后得到题目最终要的结果，这是总体思路。"

彭小满的脑子还挺好使，他立刻明白过来，对着李鸢做恍然惊叹状。

"少来。"李鸢嘲讽道，"这是基础中的基础。"

"你不要拿你们学霸的基础来要求我。"彭小满垮着脸。

"这不是我的基础，这是高考的基础。"

游凯风坐在前面，听了十分不乐意。他转过身用钢笔的笔尖指着李鸢的喉结下方一寸的位置："哎，你当年给我讲题的时候怎么不见你讲得这么详细呢？多说两个字就跟要了你的命似的！你是不是看人下菜碟？"

游凯风一直喜欢用钢笔，还是德国某名牌的各种限量版，装备顶天，可他的字依旧奇丑无比，简直是在侮辱那笔的颜值。但他乐意，三天一换款式，万恶的资本家做派。

李鸢挥开他的笔尖，不咸不淡地说道："毕竟彭小满的数学如果算是正常人里的跛脚，那你的数学就是跛脚上的鸡眼。"

"你！"

游凯风双手并在李鸢眼前比了一个国际通用友好手势，缑钟齐和周以庆听了这话，在后面一排笑得人仰马翻。

彭小满在旁边给他伸手比赞："少侠骂人很厉害嘛，双杀，我不仔细听都听不出来你在损我呢。"

缑钟齐摘了眼镜，接过周以庆递上来的餐巾纸，擦了擦眼角笑出的泪，问游凯风："老班不也给你安排了一个大神吗？数学也没比李鸢差多少。"

"谁啊？你说那个姓赵的家伙？"赵劲去食堂吃晚饭还没回来，椅子空着，游凯风便特别脚欠地把腿跷上去，"你可拉倒吧。"

游凯风往赵劲桌子上指了指："你看看，看看！长眼的人还看不见吗？书堆得跟小碉堡一样，我跟他坐一桌，他愣能给我弄出一个包间来！讲题？扯呢，上课的时候我能瞧见他的头在哪儿就不错了，大哥！他防我跟游击队防鬼子一样好不好？"

李鸢听他这么说，挑眉："那你真倒不如坐到讲台边上去，夏天通风，冬天醒脑。"

"我不！"游凯风朝李鸢噘嘴，扭动着一身雪花肉，极其油腻、辣眼地说，"人家就要跟你坐在一块儿！"

周围一圈人连忙侧过头，很给面子地伴装着剧烈地干呕。

彭小满听陆清远突然在班里站起来，指着窗外喊了一嗓子："哎，撕了，撕了，撕了！"他顺着陆清远指的方向望出去，见先是雪白几片纸，慢慢悠悠地打着旋儿，不慌不忙地试探性地降落下去，不过转眼两三秒，"雪"量便剧增，漫天细碎的纸张疯狂落下，近乎就是一场六月里的鹅毛大雪。

高二（2）班的一帮人也不知道跟着瞎激动什么，教室里立刻炸开锅了，大家纷纷放下水笔和教辅书，"嗷嗷"叫唤着拥向门外的走廊。陆清远和游凯风凑热闹一贯打头阵，彭小满抬脚大跨步跳出座位紧跟其后，回过头见李鸢坐着不动，就伸手抓他的胳膊，连拉带拽地把他往外拖："就你会装。"

那真是一场漫天好"雪"。

彭小满挤在走廊里外三层的学生里，踮着脚也才勉强露出半个脑袋。

三面教学楼，一面的缺口，形成一个穴状的空间，从远处吹来的晚风始终有乌南江的湿润水汽，浸泡着自上落下的纸张。

傍晚天际的最后一幕暖色被云翳抹平，那样滚烫的温度，仿佛正被另一种更热烈的方式继承。高三的学生们边撕边喊，群魔乱舞，几乎让人无法相信他们喊的其实是一个口号："我心豪迈，永不言败。"

校方适时打开了东面教学楼"明理笃学"的校训铜字下的LED显示屏，一阵短暂的蜂鸣声与蓝屏后，校园内响起《倔强》的前奏，将一校师生的欢呼声推向了高潮。

学校领导其实很懂学生们的心情，也很会煽情。

彭小满始终觉得这个歌手的唱功不好，跟他一样，唱高音总是气短，飙不上去，像需要谁在他背后掐他一把似的。但好像也正是因为歌手的那点儿力不从心，让所有歌迷都能在他的歌声里感悟到一种一往无前的竭尽全力与永不言弃的劲儿，这首歌里的情绪契合当下，让人指尖发胀，让人动容。

原本只是零星一些人跟唱，副歌过半，演变成全校合唱。

当彭小满意识到湿润的晚风吹进眼里的时候，已经来不及了，他被挤在一簇簇学生当中，面朝前方，只那么眨了一下眼，眼泪就掉了下来。

彭小满都不知道自己为什么会哭，是琼瑶剧看多了吗？！

他哭个毛毛球啊？！

他有点儿慌，吸了吸鼻子，不知道谁在自己身后，不知道自己这么转过身去会不会吓到别人，坏了热烈的气氛，引起周围人的侧目。他突然感受到许久不曾有过的惶恐与无措，连忙抬起手背擦掉一滴眼泪，立马又掉落新的一滴。

李鸢一直站在他的身后，兴致缺缺地看着被撕碎的纸张自眼前飘落，有一搭没一搭地听彭小满跟着小声唱《倔强》。他的声音沙沙的、闷闷的，又意外地有金属质感，故而在和声之中独树一帜，分外吸引人。可没一会儿就听不见他的声音了，李鸢看过去，发觉他正低着头，本来就不高，这会儿弓着背，显得更加瘦小。李鸢忍不住凑过去看，下巴搭在他的肩上。

"我说，"李鸢看见他湿漉漉的手背，愣了，"你——"

彭小满知道后面是李鸢，立刻握住了他搭在腿边的手腕，紧握着不放。

"你怎么在哭？"第一次这么近距离地看他流眼泪，李鸢自己都没意识到话里的温柔语气，完全不像他。他下意识地靠得更近些，自然而然地遮住了旁人的视线，俯下身笑："这就感动了？你是小孩儿吗？"

"我有少女心，行不行？"彭小满眼圈红红的，还在不断地擦眼泪。

李鸢突然有点儿不忍心了："我进去给你拿点儿纸吧，少女，你这样容易得沙眼。"

彭小满抓着他的手不放，像是怕他跑了。

"撒手啊，少女？"李鸢也不挣脱，似笑非笑地说。

"你先别走。"彭小满忍不住又擤了擤鼻子，惶惶然地抬头看着李鸢，有点儿局促地笑着，"怎……怎么办？我特别怕被别人看见我哭的样子，我现在……哎，太丢人了。"

"你当谁有工夫笑话你？"

"这不是笑不笑话的事，这是——"彭小满生憋了半天，"这是男性尊严的问题！"

李鸢当即笑出了声音，很不给他男性尊严。

彭小满正不知如何是好的时候，李鸢二话不说一记锁喉揽住了他的脖子，带着他原地转了四十五度从前后夹击的人群中脱困，用右手捂住了彭小满湿润的眼，朝回廊尽头的楼梯口走去。

彭小满动了动眼皮，感觉到眼睛上覆着一道不甚平整的条状物，疑惑了两三秒，才想起来这是李鸢手上的那道口子，前天才去那家小门诊拆了线，留了一条崭新的瘢疤。彭小满过意不去，李鸢倒一点儿也不在乎，说反正是手心，一握就看不见了。

李鸢的手掌几乎能盖住彭小满的半张脸，不知道该说他手大，还是对方脸小。彭小满只剩嘴巴和鼻尖暴露在空气中，好比天黑了抓瞎，被李鸢夹在腋下跟跄着向前走。

"你就不能温柔点儿吗？也太粗暴了！"彭小满掰他的胳膊，被硌得锁骨生疼不说，腰也直不了。

"不能，"李鸢兴起，左手比支"左轮枪"，食指指尖轻轻地抵住了彭小满的左太阳穴，"老实点儿。"

"你也是个戏精。"彭小满遵守"人质"本分，立刻不动了。

李鸢收"枪"："比不过你，戏精大学保送研究生。"

游凯风低头，看赵劲那小子居然跑楼底下拣教辅书去了，正要阴阳怪气地嘲讽他，扭头见李鸢夹着彭小满跑远了，忙喊："你们去哪儿啊？"

"厕所。"

"等我，我也去！"

李鸢抬手朝他摇了摇："体重超一百八十斤的人不配和我们上同一个厕所。"

"你过来，我废了你！"游凯风骂道。

　　到了厕所李鸢才撒手，扔包袱似的把彭小满往洗手槽边一丢，背过身去了小便池边。彭小满的眼睛被他按了一路，这会儿睁开眼全是雪花点。他撑着水池缓了半晌，继而声音响亮地吸了一下鼻子："我要是盲了，就是被你按的。"

　　"盲了挺好啊。"李鸢拉上拉链锁，说话的声音致使厕所里的声控灯亮了起来，"你看阿炳、鉴真、贝多芬、海伦·凯勒、欧拉、荷马，全是大师，全是盲的。"

　　"你怎么记得这么顺溜？"彭小满揉眼，服了，"你是不是没事就上网找一些什么盲人大师的资料看，攒一起背着玩？"

　　"周玉梅给你整理的应试作文素材你没背吗？什么身残志坚的、英勇就义的、高风亮节的，外加今年感动全国的十大人物，她全归纳好了，写大作文的时候直接往上套。"

　　"那明年感动全国的十大人物怎么办？"

　　"再换。"

　　"什么样的，我怎么……一点儿印象也没有？"

　　"上星期跟语文试卷一块儿发下来的那沓 A4 纸。"李鸢用手比了一个几毫米的宽度，"差不多二十张的样子，上面印了'宝典'两个字。"

　　彭小满一拍大腿："我好像在上面写了'葵花'两个字之后给扔了！"

　　"那你接着哭吧。"李鸢受不了他一直揉眼，眼圈红成一只兔子还在那儿不停地揉，伸手拽他的胳膊，"你这样真的会得沙眼。"

　　彭小满躲开："你上完厕所洗手了吗，哥？"

　　这就叫卸磨杀驴、过河拆桥。李鸢被彭小满说得太阳穴一跳，心说：你要是游凯风，这手这会儿就直接塞进你的嘴里了。

　　彭小满突然盯着李鸢的校服衣领子看，过后指了指："希望你息怒。"

　　李鸢低头一看，自己的衣领处洇开一团蓝黑色的墨渍。

　　游凯风那笔漏水，什么质量！不是说好的是德国进口笔吗？

　　"我息怒。"李鸢抬手脱掉了上衣，"那也得是我回去废了他的两条胳膊以后。"

　　彭小满看他光着上身站在水槽前，拧开水龙头冲洗着衣领，分外贴心地抬脚踢上了门，防着路过的哪个纯情少女无意窥见，吓破了胆。

　　"少侠真豪迈，也真不拿我当外人。"

李鸢的腰背颀长精瘦，胸膛很平，锁骨像姑娘，雕琢得很精美，是刚好的亚洲青少年身材，算高出平均水准两到三分，能坦坦荡荡地露给别人看，不至于肚子上一坨、腰上两股没处藏。

"你的手现在能这样沾水吗？"彭小满见淡蓝色的水从李鸢不断搓动的指缝里淌下来，积在了雪白的水槽底。

"可以吧，反正不疼。"

"拆线以后医生肯定建议你两到三天内不要碰水，我比较有经验。"彭小满推他，接过他的衣服，"你让开。"

李鸢不撒手："你会洗吗？"

"小瞧我是吧？"彭小满愣是把衣服扯过来，拧小了水龙头，"我承认我现在的确四体不勤，是被我奶奶惯的，但我在云古一直是住校的。"

"寄宿学校不都有投币洗衣机吗？"

彭小满"嗯"了一声，在细细的水流下，高频地搓动着那一块洇开的墨渍，手法娴熟："我不用洗衣机，因为他们连臭袜子和内裤都放里面一块儿绞，谁看了还能洗得下去啊？"

"我能。"反正谁也没比谁干净到哪儿去。

"你那样会得病。"

彭小满在水池边笑，听李鸢在隔间里说话，声音会有轻轻的回响，震动着光线下浮动的尘屑。

彭小满其实不是在抱怨，更不是在诉苦，只是当下想到了那么一件遗落在记忆里的细碎小事，就和李鸢说了："哎，我突然想起来我高一下学期的时候，也被人搞过一身的墨水。我穿白衣服，他那还是红墨水，弄了我一背。我也不知道，是大课间的时候才有人告诉我的，结果已经全洇开了，看着就跟我被谁从背后砍了两刀似的，回头率特别高。"

李鸢在隔间里面乐，乐完又咳了两声："这人是拿你的后背打草稿了吗？"

"那他倒不敢。"彭小满把洇上墨渍的布料在掌心铺平，颜色已经很淡了，但还是能看清一团淡蓝色的痕迹，"他是在我后面甩笔甩的。"

"这人玩射击游戏挺厉害吧，甩那么准？"

"他本来就是故意瞄准我甩的。"

李鸢听了没说话。

彭小满过了一会儿又觉得说得不对，补充道："应该说他甩第一下的时候应该不是故意的，后面几下，可能就是故意的。"

李鸢过了许久才问他："因为你长得好看？"

彭小满呛了一口，过后"咯咯"直乐，立即点头："对，真聪明，因为我长得好看！"

李鸢推开隔间的门，看见彭小满投在墙壁上的侧影，几乎只有他的一半。

那晚，高三的学生们撕了将近几百斤的学案和教辅书，在教学楼下的小广场上，纸片如瑞雪一般铺满了厚厚的洁白一层。到最后大家全撕兴奋了，其阵势堪比起义造反，黑板擦、洗脸盆、笤帚、簸箕、小水桶，"噼里啪啦"地全趁乱扔到楼下了。不过乐极生悲，高三（4）班的一个男生扔下去的一个破铁盆忒不开眼，"咣当"一声，砸凹了一位女老师的黑色小轿车。

调监控，该谁谁，考上顶尖大学的人也得赔。

所以李鸢毕业那年学校领导不让撕书，毫不通融，派了四名保安看守楼梯口，严阵以待不让学生上楼，起因正是在此。

青弋这年高二的期末考试，是江南七校联考，听着就跟江南七怪似的。而所谓江南七校，是指以乌南江为界的青南七校，其中包括鹭洲中学与青弋第八中学这对儿命中宿敌。于是老班俨然将这次考试的个人成绩问题上升到集体问题的高度，耳提面命，谆谆告诫——谁要是这次考不过"青八"，丢了"鹭高"的脸，我放过你，教导主任也不会放过你，他那儿有好茶，就等着你去品呢。

被他这么一说，教导主任的脸便乍然浮现在大家的眼前，疾风骤雨，堪比叫唤着阿瓦达索命的伏地魔；或是电影里的黑帮老大，留着锃光瓦亮的三七分发型，穿着气质如兰的小唐装，一只手拿着紫砂壶，一只手握着龙凤掐丝珐琅保健球，低头笑眯眯地问你话。你这边脑袋别在裤腰带上，瑟瑟发抖，一句话没答，他身后的保镖就会冲着你掏枪。

自古以来，学生见了教导主任就是耗子见猫、吕洞宾见狗，也不知道是什么传统。

学生们的学号被打散，考前随机分座位，几家欢喜几家愁：陆清远运气爆炸也不知祖上积了什么大德，前座是缑钟齐，后座是续铭，两个学神前后护体。这等顶天的运气，好险没把一分就被分去了十六考场、孤苦伶仃的游凯风的鼻子气歪，他就差上讲台揪着老班的衣领子骂了——哎，你们这是拿扑克牌抽的号吧？谁洗的牌啊？还没洗开呢吧？

李鸢和周以庆同是第二考场，李鸢不幸"中弹"，坐在第一排，得和监考老师脸对脸。他其实对坐在哪个位置考根本没讲究，但就怕被分到不让提前交卷的监考老师手中，考到最后无聊得恨不能画一幅连环画不说，动辄得被监考老师训话。

李鸢侧过头看彭小满的准考证，蠢到原地飞起的一张入学证件照边写着"第八考场"。

"第八考场是魏玉珠监考。"李鸢提醒他。

"谁？"后知后觉的彭小满猛地盖上那张丑照，不认识李鸢嘴里说的这人，"魏玉珠是谁？"

"高二文科的一个地理女老师，很强势，喜欢把钥匙别在裤腰带上，绰号：科尔沁鹰眼。"

彭小满瞪着眼。

"奉劝你别搞小动作。"李鸢折起准考证，装进书包的侧袋里，"她监考的考场，作弊失误率达百分之九十八，她是真的会把你骂到坐在地上哭的那种人。"

尤其是你这种身娇体软的小哭包。这话李鸢没说。

"我心脏不好能申请缓考吗？"

"不能。"

"你说我这次数学要是再考四十几分，老班会撸了我这个数学课代表吗？"

"不会。"

"为什么？"

"反讽。"

彭小满"嗷呜"一声扑倒在桌子上，李鸢笑得不能自已。

云古一高，大考素来以严格闻名。书包禁止携带，水杯禁止携带，电子产品更是禁止携带，考场的电子眼全程三百六十度无死角监控。考生进考场前，老师会用安检仪从头到脚把考生扫一遍，若是"嘀嘀"作响了，你得乖乖向监考组长解释，是你内衣扣子的原因，还是你裤子拉锁的原因。

彭小满一直以为，在"鹭高"的期末考试铁定就跟在自家小天井里边抠脚边写作业一样，论严哪儿严得过云古一高的那帮人？

可遇到了"科尔沁鹰眼"，他才明白，太美的承诺是因为太年轻。

魏玉珠倒是不矮，看起来一米七多，且扎着大光明高马尾辫，鼻梁上架着一副椭圆片的眼镜，精气神十足。和电影明星一样的一对大欧式双眼皮下，一双眼珠子精光四射滴溜儿乱转，人还像小陀螺似的在考场里来回转悠，整两个小时一刻不歇。彭小满都快看吐了，怀疑这位大姐的耐力是不是从部队里训练出来的，而且他一碰上她那深沉且锐利的眼神，就觉得自己被当众扒了个精光。他胆小，裤兜里揣了一张写着几句古诗词的"小豆腐干"，藏在屁股底下坐软了也没敢掏出来。

倒是一位仁兄胆儿肥，在"鹰眼"的鼻子尖底下乱传答题卡，手还没来得及缩回来呢，下一秒就被魏玉珠逮了个正着，收卷、判零分、请出考场，一套动作行云流水。过后，魏玉珠端着保温杯面不改色地喝了一口茶水，目光向下审视一圈，那意思就是——我看哪个人还敢？

不敢，不敢。彭小满之后两场考试头都没抬。

数学那场，彭小满是倒数第三个出考场的，另外两个人一看就是高级学霸。他是因为不会写，就打算在答卷时长上面死磕，好像自己在考场里多憋十几分钟，就能生憋出三四分似的。等他堵住满脑袋方程、数列、不等式，交上那张涂涂抹抹改得乱七八糟的答题卡，走出考场的时候，太阳儿近下山了。

李鸢在等他，和緱钟齐、续铭头挤头地倚着围栏挤在一块儿。

夕阳下，李鸢一脸的"爷等得很烦"的表情："我以为你被魏玉珠点穴了。"

"嗯。"彭小满一出来，便飞快地把屁兜里的小字条揉成一团，丢进门口的垃圾箱，"她看我一眼跟点穴也差不多了。人类再一次回想起了被电子眼支配的恐惧。"

"就说你要被吓漏尿。"李鸢往教室里看了一眼，"'鹰眼'是'鹭高'传奇，来'鹭高'教书之前是边境那边部队上的，玩真枪的那种。"

"我的天！我就说她有部队背景吧！考场视察还带走正步的！"彭小满想大声说

话又不敢，强自压低音量，"话说咱们学校的师资团队怎么卧虎藏龙的？不是有家族企业的就是有部队背景？"

续铭拿着一张 A4 纸，持续状况外，末了突然一拍大腿根，奔拉着眼皮转头问缑钟齐和李鸢："你们两个把数学选择题的答案再报一遍我听听，我刚才没听清楚。"

李鸢："ACBAD，CCDBA。"

缑钟齐："ACBCD，CCDBB。"

"学霸对答案能不能别让学渣听见？！"彭小满浑身一抖，好似白日见鬼，抱着书包捂着耳朵就蹦远了。

李鸢有点儿习惯在载彭小满上学或回家的路上，分享他的一只耳机了。

彭小满的耳机是动圈耳机，官网报价一千一百元，李鸢一开始听他说了价格，张口就打算回"你是脑子不好吗？"，转念一想自己在游戏里买'皮肤'和'装备'白花的钱，也就生生咽了这话——价值观不同，谁也别说谁。

彭小满听的音乐类型很杂，音乐播放器在他的手里，李鸢自然也预测不到下一首歌是什么，有可能上一首还是欧美摇滚乐，下一首就跳到了日韩的流行歌曲，又或者上一首还是嘻哈，下一首就成了"我有一只仙女棒，变大变小变漂亮"，非不按剧本来。

不过李鸢承认，他听歌的品位挺高的，而且每一首都能跟着唱，有的比原唱唱得还好。

彭小满换了一首歌，说："我躲迟了，其实我全都听见了。"

歌手的声音有魔力，即便开腔只哼一个音节，也叫人鸡皮疙瘩乍起。李鸢右手放开车把，向前扯了扯连着彭小满那只耳机的耳机线，把耳机往耳道深处顶了顶："听见什么了？"

"你和缑钟齐报的答案，我就很贱地忍不住对了一下！"彭小满的声音有三分颤抖，"我有六个答案跟你的不一样！我真……六六六。"

李鸢了然地点头，过后云淡风轻地张嘴补刀："我其实强在大题方面，老缑的选择题和填空题基本不丢分。"

彭小满话里的颤抖陡然添到六分："那就是七个。"

李鸢在前座笑开，笑容十分灿烂："少侠的命中率很高啊，总共就十道题。"

"心好累，"彭小满几欲以头凿墙，心说这次又是四十多分没跑了，搞不好又得刷新历史新低，忍不住咬牙切齿地说道："下次考完再对答案，我生儿子没腚眼儿。"

李鸢想说：你自己造孽凭什么叫你儿子没腚眼儿？只是这句话还没来得及说出口，他就觉得脊背一阵温热，像正被什么东西轻巧而不失力度地抵着。或是手掌或是脸颊，李鸢迎风思索了一阵才想明白，应该是彭小满的额头。

那必须是一种示弱的姿势，下意识、不自知，好比"努努"会在睡梦里抱住自己的胳膊不放，李鸢擅自为它赋予含义。不知道这人这一刻是什么样子，是皱着眉毛，还是耷着眼皮，他边这么想，边背过手去摸索一阵，在那颗毛茸茸的后脑勺上按了一下，算是不甚细致的潦草安抚动作。

行人来往，路上亮灯，外围的光线淡淡的，自行车的直行轨迹串起间隔着一段距离、印在柏油路上的大团光晕。耳机里歌手顿在唱："I've become so tired so much more aware.（我已经身心疲惫，灵魂却骤然觉醒。）"

车子驶到筑家塘，李鸢一个急停刹了车，彭小满重心向前去，一下抱住了李鸢的腰。李鸢一脚支地，车子重心向右倾去，彭小满便忙脚掌落地，刚想问"你是轧着猫了还是撞着鬼了"，李鸢就回头了，神色不明，语调如常地说："你先下来，我有点儿事。"

彭小满蹦下后座，朝前望去，谁也没有。

李鸢揽了揽肩上的背带："明早还是七点半，门口，别忘记带准考证。"

彭小满见他只字不提，便也不问，比了一个"OK"的手势，又闹着玩儿地送了一个飞吻，笑道："学霸晚安。"

等李鸢看他脚欠地踢飞一只易拉罐，进了里巷，周文才起身，从拐角黑黢黢的墙根阴暗处走出来，将金发推平染成闷青色，戴着"叮叮当当"响的一串耳饰，笑起来牙箍闪闪，满脸是血。李鸢看他手插兜溜达过来的样子就觉得脑门青筋"突突"直跳，周文又极不开眼，胳膊往他肩上一搭，顺着法令纹蜿蜒而下的鼻血滴在了李鸢的校服衣肩上，他笑嘻嘻地说道："救命了，好堂弟。"

林以雄这天又在加班，家里黑成一片，"努努"扑出来蹭李鸢的小腿，周文截和，又被李鸢抢过，不让他抱。周文无所谓地耸肩，抬起胳膊擦了擦血迹。

"追杀？"

"瞧你说的，哎哟，不至于。"周文按了按嘴角，"甲方那边欠工程款，我跟副总去要了，嘴不干净干了一场，那边有点儿急了，单位让我回来躲躲，别露头。"过了一会儿他又阴恻恻地眯眼笑，"挂不到你身上，你别虚啊。"

"你从工地这么一路走过来的？"李鸢按开所有的灯，晃得自己眯了一下眼，"路上就没人报警？"

周文卧倒在客厅的沙发上，毫不在乎，手垫在后脑勺下："打摩的，谁报警？"

"要狠还被人揍了一脸血？"李鸢放下"努努"，冲着他笑得轻蔑，又皱了皱眉，看他胳膊上的血迹蹭到了沙发布上，"你站起来去洗洗脸。"

"你替我擦呗。"周文支起上身，戳出一截嶙峋得骇人的锁骨，仰面似笑非笑地说。

"我不是我妈。"

周文乐出声音："我也没当你是舅妈啊，你着急对号入座个什么劲，嗯？想她啊？"

李鸢往前一迈扬起拳头，周文往后闪避："干吗？又想揍我？"

李鸢收手盯着他，什么话也没说，转身去了厕所。

李鸢替他擦脸，不比李小杏那么柔和、细致、手法专业，就拿毛巾胡乱抹一把，好比在擦一个缺了角的破盘子。李鸢甚至泄愤似的，故意去按他的伤处，看周文骨头倒挺硬，吃痛了也刻意不躲，腮颊一突一跳的，硬是咬牙切齿地抽着冷气，末了还要笑一笑。

李鸢甩手，把染红的毛巾丢进手边的塑料盆里，溅起一圈水花。他厌恶周文一点儿不假，不是因为周文贱、坏、阴、游手好闲、摇头摆尾，是因为周文身上有戾气，仿佛是对周遭有仇恨，故而一定要和世界以性命相见。

这狠虽是周文的私人情绪，可平白无故有股煽动性，煽得李鸢也厌世。

表哥也不行。对待他，李鸢就只想用拳头解决问题，哪儿需要什么收敛节制、礼貌温柔？又不会坏，又打不死，就算头破血流、穷形尽相，周文也是只用鼻孔看人，嘴欠且硬的死鸭子。在李鸢眼里，周文是他对林家厌恶逃避情绪的具象化，是活起来的桎梏。

"舅妈。"

李鸢一咬牙，最烦周文用这个调调提她。这人嘴狠，只要他乐意，最清楚说什么话会让人不舒服，转着弯钉人脊梁骨上。

"你看到她在朋友圈里发的全家福了吗？定位是妇幼保健院。"周文坐起来俯下身的影子投下来，灯下一团菱形的淡色光影。李鸢背对着他拧毛巾，甩干手上的血水，瞥一眼掌心全然收口的疤痕，不说话。

"没有你，惨，一根草。"周文说。

李鸢站起来端盆走开，走到一半又折回来，兜头往他脸上一泼。过后李鸢其实有点儿后悔，觉得泼人脏水这招儿太阴损，倒不如打他一拳。

周文蹦起来掐他的脖子，李鸢反手掐回去，两个人踉踉跄跄地滚到地上，李鸢占优势，挺身翻起压上他，抬手给了他一肘。听他"哼"出声，胳膊遮在眼皮上，咧着嘴巴强笑，李鸢才爽了。

打完了，还得是李鸢收拾，拖干净地，码齐了桌椅，将边边角角收拾停当。李鸢拆下灰扑扑的沙发套，连同脱下来的外衣一股脑儿地甩进厕所的"癫痫"洗衣机里，还从沙发缝里抠出五个锃光瓦亮的新硬币。周文滚了一头一脸的灰土，一身的热汗，进了厕所冲澡，隔着门喊李鸢订外卖，李鸢猛一脚踹上厕所门："吃个屁！"

隔着扇门，李鸢听里面的人再没说话，只剩"哗啦啦"的水声，才转身回房拿了抽屉里的智能手机。李鸢上学只带充话费送的老人机，活像一块小方砖，方便紧急呼叫，被老师一口气收上去十部丢到水桶里泡大澡，也不会觉得心疼。他点开外卖软件，看了一圈，尽是盖饭、花甲和麻辣烫，吃一顿饭败两天胃口的那种。李鸢皱着眉头点兵点将，极不走心地下单了两份鸡排饭，把手机丢上床后，仰躺上去。

天花板上嵌着一盏节能吸顶灯，陈旧的奶白色灯罩上有两处细小的黑点，像太阳黑子，既可能是污渍，也可能是蛾子。李鸢看到灯罩外围一圈彩虹似的光圈，不知道是网上的哪个专家说过，这是青光眼的预兆，没法儿治，一旦散掉焦，那圆满的虹色就融进了上下睫毛交错而成的阴影里。

李鸢控制着自己别想周文说的那件事，别被他带节奏，但不可能不想。"努努"起身蹿上床，舔着李鸢脉搏的位置。

李小杏跟马周平都是二婚，马周平和她是小学同学。有了这样弹指须臾，缘悭一面的初始关系，旁人看，他们而后的这段婚姻更有了弥足珍贵的意味，是比和林以雄那段感情还标准的"'缘'来是你"，放在杂志里写一篇五千字长文刊登，能看哭一票心细如尘的中年女人花。

马周平这个人，李鸢见过两次，身高、长相、形容各处，老实说差了林以雄不止一星半点儿。他长着眯缝眼和微胖脸不说，还有点儿猥琐颈和地包天。只是单那么两次短暂潦草的接触，李鸢就观察得出来，马周平的行为举止太会迎合女人百转千回的琐细心思了，给足了对方尊重是大前提，此外又给足了温柔耐心，包容大度，举案齐眉与罗曼蒂克那套玩得也溜，逢人皆说"我爱人""我太太"。更不要说李小杏进门，他立刻分了维修店和私房菜馆一半的股份给她。

林以雄的轴、犟、固执、窝囊和不作为倘若是李小杏避之不及的前半生，那马周平的通达豁然和温柔体贴，在李小杏心里就是她上辈子积来的大德。两相对比，她又怎么可能不炫给别人看呢——我现在过得这么幸福，你看看。过去？过去那是狗屎。

李鸢只是不知道自己是不是也就此成了狗屎里的一部分。李鸢有时候又想，倘若自己是一个扶不起的阿斗，成绩很烂，前途渺茫，李小杏是不是早就退避三舍了？她在意自己，也不过是因为自己未来还有升值的余地？

李鸢看到全家福了，除了马周平前妻留下的那个儿子马煜平始终摆着臭脸，旁的人都喜气洋洋。彼时李鸢手指一滑就刷走了界面，心里想：没毛病，是一家子，合法的。

恐怕自己已经不算了。

自己是被她所厌弃的过往里的残缺一块，会有遗憾，但也不是非有不可。

自己不可能再有一张完完整整的全家福了。

自己本来也没有，从小到大都没有，从前总是觉得没必要，后来就再也没那个心思了。

李鸢将胳膊搭在眼皮上，喉结上下一滚，突然想吃冰糖肘子了，吃那种三四口人才分食得完的，一道热腾腾的家常菜。

外卖到了楼下李鸢去拿，再回来时他发现门锁了，敲了半天没人应。

周文自己跑了。

李鸢没拿钥匙，抬腿踹了门一脚。

彭小满的奶奶包了猪肉娃娃菜馅儿的水饺，彭小满帮着一起包，故成品质量高下立判。一半屉肚大腰圆，个个饱满，一半屉歪瓜裂枣，丑得姿态各异。彭小满就好这一口，一口气四十个饺子下肚不觉得饱，毛毛雨。要不是老太太在饭桌上，非哪壶不开提哪壶地逼问他这天考试考得怎么样，生生搅黄了他的食欲，他铁定能再来四十个。

饭后洗完澡，彭小满谨遵医嘱，药不能停。他从抽屉里拿出一盒新的倍他乐克缓释片，这药别名挺复杂，但他已经能倒背如流了——酒石酸美托洛尔缓释片，一盒七片，吃七天。彭小满抠下一粒放进嘴里，苦涩的药味儿瞬间弥散，他忙皱起眉头拉开一罐听装汽水，仰头灌下去两大口。

一个人把吃处方药变成长久维持的作息习惯，人生绝对会悲惨，牵牵绊绊，事不可为。彭小满给自己不过才十八年的人生提前做了拍板的论断，但不自艾自怜，也没办法推责给旁人。娘胎里带的东西，至多就是他上辈子造孽，这辈子来还。

彭小满一口气喝下去半罐汽水，忍不住打了一个响亮的嗝，一边听老太太在小天井的水槽下的洗涮声，一边把腿跷上桌子点开了手机微信。彭俊松和葛秀银各发来了几条消息，彭小满脸上带笑，一一点开来看。

彭俊松发过来一个一百块钱的红包，附了一条挺长的消息："儿子，期末考试辛苦了，不要对自己要求太严格，这是慰问奖金，买点儿教辅。最近的海淀教辅口碑不错，爸爸看了，题量虽不大，但精简详细，可以一做。哦，妈妈最近精神还可以，爸爸这边也在准备期末。奶奶的身体如何？你身体如何？成绩出来以后，记得把成绩单拍下来发给爸爸看看。"

成绩单，这就要了狗命了。

彭小满上回被救护车拉去医院的事，祖孙俩商量好了闭口不说。他收下了红包，回过去一条语音消息："我生龙活虎，奶奶比我还活虎。成绩单早呢，求您先别提这事。我妈这周做的是第一次透析？您上次不说她上机，间隔涨水超过四千了吗？做完吐得一塌糊涂？"

他又点开葛秀银的消息，上来就"宝贝"两个字，酸倒了彭小满的后槽牙：

"宝贝，在干吗？妈妈想你了。那边热不热呀？叫奶奶煮点儿酸梅汤喝，我给你们寄了一袋桂花，收到以后记得放到太阳底下晒晒。考试考完了吧？觉得怎么样啊？你数学不好妈妈知道哟。今天医院好多人哟，挤了一身汗，你爸还穿一件长袖的衣服，我看他脑子不正常。"

彭小满也回了一条语音消息，语气又轻又柔，一字一顿慢慢地说道："嗯，考得不咋样，运气差到家了。嘿嘿，您别跟我爸说啊，要不恐怕他今晚就得给班主任打电话。这段时间睡得还好吧？抽筋的情况还多吗？我收到了桂花就叫奶奶晒。还有您说的那个丹参片我在青弋这边的药房也看了，比云古还贵点儿，又不能刷医保，邮费我还没算呢。"

间隔了半分钟，他又跟去一条："我也想你了，妈妈。"

彭小满说完就觉得脸热，不好意思地吐了一下舌头："硌硬死了，要吐了……"

葛秀银回了一个中老年表情，写道："不用功就是这结果，你那么聪明数学还学不好啊？不要心急，慢慢来，跟在成绩好的同学后面多转转，看看他们是怎么学的。妈妈没事，挺好的，丹参片就算了，你在那边不要挂心哟。"

彭小满乐了，又把手机话筒贴到嘴边："您说准了，班主任最近调座位，给我安排了一个高冷学霸数学大神，副班长，长得跟大明星似的，我猜他是级草，但没好意思问他到底是不是。"

葛秀银又回了一个花里胡哨的中老年表情："真的呀？有没有照片呀？发给妈看看呀。你说的大明星是谁啊？"

彭小满为难地回复："照片我还真没有，那人很……我猜他不是爱拍照的那种人。前几年那部有名的警匪片你看过没？就是那里面的戴着一张面具演大坏蛋，很帅的那个反派。这人比他还白点儿，说实话，我觉得长大了不得了。"

葛秀银很捧场地说："哦，那个啊，那还真是挺帅的啊。不过我的宝贝儿子也好看啊，白白净净的，漂漂亮亮的，苗苗条条的。哦，你爸爸的手机屏保不是你初中毕业时拍的那张照片吗？上次他们学校的一个女同事说你像一个女明星。妈妈后来在网上查了一下，那个明星没有虎牙，其他的地方你跟她还真是挺像的咧，尤其是眼睛和鼻子。"

得，说穿了他还是一个姑娘。彭小满看完了在心里乐，乐他的母亲求女之心不死。

彭俊松这边老半天才回消息："你妈妈这周是第二次做透析，这次好多了，比较稳定。"

彭小满总算松了一口气，张嘴就跟父亲没上没下的："老爸辛苦了，抱拳了！另外才一百块是不是有点儿少？"

彭俊松过后也觉得不妥，又发了一个五块二的红包，有零有整，"大方"得要死。

说来也巧，刚提到李鸢没一会儿，彭小满就收到了一条好友添加消息，点开看，正是那位高冷的李少侠，备注上写着"李鸢"二字。彭小满愣了愣，顺手点了接受，立刻发了一串消息过去："我的天，少侠终于想起来加我好友了！我以为你们村里还没通网呢。"随后他附了一张歌神"食屎啦"的经典表情。

过了一会儿，李鸢来了回复，简单干练的三个字："在家吗？"

彭小满按键盘回复："不在，巴厘岛度假呢！"

李鸢："……"

彭小满捧着手机笑得厉害："说吧，少侠，什么事？是明天没法儿载我了，还是要我奶奶给你带早点？"

李鸢："都不是，你知道老何小吃店吗？"

彭小满琢磨了一会儿："菜场后面的那个？知道啊，怎么了？"

李鸢："送点儿钱和一把伞来成吗？明早还。"

彭小满："你……离家出走了？"

李鸢："算吧。"

彭小满："饿吗？吃饺子吗？"

李鸢："什么馅儿？"

彭小满："猪肉娃娃菜，特别水灵的野生娃娃菜，棋牌室的奶奶送的。"

李鸢："来点儿吧。"

彭小满："好的。"

彭小满熄了手机屏站起身，抬手抹去了窗子上浮起的一片雪白的水汽，隔着明净的不规则空隙看窗外的筑家塘，浓稠寂寥的夜色，雨声"淅淅沥沥"。

　　李鸢倒霉，没处去不说，外卖也吃不下了，打林以雄的电话"嘟"半天也没人接听，实在没办法了，一摸口袋，里面装着沙发缝里的五个硬币。行吧，他在小吃店要了一碗桂花糖粥等雨停。李鸢点开手机在班级群里转了一圈，觉得大家都住得太远，求助谁来救场也不合适。据说游凯风的父亲最近在家，自己更叫不出来游凯风。群成员里一路看下来，看到了彭小满，李鸢点开头像看，才发现自己连他的好友也没加。

　　心中一瞬间涌出说不清的感觉，只是李鸢还没来得及想明白那是什么，就已经消失了。

　　彭小满在他的肩上轻巧地拍了拍，带来一股极其清爽的肥皂香味。李鸢应声放下碗，回头看他，看他正歪着头对自己笑，说了一句："嘿，兄弟。"

　　那一眼的感觉让李鸢日后不忘，明明是很普通的一个场景，却因为有那事的铺垫，有了别样的意味。所以彭小满那晚赶来，是雪中送炭。在李鸢看，那个灿烂的笑容，的的确确是骤雨初歇，原先眼底一直有的雨云，那次竟然一点儿也不曾有。

　　李鸢把自己的靠背椅让给他，拿了一把塑料凳自己坐。

　　"装了两百，绰绰有余吧？"彭小满把票子往桌面上拍，"赏你了。"

　　"谢谢爷，赏我那我就不还了。"李鸢拿了一张，递回去一张，"多了。"

　　"呸，当我没说。"彭小满把那一百元钱装回裤兜，拆开那个裹得严严实实的保温袋，"我在我们家碗橱里翻了二十分钟才翻出一个大的保鲜盒，小的那些装十个不得了了，还不够你塞牙缝呢吧？这个大，装了差不多三十个。"他边说边又拿出一个小饭盒，"这个是饺子汤，原汤化原食，我还给你装了苹果。"

　　"你每次给人带饭都这么大……阵仗？"李鸢挑眉，又忍不住笑。

　　"有意见？"

　　"没。"

　　彭小满跟着他一起乐，笑出了小虎牙。

　　保鲜盒被彭小满包裹好焐了一路，所以饺子吃进嘴里，还是有点儿烫、飘着腾腾的热气。李鸢看挤在一起的饺子，颜值近乎天壤之别。要么精巧得好比一只雪白的元宝，要么丑得喊它"饺子"，饺子都不乐意，嫌丢脸。李鸢夹了一个菱形扁头状似面鱼的饺子，侧头问："这个是你包的吧？"

“就问你个性不个性？”

“你还真是为地幔代言。”

“骂人不带拐弯的啊。”彭小满朝他吐舌头，“你老这么说地幔，地幔要不乐意了。我跟你说，我能把它包上、煮不漏就很厉害了好吗？很多人包出来一煮马上变面片汤余丸子，你信不信？”

李鸢笑笑没搭腔，咬了一口饺子。

李鸢冒雨来的小吃店，淋湿了一身，未曾干。头发上的雨水凝成亮晶晶的一滴，说话时的震颤致使水珠一寸寸依势下落，此时挂在发梢上，犹如早起时树叶上的晨露。

彭小满下意识地伸手过去，却觉得李鸢几乎是惊颤地闪避了一下，于是动作也就僵滞在了那里。彭小满正打算收回手，再张嘴随便随便打个哈哈蒙混过关的时候，又看见李鸢的神色突然松快下来，甚至做了一个身体微微前倾的动作——可以，来。

彭小满用食指拂掉那滴水珠，抹净：“有水，我有强迫症。”

快十点了，青弋雨停了，林以雄才回了电话，一开腔便满带疲惫，话筒里略有回响和脚步声。李鸢删繁就简地略过了周文，单刀直入地问他到没到家。

难得李鸢给他连打三通电话，林以雄心说多大事呢，一听问的是这个，乐了：“干吗，想你爹了啊？”

林以雄一直挺没成就感的。李鸢这小孩儿和别人不同，过于早熟，懂事得挺过分，心智好比是一个大人，总缺点儿想腻在父母身边的惝惝不安，让父母觉得少点儿能牵着他的手、看他磕磕绊绊慢慢长大的成就感。孩子落地成人，说好也好，说不好也不好。林以雄深知自己不是一个能让孩子长脸的好父亲，虽然惭愧，但也看开了。

林以雄把大把精力放进了糊口谋生的烦琐工作里，供李鸢上学，给他半个似是而非的家，不多干涉他的生活，做好这孩子随时走远、海阔天空不再回头的准备，怎么能不惶恐，怎能舍得下呢？可痛定思痛，林以雄想一想，自己即便是他的亲生父亲，也的的确确没什么筹码和立场挽留他。林以雄给他起名李鸢，就是希望他能像鹰隼，可惜青弋成不了原野，他飞不高。

所以李鸢有时候犯点儿小浑，林以雄从不多说什么，是因为心里明白，这小子自己有分寸。

亲情悖论，李鸢倒觉得自己几乎没有归属感，因此在不断反复的懊丧情绪里选择避而不看，仿佛和林以雄较着劲，心里的话满满当当，却谁都默不作声，任由其疯长，最终成了会令人微微疼痛的小块结石。

彭小满在一旁看着李鸢，没出声。

李鸢的下颌线深，因此轮廓深刻突显了五官，从彭小满现下的角度看他的侧脸，像是一笔速写线条连贯而成，无一滞涩，瞳孔反射着荧屏的淡彩光芒。也不知道是装的还是真的，在彭小满看来，李鸢几乎连打游戏的时候，神色都是一如往常般沉静收敛，因而这样的神色，任何时候都给彭小满一种"这人在旁观"的感受。可听他说话，彭小满又觉得他温柔且诙谐，绝非一根相对意义上的时刻绷紧着的弦。

于是人物形象便存在了偏差。彭小满想，李鸢的身体里或许真的住了一个爱说爱笑的段子手，只是坏在灵魂毫不起眼的某一处，因为一些事情，总反复督促他、告诫他、号令他：拘着点儿、收敛点儿，得学用成熟的处世方法洞察现实之冷峻。

这玩意儿搞不好就是耍帅失败、贻笑大方，没承想李鸢天赋异禀，得心应手，丝毫看不出偷穿父辈衣服的错乱感。

林以雄问："还不回家？明天不考试啦？"

李鸢顿了顿，才说："马上回，你先给'努努'添粮。"等林以雄挂断电话，李鸢才转过头来对彭小满说："今天谢了。"

彭小满朝他笑："一个人情记下了。"

"鹭高"老师的批卷周期极短，发成绩那天正赶上夏至，掐指一算，这个暑假比"青八"至少早放五天，学生对内感恩戴德，对外得意得能上天。所谓昼晷已云极，宵漏自此长，夏至那天昼最长夜最短，以至时间已算是傍晚了，教学楼外，天色依然温柔明亮；教学楼内，气氛冷肃异常，俨然三九凛冬。彭小满紧张得把十根手指头啃了个遍，盯着老班拿在手里、拍打着掌心的那沓簇新的成绩单。

"好了，假期时间表拿到以后就不要讲话了，我来简单说一下这次的考试情况。"老班右手握拳轻捶了一下讲桌，嘴角一垂，皱了一下眉，"不理想，在我的意料之内，在不在你们的意料之内，嗯？"

此话一出，高二（2）班的所有人心跳陡然飙高破表，脑子里敲着生猛狂放的安塞腰鼓。

"先说整体情况，我记得今年联考的文科前十名里有六个人在'青八'，四个人在咱们学校，'青八'的平均分比咱们高一点二分。第一名是'青八'的，很厉害的一个小姑娘，叫刘璇，总分七百零九分，英语满分、语文作文满分；第二名是咱们学校（7）班的，朱家镇，总分六百九十五分，英语一百四十九分。但第一名甩了第二名十四分，你们可以好好想一下这是什么概念。"

底下鸦雀无声谁也不敢搭腔，其实大家心里都跟明镜似的：什么概念？还能是什么概念，文科班要被搞死的概念呗。

"当然文科班跟咱们理科关系不大，大家也不要想太多，我就跟你们说一下这个情况。"老班摸了摸后脑勺，非要沉吟片刻搞得气氛紧绷，"再讲咱们理科的成绩。"

"安塞腰鼓"奏到了高潮，抢锤的汉子敲得磅礴大气、雷霆万钧。彭小满紧张得太阳穴一抽一抽的，忍不住去摸包里常年备着的速效救心丸。

"也很差。"

老班下了判决书，彻底抢断了锤。彭小满隐隐听到有人当即倒抽了一口凉气，宛如濒死。

"咱们学校的平均分首先相比去年掉了不说，今年还被'青八'超了两分多，但看理科前十名，有五个人是咱们'鹭高'的，四个人是'青八'的，一个人是百花中学的；前三名咱们班占了两个。跟大家简单汇报一下，先是咱们班的班长续铭，'鹭高'第一名、七校第一名，总分六百九十七分，理综满分；再是咱班的副班长李鸢，总分是咱们'鹭高'的第二名，同时也是七校第二名，六百九十四分，理综也是满分。大家可以给一下掌声，这两位同学很不错，班里的大小事都管，成绩也一直拔尖，你们要向他们学习。"

厉害的人是真厉害，是这么个道理。大家鼓掌鼓了七八秒，声音很大，倒也真诚，就是不齐，不过也能理解——这个暑假是死是活还等老班的一句话呢，谁还有工夫管齐不齐这事。续铭宠辱不惊惯了，不徐不疾、云淡风轻，拿了状元就跟中了"再来一瓶"似的，连眼皮也不抬一下；李鸢也没比他激动到哪儿去，也就是气定神闲地点点头，瞥了一眼彭小满，看他正看着自己，就好比在看一个三头六臂大眼睛的外星物种。

"什么眼神？"

"看玉帝的眼神。"彭小满双手比赞，恨不能顶礼膜拜，"认识你是我的荣幸，真的，我服了。"

老班打手势示意掌声停："所以可以说这次的期末联考，我比较满意的就只是续铭和李鸢了，剩下的每个人，照我说，我觉得你们这次考得都很不理想，不说有多差，但至少不是你们该有的水准。"

老班快速翻了翻手里的成绩单，当场把批斗落实到了个人身上："先说缑钟齐和苏起，一个是七校第七名、全校第五名，一个是七校第十九名、全校第十一名。听起来你们考得是不错，哎，觉得都上六百七十分了，不出意外的话，你们高三照这个水平保持下去，超一本线几十分的，搞个一本上上也算可以，是吧？"

缑钟齐推了推眼镜，苏起低头不语。

"我的话难听，但就是这么个意思，你们记住，比起期中考，其实你们走的是下坡路，记住，永远不要安于现状，安于现状就是倒退的开始，不要浮，尤其是缑钟齐，你的状态不对。"老班又翻了两页成绩单，"再讲讲赵劲和周以庆，偏科！你们偏科偏得太严重了，赵劲你数学能考到一百三十五分，结果英语连七十分都拿不到；周以庆你英语全班第二名，一百四十七分，数学才考四五十分。你们这就不叫瘸腿了，这是少了一条腿，要知道真到高考的时候，这要给你们拖掉多少分？嗯？查缺补漏，暑假好好想想。"

"游凯风，"老班说到他，倒忍不住乐了，"倒算是给我老头儿面子了，数学上六十分了。进步吧，保持，继续加油，争取把英语和语文也一并提一提，总不及格太丑了。"买一送一得捎带上陆清远，"陆清远也是，数学也进步了，怎么理综掉得这么厉害？三门的成绩加起来不到一百一十分，你是不是没写完卷子？"

陆清远坐在底下笑了笑没吱声，心说：哪儿啊，不过就是考理综的时候换了一个监考老师，严防死守盯得太牢，自己紧张得理不清解题思路了。

躲得过初一躲不过十五，彭小满再怎么演技上线，低着头装孙子，到底还是被老班响亮地点了大名。

"接着说彭小满。"

彭小满好比听了判官的一声令，正襟危坐，膝盖无意一抬便磕上了抽屉肚的底板，发出一声响，疼得龇牙咧嘴，还差点儿连带着撞飞李鸢放在桌角的塑料水杯。

"你哟，我还真的一时不知道说什么好了。"老班把彭小满的成绩单单拎出来放在手上，盯着页码目录，看罢翻页露出了内扉，坐在第一排的男生立刻伸长了脖子探过去看。老班是个人精，伸手往后一扯，往人头上丢了一截粉笔头，"看什么看？跟你有什么关系？你考得很好是吧？"

彭小满心说：要完。

"先给你吃一个甜枣啊，来，别紧张。"别再给你吓得心脏病犯了。后一句话老班没说，只是笑起来扬了扬手里的成绩单，"你，这次语文考了七校第一名，尤其是你的作文，跟'青八'那个刘璇一样，满分，听说你是文言文比她多答对了一道选择题，你超她两分，一百三十九分。不错，你一个理科生这次有这样的语文成绩，很不错，周老师以后会单独表扬你的。"

此话音一落，当即激起一层浪。彭小满前排的游凯风闻此消息，一声惊里带笑的"我的天"拐着弯叹出声来，转过身来一脸的难以置信的表情，手拍桌："哎，可以啊，深藏不露啊，小满君。"

彭小满从小语文就一直不错，但作文满分斩获单科状元，实属大姑娘上花轿头一回，他自己也蒙了，平白无故遭了四下里射来的惊诧视线，拿手遮住侧脸哭笑不得："我瞎写的……"

赵劲这人就属于特别看不惯别人拿了高分还愣说自己"哎哟，我没怎么复习啦"的那种人。他功利心太强，心理不平衡，生怕落于人后，还是落于彭小满这种一看就没怎么认真学的人后，因而一听他说这话，心里立刻就拱着股无名火——还装呢，"我瞎写的"，呸！赵劲阴沉沉地从连绵三摞的教辅书里抬头，顶着一张布满油光的、满脸痘印像月球表面一样的脸，推了一下眼镜腿，阴阳怪气地说："瞎写能写满分？蒙人没读过书吧？嗽。"

"哎哟，瞧你酸的哟。"游凯风八百年和这人也说不上两句话，下课上个厕所都是翻桌子出去的，难得听他开了金口，哪承想张嘴说的就是些让人想蹦起来打爆他的狗头的屁话，"不服是吧？语文没人家好不服是吧？啊？人家是语文小天才你跟人家比？喊，不得给你把脸打肿。"

彭小满在心里吐血三升，"语文小天才"个毛毛球。

"谁说我跟他比了？"比嘴硬，赵劲说自己是第二名没人敢说自己是第一名，游凯风就看他又昂起了那对鼻孔，很牛气地吊起了眼梢，"我的分，都是我一分一分地拼出来的，跟那个花钱加塞进来的关系户不一样。"

"关系户？"

李鸢没打算说话，又突然开口，在赵劲背后似笑非笑，手撑着下巴："漂亮话不要说多，你就记着，有关系也是一种本事，你没本事就闭嘴。另外我提醒你，高考只看分，不看你拼不拼，有的人就是比你有天赋，就是比你考得好，你就是再怎么努力也考不过，懂吗？"

赵劲始终不愿承认的公理，交由旁人来说，对绝大部分天资一般的普通学生而言，显得特别残忍。这基本就是在说：你且跑吧，熬完了所有精力，也难拿名次。赵劲将头埋回教辅书中，不再说话。

游凯风听了这话恨不能站起来给李鸢鼓掌，竖起大拇指比到他眼前——我鸢爷霸气！学习好的人说话就是不一样啊，我要是赵劲听了都想骂你！

李鸢说完才觉得不妥，愣了愣，回想三遍，才察出那短短几句话里的冷枪。他不过是突然为彭小满打抱不平，却无意地伤人伤己。说伤人，谁都是其中之一，李鸢在某种程度上甚至偏激地认为，既选择了这个所谓的"高等学校统一招生考试"，很大程度上已是一种被动的妥协，已是将一只脚迈进了庸碌的洪流。

他略微一侧头，果真看见了彭小满眼里的不认同之色，那种观点相悖的抗拒在他身上也是淡淡的，没什么攻击性。李鸢竟也鬼使神差地顿了顿，对他张嘴比了消声的口型："对不起。"

为什么道歉，给谁道歉，李鸢过后就想不清了。只是那一刹那，他在彭小满的注目下，体会到心中一掠而过的歉疚感和一种无奈的屈从。这屈从里有他作为强者的温和，类似一种妥协的放纵。他上一次有这样的神异感觉，面对的还是李小杏。

"来，甜枣吃完了我来给你打巴掌了啊！"老班再次把手中的一纸成绩单抖得"哗哗"直响，"理综我就不说了，我说数学，我教的数学，来，小满你猜你考了多少分？"老班玩起了猜谜游戏。

"六……六十多分？"彭小满猜得相当保守。

老班摆手，说："哎，真给自己面子，不对，不对，高了！"

"四十多分吧？"彭小满心里"咯噔"一声，瑟瑟发抖，心说：不能再低了！

"夹缝！五十八分，数学你考全班倒数第二名，本来挺不错的名次被你的数学成绩一拽，我都看不见把你甩哪儿去了。我跟你说，彭小满，你这也不叫瘸腿或是少腿了，你这叫什么？你这叫偏瘫。"

李鸢一下子没绷住，最先笑出声。有此一声，撩拨了全班人的笑点，讲台下众人皆沉浸到了老班一句凝练精辟的"偏瘫"里，捂着嘴笑得不能自已。

"笑，还笑，就你还笑！"老班满脸怒其不争的神情，把手里的纸张往讲台上一拍，指着李鸢，"你同桌的数学考不好你没责任吗？以为我搞这个'一帮一'是吃咸了没事干吗？喏，你们这些明显有精力的同学一定要多帮助帮助自己的同桌，知道吧？不是说我逼你们搞友爱，但你想，你教别人的时候自己是不是也在复习？你都能教会别人了，哪个出卷老师还难得倒你？不存在的！"

"动之以情，晓之以理"之唱白脸暂且收梢，国际惯例，得唱一出红脸，老班继续说："我告诉你们！暑假结束你们就是标准的高三生了，就剩半年多了，你们一定要把这个'一帮一'的作用发挥到最大！"老班边说边做了一个车轮滚动的手势，"下学期我就实行'连坐制度'，知道'连坐'是什么意思吧？历史学过吧？告诉你们，谁的同桌谁负责，考不好我两个人一块儿罚，哭没用，不服别念。"

这是暴政，他们完全可以起义了。

连带李鸢、续铭和缑钟齐在内，底下一票好学生崩溃到怀疑人生，心说：我招谁惹谁了？

发暑假作业也算是一道景了，正、副班长加起来近四米的个子，搬不动，得靠车拉。

天色遽然被添进了一勺暖色的油彩，虽然不暗，却分明染红了瓦青色下的一层絮状高积云。教室外，吹拂着摇摆无方向的风，潮湿的温暖好比谁在耳边叹出的一口气。教室内"叽叽喳喳"吵嚷不休，试卷满场子乱飞，一沓又一沓高高堆起的崭新的作业册，弥散开一股略不好闻的油墨气味，屋顶上转着的三叶扇宛如奶茶杯里的搅拌棒，将这股油墨味儿旋至均匀发酵，糅进少年们的青春里。

收拾齐全，大家正要撒丫子跑路，放肆地拥抱暑假，卫一筌才匆匆赶来教室，带来了这次机器人全国大赛的选手资格证与团队文化衫，顺便公布了一条利民的消息。

第九章

里上春游

　　高中界有一个公理，叫"高中里的社团多半狗屎一摊"。"鹭高"比这还绝点儿，"鹭高"的社团百分之九十九是狗屎一摊，唯独机器人社团除外。

　　"鹭高"的机器人社也算有点儿人文情怀，从创立至今，算来已有八九载的历史，社团纪律严明、组织规范，在华南地区小有名气。卫一筌没接手技术指导老师这一位置的时候，负责人是"鹭高"的副校长，拨款买设备就跟闹着玩似的。"鹭高"机器人社以机器人制作编程为主，年年要摘取一批拔尖的理科生进社，备战当年的机器人工程挑战赛青少年组、战队分拆装组与编程组，战绩一直优秀，全国三甲几乎拿遍了。

　　李鸢就不是一个喜欢参加社团的人，高一时阴错阳差地加入了机器人社团，纯属老班强塞外加一番张嘴就来的连哄带骗的话。社团骨干，李鸢不算；团队责任心，他也没有。真要说比人强在哪儿，至多也就是C语言代码写得比别人快点儿，拆装机器人的五金主体比别人利索点儿，遥控操作比别人精准有手感点儿。这叫什么？天分。

　　外加李鸢姿态正，心理素质也比同龄人强，单是手插兜往赛场上一站，就让人觉得像立了一根定海神针。两年下来他毕恭毕敬地递交了三次退社申请，卫一筌惜才如命，嘴上说着"自愿，自愿"，可愣是不批，死活不放人。末了，卫一筌使了折中策略，丢给李鸢一个副社长的职务，特许他可以不来参加日常训练，但关键大赛一定得在。

听着李鸢跟个吉祥物似的。

这年的工程赛华南决赛的场地定得也绝，绕远，落在华南的里上电子工程大学。里上是个一面临海、低调发家的一线城市，早几年红极网络，一是说这里的人均幸福指数颇高，二是说它的城市气质悠远如诗，满目梧桐和银杏，处处是景，富有别样的沉静美。李鸢还在读小学的时候，举家旅游，跟着林以雄和李小杏去过一次里上，乘车路过大学城，沿途见了里上电子工程大学、里上电影学院与里上医科大学，三所高校皆名气响当当，彼时李小杏半真半假地问不过七八岁的李鸢：以后想上哪一所？

李鸢说的是里上电子工程大学。只因为那所学校的正大门边是一处波光粼粼的人工湖泊，李鸢单纯地喜欢玩水罢了。李小杏不知他言下的真实想法，以为他命里就该有"苦读十几载，一朝榜上有名"的学霸基因，便欣喜地借此谆谆教诲了一番，无外乎一句"黑发不知勤学早，白首方悔读书迟"。李鸢听得似懂非懂，只点头说好，等到大了才发觉那个问题的可笑程度。

因为眼下无论如何，做学生的，还是要被大学"挑三拣四"。

李鸢放暑假在家，赶上这天林以雄调休，父子俩难得齐心协力地按住了"努努"，帮怕水怕到胆破的它洗了澡。"努努"毛发蓬软，看着虚胖，一下水便现了外星生物的原形，登时老了二十岁，乱叫地扑腾着肉爪子瞎挠，干瞪着一对铜铃似的大眼。

李鸢抬手往它的脑壳上敲了一记，敲得猫"嗷呜"了一嗓。

"再动？再动晚上没饭吃。"

"你舍得不给它饭吃才有鬼。"林以雄被"努努"一爪子按到手背上，吓得他电光石火地向后一躲，"顿顿好鱼好肉的，我看你养它比养个闺女还上心，你怎么不想着给你爸我买个什么……猫狗专用的沐浴液啊？"林以雄近几年稍微有些老花眼，得把手边的塑料瓶拿远外加眯着眼，才看得清标签上的字。

"什么东西？"李鸢挑眉，差点儿笑出来。

"沐浴液，沐浴液！没说猫狗专用！"

李鸢挤了两泵沐浴液揉在"努努"的头上，搓出了细腻的沫子，糊了它白花花一脸。

"我后天去里上比赛，大概去三天吧，您在家盯着它点儿，别让它乱跑，也别让它乱吃，一天最多给一个罐头，分两次吃。"

"你们班就你一个人去啊？"林以雄揩掉猫须上的沫子，撸着"努努"圆滚滚的肚子，"去年你那个什么比赛发的文化衫，我记得是一件荧光绿色的，还挺好看。今年发一件屎黄色的，哎哟，那颜色丑得我都不忍看。我还指望着以后出门散步、买菜什么的套上呢。"

"那本来就不是让你出门穿的。花洒递给我一下。"李鸢撑在水池子边上，朝林以雄脚边指，锁着"努努"的猫喉不让它上蹿下跳，"今年人多，大卫'放血'了，想去现场助阵的人都可以参加，他包了住宿和交通费用，是他们家饭店赞助给学校的大巴车。"

"哦，合着闹半天不是比赛，是春游啊？"林以雄试了试水温，把花洒递过去，"我说你们班这物理老师的派头够大的啊，我的乖乖，家大业大的，甘心到你们学校当一个高中老师？一个月就拿那么大几千的死工资，他是怎么想的？"

"信仰？"李鸢也不知道卫一筌是怎么想的，"也许他打小就有一个园丁梦。"

"都谁参加比赛啊，凯风那小子跟着去吗？全是你们班的？"高二（2）班和李鸢玩得好的人，林以雄就记住了一个游凯风。因为胖子的形象特征立体鲜明，占的脑容量也大，分外好认，"人多也好，你们在路上互相照应着，我也放心。"

"除了他还有一堆人呢，说了你也不认识。"

李鸢拿着花洒瞄准"努努"，故意滋水滋了它满头满脸，滋得它在水池子里乱跳。

里上之行，自打卫一筌宣布"应学校号召所有高二生可自愿共同前往，且负责食宿费用"的那一刻起，意义就已经全变了，机器人全国比赛什么的"好吃"吗？不管不管，他们玩爽了再说！"鹭高"的领导一来是考虑到这些学生即将升入高三，高压的重担将兜头袭来，组织适当调节情绪的集体活动极有必要；二来，里上市教育资源丰沃，名校云集，人才济济，到这样的地方近距离感受其"明理笃学，合作共赢"的学术氛围，不失为一剂好"鸡血"——看到没？最后一年努努力，你也可以成为他们中间的一分子。

卫一筌家里是标准的富贵人家，恣睢随心不缺钱花，因而也不是那种太看重细枝末节、锱铢必较的老迂腐。既开了口，他就不管学生是把它当比赛还是当春游，想去的都一并带上，无非是向上头领导申请多批一辆车、多开几间房。领导要是说不批，他再自己掏钱呗，也花不了多少钱。

出发的那天，应六点十分准时在学校的正大门集合的要求，李鸢和彭小满起了个大早，拦了一辆交班回家的小出租车，顶着淡淡发蓝的未明天色提前到了"鹭高"，蹲在晚桥头，一个人的肩上背了一个鼓鼓囊囊的黑色书包，另一个人啃着两个滚烫的灌汤包。校门口有一只不知打哪儿来的通体雪白、鼻头粉红的中华田园犬，形销骨立，夹着尾巴凄凄惨惨地盯着二人。

彭小满吃肉包子不爱吃馅儿，便把面皮里包着的两个大肉丸子全抠出来喂给流浪狗，又怕不够，转身去小摊上买了两根烤肠来喂。这狗子仿佛有深渊巨胃，将东西一口气吃了个精光还是不走，继续瞪着它那对乌溜溜、水汪汪的眼。李鸢没辙，走过去把自己的包子馅儿也抠了喂给狗子，顺手拆了一袋包里装着的鲜牛奶。

彭小满其实一开始是不打算跟着去的。他是那种一放假就如烂泥一摊闷在家里混吃等死的小废物，外出旅游什么的，一听就脑仁儿疼，向来和他八竿子打不着。再者，班里和他熟起来的同学也就那几个，集体活动，一群人低头不见抬头见的，搞不好还被分到睡一张床，他还是觉得太别扭，像隔着什么。

卫一筌那天在讲台上等着大家报名，学生们一下子都还磨不开脸，心里倒是蠢蠢欲动，嘴上谁也不好意思说，你看看我，我看看你，静默一片，愣是没人当出头鸟。数陆清远和游凯风这两个不要老脸的人最不矜持，伸长着脖子，悄悄把玩得好的那几个人挨个儿问了一遍。

"老猴！老猴！"游凯风朝猴钟齐的背后丢橡皮，"哎，你去不去，去不去？上次四月份咱们班去参观蛋糕厂你就没去，这次不去以后就没机会了啊，谁知道你一个学霸考到哪个天南海北的地方去啊？！聚一次容易吗？还不花钱。"

猴钟齐听了怂恿，笑着比了一个"OK"的手势："那行吧，我回去跟我爸说一下。"

"戳戳你的同桌！"游凯风再问周以庆："你也去吧？你肯定去！你想，李鸢参加比赛苏起能不去看吗？她要去，你们姐妹同心的，你肯定也去，对吧？"

周以庆就等着有人打头阵呢，打了一个响指，也比了一个"OK"的手势："行，你上我就上，必须的！"

陆清远在后头用胳膊肘戳了戳苏起："哎，咱们班男神参加比赛，你肯定去吧？"

没承想苏起却很抱歉地冲他摇了摇头："可能不太行了，我奶奶前段时间生病了，我和我妈暑假要在医院轮流照顾她，所以应该没时间出去玩了。"

"啊？"陆清远的喜怒哀乐全摆在脸上，听她说不去，他登时垮脸，"那我也不想去了。"

苏起笑道："你要是不去，凯爷的双簧戏就演不起来了，就不热闹了，你肯定得去。"

问到续铭，得晓以大义，搬出集体主义那一套，陆清远抬手拍了拍他的左肩："哎，大班长啊，你看看，咱们班难得的活动，你作为年级第一名的一班之长，你是……"

续铭抖开他那只爪："我没说我不去，你可以闭嘴了。"

末了，游凯风回头拍桌："你也去吧，小满君？"

彭小满就知道"凯爷"要撺掇着他一起去，忙悻悻地笑，恹恹地摆手，一副兴趣缺缺的模样："别，大哥，大暑假的……我想在家睡觉。"

"咦，唉，你这人，你说你本来就是转来咱高二（2）班的，有集体活动你肯定当仁不让地要积极参加啊。"他又指了指李鸢，"鸟爷比赛，你作为他的同桌，他教你写作业、载着你上下学，为你被拉伤了手还留了疤，你就好比跟他绑在一条线上搞不好就连坐的蚂蚱，你不去给他加油、应援、举小旗子、拉小横幅，像话吗？"

李鸢那时候也不知道哪根筋搭错了，居然顺着游凯风的杆就往上爬，接了一嘴："不像话。"

"你看看！"游凯风拍巴掌，笑成一朵"富贵菊"，"当事人都开金口了。"

彭小满："……"

"我就不该一时心软。"彭小满抚摸着狗头，捏着它松软的耳朵，"我奶奶一听说我这几天不在家，比过年还高兴呢，马上喜滋滋地去报名参加了他们那个老年棋牌社团搞的旅游活动，泰国！芭提雅！海上游轮！我只能在国内晃悠！"

"我说今天怎么没看见你奶奶出来给我塞早点呢。"李鸢看他捶胸顿足，忍不住笑。他把鲜牛奶挤在掌心里，让狗一下一下地卷着舌头舔。

"她昨天晚上想做好烙饼搁冰箱里放着的，我没让，她今天早上也要起早坐大巴去机场呢。"彭小满盯着李鸢窝起也显得尤其宽大的手掌，看他对流浪狗的温柔舔舐毫不嫌恶，"你好像很喜欢猫猫狗狗。"

"算吧，因为它们不会用很复杂的眼光看待你，和它们相处很自在。"

"这么……有哲理？我以为你只是单纯地喜欢毛茸茸的小动物而已。"

"有吗？"李鸢和他蹲在一块儿，几乎是头抵着头，一抬头，就发现彭小满的那排眼睫近在眼前，"当然……我喜欢毛茸茸的也是原因之一。"

"行了吧，别解释，你就是一个流氓，还装深沉。"彭小满拆他的台，笑得两眼弯起。

时间过了早上六点，集合的学生渐多，大家极自觉地按照班级顺序站定。高二（2）班出了一个机器人社团的副社长，所以去的人也最多，算上李鸢在内，共十九人，赵劲也在其中。大多数人显然是弄错了此行的目的，打扮得就跟去郊游一样：周以庆戴着一顶白檐帽、穿着一条小黄裙，手里拎了一个小提袋，终于做了回柔情似水的姑娘；陆清远好比逃荒，拿来了满满一包家里小商店售卖的零食，连卤鸡爪子都有；相比之下，续铭和缑钟齐表面上看起来要素净得多，遵守了学校"尽量穿校服"的要求，什么乱七八糟的东西也没带——其实不然，两个人包里各装了一台游戏机，还分别装了一盒《三国杀》桌游、一盒《大富翁》桌游。

天色大亮，日光渐强，游凯风背着一个小包姗姗来迟，挤进高二（2）班的集合队伍里，一见举着书正在背单词的赵劲也在，立马绕远躲开了三四米。游凯风穿着黑色 T 恤衫和哈伦裤，上衣中间印了一个硕大的白叉儿，又把自己穿成活靶子；饱满如汤圆的脑袋上戴了一顶限量款棒球帽，足踏气垫篮球鞋，腕上一只名表、一串檀木珠，身上挎了一台最新款的单反相机，搭了一只定焦镜头，一副大写加粗的"我有钱，快来抢"的样子。

他第一台单反是入门款，攒了一年的压岁钱，第二台就换成了两万多的高端款。所谓单反穷三代，游健又一直不太乐意让游凯风玩这些在他眼里旁门左道不入流的东西，所以到目前为止，游凯风也只能算是半个摄影玩家，实践经验丰富、理论知识一概不懂的那种。

周以庆伸手过来摸他的镜头，被游凯风一阵恐吓："摸吧，摸花了就废了。这镜头我当时七千多元买的。"周以庆听罢，好比被燃着的烟头烫了手，飞速地收回了手向后退了一尺，撞在了缑钟齐胸前，连带着游凯风周围一圈人也像水波纹似的向后散开。

他这是背了个炸弹啊！算了，算了，我惹不起还躲不起吗？

"七——千多？！"

陆清远这辈子目前为止就摸过卡片数码相机，还是早八百年前就停产的银色那款，就这样他的母亲还当个宝似的在家藏着掖着，没事拿出来清清灰、拂拂尘，不到逢年过节绝不拿出来见天光，那架势，是要传下去给陆清远日后当娶媳妇的聘礼。

"你一个高中生也太奢侈了吧？！"

"你懂什么，这是信仰。"

"你一个'富二代'少来这套。"

平常憋坏了的一众人"叽叽喳喳"地说个不停，待老班和另几位班主任从车上下来，拍着手招呼着他们过去清点人数的时候，他们才反应过来这帮"罗刹"的出现有多煞风景，愉悦的笑容皆在脸上凝固。

游凯风："哎，为什么老班也在？！"

缑钟齐："不是说好了群众活动不安排上级领导吗？江湖规矩居然没人懂？"

周以庆："哎，是谁告诉我他老人家暑假要在家带孙子的？！"

陆清远："你们看他背的那个鼓鼓囊囊的包，不会到那儿还发数学卷子让咱们写吧？哦，各位，我不去了，我走了。"

续铭："被阴了。"

可名单都报给学校了，刀山剑树、龙潭虎穴他们也得硬着头皮上，都没有不去这么个道理。李鸢打头阵走向前，步步皆泣血，步步皆悲壮。

卫一筌家的大巴车限载五十三人，高二（2）班的人数多，又是卫一筌直接负责任课的班级，所以（2）班和（4）班的人一起被安排在了这一辆车上。人情世故那一套，游凯风跟着他的父亲学会了八成，上车之前给司机送了一包软中华烟，被跟在他身后上车的陆清远看见了，陆清远搂过游凯风的脖子把他往自己腋下一顿夹："你这个笨蛋，找死呢？！就算老班没看见、别的班的老师没看见，让赵劲看见了也够你受的。"

游凯风噘嘴瞪眼："他敢说出去我就丢他去河里喂鱼。"

陆清远内心想着：你也就是色厉内荏还行。

分座位时，赵劲落单了，捧着单词书跑去最后一排靠窗的位子；苏起没有报名，周以庆凑不齐姐妹花，只能按着学校安排的座位来，和缑钟齐坐在一起，分走了他的一只耳机；陆清远抱顶级学霸续铭的大腿，求他替自己打过卡了一周通不了的"消消乐"关卡；游凯风、李鸢和彭小满三人，一下子不知道谁跟谁坐在一起好。

彭小满懒得纠结，抱着书包站起来："来，你们坐吧，我坐到后面去。"

卫一筌和老班上车，老班戴着一顶老年旅游团发的姜黄色的棒球帽，站着点了点人数，然后朝彭小满招了招手："来，彭小满坐到我边上来，跟你聊聊。"

命运之手恣睢玩人，彭小满心说：我招谁惹谁了？

他舒了一口大气抱起书包，顶着众人幸灾乐祸的目光，慢吞吞地挤过过道，"英勇赴死"。

"来，坐这儿吧，晕车吗？晕车的话就靠窗坐。"

老班拍拍手边的椅背，递给续铭一个塑料袋，摸出一台小蜜蜂扩音器戴上，活脱脱就是一个讲话带口音的末流小导游："来，班长发一下这个，每人一个。跟你们说一下啊，这是学校给你们申请的大赛志愿者证，里上电子工程大学盖了公章的，咱们这次是以参观校园的名义去的，他们那边的领导一共就给咱们学校批了八十五个名额，也就就说，这个志愿者证只够每人一张啊，大家用笔写上名字，在脖子上挂好了，丢了的话学校不让你进门，我可不管啊。"

老班想了想还是得耳提面命一下："你们几个不要垮着脸啊，那谁谁谁，心里都清楚我就不点名了。"陆清远和游凯风当即低下头，靠前排的椅背藏住了脸，"不要说我扫兴，说你们放暑假好不容易出去一趟，我一个小老头儿还死乞白赖地跟着。我真不愿意跟着，那班主任不跟着能行吗？学校不就是怕你们在外地整出什么么蛾子来吗？说好了，这次你们代表的是'鹭高'的形象，在别人家的地盘你做不了主，都收敛点儿，尤其是那些平常就小动作不断的人，皮都给我绷紧了，我没看见也就算了，别给你的母校丢人。"

卫一筌站起来补充道："还有，这次去的人很多，不止咱们学校，其他国家的队伍也有，所以先和你们说一下，里上电子工程大学那边有两个校区，占地面积都是几千亩的，不是比赛选手的同学，千万要跟着你们各自的班主任行动，不要乱跑，我的电话写在黑板上了，你们那天都记了吧？牌子上有场地负责人电话，但轻易不要打，对'鹭高'影响不好，当天会给你们自由活动的时间，所以你们不要擅自行动，好吗？"

学生纷纷戴上胸牌，点头并报以掌声，示意自己定当服从组织安排。

老班挥了挥手："行吧，现在是六点二十分，到里上大概是九点，没事的人可以睡一会儿，少吃零食，不要大声喧哗，晕车的人上你们卫老师这儿领一个塑料袋，不要搞到人家师傅的车上啊。"

司机师傅极贴心地关了车厢里的照明灯，挂挡加油，引擎震动。大巴发车，平稳地驶下晚桥，顺着乌南江的流向开向乌南高速。七月晨起后的乌南江上总是水汽弥漫，如同浮着一层软烟罗纱。间或会有渔船早归，划过静谧的水面，船尾会遗留下稍纵即逝的两迹浅浅波纹，过桥洞前，要先鸣笛。

李鸢接过游凯风递来的耳机，塞进耳朵里一听，是摇滚乐队的冷金属电子曲风，就又摘下来奉还："听这个我会吐。"

老实说，他还是喜欢彭小满 MP3 里的歌单，不是为了彰显品位而刻意搜罗冷门小众歌曲，只听旋律，好听就行。李鸢倚在窗上透过车窗看蜿蜒狭长的乌南江，向前的动作被他视作一种逃离，街景持续向后退去，也令他心里涌出一阵不可名状的轻松与快慰感。他不知道从什么时候开始，青弋竟会给他这样一种不太成熟且又难以名状的压力。

彭小满坐在前排，鼻梁到嘴巴的这部分偶尔会在座椅间的缝隙处露出来，他鼻子翘翘的，睫毛也翘翘的。他小心翼翼地嚼着口香糖，大佛在旁，他怵得连泡泡也不敢吹一个。

"你也别紧张啊，我不跟你聊期末考试，咱们就瞎聊聊，又不是在学校里。"老班摘了小黄帽，拍拍大腿冲他笑，"以前一直想跟你聊，考虑到你刚转来，怕你拘束，就没找你，今天正好有机会。"

"看着老师我就紧张，我也没办法……"彭小满捂了捂胸口，"您说吧，我缓一缓。"

"哎，怕老师干吗呀？高中老师是最不会害你的，最想着为学生好的，你记住。"老班指了指他的胸口，问，"身体怎么样？上次进过医院之后，有没有再不舒服？"

彭小满摇摇头："再没了，吃着药呢，跟正常人一样，这边的空气好，比待在我们云古还舒服些呢。"

"哎哟，你原来的那所学校，别说空气不好了，它就是开在香格里拉，那个军事化管理的地方，有几个人能舒服啊？啧。"老班素来不认同云古一高那类超级中学的铁腕管理手段和高度计划，撇了撇嘴，"早就该转学，你这身体状况，待在那地方真不适合，不是我在这儿挑拨离间啊，是真不适合。"

"是不适合，关键就是……"彭小满抿了抿嘴，顿了顿，"关键就是没有家长会相信，学习真的会学死人，学校真的也可以是一个能把人逼疯的地方。家长们始终觉得……待不下去绝不会是学校的错，是你的错，是你不够努力，这些都是借口。"

"哟，小伙子小小年纪看问题很深刻啊，怪有真知灼见的啊。"老班把双手垫在后脑勺下笑了笑，"我跟你说啊，高考这东西本身是没有错的，'知识改变命运'这句话也没有错。但是时代背景不同了，你现在就必须用更加综合和复杂的眼光去看待它们了。"

彭小满看着老班，等他接着说。

"就拿我们那个年代，和你爸爸妈妈那个年代来说，恢复高考，哎，那确确实实是改变命运啊。"老班一笑，满脸细褶，像是怀念起自己当学生时的峥嵘岁月，"那时咱们国家百废待兴，正是缺人才的时候。国家怎么选人才？考试呗。所以那时候上学的人，真的都打心眼儿里感谢高考，感谢国家给我们这些农村的孩子一个机会，能从什么工厂车间、田野地头这些小地方走出来，在大城市里扎根。你的父母肯定也是这种观点，对吧？"

彭小满比了一个赞同的手势："是，和我爸说的完全一致。"

"但你们现在不一样了，早就不是一考定终身了，你就问问你的哥哥、姐姐，问问他们，那些家庭条件特别好可是高考成绩不如他们的同学，是不是混得也不差？这是为什么？因为社会发展到一定程度，它的上升机制变得更复杂了，咱们需要去考虑社会制度环境了，也要考虑每个个体的背景资源了，知识当然是需要被尊重的，但是呢，现在能改变命运的不只它一个了。条条大路通罗马，是这么个意思。"

彭小满点了点头："您说得对。"

"当然啊，我纯属跟你瞎掰，你还是得认真学。"老班生怕他听了一番忽悠的话，立刻头脑一热，休学下海倒卖海鲜去，"虽然高考现在能带给你们的直接效益可能没有那么多了，但是咱们也得承认啊，它这个竞争模式，永远都是良性的。管你是三教九流的普通百姓，还是大富大贵的人，管你长得矬还是长得俊，你上了高考考场，一分一分都是自己拿下来的。咱们撇开个别看整体，它是公平的，是没有阶层之分的。它现在确实不是唯一的路了，但还是路，还是一场值得你们好好去打的仗。"

彭小满笑了笑，突然觉得和班主任聊天，听他吹牛，也是一件挺有意思、挺长知识的事情。

他以前在云古一高，老师不至于讨厌他这么个从不惹是生非的孩子，但他寡言少语，成绩末流，又体质羸弱得沾不得碰不得，时间长了，自然是自动被忽视，被敬而远之。很少会有人凑过来跟他言语一番，告诉他，他现在走的是一条什么路，好不好走，方向在哪儿。

老班是一个通情达理的好班主任，彭小满承认。

"你爸，"老班另起一个话头，"你爸彭俊松，是我来'鹭高'带的第一届学生。"

"啊？！"彭小满一下子坐直，好险没吞了口香糖。

"不信啊？"老班咧嘴"嘿嘿"一笑，就猜到他是这个反应，"不信等开学我把那时候的毕业照带来给你看看。我还记得你爸站在最后一排的右数第二个，哎哟，大高个儿，戴一副眼镜，文质彬彬的。你还别不服，你爸高考的成绩是咱们学校那年的第十名，很厉害的，我记得他考上了石油大学吧？"

"是，然后毕业就去西亚挖石油了……"彭小满抹了抹嘴巴，说，"不是，所以我爸跟您认识是吧？"

"那必须认识啊，我是他的恩师啊，没我督促着你爸当时报志愿就飞了，哪儿还能考上石油大学啊？"老班厚着脸皮说，"你爸跟你妈结婚那年，你爸都把喜帖寄过来了，那时候我家儿子不是正中考吗？我实在抽不开身跑去云古，要不我就去了。"

"您别告诉我，我爸让我转来'鹭高'之前，还特意把我托付给您了？"

"啊。"

"哎，我的天，我说怎么感觉您对我一直特别……特别呢。"

老班按了按他的肩："你爸那不是为你好嘛，他人是有点儿闷，但心细，脾气又好。你想，要不是你爸给我打预防针，我能让你每次体育课都在那儿坐着吗？你那体育老师都过来反映好几回了，不还是我跟他解释的吗？我跟你说，要是陆清远和游凯风那几个皮小子是这情况，你看我不打爆他们的头。"

"我以为是我那假的证明好使呢。"

"好使什么啊，一个小诊所开的哮喘证明谁信？你当现在的老师都傻呀？"老班沉默了一刻，口吻又和缓下来，声音低下来。老班这样年纪的人，走过时过境迁，行过往岁月，倘若有意要去温和待人，话里则会带有一种沉稳而有力的抚慰感，不叫人敬而远之："小满，你妈妈她……身体还好吗？"

"她？"彭小满朝窗外看了一眼，发觉行到这处，乌南江的宽度陡然窄了许多，"她还好吧，怎么说呢？她其实算是命不好吧，心肌病要不了命，但尿毒症这种东西……就，熬呗。"彭小满逗了个乐子，"就跟咱班长的名字似的，续铭，续命。"

"自己不在她身边觉得压力大吗？"

"班主任您说笑呢。"彭小满挑眉，吐了一下舌头，"我离他们远，能有什么压力啊？反倒是我爸，又得上班又得照顾我妈，四十岁熬得跟六十岁似的。有时候我也挺……愧疚，觉得没有尽到儿子的责任。但我爸告诉我，还没到我尽孝的时候，我要照顾好自己的身体，别让他再多分出一份心。"

"你爸不容易，有担当、能扛事。"

"那是因为他不担当没人担当啊，我的性格其实是遗传他的吧，就是不被逼到那份儿上，永远是优哉游哉的。其实我很着急，但就是表面上让人觉得我满不在乎，觉得我这个人不认真。"彭小满眨了眨眼，说，"我不喜欢我的个性，但这真的是我天生的，我不知道怎么改。"

"你能承认就算不一般了，你们这个年纪的孩子就怕看不清自己有几斤几两，你倒是没有。"

"谢谢您的夸奖。"彭小满假意抱拳，朝老班"嘿嘿"一笑。

"行吧，我也不说多了，累嘴。反正以后学习上、生活上，有什么不开心的或者搞不清楚的事，不敢跟家里人和老师说，你就跟你的同桌说。李鸢那孩子是一个心里能藏住事的人，虽然他嘴贱贱的，但人稳重得很，你们其实也蛮有共同语言的吧？"

"我们凑一块儿就是一部金庸小说。"

彭小满心想：我和他整天少侠长、少侠短的。

"什么意思？"

"没什么，没什么。"

彭小满转过头去看"李少侠"，看他倚着车窗睡了；游凯风硕大的脑袋枕在他的肩上，边听着重金属摇滚乐边睡得嘴歪眼斜。彭小满伸手过去解开了座位旁的窗帘拉环，替他们拉上了遮光帘。彭小满拉窗帘的手靠近李鸢的脸的时候，轻轻地触到了他的鼻尖，彭小满手收得快而安静，却依然把李鸢弄醒了。

李鸢睁开眼睛的时候双眼皮翻成欧式大双，乌南江的水汽好似进到他的眼里了，一刹那，满是混沌未醒的迷惘。

"对不起，你接着睡吧。"彭小满朝他比"V"字的手势，"强行'晚安'，少侠。"

里上的夏天是苍青色的。

行了近两个半小时的车程，一进入里上市内，沿海城市夏季独有的腥咸闷湿的风便拂面而来，倒与青弋相仿。只是在青弋，从车窗向外望去，不会有这样灰蒙蒙的穹顶，也不会有这样多耸立的高楼大厦。

与网上传说的一样，里上市人好种法国梧桐与银杏。法国梧桐其实很有西方气质，最早是种植在法租界内，枝条稠密，叶大荫浓，枝干相对低矮，如帐的顶冠若向甬道两旁舒展开来，则影响了整个城市的气质。里上给人沉静之感，或因如此。

车窗外的阳光筛过粗枝阔叶，以或明或暗的光斑的形态洒进呼噜声起伏的车内，大家鼻尖萦绕的草木气息也愈来愈浓。车里横七竖八地睡死过去的学生们因此悠悠地转醒，神色迷离地揉眼睛、搓鼻子、打哈欠，纷纷对着窗外愣神："这是哪儿？"

老班毫不客气地打开了小蜜蜂的开关，将音量调到最大，起身喝道："醒醒啊，醒醒啊，睡着的人都赶紧醒醒，马上到了！"

挨着坐在后排的游凯风和李鸢惊了一个大跟头。

"有杀气！"游凯风睁眼，一脑门撞上了身前挡着的椅背，撞得彭小满直挺上身往前一蹿，刚撕开的一颗果冻差点儿滑进气管里。"哦！哦！哦！落枕了，落枕了。"游凯风痛号，额头和脖子，不知道先顾哪儿好。

李鸢也惨，睡到一半被一嗓子炸醒本就不痛快，咬着后槽牙动了动肩膀，才发觉自己被游凯风一路压了个半身不遂，一摸领口，还是湿湿的，李鸢咋舌："啧。"

"陆清远，还吃！吃一路了！车里都是一股你那泡椒凤爪的味道！"老班把麦克风挂在耳朵上，"没睡醒的人都醒醒，到旅店再休息也不迟，记着拿好你们的胸牌、包、贴身财物，都带好了，看看有没有落下东西，这是在外地，丢了不好给你找。听见没？"

"这个糖'透心凉'，包你们'心飞扬'。"彭小满散发了几颗强劲薄荷糖给后面的两个人醒盹儿，悄悄问李鸢："你说学校安排咱们住什么档次的旅馆啊？"

李鸢把糖纸拆开将薄荷糖丢进嘴里，好比吞进去一股小旋风，皱眉，彻底没有困意了："住五星级酒店吧。"

"啊？"游凯风愣了愣，真信了，嘴里的糖差点儿没兜住，"不是吧，这么阔气？"

"你好傻好天真哪，你真可爱。"李鸢现在一看见游凯风就脑门儿拱火，恨不得把他的头拔下来当皮球踢，以报"急性肩周炎"之仇，"会安排咱们住快捷酒店吧，去年我们参赛住的就是快捷酒店，老卫家的饭店好像和他们是合作关系。"

"你看看，人脉的重要性！"彭小满拍大腿说，"你说我以后去他家的酒店吃饭，报卫老师的名字能半价吗？"

"嗯，也许能。"李鸢点了点头，"顺便把你的物理成绩也说说，卫老师的爹妈说不定能把吃饭的锅都送给你。"

"什么东西？"彭小满挑眉。

游凯风出声提醒："反正不会是什么好话，你有点儿心理准备啊。"

"意思就是说，他们要谢你。"李鸢吃糖跟吃冰棒一个德行，仗着牙口不错，嚼两口就开始"嘎巴嘎巴"地咬，"毕竟老卫手底下多出点儿你这个水平的学生，他们老两口儿就不愁他不回去继承家族企业了。"

彭小满半晌不说话，过后改问游凯风："你家小鸟爷骂人每次都是这种拐着弯欠打的路数吗？"

"那必须是。"游凯风点头，语气略带沉重地说，"没点儿智商都听不出他在损你，'鹭高欠王'就是他。"

大巴行进至里上香海大道，在岔路口左转，减速驶进一处平坦开阔的露天停车场地。众人抬头一看，巧了，还真是快捷酒店。

学生们鱼贯地走下大巴，左右一看才发现停车场上少了一辆一起来的大巴，一问老班才知——这家城南的快捷酒店最靠近里上电子工程大学的金关校区，又靠近胜立大桥与安和广场，空房供不应求，就算是卫一筌大股东，酒店也提前留不出那么多标准间。第一车抛下了四位参赛选手在卫一筌身边待命之后率先跑路，载着一车老师和学生行去了另一家酒店。

"分散开来不会不好管理吧，卫老师？"老班帮着几个女生拎包，左胳膊三个、右胳膊三个，外加一张劳动人民的脸，看起来宛然一幅水稻高产、农民丰收的画面，"学校领导每次一批这种活动就头疼，就怕学生搞事情，这帮熊孩子个个不让人省心，到时候别再给你添麻烦。"

卫一筌摘了手腕上的名表装进口袋以防刮擦，接过了他左手上的包："您放心吧，班老师，学生也不会专门和学校作对的。车是学校的，但司机都是我们家的，您放心，我让他们二十四小时候着，有什么情况也会及时反馈的。哎，孩子们马上升高三了，出来一次不容易，您就别绷这么紧了。"

"我就是年纪大了，老爱瞎想，不服老不行，头发这半年明显白了一大半。"

卫一筌递过去一根烟："人不是都会有这一天吗？高中老师本来就够操心的。"

老班一看烟，好家伙，八千多元还不定能买得到一条，惊了一跳，没敢往嘴里塞。他笑了笑，挺不明白地问："原先也没机会问问卫老师……你怎么就，来当高中老师了呢？"

卫一筌乐了，说："当高中老师也不犯法吧？"

"哎，你这说的，我不是那个意思——"

"班老师，我知道，我跟您开玩笑的。"卫一筌推门进了大厅，"您要问我为什么，我说我就是不想回家当个少爷，您肯定得想：哟，好车开着，好烟抽着，好人脉用着，这会儿玩人格独立玩得跟真的似的，装大了吧？肯定很多人这么想，但我还是得说，这就是我最简单的答案而已，我想做什么就做什么。"

"你们不觉得，我那包，"周以庆在后面小声言语，"拎在老班手里莫名其妙有种尼龙编织袋的感觉，换到老卫手里就像奢侈品限量款吗？"

"放屁，少给你那包贴金了吧，你这就是歧视。"陆清远又拆了一包薯片，在后面大嚼特嚼，渣子直蹦，"你那包分明是谁拿都是春运赶火车的感觉，我说你们女生也绝啊，住两晚的事愣是搞那么大一个袋子，你不是把你家的厕所都搬来了吧？"

周以庆转身绕过续铭和猴钟齐，糟心地跳起来击打陆清远的头脸，抢走他的薯片："滚蛋。"

彭小满正在帮李鸢找书包里的水杯，少侠他老人家渴了，要喝蜂蜜水，但他老人家肩膀疼，够不着。

彭小满一直觉得李鸢这一点还挺神异的，非特殊情况，都只喝自己带的水，水杯是日常标配。按说他们这种男生，炎炎夏季，不喝点儿冰碳酸饮料打一个响亮的气嗝，还叫青春吗？李鸢倒好，跟续铭一个路数的，未老先衰，彭小满怀疑他们在家里会用紫砂壶喝茶。

"我妈最烦我出门带水瓶，说不朝气，跟看门大爷似的。"彭小满的言外之意：李鸢，你就跟看门李大爷似的。彭小满使了一招儿猴子捞月，在包肚里捞了半晌："哪儿呢？我都捞出来你的内裤了，你的杯子呢？"

"侧袋，小笨蛋。"

"不早说。"彭小满被他一句"小笨蛋"硌硬得够呛，屈起膝盖顶他的膝窝一记，抽出侧边的水杯递过去，"还是蜂蜜水，你不会是'来姨妈'了吧，少侠？"

"你再恶心人我就捶到你吐'姨妈'。"李鸢拧开盖子喝了一口水，"我呼吸道系统不太好，跟你一样，我们家祖传的。"

"你得了吧，祖传个毛毛球。"彭小满拉上拉链，"我奶奶在天井里晒了一凉席的罗汉果和胖大海，要不回去分你点儿？"

"你朝左看。"

"左？"话题转得有点儿急，彭小满下意识地听命，向左转头，"谁，看谁？"

"大厅沙发上坐的那几个人里的，寸头、穿黑色运动鞋，（6）班的，眼熟吗？"李鸢把水壶递回去，"再帮我装一下，谢谢。"

"我的天，刘欢欢！"彭小满接过了水杯。

几个月前，在走廊里三打一对阵彭小满，没料半路杀进一个李鸢，吃了他一老拳，被一起提溜去办公室训话的那位仁兄。

"他叫欢欢？他怎么起了一个福娃的名字？"

"那你一个人类还叫了一个鸟名呢。"彭小满翻白眼，脑子一抽，胳膊肘向外拐，"不是，这是重点吗，哥？重点应该是为什么他也在啊，还一直在看我？"

"他那是在瞄我。"

"哎，也是，那天你的确下手比较狠。"彭小满往后挤了挤，"你说他不会预备着下黑手吧？反正不在学校，天高皇帝远的，他真要再带几个同学过来找你一雪前耻怎么办？"

"至于吗？"李鸢皱眉，"我不就打了他一拳吗？你也被他揍得够呛，不算扯平吗？"

"你直接把人捶破相了。"

"真打起来谁还顾得上相不相的，没冲鼻梁打算我素质高的。"

彭小满给他比了一个大拇哥："行吧，你厉害，反正……他要真找你滋事你千万别理他就行，种子选手，你可太金贵了。"

李鸢点头，过了一会儿才笑。

分房卡是按班级来，房间有两种，一种是三个人同住的大床房，一种是两个人一间的标准间。按说总该是两个人住一间要更方便、更舒服些，但国际惯例女士优先，等两个班的姑娘们率先把标准间选了个精光，男生们也只能分批次地挤大床房了。可谁和谁挤又让人头痛，到底是老班作为，大手一挥，插进来高喝一声："别你们商量了！等你们商量出来天都黑了！我来定！"

陆清远、猴钟齐、续铭，1203；游凯风、李鸢、卫一笙，1204；赵劲、彭小满、班主任，1205。

"有没有谁有意见？"

大家静默一片。老班这话的意思，就跟电影里的那句台词差不多——"我会给他一个建议，叫他不敢摇头。"

谁嫌卷子不够写，敢有意见？

彭小满在一旁摸了摸鼻子，轻轻地朝李鸢招了招手，李鸢凑过去低头："嗯？"

"我不想让别人看见我晚上要吃药。"彭小满看着他，低声说。

李鸢看看他胸口的位置，心中了然，嘴上还是问："你是说……？"

"我身上有疤。"彭小满在自己的心口轻轻画了一道竖杠，"我也挺怕被别人看见的……"

"给我什么好处？"

彭小满双手合十："只要少侠你爽，你提什么要求都行。"说完彭小满想扇自己的嘴两巴掌，这话说得怎么就跟自己要上赶着被他欺负似的？

"下次给我唱一遍'我有一根仙女棒'。"

彭小满听了假笑："我想炖了你，炖一锅麻辣的，就饭吃。"

"那再见，我和凯爷、老卫住着挺好，真的。"

彭小满咬了咬牙："我唱，在没人的地方。"

"成交。"李鸢得逞地比了一个"OK"的手势，举手："班主任！我有意见。"

众人默认了老班的安排，正欲收拾手边的行装回房看看住房条件如何，听了这话纷纷"咝"了一声——学霸就是胆大。

"赶紧说，赶紧说！"老班皱着眉摆摆手，把那烟别在耳朵后边，心说：我都让你小子和游凯风蹲一间屋了，你还有什么不满意的？你怎么毛病这么多呢？

"我想跟您住一间。"

老班听了这话，愣了愣。

"就是想跟您……讨论点儿问题，呃。"李鸢顿了顿，瞥了一眼彭小满，"学习上的、心灵上的、人生上的，行吗？"

老班摸摸后脑勺，思忖了一会儿说："那成吧，那谁，赵劲！那你就跟李鸢换一下吧，你去住 1204，让他过来住 1205，行吧？"

游凯风在一旁反应过来马上要蹦起来："别啊！我不——嗯。"

"谢谢班主任。"李鸢胳膊一搂封住他的口鼻，贴在他的耳边嘘声："小风风乖，不哭，不哭，两晚而已，委屈你了。"

李鸢看向彭小满，看他朝自己递过来一枚响亮的飞吻。

论和班主任住一个屋檐下是怎样的体验，得亏李鸢和彭小满不玩论坛网站，要不非得洋洋洒洒地答一两千字。

老班奉行他花甲老人长期保持的生活作息，开窗通风，从背包里掏出硕大一袋的霍山黄芽，座上一壶开水，躲到卫生间里抽他那根金贵得不得了的烟；李鸢换了酒店提供的鞋底比纸片还薄的一次性拖鞋，一屁股坐上床，恹恹地仰倒，手垫在脑后，看着彭小满忙活。

要不怎么说彭小满是少女心呢？他出门在外自备拖鞋，鞋上印着粉红色的卡通豹子；洗漱用品也得自己准备，掏出来见光也够辣眼，牙刷把上贴着一个卡通太空人也就勉强算了，漱口杯还是荧光绿色的；李鸢想着他的居家 T 恤衫总该正常点儿了吧，等他掏出来抖开一看，得，印了一身的小菠萝。

李鸢捏捏鼻梁想：真幼稚。

彭小满走到窗边轻轻地拉上了遮光帘，随手脱了汗湿的外穿 T 恤衫。

李鸢不是故意地看了两眼。

彭小满的后背，窄得不似一个男孩儿，骨肉收紧，像被人攥了一把似的。后背不大见光，白得透亮，嵌进去的两枚嶙峋的蝴蝶骨，在扯下衣领时陡然聚拢，而后又滑向两侧，连贯看来，好比一个振翅的动作。体脂过低的特征他都有，脊柱线深刻好比一串珠子凸于皮下，有腰沟，裤带松垮地束到了最后一个扣眼。

李鸢莫名其妙地想看他的那道疤，没等自己反应过来，身体已率先做了呼喊的反应："彭小满。"

"嗯？"彭小满攥着衣服转过身，见李鸢又不说话，盯着自己的胸口看，才小声笑骂，"你是臭流氓吧。"

彭小满略含胸，正面更显单薄。可瘦不瘦，白不白，这样的视觉感受完全被那道瘢疤给弱化了。他的左胸外侧有一枚月牙儿形的弧口,弧口处的皮肤如霜过的老涩橘皮,略略紧皱,丑,有一圈暗红带紫的色泽。这是心脏的位置,这里有疤,是多舛命途的一笔隐喻。

彭小满不遮不躲,坦然裸呈,甚至在问:"手痒不?要不要摸一下?"他拇指顶了顶胸口,这其实是一个加油的动作。

李鸢支起上身,彭小满走过去,李鸢抬手抚上。

李鸢的指腹微热,倒是彭小满皮肤冰凉,这样一贴合,也挺舒服。

"你说你这里面是有起搏器?"

彭小满略欠着身:"嗯,双腔包埋。"

"都有些什么呢?"

"呃,脉冲器、导线,还有……心内电极?"

"会疼吗?"

"平时当然不会啊,你以为这玩意儿是鸡眼还是骨刺啊?"彭小满笑他傻,"手术结束那几天会疼吧,好几年前做的了,我都已经不太记得当时的感觉了。"

李鸢摸着那道凸起的疤,好像在阅读盲文,这段盲文翻译过来则是:这是一颗不健康的心脏,它跳着,但也病着,是活下去的必需器官,亦是致使这副身体的主人戛然死去的隐患。李鸢不自觉地温柔谨慎起来,像怕按坏什么,心里一阵说不上来的感觉。

"你是不是心跳变快了?"李鸢感觉掌下的跳跃节奏快了些,由"咚咚",变成"咚咚咚","跟刚才不一样了。"

彭小满"嘿嘿"一笑:"因为你太帅了,我的少女心不好意思了。"

李鸢抬头看着他明朗的神色,沉默了一刻,还是问了:"你为什么总是能高兴得起来呢?"明明你的眼神就不够快乐,你的眼底在下雨,始终水光粼粼。

彭小满站直,胸口脱离李鸢的手掌,笑容一时僵滞,上扬的嘴角缓缓地回落。彭小满抿了一下嘴,把小菠萝睡衣套上,扯了扯衣摆,揉揉鼻子反问李鸢:"不然呢,垮着脸等死吗?给谁看呢?"

"我不是那个意思,我是说……"李鸢竟一下不知该怎么解释,难得拙舌,选择了致歉,"对不起。"

彭小满拉开窗帘，屋里陡然明亮，他对着窗子"扑哧"一声，再笑起来与刚才无异，"行啦，没事，你一说'对不起'我就很难受。"

简单整理休息过后，来参观的学生们被安排在旅店里，机器人社的几位参赛选手则被卫一筌叫去了大厅集合，开车出发去里上电子工程大学金关校区将寄去的机器人进行拆封，并熟悉明、后两天的竞赛场区。李鸢把自己的胸牌挂到脖子上，瞧着那字——Competitor Li Yuan（参赛者　李鸢），心里十分鄙夷：就是一场华南赛，写什么英文？

这次华南区赛的主题为"bank shot"（投篮），将在华南六十四支队伍之中遴选八强，获得全国决赛入场券，名次搏杀倒也不算激烈。在各支队伍赛前就收到的竞赛规则中称，此次比赛共分三个比赛项目。李鸢明天需备战的第一个项目采取联队对抗形式进行，也就是所谓的团队合作挑战赛，找盟友，拉帮派。

两队小车将在 12 英尺（约 3.9 米）长、12 英尺（约 3.9 米）宽的场地中进行小球投射，机器人在规定时间内，从指定的位置出发，将直径 3 英寸（约 7.6 厘米）的得分物投掷入对方的分网区，比赛结束后依靠得分点统计总分，联队两方将获得同等分数。

李鸢去年是团队的操作手，事先沟通好的联赛战队是南方某中学，友军小车"极给面子"地一进入比赛计时便自锁了输出轴，"咣当"一声，扑倒在了中场上，死机不动，占据着主赛道，等于李鸢他们以一敌三。"鹭高"的选手急得淌了一身汗，像热锅上的蚂蚁一样乱转，李鸢则在敌方多次故意冲撞的流氓打法下，继续稳健地操控手柄，而后因敌方托举时滑脱未得分而险胜，过后一并给他们一个拇指向下的动作。

自此李鸢一战成名，社团队友到现在还管他叫"鸢神"。

只是这学期的社团训练，李鸢都没怎么去，这次比赛，叫他种子选手实在抬举他，不过就是大年三十的兔子——有他过年，没他也过年。这么看来，李鸢其实算是一个不地道的人，富有显而易见的才能，又从来不让别人依靠他的才能。打个比方，他是那些风雨江湖的小说里，只用一招半式即可独战群雄的绝顶高手，偏又不为人或朝廷所用，要个刀花，要仗剑走天涯，谁也强按不了他的头。

卫一筌在这方面的妥协有时候让李鸢觉得没什么必要。有才能的人很多，有才能而又富有热情与创造力的人更多，他那小范围内突出的丁点儿资质什么都不算，不至于要让别人破格给自己面子的地步。他不喜欢的东西，至多算责任与情分，他始终希望任何人不要把他抬得过高或是看得太重，因为懒得承担责任，也会不明白该如何回馈。

李鸢觉得自己挺贱的，因为他想要的东西从来都是不可触及的。

"鹭高"机器人社的社长姓孟，是高二（1）班的一个身材高瘦的物理学霸，两个班虽有世仇，但他和李鸢共事还算融洽。

他一路和社员、卫一筌商讨了不少有关机器人部件的零零碎碎的问题，诸如今年吸取了往年教训，将底盘驱动的马达换成高转速低扭矩的，而将抬举臂的马达换成大扭矩的；或是嘱咐大家到赛场后要仔细区分竞技用球与练习用球，这两种球有细微的材质与规格差别，去年有夹取过程中得分物滑脱的现象，今年可以有必要地向前顶进一颗钢板的孔位；再是嘱咐队友千万别再把喝剩的塑料瓶往场地里乱扔，回头被主办方顺着队伍编码点了大名、露了洋相，学校又得火。

李鸢间或提了几个主观建议，间或看着窗外的里上市容。

他忍不住在心里比较，比较出里上的屋楼看上去碧瓦朱甍、拔地参天，反光玻璃的外墙折射出璀璨的亮光；而青弋，浓荫连片，全是低矮古朴的层楼叠榭。

他觉得大城市的空气难免有些污浊，生活在这种环境下的人需要时常掩面，护住口鼻，匆匆如逃离般行走。里上人看起来因为快节奏的生活而漠视一切，视旁人如无物，只专注于脚下笔直的道路；而青弋，地界狭小得几乎能一掌盖住，有人吵一场夜架，似乎全城的人都能听见，都要披着衣服点着灯，去窗台向外探视两眼。因为步伐缓慢，所以青弋人总是在左顾右盼。

他猜他和彭小满的心境与想法，矛盾得好比夏凉转秋，一个穿棉袄的人和一格穿短袖的人对脸相撞，互相打量着，心说这个人傻吗？不看天气预报吗？

李鸢不承认自己是一个忘本的人，只是他有不示人的包袱与抱负，不认为青弋凭着古旧历史能打开他的眼界、照亮他的前途，也不认为那样的家庭有值得让自己牺牲未来的必要。甚至就是在车开上二环路的高架桥，可以自上而下俯瞰里上的此刻，李鸢在想自己若能直接留下来念大学会不会很好？他就这样一路向前，不被任何人规划，不再为谁回头。

李鸢不是没有牵挂，只是牵连的东西很多、很细，有点儿辩证，他自私地一时不愿去想。

李鸢叹了一口气，立在里上电子工程大学的 AI 科技展馆前，突然就把自己搞得沮丧、迷茫。

"鹭高"的学生来里上吃的第一顿中餐很惨，订的是酒店周边的外卖。老班点了点人数，统一叫了一家店的三鲜鸡丝粉。两个外卖小哥飙着电驴来送不算，一个人也拎不下，又另叫了三个男生下楼去取。青弋管粉丝类的食物都叫米线，嚼着状若皮筋，青弋人都不爱吃。倒是里上的米粉不同凡响，一大海碗，卖相虽不佳，但口感黏软易化，吃进嘴里谷物的芳香很重。人们都说纯米做的米粉是不会不断的。

学生们吃完给好评，但说到底还是青弋人吃饭讲究。

青弋人很不同。居民中的老人较多，他们清闲，不那么忙，所以做些汤汤水水的东西，都很肯花功夫、下心思。单拿一户家里要吃的面条说，下锅只会下填八分肚子的两三筷，有好汤做底最好，没有，也要烫好小油菜，卧好溏心蛋，切好菌菇丝，滑好肉茸，备好生抽和香油，找一只干净不缺角的器皿来盛。

一蔬一饭之间的细枝末节，都在朝朝暮暮里被放大，不分雅俗，只分满足和不满足。情侣拎着活鱼鲜肉，手牵手地走出小菜场；老人给放学吵着不走的小孙子买一串卤鸡心；青年晚归，父母听到开门的动静，按亮了厨房的灯，把凉了的饭菜"唰啦"丢进锅里快速翻炒，溢出焦香；苹果有斑，妈妈吃掉坏的一半，将好的一半削皮、切块，插好牙签拿给孩子吃。所以一旦觉得自己不那么被爱着，生活在小地方的人是痛苦的，无处不被孤寂包裹。

这些东西和格局无关，只是所思所感的细微不同。

学生吃罢，有提前安排好的集体活动，参观里上医科大学金关校区。"鹭高"重理轻文一直是大家心照不宣的事实，因而对校领导而言，去里上，不带学生去里上医科大学沾沾重本高才生们的斐然才气，就不如不去。好比去北京的人没爬长城，叫什么好汉？

有地方去总比窝在旅馆里斗地主强，一帮人坐在车上挺兴奋地碎语闲言。（2）

班一帮人都清楚缑钟齐家里三代行医，去里上医大，便把他捧成一路的话题中心。几个人刨根儿问底儿，把人家祖上刨了个稀烂。

"五十八岁？"陆清远呛了一口水，回想上次家长会时看到的缑钟齐的父亲的长相，"我妈今年才三十六岁，你父母是多晚婚晚育啊？"

缑钟齐推了一下眼镜，笑了笑，像是对父母的婚姻并不抱着怎样的艳羡，话语里暗示着不甚融洽的二人关系："他们都在医院工作，老大难了才凑一块儿过了，四十一岁才结婚，有我自然也就晚了呗。"

"那伯父还挺那啥。"游凯风促狭地眯了眯眼，生冷不忌地侃，"你今年十八岁，他岂不是当年即中？"

缑钟齐顿了几秒才说："嗯，老当益壮。"

"那你打算学医吗？"周以庆看到他衣领往里折着一只小角，便伸手过去帮他将平，"子承祖业，听起来就很棒。"

陆清远在一旁攀着椅背伸头过来："是啊，我正打算问你学不学呢。哎，我觉得有一个学医的同学真的挺棒的，以后留病房床位、安排手术时间什么的，是不是就能直接找你啊？"

彭小满在前排坐着，边听歌边看他们闲聊。他瞥了一眼窗外，在收回视线落向缑钟齐身上时，竟在对方的丹凤眼里抓住飞速逝去的嫌恶之色。那嫌恶之色收敛得虽然迅速，但表现得不加掩饰，就跟瞧见了屎似的，皱着眉在说"真恶心"。彭小满愣了，一下子盯住了缑钟齐。

"不学。"缑钟齐不假思索地笃定否认完，神色如常地又推推镜腿，笑着回望彭小满，"怎么了？"缑钟齐一副滴水不漏的稳重样子。

彭小满什么也没说，摇摇头，"扑哧"了一声："没事。"

"鹭高"的排场还挺大，一个非正规的参观小组织，还能有里上医科大学康复班的班主任出来相迎，班主任依次和下车的老师和学生打了声招呼，才请大家进了校区西门。沿路景美，高大簇新的教学楼在四周矗立，广玉兰与丹桂间隔林立，虽然花期未到，但枝繁叶茂，都还挺拔苍翠。偶有穿白大褂的三两个医学生经过，有的真是气质如兰，有的还真就像一个粮油店里卖面粉的店员，这玩意儿纯靠气质撑，硬拗没用。

参观医科大学，大家感兴趣的要么是食堂，要么是停尸间，要么就是解剖室。这学校倒也绝，上来先给这拨友校师生安排了一节在阶梯教室的公开生理健康课。康复班班主任开了教室后门，冲着下方戴眼镜的讲师一挥手，对方立刻停下了课程，把头探向手边的扩音器："来，各位同学安静一下，今天咱们的课堂上迎来了一群特殊的朋友。"

"鹭高"的学生们在外头听了这话直翻白眼，心说：这重本的老师口才和情商也不怎么样啊，还一群特殊的朋友？

"大家欢迎来自青弋鹭洲中学的同学，欢迎他们参观咱们学校，参与咱们的课堂。"讲师一句话连喷了三次麦，祖上做喷壶生意似的，听着"噗噗"直响，"来，大家掌声欢迎。"

百十来号身穿白大褂的学生纷纷转头来看，兼拍着手掌，还挺吓人的。

游凯风觉得不爽，心说：我在学校的课还没上够，千里迢迢地跑到外地来还听你上课，我是脑子进汽水了。想罢，他便戳了戳前排和康复班班主任并坐一排的老班，手指指门外，意思是说：去上厕所。老班皱眉比了一个嗫声的手势，眼里写着"我才不信"，顿了半晌还是心软了，叹了一口气低声说道："快去快回，别走丢了，你敢瞎跑试试看。"

"谢谢您！比心！"

游凯风乐了个鼻子歪，脚下抹油，就从后门跑了。只是他前脚刚出了教学外楼，彭小满就跟出来了。彭小满也膀胱饱胀，也想放水。

"哎，小满君，你发现没？"游凯风提起裤子。要不怎么是医科大学呢，人家就是干净讲究，连厕所的角落都擦得一尘不染不说，还点了一盘紫檀线香，真是应了那句"你家连厕所都是香的"。

"嗯？凯爷你说。"

"我发觉李鸢那家伙一不在，你跟我们的话就少了。"游凯风笑了笑说，"他一不在，我发觉别说和我们聊天了，你表情都少了。"

彭小满愣了愣，随后失笑："啊？有……有吗？"

"怎么没有啊？你一路上才跟我们唠了几个字啊？"游凯风把手伸到水槽里洗，挤了一泵洗手露，在手心揉沫子，"就……怎么说呢？反正不一样，有的时候看你一在他旁边，身上那种拘着的感觉马上就没了，你发觉没？"

彭小满眨了眨眼，问："会吗？"

"不是单方面的，李鸢也是，在你旁边一站，气场也马上变得跟平常不太一样了，就……"游凯风冲净了沫子，甩甩手，"怎么说？感觉你们对对方来讲，对待起来跟对待一般人不一样，挺特殊的？"

第十章
大冒险

特殊，这个词很中性。

既可以是我讨厌你讨厌得特殊，或是我喜欢你喜欢得特殊，也可以是压根儿就没那么多乱七八糟的想法，我不喜欢也不讨厌，只是看待你的方式略显不同而已。因为你和我以往的所见太过不一样，你的跳脱举动使我言行失据，才让人看起来不那样熟稔从容。

彭小满经由游凯风提醒，第一次有了这样的认识，自然而然地认为李鸢会是第三种情况。那个所谓的"喜欢"在观念之外，被他下意识地认为滑稽无比，就略过去不看了。讨厌？他应该不至于讨厌自己吧。

游凯风笑嘻嘻的，以为彭小满有话要说，等了半天又一个字没有，才揽着他的脖子往外拖："走，边走边说。"

游凯风刚认识李鸢那阵儿，很不爽他，心说：这种仗着自己长得帅点儿的装酷货，我在大街上一杆子横过去能撂倒七八个。牛什么呀，忒没品位。

只是游凯风观察了几天，才发现李鸢这个酷装得很高级。有的人装，是给别人看的，抽烟、打架、寻衅滋事、动不动就骂街，实则想法简单，一眼见底，误把凶狠当作厉害的最高级别，其实总是一不留神就泄露了情绪，交了惴惴不安的底。游凯风初中上的是私立学校，那里被戏称为"贵族留守儿童基地"，这样色厉内荏的小男生他认识很多。

但李鸢的装酷法他还真没见过，李鸢跟谁都能处，谈笑风生没一点儿障碍，唯独就跟自己较着劲。

"他这个人吧，绝大多数情况下十分从容，好像没什么东西镇得住他。续铭跟他像，其实又不像。"游凯风走了与来时相反的方向，并不打算老老实实地回去听那节生理健康课，"续铭给我的感觉是，哎，他是真的对什么事都没感觉、不在乎，不叫宠辱不惊吧，是真的对周围这些东西没什么热情；但李鸢吧……你能感觉到有很多东西他很在乎，他就是故意表现得不放在心上。你有这种感觉吗？"

路上有淡淡的清新芬芳，树梢向两侧舒展，有蝉鸣声。彭小满特想笑，笑游凯风是真的在意李鸢，能用这么细致的目光把李鸢描摹得如此明了。彭小满不能确定游凯风分析得是否正确，但点了点头："有时候，能感觉到一点儿。"

"你跟他特别不一样的地方就是，他那个人，看着挺冷，但你知道他是外冷内热。他其实很仗义，很善良，心很软，该做的和不该做的事到最后你会发现他都一声不吭地做完了。"行道拐角处有一座南丁格尔像，置放在中央花坛中，经过时游凯风忍不住多观摩了两眼，"你跟他给人的感觉，正好反着来了。"

彭小满步子一顿，又慢慢地跟着走。

游凯风凑过来揽住他的脖子："你这个人，明明是优哉游哉又外放的性子，但就是，"游凯风看彭小满眨了一下眼睛，"但就是老让人觉得你才是始终不痛快的那一个，好多东西，你最明白。"

仿佛那些我们还没考虑到的、一些只有轮廓隐现的问题，你已经在心里将它们反反复复地模拟了无数遍。

"刚处不久。"彭小满也笑嘻嘻地去搭他的肩，"转学生嘛，等咱们处到毕业了，你就会发现我其实就是一个没心没肺的人。"

"可能吧，可能真是我过度解读。"游凯风弹了一下舌根，"但磁场这东西玄得很，我感觉啊，哎！只是我的感觉啊。"

"嗯，你说就是。"

"我感觉他跟你在相处的时候比跟我在一块儿时看着轻松。"

"想多了，凯爷，他可是你的兄弟。"彭小满乐起来摆手。

"是真的，我是这样，我是这种自我快乐型的人格，是这种只要别人真心对我，我会一百二十倍地对别人好的人。我不怕吃亏，脸皮也厚，这就是我的个性。"游凯风摸了摸鼻子，"但我知道我照顾不到别人的情绪，就跟谈恋爱似的，让我花钱、花时间可以，但让我安慰、让我哄，我不会，不知道怎么弄。"

"你这种性格招姑娘喜欢，肯花钱，且富。"彭小满笃定地说道。

"俗称，人傻钱多。"游凯风自黑了一下，"有时候我知道李鸢心里有事，但不知道是什么事，他也从来不会跟我多说。但你就……我老觉得他看你一眼或是你看他一眼，你们就都懂了，不必多说了。这是什么玄学吗？"

彭小满反应了半晌，才失笑："我能说你是吃醋吗？"

"能，讲老实话我是真有点儿吃醋，感觉'青梅竹马敌不过天降'系列，我种的——呸，对不起，重说，我养的花，还没闻着香味儿呢，蜜就让你给采了。"

"怎么被你说得那么……奇怪呢？"

"没办法，男人之间的友情，有时候就是这样。"游凯风摸了摸后脑勺，难得不那么嬉皮笑脸，竟还有点儿不好意思似的，"有时候我真觉得有点儿挫败，挫败在我掏心掏肺，有的时候不如你站在旁边说几句话。"

这就跟做题写不到得分点一样，他密密麻麻地写满一页不如学霸寥寥一句话。可写卷子是经年累月习得的技巧；而人与人交际，最里的那扇门扉对方开不开给你看，全然是小概率中奖事件，靠命和运气，玄之又玄。

"不是！"彭小满彻底乐喷，浑身不得劲地抓耳挠腮起来，"凯爷你不写小说屈才，真的，我……我就是碰巧跟李鸢住一块儿而已，然后又不小心被老班硬凑一桌，所以才——"

"哎，哎，哎！"游凯风笑着按他，"你冷静，你冷静。我一点儿别的意思没有，你别激动，你别激动，我表达得有点儿过了，我语文不行。"

彭小满啼笑皆非地摸了摸鼻子。

"我挺喜欢你这个人的，以前搞不清你是什么路数，现在突然开了点儿窍。"游凯风侧着头看着彭小满，歪了一下脖子，"好多人都一样，妄自菲薄，有时候你自己都不太喜欢自己的一些地方，对吧？但你要相信，你这个人其实挺有人格魅力的，真的，我说的是实话。"

"魅力在哪儿呢？"彭小满四处探头做出寻找的样子，笑着打趣道。

"有个学者以前有一段演讲讲的是同理心，也就是所谓的共情，感情移入，站在别人的角度去考虑问题，再说明白点儿就是将心比心。"游凯风打了一个响指，"我觉得你有这样的本事，站在一块儿我可以和你平视，不累，我跟你说什么放心，没什么心理负担，也舒服。你给我的是这种感觉，给李鸢和其他人的我猜也都是。"

彭小满没说话，不是不想说，而是一时不知如何回应。"谢谢你夸我，你说得对"还是"没有，没有，我不是那种人"都不合适。究其原因在于，彭小满自己从来没有被人这样说过。

你有同理心，和你在一起说话舒服、放心。这种肯定上升到了人格层面，比之"你帅""你聪明"，还要叫人惶恐不敢当。

青弋对彭小满的人生来说注定是一个中转站，他只是想隐瞒掉一些东西而已，但自始至终，对谁，都是做了该做的事、说了该说的话。传达到四周的是怎样一个自己，他觉得应该顺其自然，从没有刻意设计过，也没有患得患失地回望过。

聊完了，他还是说了一句："谢谢你啊，凯爷。"

游凯风"嘿嘿"一笑："客气什么？我拿你当朋友，随嘴瞎扯了一通。你也别跟李鸢说，回头搞得我像争风吃醋似的，他能硌硬死。"

彭小满比了一个"OK"的手势。

游凯风和彭小满在偌大的地方瞎晃荡半晌，回去后意料之中地被老班劈头盖脸地臭骂了一通。结束了里上医大参观日程，师生们回到旅馆时，和从里上电子工程大学返回的李鸢、卫一筌一行人碰了个正好。李鸢看游凯风和彭小满面露惨色犹如答题卡涂错了行，问发生了什么，续铭从后方飘过来，伸出一只手掌左右摆了摆："一人五千。"

"五千什么，钱？"李鸢没懂。

"非也。"陆清远摇摇头，强忍着笑，"五千字的检讨，明天交去老班的房间里，数好了字数写在页眉上。"说罢他还特别幸灾乐祸地拍了拍彭小满的肩，"哎，那你挺方便啊，跟老班住一间屋子，还省得跑一趟了。"

李鸢听罢嘴角一抽，给游凯风和彭小满一人点一个赞："气哭老班之心不死，人在外地也上赶着找骂，你们挺厉害啊。"

"那是必须的，我们是谁？我们的目标是——"游凯风垮脸强自惨笑，举出了"肥美"的右手。

彭小满愁云满面地和他击了一下响亮的掌:"没有蛀牙。"

两个人还挺有默契,游凯风这双簧队什么时候又多了彭小满这个种子选手?李鸢挑眉想着。

卫一筌决定带大家去一家烧烤摊吃晚饭,据传言那家的烧烤是里上一绝,带膘的羊肉鲜美到"惨绝人寰",香飘二十里,都不用做广告,顾客吸着鼻子就摸来了。消息一放出来,学生们听了堪比全员过了一本线,对卫一筌感恩戴德,恨不能把他挂在墙上供起来,再摆上两盘瓜子和水果。按说学校组织学生活动,集体吃饭需要开发票写"鹭高"的抬头,后期才好按程序送去财务审批报销,学生吃烧烤?除非是会计喝了二两假酒,说不定才能让过审批。

老班万年改不了干败兴的事情的作风,他带着另外两个班主任去卫一筌的房间阻拦,说人多不合适,要不算了,还是订盒饭吧。卫一筌披了外套拿了钱包,边把人往门外推边笑:"赶紧收拾,司机马上到,难得出来还不让学生们玩好?这样,你们就还是负责唱红脸,我就负责唱白脸。"

老班不死心,还问:"你让另一边那批学生知道了心里不是不痛快吗?说咱们这几个班的人吃喝玩乐不带他们,到时候你不好解释。"

"您放心,"卫一筌做事滴水不漏,晃了晃手里的手机,"我打电话问了,那边几个班主任嫌麻烦不过来,我已经订了比萨,一会儿就给他们送到了。"

"你能报销多少?"

"没什么,就几千块钱的事还报销什么?"卫一筌轻飘飘地说了一句话,"说了不怕你们仇富,我年轻犯浑那会儿,今天两头加起来的饭钱,不够我当时一天开销的十分之一,没事。"

几个头快秃了的班主任站在一块儿半天不言语,各自心说:这人和人哪,还真是不一样。

大家集合上车出去吃饭,一路可比来时欢快,气氛高涨、热火朝天,堪比千里凯歌送红军,连老班这等老佛爷似的人物,都被学生硬拖过去拍了两张画着猫脸的大头照。老班的思维活在上个世纪,早用上了超强待机高端定制的地表最强商务老人机,哪儿见过美颜相机这种软件,拍出来的玩意儿一水儿大眼睛、高鼻梁、尖下巴不算,脸还煞白,老班一张神似富贵菊的脸,愣是连半条褶子也没瞧见。

"别，别，别。删掉，删掉。这都是什么东西？"老班推开那帮姑娘伸过来的手机，嫌有伤风化，"假，把我六十岁拍成十六岁。算了，算了，别扭，别扭，你们自己来。"

到底是单反镜头诚实，拍出来的照片痘是痘、斑是斑、毛孔是毛孔。周以庆蹦起来去抢游凯风的单反，逼他删了那张斜眉歪眼、丑出天际的偷拍照。陆清远做一个和稀泥的人，夹在他们中间笑眯眯地护着游凯风；续铭动中取静地待在一方天地，拿着陆清远的手机帮他打消消乐，缑钟齐在一旁适时给予指导。

彭小满没忍住，也拿出手机来点开了相机软件，被突如其来的前置摄像头拍摄画面吓了一跳，喊了一嗓赶忙调成后置摄像头。

彭小满调高了画面亮度，平移手机，把镜头对焦在了一旁的李鸢的侧脸上。李鸢正合眼仰头靠在椅背上，没睡，眼皮略略打着战。

彭小满按了快门。

"咔嚓"一声，李鸢睁眼，侧头瞪着一双乌亮的眼。

"我错了。"

不是说好了开静音模式吗？！

彭小满认输，悻悻地摸了摸鼻子："行吧，我给你删掉，保证不留您老人家的黑历史。"边说边拿起手机，按向屏幕右上的垃圾桶图标。

"等，"李鸢伸过手掌来，轻轻地抽走了彭小满的手机，"我先看一眼。"

屏幕上的照片昏暗一片，因光线条件较差，致噪点颇多，仿佛底层蒙上了"沙沙"闪动的斑斓雪花。李鸢的侧脸轮廓分明，有两处起伏高点，一是眉骨，二是鼻尖。标准的老天爷赏饭吃的明晰轮廓，流畅线条撑起了他这个年纪所有的软硬与冷暖。对侧窗外的霓虹灯牌被一刹拉成了璀璨的光流，呼啸一般涌过他的耳边。

"还挺帅。"李鸢瞧了半天，瞥彭小满，"你要私藏？"

"没有那个癖好。"彭小满回戗，"就是想起前几天跟我妈聊天说我换了一个新同桌，她想看照片我没有，所以就……"

李鸢挑眉："所以你是怎么介绍我的？"

"学霸！帅！像电影明星！"彭小满马屁拍得响，尤嫌不够似的鼓起了掌，嘴里赞叹得"啧啧"有声。

李鸢的睫毛很漂亮，半垂下眼皮时，上下两层乌黑的短密流苏覆盖，暗处看着，沉静非常。

"夸得我无法反驳。"李鸢调回了摄像页面，"要照正脸吗？"

"啊？"彭小满愣了愣。

"你说我像明星，侧脸照没什么说服力。"李鸢拿远了手机，"光不太好，噪点挺多的。"

彭小满看着他端着手机的那只宽大的手，突然体会到了那种所谓的特殊对待。那几乎是刹那之间的一个念头，绢纱被抽掉般在心头飞速地掠过，他想要回过头再去琢磨回味，就好比梦醒似的，再怎么回忆都想不起那个模糊的行迹了。

"你喜欢自拍吗？"

"没什么兴趣。"李鸢对着镜头笑了一下，嘴角的弧度还未回落，便转过头来看了一眼彭小满，"但你不是要我的照片吗？"

"谁要你都给拍吗？"

李鸢看着他没有说话，过了一会儿才乐："你这问题让我怎么答？"李鸢看回手机的前置摄像头，微一停顿，随手按下了快门，"一般人也不会舰着脸找我要自拍照，也就你了，少侠。"

李鸢把手机递还给了彭小满，彭小满接过，屏幕上的那张脸略略昂头，略略带笑，所谓的光影明暗、比例构图、优与劣，丝毫不影响这人干净利落的帅气样子。

靠近烧烤店的门面时，一股孜然的辛香扑面而来，等大家下车进了里巷，倒真觉得不如岔路口上若有似无的香气更撩人脾肺。光头老板知这晚有一票大单，便多支了两台火红的烤架，把两个调休的学徒叫回来帮忙，早早在露天帐篷下备上了六张塑料折叠桌，盖上了一次性的塑料薄膜桌布，每桌刚好够坐七个学生。

老板娘扛着一箱汽水、端着一盆五香毛豆，"咣当"一声往李鸢这桌的桌面上一放，放下一把五彩吸管和一个生了锈的起子，扯着衣领抹了一把唇周挂着的汗："每桌一箱，你们自己看一下，饮料和毛豆不够就喊一声，我给你们加。"

开瓶盖这活儿体育生当仁不让，陆清远把一截短袖折高到了肩上，站起来一口气开完了六瓶汽水，开到自己那一瓶，硬是装酷，放下起子换上了后槽牙。他闭眼皱眉生咬了两回，才算咬飞了瓶盖，听它蹦到了地上转动得"嘎嘎"作响。

老班、老卫和另外几个班主任在里屋单独坐了一桌，要了听装啤酒，没点饮料。卫一筌夹着一根烟拿着菜单出来，敬酒似的挨桌询问大家有没有忌口。问到李鸢这桌，非常让他省心，一桌子杂食动物，来者不拒，给什么就吃什么。卫一筌按着招牌菜品的清单，给七个人点了两百串羊肉、一百串时蔬、两条烤鱼、两盆香辣小龙虾。其点单的速度之快、气势之豪迈，吓倒了众人。

游凯风趁卫一筌走远把菜单往续铭眼前一推，让他现场口算。"一桌一千元左右，合计，今晚六七千打不住。"

等喷香的烤串上了桌，说是"满满两大铁盘"都嫌不够准确了，该说"满满两大抽屉"，换个姑娘来还真不一定端得动。续铭坐在彭小满对面，喝了一口汽水，看着桌面挑眉说道："这么大阵仗，我都快看不见彭小满的头在哪儿了。"

话音徐徐一落，众人齐笑，自发给他们的佛系班长鼓掌，赞他人狠话不多，漫不经心的一小句话，慨也感了，人也损了。彭小满叼着吸管愣了半晌，皱眉见身旁的李鸢支着额头低笑了半天，才反应过来话里的意思，续铭这是拐着山路十八弯在损他矮呢。他便立马"嘿"了一声挺直了腰板："头在这儿呢，有什么看不见的？"

他不说倒好，说这么苍白的一句话，更戳大家的笑点，一桌人便立马绷不住地乐倒。

烧烤摊子支在了人行道上，强占了明黄色的窄窄盲道，本不应该这样，但巷子深，行人不多，谁也是看见了权当没看见。这一路的法国梧桐，略微倾向道路中央，探向对侧的马路。这些树都是有历史的爷爷辈，枝干已成长为淡淡的灰白色，偶生有一两颗眼状的树瘤，果子坠如悬铃，宽叶在夏季夜晚的微风里"簌簌"发响。

集体聚餐这件事情，最看重的自然不是菜品，是气氛，偏偏是这么矮巴巴、油腻腻的小摊子，让大家的头能挤在一块儿的小小地界，才好玩一些小集体范围内能让气氛热闹起来的游戏。

高中生也土，这么些年玩来玩去也就那么几个经典的游戏，优诺牌、击鼓传花、狼人杀、阿瓦隆，要不就是——

真心话大冒险呗。

一桌烧烤被大家横扫下去大半，密密匝匝的铁扦就着此起彼伏的一座座毛豆壳子小山，横七竖八地"躺尸"满桌。游凯风挑头，嘴里叼着半只虾钳，在桌子上收拾出一块空地，拿过一个空汽水瓶放倒。

"哎，我提前说好啊！"陆清远水足饭饱，拍掉了满手的孜然，环视一周，"玩不起的人趁早退到老班那桌商量高考的事情去，别等瓶子转到了自己说不干啊，真心话大冒险最烦那种磨磨叽叽没劲的人。"

周以庆剥了一颗毛豆放进嘴里，略心虚，一桌子望过去就她一个姑娘："你不会要故意搞什么男女肢体接触的惩罚吧？"

"废话，咱们重点班这么高端的一群人能弄那么低级的惩罚吗？"游凯风指着瓶口，"我说开始，就开始转瓶子啊，瓶口指到谁，谁接受惩罚，选真心话还是大冒险，模棱两可指到两个人中间的情况咱们看角度偏向啊。来！预备——走你！"

众人齐刷刷地盯向瓶子，看游凯风"五魁首、六六六"似的一脚支地，一脚踩椅，使劲转了一把瓶身。没承想犹不及，空瓶急速转动一刻，紧接着便"嗖"一声飞出桌面，一路撞翻了两座毛豆壳子小山，飞到两米开外，落在水泥地上砸了稀碎。

一桌人死寂三秒，场面一度尴尬。

烧烤店的老板娘恐怕比黑猫警长还要精明三分，立刻从门那儿探了脑袋出来喊："哎，那桌同学，瓶子我们要回收的啊，碎一个扣两块钱！"

"哎，你起开！你怎么那么大劲呢？"陆清远被他蠢哭，站起来戗游凯风，揉得游凯风向后退开，自己拿过一个新的空瓶横放，"巧劲，你懂不懂？"

"对不起，对不起，您扣，您扣，算我的！"游凯风冲老板娘摆摆手作个揖，转头冲着陆清远说："哎，我不就失手了一次吗？失败乃成功之母。"

"歇歇吧，你这领悟力，一箱汽水瓶不够你练手的。"李鸢剥了一只小龙虾吃掉，拿手肘顶了顶彭小满，又指指他手边的那沓抽纸，"老卫光赔瓶子就得赔进去两百，别说妈了，祖奶奶都有了。"

"哟！"游凯风撇嘴不爽，指着李鸢的鼻尖直点，"损我是吧？行吧，你等着，趁早祈祷今晚一次没轮上你。"

"否则？"李鸢接过纸，歪了一下头。

"不把你十八年的糗事戳个底儿掉，我游字倒着写。"游凯风仰头闷掉了半杯陈茶。

换陆清远上手，姿势都要利落不少。他略躬身，略低头，顾长的五指扣住瓶身，小臂关节维持平稳不动，仅靠拧腕发力，带动起瓶身在桌子中央急转。瓶口此时俨然就是老班那只发号施令的手，好比他敲敲桌面，轻飘飘地说一句"来，你在黑板上写一下这道题的答案"，生死有命，富贵在天。

瓶子高速旋转，瓶口指过众人，渐旋渐缓，然后停下来。

第一个"中奖"的是陆清远，他觉得自己出门没看皇历，寸得都不知道说什么好。一干人定睛确认了结果，皆拊掌欢呼，纷纷叫好，心说：还真有胸口碎大石把自己一锤子抡死的笨蛋。

"我……"陆清远照自己的脸扫了一巴掌，"见鬼！"

"漂亮！"游凯风拍桌子，"你这'人头'送得真心干脆漂亮，没话说了，真的。来，来，来，选吧兄弟，真心话还是大冒险？"

按说这个游戏，参与的一群人得要熟不熟、男女掺半才有意思。混得太熟的人对互相之间的底儿都清楚，真心话就问不出什么掷地有声的劲爆名堂；阴阳失调，玩大冒险又不方便。所有人都知道陆清远体格倍儿棒，玩大冒险没意思，瞪着眼盼他选真心话。

"我……喀！"陆清远点兵点将，挠了挠寸头，"就那什么，就，真心话！"

蠢货上钩了。

"好，好，好，真心话好，真心话好！哎，闭嘴，我知道该问什么！我问我问！"周以庆拿汽水瓶底敲击着桌面，向下打手势示意众人收声，"保——证是你们想知道的！"

"你不要坑我。"陆清远环臂遮胸，佯装皱眉，端着一副被登徒浪子摸了半边屁股的衰样。

"自爆的笨蛋没有叨叨的权利。"续铭丢了粒花生米过去，食指放到嘴边阴恻恻地竖起，拍板准了周以庆的大权："行了，你问。"

"请问！"

周以庆一脸不怀好意、没安好心的表情，月牙儿似的笑弯了眼睛，神神道道地压着嗓子，一字一顿小声问道："如果，从现在开始到高中毕业之前，只允许你对我们家苏起宝贝儿说一句话，二十字之内，你会说什么？"

这问题绝了。

游凯风鼓掌称好，缑钟齐强自忍笑给周以庆竖了一个拇指；续铭表面上虽引而不发，一对藏狐似的大彻大悟、盛满了勘破一切的眼神里，又饱含了肯定之意；只有彭小满在状况外，暗暗地戳了戳李鸢的胳膊肘。

李鸢不言，冲他的面门扔了一颗五香毛豆。

彭小满下意识地张嘴，头一仰，接住了毛豆米，嚼了咽了。不光彭小满瞪了瞪眼，李鸢也愣了，两个人对视一秒后又同时侧头笑喷，李鸢整理好情绪之后也不忘说一句："做得好，旺财。"

这头陆清远一脸的便秘表情，一句话已经憋了半晌。

"就要你一句话，怎么跟憋大作文似的？"游凯风急得火烧火燎，哭笑不得，"再给你三秒，再说不出个所以然来就按你说的，滚去老班那桌商量高考的事情。三、二——"

"我想说……"陆清远摸了摸鼻尖，抿了一下嘴。

没人说话，众人皆竖着耳朵，静静地等他那句由衷的真心话。

"我想说，"陆清远几乎是羞涩了，顿了顿，轻轻地笑了一下，"我会问她，你能允许我跟你考去同一座城市吗？"

晚风微拂，这非玩笑，这是他青春里分文不值的一腔孤勇，也是他最热切的愿望。

彭小满揉了一下心口，看着陆清远没说话，李鸢则不动声色地侧过头看他。

"我……"周以庆一时不知该怎么说，过后摸了摸胳膊，表情似笑非笑，"我的鸡皮疙瘩全冒出来了，真的，陆清远，我……"

我没想到。

"你们都别把这话跟她说啊，不好。"

陆清远轻轻地说了一句，声音隐进了风里。

他一拍大腿拨动空瓶："我结束了！再来，再来！"

有这么一个开头，大家心里都有了数，意识到很多东西对他人而言，无非是下饭随酒的笑料；而对当事人，或许珍而重之，有难言之隐，并非能在一呼一吸之间，任意地拿起放下。同理心——大家可以没有，但必须时刻提醒自己应该有。

于是瓶口再转向续铭和游凯风时，气氛依旧热闹，大家却拘谨许多，不再上赶着戳心戳肺，而是迂回着探人的老底儿。游凯风选了真心话，被问：迄今为止，最刺激的感受是什么？游凯风毫不犹豫地回答了：在游戏里"五杀"！

续铭选的是大冒险，被要求向下一个出现在路口的路人索要微信、QQ 或是手机号码。续铭清了清嗓子，抬起屁股就去了，愣是端着张没有半点儿笑模样的脸，把下班路过巷口的一个鬈发大婶吓得飞起，快速地拧了油门，生把电驴飙出了跑车的速度。

"哟，我还就不信今天转不到李鸢了！"游凯风打了一个响指，拨瓶转起来。

瓶身渐缓渐定，瓶口略偏，画条射线出去，偏向李鸢。

"漂亮！"游凯风犹如中了百万元的头彩，蹦起来和陆清远、缑钟齐挨个儿击掌，"选！你给老子选！"

"大冒险。"

"你为什么不选真心话？！"

"你挖坑我就要跳？"

"不管，你选什么我都能推你进坑里。"游凯风挑眉，咬掉了手里的扦子上的最后一口羊肉，"大冒险是吧？行，听好了啊。"

李鸢笑了笑。

"这样吧，我也不难为你，抱着我做二十个深蹲，怎么样？"

续铭不动声色地给游凯风竖了个大拇指，意思是：你真是个这个。

李鸢无语凝噎："想让我死你直说行吗？我可是明天的种子选手。"

"不是。"游凯风不解，"你一米八几的大个儿抱我做深蹲很难吗？"

陆清远嘟囔道："你这吨位，抱着你做深蹲不比完成铁人三项容易。"

周围一圈人全乐了，游凯风拿吃剩的扦子朝陆清远头上丢。

还得是续铭站出来主持公道："那折中一下，别把你累残了，这张桌子边的人你随便选一个，抱着他深蹲。"

李鸢继续讨价还价："就非得公主抱吗？"

游凯风乐了："托着屁股抱也行啊！"

续铭沉吟："饶你一命，背也行。"

李鸢拍桌："那就你吧，班长。"

续铭斩钉截铁地说："我拒绝。"

游凯风瞪眼说道："还带拒绝的？！"

陆清远忙表态："那我也拒绝，够丢人的。"

李鸢选女生不合适，选游凯风约等于送命，做个排除法也没别人了。

彭小满正闷头吃东西呢，忽然察觉李鸢幽幽地盯着他。

"我吗？"

李鸢起身，往他面前一蹲，将宽阔的后背朝向他："上来吧，沙包。"

彭小满个子小、身量轻，但到底也是个男的，李鸢做二十个深蹲明显吃力。

比起李鸢佯装着泰然自若，彭小满尴尬得恨不能钻缝儿里。他忍不住好心提醒道："别把裤子蹲裂了……"

"扑哧——"李鸢破功，站直扶腰，"你能不能闭嘴？沙包不能说话。"

"好的。"

陆清远和游凯风鼓掌、起哄、吹口哨，还拿手机出来连拍，彭小满两手捂脸，在心中咆哮：啊！凭什么我得跟着丢人？！这是罚李鸢呢还是罚我呢？！

于是乎脚刚沾地，他就"尿遁"了。

厕所没来得及上，手机响了微信提示音，彭小满点开看，是葛秀银发来的消息，一个还挺时尚的"花痴"表情。彭小满之前把李鸢赏的那张自拍照发给了葛秀银，那边很久没动静，到了这个点才回信息。没等彭小满回复，葛秀银紧跟着又发来了一条消息："这个小伙子叫李鸢是吧？名字真好听。"

彭小满"噼里啪啦"地写消息，连着打错了七八个字，长按退格两次重写："就是个鸟名，哪有你家宝贝儿子我的名字实在，又好记又显小，等七老八十了叫出来还跟小孩儿一样。"

这算开玩笑，因为彭小满一直对他父亲给他起的这个名字挺无语。小满，小满，他老能觉出一股子农民丰收喜气洋洋的淳朴之气。

葛秀银回复，抓住了一个奇特的重点："照片旁边的半个人影是你吧？你怎坐下才到人家的肩膀高呢？"

彭小满上拉对话框，回过头再看李鸢的那张照片，发现自己果然半脸入镜、半脸出框，背着光源，黑成一团煤球。彭小满挑眉，愤愤地按屏幕上的键盘："怪我吗？得怪我爸的脑子和身高一样也没遗传给我。"

消息发出去没两秒，他又"嘿嘿"笑了一声，跟过去一条臭不要脸的语音消息："除了颜值。"李鸢找来厕所的时候，穿过狭窄油腻的回廊拐弯处，率先入眼的就是彭小满扶着小便池，冲着手机眉飞色舞的神异场面。要是换成一个女生来，一嗓子"哎呀，变态臭流氓"早都喊开了。

"喀。"李鸢假咳，倚上瓷砖墙。

彭小满应声回头，看清了对面来人，一惊一颤，慌得堪比在自习课上抄作业时，看见了后窗处目光如炬的班主任。他手里的智能手机蓦然成为一块湿了水的小肥皂，一没攥稳，飞出了手心。电光石火间，彭小满的手在半空挣扎着瞎抓了两回也没抓着手机，眼睁睁地看它蹿远，"啪"一声脆响，倒扣在李鸢的脚边。

李鸢像是怕被砸着，居然还抬脚躲了一下。

他弓腰捡起了手机，彭小满哀号着说道："你等等！你先别给我，你替我看一眼屏幕，我不敢看。"

李鸢低头瞄了一眼手机："碎了。"

"啊！"

"钢化膜碎了。"李鸢大喘气着说完后半句话。

"你……你是要，"彭小满突然又在心里觉得兵荒马乱，"你也要上厕所？"

"吃撑了，想找个地方清静一下，顺便找你。"李鸢递还彭小满的手机，"凯爷让我逮你回去玩游戏，这回是狼人杀。"

"哎哟，服了，出来玩还得动脑子。"彭小满捂着脸。

李鸢笑了笑，过了一会儿才接话："今晚对不住。"

彭小满突然就很想问出个所以然来，撕下了手机屏上四分五裂的钢化膜，"咔嚓咔嚓"暴力拧碎，漫不经心地问："就想问你为什么是我？"

"除了我一桌还剩六个人，两个不让选，一个是女的，选到你的概率很低吗？"

彭小满问完就后悔了，把钢化膜丢进脚边脏兮兮的纸篓里。

李鸢顿了顿，又说："你非要问我理由的话，可能觉得你比较特殊吧。"

"因为我有病？"彭小满挑眉，突然就不怎么爽。

李鸢侧头笑："你有智力障碍吧？"

"如果这也算一种病。"彭小满耸肩，笑得还挺冷。

李鸢收敛笑意，感受到了彭小满话里话外难以言喻的拧巴劲儿。他舔了舔嘴巴，正色道："智力障碍当然算一种病，书里又叫智力缺陷，常见症状有精神发育迟缓和精神发育不全。"

"你！"

彭小满暗恨不该早早扔了钢化膜，应该留着劈开，这会儿把玻璃片飞刀似的甩到李鸢的脖子下边，见血封喉。他昂着下巴，跟寻衅打架似的指了指对面的人，词穷半晌，嘴一张就破功，偏过头笑出声。李鸢看到他笑，短促地在心里舒了一口气，自己都未曾察觉。

让李鸢装正经，他有一百种方法把场子搞僵，冷得像寒冬腊月，哈气成冰。有此等本事的这类人，多半是人格缺失，脑袋里少一根绷着的弦，俗称情商低下。而李鸢不同于他们的地方在于，让他或春风化雨，或古怪孤僻，他都可以。

他说让人不舒服的话，从来都是为了让人不舒服，他说的每一句带有恶意的话，都经过洗茶似的一轮斟酌。

他把潇洒坦然、沉稳内敛的一面给了同学，因为相处下来总要三年，好不好，没那么多给他挑三拣四的余地，底线之上就好；毒舌犯贫、骂天骂地的一面给朋友，因为往来自在，志趣相合，忍不住就在夷愉的关系里解绑了拘囿着的个性；乖僻敏感、动辄得咎的一面，则给了家人。

李鸢根据情景与对象切换人设，好比钻石，有无数细小的切面。然而钻石的每个切面都璀璨明净如繁星，李鸢却有太多他自己也嫌恶的负面样子，那里残垣断壁，终年积灰不见天光，显然不配和钻石相比。

真要仔细想，彭小满对他来说真正特殊的地方，其实在于自己和他相处时，状态是多面的，不同状态下你来我往地见招拆招，被迫根据对方的言行做出最本真的种种反应，他不能再游刃有余地只坦露特定的一面给对方。脆弱的，乖张的，暴戾的，愉快的，和煦柔软的，种种，似乎都被彭小满见过了。

这究竟是因为自己，还是因为对方呢？

这个问题仿佛蒙着一层雾，李鸢仍旧不能看清，可心中已有了一个概念。

彭小满是一个天生缺乏攻击性的人，和他相处，自己免去太多凝神费力的琢磨与过剩的情绪。一切都是纷繁的，一切又是合情合理的，不需任何的裁剪修饰，和彭小满的病无关，那只是附加的人生琐事。

只是这些，李鸢都不能说。

他有级草、学霸加副班长的包袱，一般不这么在嘴上认可一个人。

彭小满笑够了，揉了揉腮帮子，清了清嗓子："我刚才糊涂了，你就当我什么都没问。"

"嗯。"李鸢点头，"一键删除，没有存档。"

厕所在烧烤摊旁的一家招待所的二楼，需穿过一处狭窄没灯的细长回廊，再穿过一处露天的天井雨棚下楼才能返回。回廊过长，一侧藏蓝色的玻璃外投进朦胧的月光，在脚下结着褐渍的地砖上涂上了一块块白色矩形光影。

李鸢走在彭小满前面，突然显得高得不可思议，遮住光亮，路过门楣时几乎要略微低头。彭小满戳着手机屏幕，回复葛秀银不久之前的一条消息，一头撞上了突然停下的李鸢。

"后面那个楼梯口。"

李鸢转身，将彭小满拉到自己身前，挤过去，放开手："忘了，走过了。"

彭小满熄灭手机屏幕拍了拍他的背，在暗处看看他，笑出了一声："蠢爆了，少侠。"

"都是黑的，谁看得清？"李鸢转过头，月亮光点在他的眼里，"你妈妈？"

"啊。"彭小满顿了顿，"是，我妈。"

"你是不是把我的照片发给她看了？"

彭小满打了一个响指，声音尤其清脆："可不，刚拍完就转手把你卖了，偷拍的那张也发了。"

"阿姨怎么说？"李鸢咳了一嗓，略带回响，再次确定这回廊里确实没有声控灯，阴森森的。

"说你没有我好看。"

李鸢听了这话不言，过了一会儿又笑，笑得肩膀在彭小满眼前直颤："地幔又要不开心了，地幔说，又到我出场的时候了。"

"请你把地幔的哏换掉，好吗？"

"地壳？"李鸢回头看他，"地壳也算挺厚的，够你用了。"

"请李少侠原地飞升。"彭小满点开屏幕，一团淡蓝色的光映在下巴上，"我给你念念吧，我妈的原话。"

"嗯。"

"她说，这个小伙子叫李鸢是吧？名字真好听。我说对，特别好听，好听到原地爆炸。"

"我信你生捧才有鬼。"出了回廊进天井，李鸢打头走进一截铁质横廊里，廊上的扶手脱漆生锈，踩上去"嗒嗒"作响，"名字是我妈起的，撞名的少。"

"谁起鸟名啊，鬼跟你撞……"彭小满小声念叨，清了清嗓子继续念，"然后我妈又说，你怎么坐下才到人家的肩膀高呢？我说没遗传好，除了颜值。她又问你是不是数学特别好，我说不是数学特别好，是门门都特别好，好到你要是她儿子她梦里嘴都能笑歪的那种。"

"然后？"李鸢走下一截铁梯，回头盯着彭小满的脚，"看路，少侠，前方危险。"

"然后她就跟全天下所有当妈的一样，嘱咐我不要错过你这绝顶资源，该学的学、该问的问，不要不好意思、不吭声，让我跟你处好关系。"彭小满的视线也没挪开屏幕，他边笑边念，用脚尖探着路宛如盲人，"我说她什么时候来看我，说不定能见见你，我们住得特别近，楼上楼下那种。"

"能不玩悬的吗？"李鸢走近，拉他的手腕，"牙磕了影响你遗传的颜值。"

彭小满停住不动，看他短短的黑发，站在台阶上，和他几乎是平视的："你……要不跟她打个招呼？"彭小满把手机递过去，"择日不如撞日。"

"确定？"李鸢问。

"啊。"

"说什么？"

"随便呗。"

李鸢松开拉着他的手，接过手机，长按着语音键，将手机话筒贴近嘴边。里上这晚有星星，零星不打眼的小小几颗，像是随手一泼，被晚风吹得在夜幕里四处滚落。李鸢的声音缓慢，又沉得不知道是不是有意而为，像是也能把星子震动。

"阿姨好，我是李鸢，彭小满的同桌。"

第十一章
骄傲向前

"鹭高"的参赛选手得在赛前开一个集体晨会，打了一轮物理"鸡血"，李鸢便隔天起了个大早。他按掉振动着的手机闹铃，裸着半身搔搔头发，掀开布艺窗帘的一角窥见一点儿明亮的天光，又放下。

他一晚上没睡好，抬起胳膊嗅了嗅，还能闻到一股混合着沐浴露芳香的羊肉串味儿。

住大床房挺尴尬的，当中一张高床，长宽相当，宛如一张硕大的案板，三个人不管是横睡还是竖睡，都像码齐了待切的胡萝卜。倘若大家睡在同一头，就更有点儿"吉祥三宝"的意思。彭小满、李鸢二人和老班一商榷，脑袋顶上的小灯泡一亮：要不咱们一人一头儿错开睡？

主意不错，坏就坏在老班的呼噜声堪比惊雷。李鸢浅眠，隔着彭小满的一双脚丫子和老班朝向同一头，一阵阵物理声波震得他夜半耳鸣，恨不能立刻变聋，老班又是万年的老烟枪，晚上灌了一肚子啤酒，转过头来略略张着嘴，便又是不动声色的终极"生化武器"，熏得人掩面泪流。

不知道师母这些年是怎么熬过来的。两个人这都没离婚？魔幻。

李鸢被折腾得够呛，抱着枕头去了单人沙发上，脚跷在茶几上对付了半宿。彭小满真是挺厉害的，任老班快号出一首歌了也不带动动眼皮、咂咂嘴的，他微蜷着向左躺，半张脸埋在夏凉被里，吹着冷气睡得安稳还香甜。李鸢脚步虚浮，踉跄着飘去洗浴间前看了他一眼，佩服得想给他跪下来。

酒店的热水有一股子奇怪的锅炉内胆味儿，李鸢接了半杯刷牙漱口，含上一口，登时被涩得脸绿。彭小满顶着一头乱发，半梦半醒间推门进了厕所，一眼便见李鸢对着镜子满脸不高兴的表情，眼圈浓重得如同浮上去两朵乌云。

"哟。"彭小满按亮灯，解裤子，"国宝。"

灯光乍然一亮，李鸢没被呛到，但"咕咚"一声咽下了铁锅水，眯了一下眼后回头皱眉："你怎么进来都不出个声音？"

"哦。"彭小满挑高左眉打了一个哈欠，"我在宾馆房间里早起撒泡尿还得敲锣打鼓是吧？"

李鸢怔了怔，觉得这话耳熟，记得自己也说过一句差不多的。

"你是不是没睡在床上？"彭小满指指自己眼下，又指指李鸢，"我半夜翻身差点儿滚下去，还心说我边上的人呢？"

"太吵。"在老班枕畔的记忆不堪回忆，李鸢不想详提，"你也能睡那么好？"

"遗传性'比猪睡得沉症'。"彭小满揉揉眉心和鼻梁，又打了一个哈欠，"哦，以前云古有一年地震，大半夜晃得挺狠的，整栋居民楼的住户都逃难了。数我们家厉害，三口人一个没醒，早上起来看电视才知道有地震这么回事。"

"你还挺骄傲？"李鸢低头啐净嘴里的牙膏沫子，拿手接水，揩了一把嘴角。

"我骄傲极了好吗？这都没死，说明我们家福星高照。你这里还有点儿没擦到。"彭小满抬手凑过去碰了碰他的唇，又突然往后一缩，"哦，我还没洗手。"

李鸢人善，没让他血溅当场。

里上的早点种类颇丰，生煎包算是当地特色，一面松软一面焦脆，开锅前淋上高汤收汁，撒一把乌亮的黑芝麻与碧绿的小葱花。吃的时候建议用餐者的方圆五米以内不要站人，馅儿里的火烫汤汁容易像水枪似的冒出一注，喷旁人一脸。陆清远这早没看皇历，走了一个大写的"背"字，连续被对面的游凯风射了两回，烫得恨不能原地掀桌。待始作俑者夹起第三个生煎包，陆清远扬起手刀朝他的喉下一寸处指去："再喷我第三回，我把你的脸按到胡辣汤里，你信吗？"

续铭呷了一口豆粥，听罢哼了哼："逗呢，碗才多大，他的脸多大？"

里上电子工程大学的门禁很严，大巴开进门前，卫一筌下车去保卫处做了登记不算完，两个腋下夹着警棍的保安上车，依次检查了所有同行者的选手证与志愿者证，就差上手挨个儿搜身了。彭小满看着窗外鱼贯进校门的社会车辆与成群结伴的各校师生均被拦在了门口，戳戳李鸢，问："咱们来参观比赛又不是开人大会，挨个儿查，怕咱们装炸弹吗？"

"要不怎么显得一个活动档次很高？就是故弄玄虚。"李鸢拿起脖子上的挂牌给他看，"怎么故弄玄虚？比如在选手证上写英文，比如堪比首脑会议的安检。你放心，保安心里也在骂娘，骂学校为什么加大他们的工作量。"

"你还挺一针见血。"彭小满摘掉耳机，看里上电子工程大学的正门旁凿的那片人工湖，在车上看过去只能看清那湖旁侧的大概形容，波光粼粼，"我老实说，你别生气，感觉你压根儿就不喜欢这东西？"

"是，不喜欢，一直没兴趣。"李鸢点头，毫不否认。

"那你——"彭小满愣了愣，继而了然，歪头小声笑着问，"保送生的审核材料，镀层金更稳妥，是因为这个吗？"

李鸢看了他一眼，把左耳里塞着的耳塞递还："当年入社的时候是这么想的，后来上头改了政策，取消了这类比赛获奖选手的保送资格。"

"所以你就再也没兴趣了，巴不得早退早了？"彭小满挑眉问道。

"嗯，本来这东西就没什么含金量，不怎么值得耽误时间。"

李鸢做好了被他说"你真现实"或是"你这有点儿卸磨杀驴的意思啊"的准备，于是在开口之前，便在心中做足了辩驳的准备。倘若彭小满真的要这么说，李鸢会回他——你不到那一步你不懂，最先未雨绸缪的永远是处境最艰难的人，假如你是我，你才会知道我有多期待逃脱眼下的夹缝。

李鸢心中有一种近乎隐秘的渴望，一种幼稚拙劣又低龄的赌气想法，无故希望对方按照自己的所思所想发问，给一个引子，令自己可以毫不唐突地顺承而下，以答辩的形式剖白。有些他想说的话，柔软棉絮似的横亘在心中许久，他想说，环顾四周，似乎又找不到可诉说的对象；不说，越积累越多。他偶尔希望自己是一个不卖人设的随性人，像陆清远，像游凯风，不至于佯装到自己也身心疲惫。

李鸢却忘了彭小满是一个毫无攻击性的男孩儿，触及他人关键位置的地方，他总会妥协，会迂回避过，这既是他的一种温柔，更是他的一种怯懦与躲避行为。一种"我暂时不想、不敢和你交心"的躲避行为。

"挺好的。"彭小满笑了笑,"把事情看得清清楚楚,比泡在童话里看不清楚现实强多了,真的,我就不行,浑。"

李鸢听他这么说,毫无原因、解释不通地感到烦躁,漫不经心地"嗯"了一声便合上眼皮仰上椅背,闭口不再说话,故而错过了彭小满眼底如湖面的涟漪般一闪而过的波光。

"这首好听。"

大巴绕过里上电子工程大学的第一教学楼,在校园里减速,缓缓驶向北区 AI 展馆旁的车辆停泊场。彭小满撑着一只胳膊,凑过去,把一只耳机又塞回李鸢的耳里,"*I Lived*(我活过)——愿你纵身一跃不惧深渊,愿风暴降临时你堤岸永固——中译歌词。"

彭小满的后半句话语嵌进了耳中的旋律,落准了鼓点,极轻地敲击在了李鸢的心间,他不懂那是什么,又觉得不可错过。

里上电子工程大学的 AI 馆挂了人工智能的响亮名号,众人进去一看,其实就是一个普普通通的大型会展中心。展馆尽头立了一块巨大的横版 LED 显示屏,当中有一行花体大字——2017 年机器人工程挑战赛华南赛区决赛。两侧各立着一块略小的 LED 屏幕,滚动播放着赛事官方宣传视频,背景乐积极劲爆,音量颇大,笼住了整场嘈杂的人声。各校师生已陆续到达了大半,穿着花色各异的文化衫,异常缤纷缭乱。参赛的部分选手被安置在了划分好的指定区域,由一米二高的、印着大赛赞助商商标的塑料挡板隔开竞技区与候场区。不参赛的人员则零散分布在四周的观众席处。放眼看整体,倒像是一个大型动漫嘉年华会场。

里上电子工程大学这年的地勤工作做得到位,"鹭高"的一行人刚进南门,便被五六位挂着工牌的大学生志愿者紧步上前拦住了去路。志愿者依次给每人发了一瓶矿泉水,又经一轮堪比审讯的身份检查过后,指导老师与参赛学生被带去服务总台抽号登记,"鹭高"的其他人则被引导去了志愿者参观与安置观赛人员的指定观赛席,临近 B 区的二楼观看台,几乎就是在"鹭高"参赛队伍候场调试区的斜侧后方。

"哎,我们不能下到场地里面去拍摄吗?"游凯风觉得吃亏,托着单反相机指了指观众席下,问引导的志愿者,"在这儿离赛场这么远,我们什么细节也看不见啊!"

"不好意思啊。"志愿者还挺客气，先道歉，"每年大赛都是有统一的标准规定的，为保证绝对公平，教练、家长和随行人员是不能靠近准备区的，就是选手也只能有两位进场，一个预装手和一个操作手。"

陆清远眯着眼看了半天："我的天，离这么远，机器人是方的还是圆的我都看不清楚好吧？"参观什么啊，不如回旅馆睡吧。

一个扎马尾辫的志愿者姑娘被逗得乐了乐，忍了半天才解释："第一轮预选赛是分区进行的，但是第二、三轮我们都会实况转播在 LED 屏上的，大家都能看见。"

"得。"陆清远听罢往塑料椅的椅背上一仰，对着缑钟齐和周以庆低头小声说："闹了半天咱们是来这儿看电视啊，隔着这么远都没办法给李鸢加油了。管那么严干吗？咱们还能上去把机器人怎么样吗？哎，穷毛病真多。"

"啧。"老班耳朵贼尖，和别班的班主任正聊着，隔十几米开外也能听个大概，冲陆清远指了指："瞎说什么呢？！"别人家的地盘上呢！

陆清远给了自己一嘴巴子，两手合十致歉，飞快地认错。

"你打算怎么加油？"周以庆调侃他，"跟动漫里穿短裙的啦啦队女孩儿似的？李鸢李鸢我爱你？"

"哎，你这个主意非常可以啊！"游凯风对着展馆吊顶拍了几张意味不明的照片，觉得周以庆很有想法，"我、缑钟齐、陆清远，三个人正好凑一排！"

缑钟齐摆手："还是别了吧。"

周以庆脑补，皱眉笑道："另外两个人还成，你去当啦啦队队员简直辣眼好吗？"

"嘿，我还不乐意呢。"游凯风往彭小满的屁股上打了一巴掌，"嫌辣眼的话，要不请这位仁兄上吧？白瘦白瘦的跟小泰迪似的，穿短裙怕是不丑，嘿嘿。"

彭小满没听到，视线无意识地追着场内李鸢的身影。彭小满扶着观众席的那截不锈钢围栏，隔着这样不短的距离，也轻易找到了众人中的李鸢，看他姜黄色的明亮一点，在人群的流水中穿梭悠游。他不是爱出风头、做团队主心骨的人，所以要跟在人后，不当领头人。

只是凭他那样的身高和气质，再尽力地收敛锋芒他也是拔尖的。他或许对自己的优秀无知无觉，将它错认成一些不令人喜欢的东西，最好仅供他孤独地自赏，旁人务必不要凑过来声张指点。真要说起来，彭小满其实挺心疼的，心疼他自我否定，总在真真假假地掩盖自己可供张扬的东西。

是怎样的成长环境，让他觉得庸碌一点儿也可以，享受不被人看重且倚靠的自由呢？彭小满几乎有一种惜才的心态。

"哎！"游凯风在他的耳边来了一嗓子。

"啊？"彭小满脖子一僵，转头瞪眼，"怎么了？"

"眼都直了。"游凯风在他眼前晃了晃手掌，又咧开嘴，"见到美女啦？"

"我……是困的。"

"屁。是不是那个？"游凯风指了指下方，努嘴，又把相机镜头举起对焦过去，望着取景器，"那个一直在下面的，看过来的那个？她是看你呢吧？哎，不对啊，那是男的啊。"

"不是刘欢——"彭小满顺着游凯风指的方向望去，看见看台下准备区旁立着一个身穿淡蓝色文化衫、挂着志愿者工牌的男生，冲他的方向抬手比画了颇帅气的手势，笑了一下。

"哎？"

王晨雨？早晨的晨，下雨的雨，彭小满读高一时的同班同学，和他坐前后桌。

彭小满觉得自己可厉害了，明明是"月抛"的记性，在那个环境下，不过相处一年，居然还能想起以前高中同学的姓名。

彭小满觉得没什么需要怀念的，或是小跑下去寒暄一番的欲望，感到局促倒是真的。

他转头望了望，看到这个方向只有自己一个人，才确定那个招呼真的是冲他打的。彭小满怔了怔，突然不知所措地看了游凯风一眼，摸了摸鼻子，咳了一声，也朝下面的那个人勉强回了一个招呼。

"鹭高"机器人社这年的首轮联盟战队，实力在华南各校社团中拔群，其中手动控制的出色操作实力堪称独孤求败，各色赛事前三名的优异成绩也拿到手软。"鹭高"这年的操作手感到万幸，在抽号检录过后，激动得原地跳了一段网上的搞笑舞蹈，恨不能仰面狂啸、振臂高呼——猪队友什么的，拜拜了您！

两组参赛联队的机器人将从赛场的两边同时出发，比赛分自控与手控两个时段，比赛总时长为一百二十秒，在此规定的时间内，参赛队需通过操控机器人小车，将得分球投掷进本队篮筐中，并将本方联队的小车托举到不同高度得分。每支参赛队可以有两名操作手留在场内，进行操纵与装填的任务。

李鸢和社长属于定海神针指点江山型，德高望重，高度到了，轻易不上场厮杀。操作手和装填手把兜里的手机和优盘掏了个精光，交给了不进入准备区的卫一筌，孟社长则将机器人交由裁判进行赛前最后一轮机体检查。按赛制规定，不包括手动控制器在内，小车的外形大小，长、宽、高均不能逾过四百七十五毫米，电机或伺服器也不能超过十二枚，储气罐不超过两只。

第一轮自动比赛时段内，机器人只受传感器输入与预先写入机器人控制器的口令的控制，任何操作手不允许在赛中对机器人进行行动干预。孟社长很放心这届操作手的控制水平，却忧心他平日有点儿横冲直撞的操作手法，会有许多不必要、不合规的操作。

"再稍微退一点儿吧。"李鸢看操作手进入赛区，将小车放置进启动区域的红色方块内，出声提醒。他略微估测了投掷时的惯性距离，未雨绸缪，以防机器人在自动投掷时段与得分物接触致使犯规。

在云古一高的高一（6）班时，王晨雨对待彭小满算是难得亲切的。可彭小满在云古一高求学一年，却以突然昏厥在操场上狼狈地收场，他不知道自己后来成为怎样的谈资和笑料，在原来的同学口里成为怎样更怪的人，因此才觉得尴尬和不适，不知道该说什么好。

"没想到能在这儿碰到你啊？巧得都没法儿说了。"王晨雨比彭小满要略高一些，他低了低头，自上而下地将彭小满打量了一番，话里带着略略讶然与欣喜之意。

"我跟着学校过来的。"彭小满摸了摸后颈，往背后指了指。

"你是转学到……"

"鹭高。"彭小满顿了一下后补充，"就是鹭洲中学，在青弋，你应该没听说过。"

王晨雨开了头脑风暴琢磨了一会儿，显然没琢磨出什么来，笑得还十分抱歉，"确实是没听说过'鹭高'，但我知道青弋。不过你怎么转去那儿了？我以为你还会留在云古上学呢。"

"我爸爸和爷爷、奶奶都是青弋人，算我的祖籍吧。我爸以前就是在'鹭高'

念的高中，现在没办法照顾我，所以就把我转过去了。"

"你现在和爷爷、奶奶住？"王晨雨指了指背后的塑料凳，示意他坐下聊。

"和奶奶。"彭小满跟过去和他并排着坐，"爷爷早就不在了。"

彭小满看看他鼻梁两侧的淡淡的印子，想起来在高一时，这人确实是戴着眼镜的。在云古一高，王晨雨也不是个一门心思读书读到犄角旮旯里的学生，有情商、懂社交，以至把一手人际关系玩得太转，反而比彭小满还要与那个"以学至上"的环境更加格格不入，也是异类。彭小满再略一回想他们一年之内有过的交集——借橡皮、互相检查课文背诵、带饭、结伴上厕所、缺勤晨读……虽然来往程度不深，但交集倒还算挺多的了。

"云古不是华南区吧，我记得咱——那个，一中也没有机器人社吧？"彭小满差点儿脱口的是"咱们一中"，他指了指王晨雨胸前的工牌，"你是一个人来的？"

"我们也不是来比赛的呀，是学校安排来做暑期实践的，也是志愿者，我以为我们多金贵呢，来了一看——满场志愿者。"王晨雨习惯性地推了一下没戴眼镜的鼻梁，"我们年级来了八个人，加上我，有四个都是我们班的，带队的是副校长和我们班主任，走，我带你去跟他们打声招呼呗！"王晨雨欲起身。

"哎！"彭小满有些慌，笑着摆了摆手，"算了，我不去了，我……我跟班里的其他人本来就不是很熟，我还是……"

"熟不熟的都是同学、老师啊，见一面是缘分啊，走吧，走吧。"

王晨雨弓腰伸手去拉彭小满，看着他的眼睛，问："你怕什么？"

他怕什么？

"鹭高"联队率先拿下了自动时段的得分，在投掷得分物累计所得的总分本就高于对手的同时，又因对方小车在裁判吹响结束哨音时仍未停止动作，犯规被扣除二十分，敬陪末座后，又将分差大幅度拉开。"鹭高"联队如若在手控时段不出现重大失误与犯规动作，几乎是稳赢。

手控时段开始之前，李鸢入场再次检查了机器人轴轮和抬升臂，重新启动了机器人开关确保其处于可随时出发的预备状态，插上了电池与功率扩展器，连接了控制器密钥。在裁判的限时检视下，两队赛前检查工作完毕。李鸢起身，朝准备区的孟社长与卫一筌比了一个"OK"的手势，自己则站定进了装填区。

装填区的范围不大，是由穿过联队启动区的对角引导线外围与框住场地在联队站位一角的围栏形成的区域。除去赛场放置的球堆外，联队拥有二十四只预装球与八只预装球引入，两辆小车各有四只预装球。

裁判挥手，同时吹响哨音，手控时段比赛开始。

赛场上的四辆小车同时从出发点出发，大幅度伸展金属机体。在四百七十五毫米的伸展高度限制之内，红、蓝两方车体收缩移动自如，发出"沙沙"的摩擦声响。"鹭高"所在联队两校的操作手均动作娴熟，在可控范围内高速转动控制器的拨杆，将铲动并携带得分物的小车支配进指定的投掷区域。

李鸢去年参加比赛时，小车投掷臂因为受到扭矩的影响，力道过于大，致使得分物在投掷区域内总高于低篮筐而错失分数。李鸢在赛前会上大致了解了此次机器人的重新拆装，侧头提醒操作手："可以再后一点儿，不要脱出发泡拼接板。"

彭小满再见到高一时的班主任的时候，身体里所有的窘促、压抑和不知所措情绪，全在一瞬间翻涌而上。夏老师只是远远地看见他之后从座位上起身，他就腿软，很没出息地想掉头走。王晨雨笑眯眯地贴上来遮住退路，不让他走。

害怕这个老师到了这样不安的程度，犹如扑面而来的大气低压，彭小满已经不知道是自己的问题，还是对方的问题了。

"彭小满？"夏老师惊诧地望过来，引得他身旁的几个同学也一并看过来。彭小满觉得他们无比眼熟，几个人的姓氏就在他的嘴边，名叫什么，却就是叫不出来。所幸他还记得班主任姓夏，叫夏建军，是云古一高的数学高级教师，全中国有几万个和他同名的人。

"夏老师好。"

彭小满在离他们两米远的位置停下继续向前的脚步，问好示意。原先还算是同学的几个人面面相觑，抿嘴低笑，彭小满猜他们一定也一时记不得自己是谁。

"哎，没想到在这儿碰见你了啊？"夏老师的胖肚子还是高高隆起，裤带要过分靠上地勒在腰上。他的小眼睛上戴着细边眼镜，说话时又要眯眼看人，像是总在审视和打量："都差点儿没认出来呢，高了。"夏建军走来，在彭小满头顶上方的位置比画了一下，和蔼地笑了笑。

"没有吧，老师。"王晨雨站在彭小满身后，自然无比地双手搭上彭小满的肩膀，胸膛贴近他的脊背，下巴几乎就顶在彭小满的头上："彭小满高一的时候就差不多到我这儿，现在差不多啊，我也不能缩。"

这姿势不在彭小满有所预防的范围之内，让他突然觉得很不舒服，他便微不可察地挣了一下。

"是吗？反正我看着是不一样了。"夏建军转过头去，不信地又笑着问另几个学生："你们看着呢？怎么也不过来说句话？"

一个女生摆摆手，半是正经半是开玩笑地小声拒绝道："不太熟。"

彭小满觉得挺尴尬的，盯着夏建军，没有说话，想起自己那时在他的班里，其实只算是一粒保险箱里飘浮着的微小尘埃。他坐在教室里的最后一排位子，黑板报上的雪白粉笔灰会扑簌簌地落在自己的肩上，衣服每天都要换。因为不被试卷埋没，所以他得以窥见全班同学伏在桌案前的背影，好比是复制、粘贴的一组雷同的"量化青春"。无数手掌"哗啦啦"地翻动着教辅书，笔尖"唰唰"地落在稿纸上，同学们像成群结队的甲壳虫齐头并进，为了摘取悬在半空中的理想。

那时候，彭小满一用力思考什么就会心跳加速、胸闷气短；一抬头看看四周，就觉得像是被谁操着后仰，朝众人相反的方向快速跌落。而他转来青弋后便回到了地面上，不再有那种岌岌可危的惶然与不安情绪。这天这种与其他人背道而驰的疏离感又回来了，在他的心中肆意地生长起来。

那种仿佛有虫子爬进血管的一突一跳的感觉又有了。

彭小满一直以为自己是不会在乎这些东西的人，到这一刻他才知道，这个年纪的人，谁都不希望自己是被别人俯视的特殊存在。这是人之常情，有的人看起来不在乎，只不过是因为他装得好。所以彭小满想问问实力派演技担当李鸢少侠，这样的情况，要怎么才能把情绪收敛得含而不露？

"转去'鹭高'了是吧？听你爸爸来给你办转学手续的时候讲的。"夏建军问，倚上了身旁的围栏，摸了摸兜里的烟盒，推了一下眼镜。

"嗯。"彭小满点点头，看了一眼坐回学生群中的王晨雨。

"感觉怎么样？那里的环境、老师的教学质量。"夏建军的谈笑里，带着可以理解的自矜，"和我们云古一高比，怎么样？"

"其实'鹭高'各方面做得也都挺好的，环境、教学质量，当然跟一中比肯定就……"彭小满笑笑，不知道该怎么把"比不过"和"不如"这两句话说出口。这心态就像小孩儿被问到是喜欢父亲还是喜欢母亲，局促地答了母亲，会因为感觉对不起父亲而"哇哇"大哭。这问题问得纯属有病，但彭小满没办法当着他的面直说。

"升学率呢？你们那所学校怎么样？"夏建军脸上浮现了了然的神色，又笑着问。

"这个我还不大清楚。"

王晨雨摸出手机："哎，我帮你查查，你们学校官网上应该都有数据吧，每年的过线情况什么的？"

彭小满回过头看王晨雨无比"古道热肠"地戳弄着手机屏幕，明明是在向自己发问，眼神却始终灼灼带笑地瞟向夏建军。他那眼底的一点儿讨好和取悦之色，彭小满都看得清，但也都没办法说。

"鹭洲中学，马路的路？"王晨雨歪头问。

彭小满摇摇头："一行白鹭上青天的鹭。"

"鹭……"王晨雨盯着搜索页面，突然挑眉笑了，"青弋七所高中弄虚作假被点名，'青八''鹭高'均榜上有名。"他念的是一条根据关键词搜索出的查询结果，不知是猴年马月的青弋当地的一条民生教育新闻。王晨雨是无意还是有意，彭小满不想明说。

"假？"夏建军站直，一脸成年人的肤浅诧异神色，凑过去看王晨雨的手机屏幕，"我看看什么作假？"

"说是学校审核评定学分的标准不规范，有的课不开就授了学分。"王晨雨滑了两下页面，"说还有很多老师的评职称论文抄袭作假。"

"唉。"夏建军飞快且短促地叹息一声，略略摇头，再次看向彭小满的时候，眼里多了让人不能直视的悲悯和叹惋，"教育这个东西啊，最搞不得掺水，知道吧？"

彭小满攥着拳头，觉得夏建军就像是站在了眼前的台阶高处，俯身审视着一节颇失败的公开课。自己的转学，在他看来可以说是一种怯懦无能的逃离，严重一点儿，也可以说是一种背叛。自己背叛了云古一高奉为圭臬、笃定不疑的教育野心，蔑视了他们的荣耀。

夏建军好像在用一种温和的语气厉声说：捡了芝麻丢西瓜，你自己想一想，你自己比一比，你看值不值？你后悔不后悔？

"这下你知道咱们学校一直管得严，搞铁腕把名声都搞臭了，是为什么了吧？都在为你们好啊。"夏建军收回落在王晨雨手机上的视线，脸上再次浮现笑意，伸手拍了拍彭小满的肩膀，"怎么样啊，小满？想再回来努把力吗？你天赋不错，在咱们学校不稳稳地把你送进个一本好专业啊？"

王晨雨依旧在同声共气地给予夏建军回应，其余的同学依旧在一旁自顾自地交谈嬉笑、凛然漠视。夏建军看彭小满不回答他的话，便突然指了指他心口的位置，问："身体可还好啊？心脏这里，问题还大不大？"

王晨雨旋即做出恍然的样子："是！我都忘了问了，你那次在操场上真把我们吓坏了。"

真的吓坏了，他吓到所有人都那么偏头看着，吓到没人上前。

李鸢回观众席喝水，拧开瓶盖吞了几口，低头一看才发现标签上被撕扯的痕迹，明显不是自己的那一瓶。他"啧"了一声，坐回位子上用胳膊顶了顶游凯风："这是谁的水？"

"哎？"游凯风坐正回头。比赛场地不让进，他坐在观众席远望，连李鸢的鼻子和眼睛都看不清，更别提赛况了。游凯风和陆清远一行人被拘囿得没了脾气，凑成一堆在老班的眼皮子底下打了盘手机游戏，没等杀出个硝云弹雨呢，李鸢倒已经转着手里的挂牌回来了。"你怎么回来了？"

"比完了不就回来了？"李鸢绕了一圈找自己的水，"老班呢？"

游凯风猛按着手机屏幕，嘴朝南门出口努了努："跟（6）班的班主任抽烟去了。你们比赛跟开人大会议似的，谁都不能入赛场，早说我们就不来了。稳住啊，老铁！"

"让你再抢我的'野'，再抢我的'人头'？"陆清远把腿跷上前座的椅背，极不雅观地敞着胯，边叫骂不休边抬起头，"你们这就比完了？这么不持久？我们一盘游戏还没杀完呢。"

"自动加手控总共就一百二十秒，又不是下围棋。"

缑钟齐推了一下眼镜。他不大玩这款游戏，硬被拖进来加入，乍一操作起来还挺不利索："怎么样？好像听广播报你们队伍的编号了，赢了？"

"嗯，碾压，把对家的那两个操作手掐了。"李鸢举起手里的矿泉水瓶往游凯风眼皮下晃了晃，"这是你的吗？看见我的水了没？"

续铭大脑发达，小脑开发程度也是顶级，玩游戏如行云流水。他瞄了一眼水瓶："这是彭小满的，我看着他在标签上撕的口子。"

李鸢把水瓶放下："他人呢？"

"在厕所吧。"陆清远随嘴一说，盯着手机，换了一个跷二郎腿的姿势。

"我刚从厕所回来的，他没在。"

"哎哟，你管那么多，他是你儿子啊？"陆清远听了笑，"这鬼 AI 展馆大得能并排开好几台玉米收割机，一层有七八个厕所，你上哪儿碰他去啊？"

"找什么刘欢去了吧。"游凯风插进来答了一嘴。

周以庆听完，捧着手机乐得直颤："刘欢？哪个刘欢？"

李鸢也皱起了眉："谁？"

"不是，那个人真叫刘欢，还是刘欢什么的。那人在底下跟他打招呼来着，挺高的一个留寸头的男生，彭小满是喊了个什么刘欢的就找过去了，我又没蒙人。"游凯风解释半天，差点儿误了"偷塔"的工夫，他看李鸢一下子站起身又要走，问道："哎，你又去哪儿？"

李鸢向前迈了两步又折返回来问："你没看见他们往哪个方向去了吗？"

"我又不是间谍、特工，我管他们往——"

"一楼西面的观众席。"赵劲从手头的单词本里抽神，向西大概指了指："应该在那边，我看见他跟一个男的过去了。"

"谢了。"李鸢看了他一眼，点了点头。

"先天肥厚型心肌病？"王晨雨略略歪头，重复的声音有点儿大，惹得其他学生也纷纷抬头报以了探寻的侧视，他耸肩，"没听过。"

"不是什么常见病。"

"平常还会难受吗？"夏建军问，"你在现在的学校，有时候还会有不舒服的感觉吗？"

"很少了。"

"会对你的生活有影响吗？"一个女同学问，彭小满觉得她脸熟，记得她是姓江。

"有吧，不能剧烈运动，也不能过度劳累。"

"好像电视剧里演的那种。"女生笑笑，把这件事说得云淡风轻，了无痕迹。

"是不是以后要做心脏移植手术？"

彭小满想了想，想起这个发问的齐耳短发女生应该是姓陈，收过自己的作业，没说过什么话。他回："不用。"

"那吃药治愈？"

"应该很难治愈吧，只能控制。"

彭小满看见她眼中有一丝亮光的闪动，随即她飞快地、迅疾地、不着痕迹地与手边同伴交换了一个细微的眼神与口型，低下头悄悄说——有点儿可怜。

可怜。彭小满不这么觉得，更没有这么想过。他觉得不过是老天爷幽默了一把，也没埋怨过谁。他觉得自己有时的确乐天过头，甚至有点儿刻意了，到了被人说矫情的地步。他表现得嘻嘻哈哈的，不遗留什么会让自己难堪或辗转难眠的东西，但这些东西也只是被掩埋掉了，不是被消化掉了，他用清新美妙的事物遮盖住了向阳背面的潮湿与僵死，有朝一日，再大的窟窿也能被填满。

被人形容可怜，就像连带着包心肉一起被大力攥了一把。好像自己藏起来的东西突然泄露，被人一眼看光了。彭小满心跳加快了一些，他感到胸腔发胀，隐隐气短，环视四周一圈，都没有能让他暂时挡挡、缓缓，或是借力的地方。

夏建军的功利和教育上的目的与野心叫他望而生畏，王晨雨似乎也和原来不一样了，周围人更是陌生疏远，共同形成一个排他的集体，一个没有缺口的圆圈。彭小满此刻是被圈在中心的焦点，不是人人都稀罕注视他，审视的目光又是四面八方无孔不入的。

彭小满想立刻走，抬头闪烁着目光，想开口。

"哎，"李鸢立在王晨雨背后，隔着他喊彭小满，"找你半天。"

那普普通通的五个字，日后彭小满再回味，可说是清越的钟声穿过层峦叠嶂、山岚雾霭，具象成笔直通达的一束略有浮尘的黄光。说得更有禅意一点儿，挺能净化人的，不因这话里的内容，因发声的人。

彭小满怔了怔，飞快地转过身看向李鸢。李鸢愣了愣，在彭小满的眼里看到了不可名状的求救神色，比以往他见到的任何一个"彭小满"都要弱势。李鸢不得不为此揪了一下心，忽略众人的注目，越过王晨雨走到彭小满旁边，不自知而下意识地轻风细雨，无比温和地开口："你怎么了？"

彭小满眨眨眼，恢复原样，竭力做一个浮夸的吃惊表情："你是怎么找到我的？"

"用腿找，不然千里追踪？"李鸢瞄彭小满一眼，看看背后盯着自己的王晨雨，再看看正前方打量自己的夏建军，张嘴胡扯："老班等着大家集合，没见你的影子，你回去要废了。"

夏建军立马明白："哦，你是彭小满现在的同班同学是吧？我是他原来的班主任。"

李鸢看着他点了点头："老师好。"

"哎，你也好！"夏建军摆了摆手，"怎么，你们都是一起来参观比赛当志愿者的啊？"

李鸢摇摇头，指了指胸口的挂牌："我是来比赛的。"

"哎，你们学校机器人社进了这次华南的决赛啊？"夏建军眯了一下眼睛，"不错啊，那看来你们学校这个社团还挺厉害的，是吧？"

"一般吧，都是业余玩票，你们学校可能不稀罕分精力搞这些东西。"

彭小满立刻转过头冲他挤眉弄眼，那意思是：哎，你夹枪带棒得也太明显了吧，哥！

夏建军果真愣了愣，脸飞快地僵了一下，又迅速地恢复如常，说道："是，我们学校抓学习比较严，和普通中学不一样。"

李鸢侧靠上围栏，笑了一下："听说过，有纪录片，云古第四监狱。"

王晨雨听了辩驳道："那是媒体瞎起的外号。"

"我也没说是我起的啊。"李鸢语气和善地答下他的话。

"可能是你们说的那样吧，我们这个学校外界风评差，什么'监狱''工厂'……"夏建军笑眯眯地推了推鼻梁上的框镜，"但你们承认吗？我们学校的管理模式成效非凡啊，我们不但升学率高，还反哺了当地经济，三年时间交给我们支配的的确确可以给学生、家长想要的结果。"

"包括你们跨区掠夺优秀生源？"李鸢问。

"那是学校发展的必然趋势。"

"哪怕被人说是扼杀创造力？"

"这是硬币的两面性问题，不认同我们这个管理模式的人，认为这会扼杀创造力，但真正跟得上节奏的学生，会觉得我们这是一套科学、严谨而且行之有效的教育方式。"夏建军指了指背后的学生，又似乎若有似无地看了一眼彭小满，笑道，"优胜劣汰，有的时候弱者被淘汰下来，其实真的不是我们的问题，基本上是因为他自己。"

彭小满看看脚尖，不设防，没躲过他这一记冷箭。李鸢跟着沉默了片刻，背过手往彭小满的后腰上拍了一下。

李鸢说："老师，前一句话我不否认，只是后一句话我想问，不被淘汰的人就一定会是胜者吗？"

"怎么不是呢？"夏建军反问，"不然你读书的目的是什么呢？是考大学，是跳到好的平台上。"

"我能说您狭隘吗？"

"啊？"夏建军愣了愣，以为自己听错了。

"真要说这件事，我觉得是获取竞争优势，提高认知水平，在我们还在纠结升学率和重本名额的时候，其他很多名校已经转变了思路。"李鸢看了一眼掌心，换了一个温和的说法，"成本很高，所以不是人人都能实现，但我的意思是你们不给的东西，别的地方能给到，而且结果更好。"

问彭小满要不要心脏移植的那个女同学不认同这话，毫不掩饰地"扑哧"笑了一声，问："那你这话意思是说，你们学校很好咯？"

"我没说，这是你自己理解的，好与不好你应该自己有一套标准吧？"

夏建军摸了摸下巴："那有什么呢？可以不让位给学习，比应试拿分还重要的东西，你们学校有的我们学校就没有的？"

"选择的余地和尊严。"李鸢看着夏建军，"当然我不知道这对你们来说重不重要，人和人不一样。"

谁也没再说话，双方搏了个平局，没办法评判对错。

过了一会儿，彭小满才和夏建军、王晨雨开口道别，他微微低下头，恭恭敬敬地欠了个身："我们等下要集合，那就先回去了……夏老师。"

"哎，行，你忙咱们就不多聊耽误你的时间了。"夏建军从思索里抽身，站直走近，拍了拍彭小满的肩，"你看转眼开学就高三了，好好加油，你不错的，说到底要注意身体，革命的本钱嘛。"他又看了看一边的李鸢，"我作为一个老师，今天话说得不体面，小伙子你别介意。"

"没有。"李鸢摇摇头，"我也说偏激了。"

"但我还是不能承认我们有问题。"

"嗯。"

"高考加油，我提前祝你马到成功。"

"谢谢老师，也祝你们今年重本率再创新高。"

彭小满在前，李鸢走在他身后回想着自己刚才的一番话。依他本来的性格，他不会对一个陌生人表露那样多的想法，没必要也不合礼节。李鸢自己也承认刚才有些咄咄逼人了，可他既不是寻衅更不是没事挑事，只不过是有点儿不能容忍，不能容忍别人擅自把彭小满看作被淘汰的弱者，替他抱不平，看不惯他屈从，不明白以他的性格，为什么被那么说了他也要默认。

李鸢见彭小满陡然松懈般舒了一口气，才回头看了一眼，无意间瞥见那个一直站在他背后的王晨雨坐回了观众席，指了指背后的方向，对着众人做了一个略微夸张的胸口起伏、呼吸不畅的动作，继而肩膀直颤，跟着众人一起笑开。

李鸢知道那是什么意思，也瞬间猜到了他在模仿、暗示什么。

他没作声，但结结实实地被恶心了一把。

"他们其实就是使命感和思想负担比较重吧，荣耀心强。"彭小满边走边想回头说话，"我其实是因为——"

李鸢将手搭上他的左腮，轻轻地将他的脸扳正，目视前方，不让他看后面。李鸢挨近他，在他的头顶说："他们有他们的荣耀，你也应该骄傲地向前走。"

第十二章

江湖传说

　　里上电子工程大学的教学楼不多，吃饭的地方却不少，光一个校区，大大小小的食堂就建了六个，梅、兰、竹、菊、柏、松，这些顺口的植物名称被他们用了个遍。可再大的食堂也不够一场竞赛的外校友人蝗虫过境似的横扫，后勤收费处连饭票都快撕不过来了，七八道纵横排列的等饭队伍如神龙摆尾，一路蜿蜒到学生会堂。中午十二点休赛，老班提前蹿去竹园观瞻了一把堪比"春运"的打饭盛况，回来摇着头直摆手："别去了，别去了，'红旗招展、人山人海'，咱们点外卖吧，回头找学校报销。"

　　卫一筌不花钱不舒服，当即一拦，说不用，报销程序麻烦。紧接着他便订了几十人份的三明治送到展馆门口。

　　陆清远跟着别的班的几个人高马大的男生提了外卖进来，一边按"口味自选，女士优先"的原则分发，一边忍不住冲卫一筌竖起拇指："卫老师您真棒！大手笔就是挺唬人，刚才快餐店的两个店长开着豪车来给我们送餐，怕不是以为订餐的是个什么企业高管，想找您谈合作。"

　　"合作也可以啊，送点儿物料放到我家店里宣传，资源置换。"卫一筌把烟熄了，听完笑了笑，"那款车现在市场价也就八十多万吧，没你表达的那么夸张，挺廉价的，你努努力大学毕业也置办一辆。"

　　饭毕小憩时，陆清远不知从哪儿摸来一个篮球，和个别某校志愿者一拍即合，临时招兵买马、拉帮结派，去了展馆南门外的露天篮球场，组织了一场"华南区民办非正规小型友谊赛"。除却个别好静的人，还余下对蹦跳类的三大球一向敬谢不敏的彭小满，躲在观众席上听歌；李鸢下午有比赛，也仰躺在塑料凳上闭眼午休，又分走了彭小满的一只耳机。一楼喧嚷，坐席上安静，耳机线不是很长，彭小满和李鸢得挨着。

"话说，以你的智商总玩俄罗斯方块不是很没追求吗？"彭小满闲来问了一嘴。

李鸢睁眼，自下而上地看他，发觉他睫毛确实挺翘，回道："你的意思是我就该玩什么鲁班锁、九连环？"

彭小满低头笑："这是一个好点子。"

李鸢也笑："主要是吧，俄罗斯方块不用我多动什么脑筋，一直盯着那个掉下来的东西就好了，玩的时候，什么也不用多想。"

"不用想什么？"

"就是……"李鸢摸鼻子，"很多，比如那时候不用想我爸妈离婚，我到底跟谁。"

说到底还是他太脆弱了。李鸢那时思绪波动得犹如叠浪，他心思沉，家庭观念从小就重，笃定父母关系是可以信仰的。那样"我以为你们不是认真的"的观念被一夕推翻，另一面的"虚情假意"被放大，李鸢很久食不下咽。他心中又因对李小杏婚内越轨行为的沉默隐瞒，怀着对林以雄微妙的愧疚感，那时的体重伴着成绩、精力，直线掉水，拦都拦不住。

那时候他保持着浮游半空的状态，像是在阳光下照射得太久，乍然扎进了暗淡的地方，会回不过神，眼前会残留着过往的影像，并蒙着一层带着噪点的花白色屏障。他状态不好，成绩自然也下滑了不少。

这件事他唯独不想让李小杏知道，怕她有一点儿觉得自己不够优秀，他有着很隐秘的胜负欲和自尊心，自己都没办法很好地解释。

没等彭小满忍不住好奇地问他更详细的情况，李鸢拨出去一通电话打断了他含在嘴里的问题。彭小满看到李鸢在把手机贴上耳边时，面部表情经历着肉眼可见的转换，由松弛到绷紧，由悠闲到突然严肃。刚才和自己说话时还翘着的嘴角，飞快地就抿起了，像在心里预备起跑，绷紧小腿的动作投影在了脸上。

彭小满在心里小小讶然他挺有趣的下意识反应——这怕是打电话给国家领导人呢？

"喀喀，"漫长的等候音传出手机的听筒，李鸢竟还清着嗓子，在挺短促的一声"嘟"之后，叫了一声，"妈。"听筒里传出一声意味不明的男性的轻笑，李鸢便即刻改口，皱了一下眉问："马煜平？"

"你妈不在。"马煜平回道。

他们两个人其实既是互通有无，又是势不两立的关系。马煜平这几年算是收敛了，八成是被马周平绑起来操皮带吊打了数回，有了点儿教训。从前他和李鸢讲话时从不称李小杏为"你妈"，更别说"阿姨"和"妈"了，动辄"那女的"或是"那货"。去年的一次偶然碰面，李鸢无意间听到耳边掠过一个压低嗓音的难听的词，天庭拱火，一拳打得他鼻下流血。

这件事本是李鸢占理，可架不住马煜平撑着墙颤巍巍地站起来，指着李鸢和李小杏母子二人掷下了一句恶话——你妈当小三破坏别人的家庭还有理了？你们不配。

一句话就把李鸢的自尊全掘出来了，堵在心口不上不下，万事都变得要靠后排了。

"那她去哪儿了？"李鸢抿了抿嘴，客气地再问。

"我哪儿知道？！"

彭小满打从李鸢叫了一声"妈"后，便低头注视着他的面孔，看得清他每一刻的表情变化，就像观瞻窗外流动着的秋云。李鸢的神色呆滞了片刻，又很快恢复如常，蜷起一条长腿支在观众席的背椅上，他吸气吐气，闭了一下眼，"这是她的手机。"他紧接着说道，"你不想跟我多说我也未必想，所以你能回答重点吗？"

"医院。"马煜平口吻不耐烦，"脑子抠出来了没带，把手机落下了。"

彭小满看到李鸢蹙眉更深，眉心隐现着一个小小的"川"字。

"你嘴巴放尊重一点儿。"

马煜平好比听了一个笑话："凭什么？她是你妈，她是我的谁？我就不尊重，就是恨不得她滚。我不给她好脸，你能怎么样？"

"你也就这点儿本事了。"李鸢捏着鼻梁眯起眼。

"那是，不及你妈本事大，我妈十八岁跟着我爸都不及你妈的两三句好话，怎么练的啊，你说说看？你不是她的儿子吗，你也会吧？"到后半句，马煜平边说边笑不停，"我爸老跟我说你是学霸，叫我多学习你。哎，我就奇怪了，学你什么啊？学你搞坏人家的家庭还特有理是吧？啊？"

彭小满看李鸢突然一拳捶上了塑料椅背，发出一声挺大的动静，他不可能不痛。

李鸢不能说"我妈是我妈，我是我"，因为他是她的儿子，所以不能这么不人道地择清关系溜之大吉，所以必须无辜挨着马煜平的明嘲暗讽，挨他兜头扣下来的莫须有的罪名。李鸢觉得"连坐"这玩意儿，太不公平了。

"这话我当你没说，就这么一次，你记住了。"李鸢握紧手机，"挂了。"

"你知道她去医院干什么吗？"

李鸢将将挪开的手机又紧贴回耳畔。

马煜平佯装着沉吟："说是去做产检，但不是只有产检那么简单。"他恶意地嬉笑着，那语气和周文近乎一样，让李鸢听着觉得浑身不舒服，"她这几天不太舒服，我看着还挺爽的，真的，这叫遭报应，挂了。"

李鸢听到"咚"的一声响，猜马煜平并没有按下挂机键便把手机随手甩在了一旁。手机幻化成一块板砖，砸进李鸢心中荡漾着一圈圈波纹的水面，"咕咚"沉到底。李鸢没注意额头上方，一下坐直，结结实实地和彭小满的下巴撞了个彻底。

"啊！"彭小满痛叫一声捂着下巴，盯着同样被撞得满眼金星、捂着脑门疼得怀疑人生的李鸢，"这要是假体现在就飞门外去了。"

"你！"李鸢猛撤下手掌，露出额心的一块红印。

彭小满没忍住，笑出声来，在他额头上的红印的位置用手指画了一个圈："好喜庆，跟你过满月似的。"

李鸢的情绪被他打断得都不连贯了，捻头续尾续不上方才的那个节点，眼前是彭小满纯净的笑容，犹如别致的意境，遮在他苦闷心绪的中央。李鸢想说"我现在没心情跟你开玩笑"，或者"你才被人侮辱成那样，转脸就不在乎了？就别逗乐了吧"，可他没办法说。彭小满的少年热意就像是夏日里的一片凉荫，雪天的一会儿日出，让他抗拒不了，他不知道为什么。

李鸢揉着额心，没辙似的侧头笑了一下："你是不是傻？"

上午的初赛淘汰掉了部分队伍，下午的复赛主题是"集结"，总时长一百四十秒，同样分自控与手控两个时段；复赛采取了馆内分屏直播的形式；按赛前小组会商议的任务分配，孟社长出阵担纲操作手，李鸢依旧是辅助操作的预装手，正副社长齐上，阵容可以说是很"豪华"了。

联队随机，"鹭高"担任主队，友队是副队，摇号抽来的对手主队是华南某市的南光中学，上午初赛时一举淘汰了前年大赛三强中的一支队伍。南光的机器人小车做的外观花哨，体积颇大，排开五金主体，额外的金属结构复杂，以至裁判在计时吹哨之前，再次测量了对方的机器人的长、宽、高数值，合格是合格，却很滑头地勉强卡准了赛制要求的规格上限。说明白些，他们玩了个心眼儿，打了个擦边球。

下午的比赛赛制正经，又有分屏直播，里上电子工程大学就按赛场与团体规模统一划分了观众席，禁止饮食、大声喧哗、随意站立、四处走动，"鹭高"一行人生生被逼出了体统，正经八百地依次按个头高矮排排坐开。直播用的是第三方软件，延迟不说，像素也差，拉个远景只囫囵看个大概还好，一拉近景，对焦到主队和副队的各个选手脸上，全是五彩斑斓的雪花噪点。

"鹭高"和"南光"的复赛场地几乎就在观众席旁边，像彭小满这类眼神特好从不近视的人，压根儿不用看大屏幕也能看清场上赛况。像游凯风这类中气十足的人，趴在栏杆上伸长脖子，还能和李鸢远远地喊两句话。游凯风托着镜头调焦，对准和孟社长插兜并排站在候场区接受裁判检查零部件的李鸢，喊道："哎！李鸢！转头！"

李鸢心里正堆着杂七杂八的赛制规则和他母亲的事情，听到观众席上有人喊他，抬头看见游凯风正对准他的黑漆漆的镜头，无语且拒绝，低头背过身躲开，扯起文化衫的圆领挡住嘴巴。

游凯风站起来："你躲什么你？——"

裁判机敏异常，立刻停下了检查，转身冲游凯风做了一个双臂胸前交叉的动作，吹了一记亮哨，示意他立即停止向场内选手呼喊。没来得及等游凯风闭嘴，老班隔着几个座位的一巴掌就迎风落在他的背上了："安静坐下，别干扰比赛！"

彭小满吃了身高的亏，和周以庆并排坐在顶靠前的位子。他整理了一下胸牌，握了握李鸢上场前交给他保管的水瓶和手机。李鸢真正用的手机挺不赖，全钢的深灰色后壳，几年前的款，被用得很小心，正、背面都还光洁明净，没什么陈旧的划痕。

彭小满手一欠就按了侧边键，发觉他换了一张"努努"的照片当壁纸，还记得他的解锁码是"0000"。

周以庆悄悄抓拍了不少李鸢的照片，顺手把成果亮给一边的彭小满看："看我拍的李鸢怎么样？你说拿回去卖给苏起多少钱一张合适？"

彭小满没等看清，听完她这话便首先乐了："你们两个这塑料姐妹情？"

"瞎说，我就是赚点儿中间差价，哪儿就塑料了？"周以庆笑弯眼，"追星不都得花钱？"

彭小满听她一下说得多了，有故意拿苏起开涮之嫌。他没接话，摸摸鼻子，轻轻地提醒周以庆："你跟我说这个……还是不太好。"

周以庆愣了愣，熄灭手机屏幕看了他一刻，神色又亮了："哎，说真的，你还真跟陆清远那些人挺不一样的。"

彭小满投以疑问，周以庆便继续解释道："就是说，你比他们知道分寸。"

"都是应该的吧。"彭小满觉得过犹不及，摇了摇头，"毕竟是你们女孩子的事情，对吧？"

"就是因为是女生的事情，男生才搞不懂，才像愣头青一样转不过弯吧。"周以庆皱了皱眉心，又舒展开，"不是贬他们啊，我的意思是，咱们班里啊，我看也就你和李鸢懂点儿分寸了吧。"

"我和他？"

彭小满其实有点儿搞不懂，是从什么时候开始，自己的言行在旁人眼里要和李鸢一并提起？不只周以庆这么说，还有先前游凯风的那一句"特殊"。

除非到了管仲与鲍叔牙那种精神至交的程度，或是对唱歌手那类一开始就主打的组合设定，才免不了要被人一并谈论起来。就他自己认为，他和李鸢可以算朋友，可仅此而已，好朋友都不是，怎么就掰不开了呢？

"鹭高"联队对"南光"联队的复赛，正式开始的时候，转播镜头特意在赛场水平摇了一把，没防抖，有延迟，在屏上糊成一团。不知是什么原因，李鸢备受"偏爱"，焦点对在他身上，逗留得会更久一些。裁判嘴里叼着钢哨，站定在赛场中央向红、蓝两区伸直手臂，示意选手将机器人恢复启动前状态。李鸢与孟社长短暂地交换了眼神，将小臂举到耳畔再飞快地落下，向前略略点头，示意准备完毕。

只是镜头下的这么一个动作快速又模糊地展示在大屏幕上，彭小满就觉得观众席上的不少友校学生的注意力霎时便被吸引了过去。他有意向观众席两旁看了看，发觉有人对着屏幕低头私语，交换笑意。

确定两方联队准备完毕，裁判发出倒计数启动口令，随着计数开始，孟社长与"南光"操作手缓慢地靠近机器人。听到"开始"口令后，两方需迅速发出传感信号，放上复赛预装圆环的机器人在自动时段将只受自带控制器中的程序控制。

类似于短跑比赛上的运动员卡准出发点，启动时机虽不是最关键的，但也无比重要。一等"开始"的指令落地，机器人由启动区快速出发，孟社长和李鸢当即察觉出了不对——"南光"的小车"抢跑"了，不在联队站位则很难分辨出微异的"误启动"。孟社长看到裁判已经盯紧了赛场上出发的四辆小车，对"南光"的"误启动"没有给出任何处罚警告的手势。

自动时段一旦启动，便没办法轻易叫停自动程序，误判也就是误判了，没什么复核的机会。"鹭高"联队失了先机，孟社长朝李鸢颔首，李鸢背过手朝后比了拇指，示意在联队站位外的卫一筌和社友。

非专业人士根本无法看出"南光"联队的小车抢跑的那零点零一秒，二十秒的自动时段也就是一眨眼的工夫，裁判掐点吹哨，在他挥手示意自动时段结束前，"南光"多携带了一只计分的红色泡沫圆环，套住了场地内的沙底得分标杆，以一个圆环的优势暂时领先。

自动时段与手控时段间的间隔准备时间由裁判自行决定，孟社长看了一眼正击掌庆贺出师大捷的"南光"选手，摘了护目镜用胳膊轻轻地撞了李鸢一下："其实咱们刚才一开始就该叫停，申请重新开始的，超分的就不一定是他们了。"

李鸢把护目镜推到额头上，生把这高级的配置弄出了一股时尚弄潮儿的范儿："叫停就要程序重启，那点儿抢跑的时间裁判未必判得出来，就算调监控也不一定看得清。"

"你别跟我说你就是嫌麻烦？"孟社长歪着头看他，"我刚才跟你点头是以为你也想喊停。"孟社长停顿了一刻，摸了摸鼻子说道，"按你去年那个让别人跪下叫'鸢神'的风格，我以为你马上就得撸袖子上呢。"

"怪我没搞懂你的意思。"李鸢见裁判比了准备时段结束的手势，把护目镜戴回鼻梁上。

"我不是那个意思。"孟社长推了推护目镜，"我是想说，社里高二的人都在后面看着，你没那么想赢也别表现出来，别让他们的热情现在就有落差。"

李鸢听完乐了，看了一眼孟社长，觉得他很有智慧，看东西很准："看破不说破，我还是让他们叫'鸢神'的好副社长。"

孟社长挑眉，不置可否地笑了笑。

场外的观看席上，彭小满把玩着李鸢的手机，压根儿看不懂赛制，用一只胳膊肘抵在膝上手托下巴看着他的背影，从他透露出来示人的"巍然"里寻找破绽。

时长两分钟的手控时段开始，两队的小车在哨响之后再次从起始点快速出发，迅速将各自的预装泡沫圆环套进得分区的沙底标杆。标杆的底座呈半圆弧形，充填了一定量的细沙，可左右摇摆，运动原理类似于小时候常玩的"不倒翁"。"南光"联队的小车操控技术显然不及"鹭高"联队的纯熟流畅，套环时标杆晃动明显，精准率也不够高。

不占抢跑的时机优势，"南光"在手控时段的前三十秒内便脱落一环，意外地抛出场外一环，暂落了四分。李鸢将预装的泡沫得分物依次搭上起始区，看了对面的操作手一眼，巧了，对方也在望他，满眼不屑的神情。

"小心他们会有犯规动作。"李鸢提醒一旁的孟社长，没来得及听到对方回应的"好"，就听到一声金属长角钢撞击的声响，"南光"的其中一辆机器人小车在返回过程中猛撞上了"鹭高"的一辆小车，场外响起一阵惊叹声。

"南光"在五秒之内立刻拨动了控制器，将小车倒回白线区域内，又由预装手向他们举手欠身，示意道歉。裁判及时吹哨，判"南光"偶然接触，不予犯规警告，比赛继续。

孟社长皱眉，反复调试了两次夹取动作："脱了一根皮筋，赛前调试过的，不撞不可能脱。"

"不是撞在长角钢上的吗？"李鸢问，看被撞过的小车夹取板变得松垮了些，不如方才操纵起来那么精准灵活。

"不是。"孟社长侧头看了一眼"南光"的操作手，然后拨动遥感轴，操纵小车继续硬着头皮驶向得分标杆，却在中途将圆环滑脱，"他们的小车上好像有尖锐边缘，就是插小旗子的那个地方，裁判可能没检查出来。"

李鸢跟听笑话似的说："误启动都看不清，检查他能怎么看？就是走个形式。"

"叫停？"孟社长看着他，"影响到比赛结果，他们就直接被取消比赛资格了。"

"那也得是叫停之后他们承认。"李鸢摇头表示最好不要，又朝背后打了一个手势，"看他们还有没有犯规动作。"

"南光"联队这年复赛显然就是冲着"我赢不了，你也别想痛快"去的，过后二十秒内，又两次阻挡了中央道路两秒，并飞快地擦过"鹭高"小车的基座。"南光"的小车块头偏大，雷霆万钧地速移起来，两旁有风，颇具气势，一副要勾缠的样子，"鹭高"拨动方向快速闪避最是安全保险，为此花费了绕行的时间和精力，两环分差转眼便被拉平。

"绝对是故意的恶性动作，他们在出险招儿，现在他们耍贱搞得咱们很被动。"孟社长看见小车的行动轨迹几乎完全超出他们的预想范围，"赛前根本没想到他们是这种街头篮球的路子。"

"他们是光脚的不怕穿鞋的。"李鸢扶正泡沫圆环，看了一眼场中央的计时器，大约还剩余七十秒，"要么就正面对峙，要么就等他们自爆？"

"你是说停下来不躲，等他们自己撞上来被判犯规？"

"是这个意思。"李鸢扶稳预装上场的泡沫圆环，指了指中央扶梯旁的标点位置，"那个地方相对来说是裁判的视野盲区，他们要撞的话肯定会选那里，但后面有扶梯，他们没那么容易撤走。"

孟社长心说：益智竞技变"黑手党火并"，还得近身肉搏、斗智斗勇。孟社长操纵遥感将小车驶离预设往返区，夹着泡沫小环拐去了李鸢指往的标点位置。果不其然如李鸢预料的那样，"南光"的另一辆小车很快转移了方向，借返回起始区夹取小环的由头，迫近"鹭高"的小车擦身掠过。

孟社长反被动为主动，趁对方掠过阻挡的当口，猛迎头而上，使两车机身再次碰撞勾缠；没承想南光的小车随即掉落下一根齿条架，当即停住不动。没等李鸢他们请求裁判仲裁，"南光"的操作手率先举手，略带惊恐地申诉道："恶意碰撞，撞掉了我们的一根齿条架！"场外的观众再次发出惊叹声，信以为真。

　　好比后宫乱战，歹毒的那一个偏偏还要在皇上面前假模假样地吐一口血，倒打一耙哭诉道：姐姐好狠的心。本以为是"黑帮火并"，结果其实是"宫斗"，孟社长和李鸢当时就气爆了。

　　裁判叫停计时器，迈入赛场内俯身查看两辆小车，举臂指向"鹭高"联队的站位，竖起食指抬了一下小臂，示意"鹭高"犯规一次，扣除四分。

　　很好，皇上真听了"白莲花"那梨花带雨的哭诉，信了他们家红口白牙的信口雌黄。

　　孟社长皱眉反问："凭什么？他们刚才撞那一下，还有中间阻拦我们那儿多次，为什么不算犯规？"

　　裁判拿掉嘴里的钢哨："你们刚才可以喊停，但你们没喊。"

　　"裁判您的意思就是，小偷儿盗窃，只要失主不报案，这事就可以当作没发生，"孟社长捏了捏手里的无线遥控，"小偷儿就可以逍遥法外了？"

　　"你这个类比本身就不合理，这和咱们比赛不一样，不能一概而论。"裁判笑了笑，朝闻声过来拨开人群上前查看状况的总裁判打了个招呼，向下按按手掌，示意：一点儿小状况，没大问题。

　　孟社长低头推了推护目眼镜："裁判，是这样的，我代表我们社也参加了三年比赛，客观来说我觉得您有失公准。"

　　"请讲。"总裁判背着手立在场上不语，另一位裁判依然和颜悦色，抬手做了一个"请"的手势，一派成年人式的慈和与气定神闲的样子，分不清是真是假，却最叫晚辈无招可出。

　　"刚才那个撞击……"孟社长点了一下头，"我承认我们队做了上前的动作操控，但对方中间三番五次地故意阻挡，和手控时段开始的误启动，您不能当作不知道啊！"

　　裁判摊手笑开："所以我刚才已经说了，你说的那个犯规动作已经过去了，如果你觉得判断有误，赛后申请复核，我们有录像，我现在不能根据你单方面的说辞去判断。"

　　"可是您没看见，这不是误判吗？这难道不是您的失误吗？"孟社张反问，"我不信没有观赛的人看清楚。"

"如果复核结果和我的仲裁记录有误，那肯定是我的失误，对我会有什么处罚，规定里也是有明细的。真要是，我肯定认。但现在的情况就是，这个碰撞前的所有状况已经没办法现在去判断了，你说的旁观者的口述根本不在我们判断的依据里。"

孟社长做了归纳总结："意思就是我们现在只能认栽。"

总裁判这时才开了尊口，背着手笑模笑样地说："不是你们认栽，懂吧？话不是这么讲的。规则，规则就是这样，什么叫没有规矩不成方圆？你的任何异议我们都是给你机会讲清楚的，但是也要按流程进行。你刚才也承认你有主动撞击的动作，不是吗？按规定，如果你们不打算继续比赛，裁判可以取消你们的参赛资格。"

规矩、规定、规则，李鸢觉得这三个词是同一个意思，这人能用三个词来不重复地表述一个意思也很厉害了，算是词汇量丰富了。

但这其实根本不算一个公理，顶多叫一种手段，或者叫小技巧。

裁判看向"南光"联队："红方，继续比赛还是终止比赛？"

"南光"要能说个"不"字，李鸢管他们叫"神"。操作手摇了摇头："我们这边选继续比赛。"

裁判又看向"鹭高"联队："蓝方，继续比赛还是终止比赛？"

孟社长没说话，看了李鸢一眼。

"如果我们不申请复核，这场输了就算复赛被淘汰了？"李鸢看着裁判问。

"对，复赛也是淘汰赛。"

"稍微等一下，麻烦了。"李鸢冲裁判比了一个"OK"的手势，看向孟社长："我们不是认栽是冤大头，继续呗。"

孟社长突然觉得挺无趣的，摸了摸手里的无线遥控："没有什么意义了，你不觉得吗？"

"你一直以为有什么意义吗？"李鸢压根儿不信他不懂，"老卫让你当社长是因为知道你是陈近南，不是只会喊反清复明。"

孟社长被他的一句话逗乐了："所以呢？他让你当副社长是因为知道你是韦小宝吗？"

"可能吧，他其实什么都懂，懂到根上的那种。"李鸢心说：卫一筌压根儿就是一个人精，跟爹妈在生意场里摸爬滚打长大的，什么小九九他看不明白？

"不复核咱们妥败，退赛难看，复核赢了也难看，说明白点儿现在就这么个状况。"孟社长耸了耸肩。

"是，怎么都难看，你最后一场比赛算是晚节不保了。"李鸢忍不住边点头边笑。

孟社长跟着一起笑，笑完又挑眉，慧黠得不像一直以来的他："那我临了确实得爽一把。"

"你现在不怕高二同学的热情有落差了？"李鸢欲擒故纵似的问他，十分故意。

任何年龄的人的性格都不会是单面的，和星座、血型、生辰八字无关，除非存在天生的智力障碍问题。李鸢很笃信这一点，就像知道游凯风潇洒乐天毫不在乎，所以确定他心里一定会有绝对割舍不了的一部分东西；知道彭小满挺爱笑，他就一定会在铺开的另一页哭；知道自己让别人觉得无所不能，但其实是有太多的事不可为。

一个人什么时候把不示人的那一面示人，就是在不甘心、不情愿、不信服的时候。

他要庆幸同是学霸的孟社长另一面真的是陈近南，能和他同声共气，可以不为任何人或任何集体的理由屈从地喊着"反清复明"，就是只为自己，就是只看当下，就是偶然会有那么一瞬间，觉得犯错被记过都可以是无所谓的事情。

李鸢承认，他就是在借机泄私愤。

裁判吹哨提醒"鹭高"抓紧时间决定，孟社长举手："继续比赛，不申请复核。"李鸢在他旁边推了推护目镜，听他随后飞快地跟出了一句，"爱谁谁，一群垃圾。"

李鸢笑得不行，要站起来给他鼓掌。

往后几年的"鹭高"机器人社，名气与财力、实力依然不减，拿奖拿到手软，可唯独孟社长和李鸢这年的这场复赛，叫无数人难忘，成为机器人大赛华南赛区的江湖传说——就告诉我，能把益智机器人比赛比成拳王争霸赛，使劲打、疯狂掀，裁判喊都喊不住，把整个场子都镇住让人站起来叫好的还有谁？！"鹭高"是第一个。

这年的复赛，最后二十秒在爬梯上的缠斗近乎就是拳王擂台上一个选手咬另一个选手的耳朵的不朽一幕再现，那路子不叫野，叫非常野，野得没边。

胜立大桥旁有一座瞭望塔，可欣赏里上半座城市的璀璨夜景，成人票二十元，持学生证可以免门票。比赛结束后大家回到酒店，这是在里上的最后一晚，老班带着（2）班的学生们去了一趟瞭望塔，有四成缘由为里上的风景确实美，值得一览；六成为李鸢，虽然他有错在先，但老班也怕他输了比赛不顺气，耽误回去后的暑假学习。

下午比赛时，裁判反复吹哨警告甚至喊停也无果，"鹭高"联队和"南光"联队在手控一百二十秒时段结束后，才结束了毫无规矩、不成体统的"鏖战"，到最后谁都看得出来，这两支联队是年少轻狂，在赌气，在挑战权威。赛后，一帮人骇俗的操作惊动了大赛的主办方与整个裁判组，引来了十来个人，把两队的成员连带着教练带去办事处问询，搞清了事情的因果与个中详细情况。

没什么因果，能有什么因果，跟动不动就肾上腺素飙升的十八岁高中男生讲因果？

李鸢和孟社长心照不宣，在主办方面前态度出奇一致，听了一通"有问题可以提，但你们这样做实在是怎样怎样……"的官方教育，既不瑟缩怯懦也不张扬难驯，详尽复述了赛程，略表明了态度，不卑不亢地给人家道了歉，态度好得出奇，一点儿不刚烈，也没傲骨，搞得主办方倒没办法说了。他们略一商榷，取消了这场比赛的成绩以示惩戒。

卫一筌压根儿没恼，就是想不明白，出了办事处直乐，问："谁给你们出的主意让你们以暴制暴的？"

李鸢和孟社长都没接话，低头摘了脖子上的挂牌。

"敢做敢当很好，有血性很好，是你们这个年纪该有的样子。"卫一筌停顿了片刻，收敛了笑意又跟了一句嘱咐，"但不能把事情都看得非黑即白，以后也不要再不顾后果、不留余地地做事。"

孟社长率先点头表示赞同，李鸢跟着。

"要我怎么向我们的学校、向你们的社友交代？"卫一筌问。

"我引咎辞职，写检讨。"孟社长回道。

"我也辞职，也写检讨。"李鸢照搬他的一套。

卫一筌静静地看了他们半晌，挑眉，忍不住看向李鸢："终于遂了你的愿是吧？"

李鸢摸摸鼻子，跟着一块儿笑了笑。

走完了流程、收拾好了东西，卫一筌领着李鸢回高二（2）班集合，算不怎么光彩地铩羽而归。可有时候事情就是这样，胜的不及败的，好的不及坏的，好好的一个正面人物不及别人当反派的。凭着那块不怎么好使的转播屏，李鸢和孟社长对阵南光"佛挡杀佛"的脱轨操作让众人看蒙了，佩服得可以，圈粉了友校学生无数。李鸢越过别校的观赛座区往"鹭高"席走时，男男女女的花式侧目与接耳议论，粘了他一头一身。

李鸢冲同学们道歉："不好意思了，我跟社长两个人脑子一抽冲动了，输了比赛。"

同学们讲道理的人站起来讲道理，说"没事"的人站起来拍他的肩说"没事"，打哈哈的人在一旁打哈哈……道歉也好顺杆爬也好，李鸢都一一给予回应。有的人理解，有的人不理解。唯独彭小满就什么也不说，转着李鸢的手机，支着下巴看他或是面带愧色地向同学点个头，或是带着歉意笑一笑，再或是郑重似的蹙起眉。

这么看着，彭小满觉得李鸢确实是进退有度。

李鸢过后过来要他的手机，彭小满递到一半又往回一收，耍了个把戏。李鸢歪着头，挑眉，笑着问："什么意思？"

彭小满冲他比了一个无声的口型：少侠，别再装酷。

里上胜立大桥旁的瞭望塔，设计得像三朵竖着攒在一块儿的杏鲍菇，浅灰的腰部纤长而笔直，在顶部的尖尖那儿设计了一圈环形的封闭式瞭望栈道。塔顶嵌着在深浓夜里交替闪烁的蓝色与红色明灯，像是城市里的时冷时暖，既指天气方面，也是人情方面。

陆清远畏高，站在高处会腿肚子打战、手心冒汗，高二（2）班里一群人是这天才知道的。大家纷纷嘲笑他胆小，以游凯风为首，一帮人哈哈笑着潇洒地刷了身份证过安检上电梯，徒留他可怜巴巴地和老班候在塔上三层的观光大厅里，看包、喝茶、聊人生。

瞭望栈道上的观光客不少，栈道的上、下、右三面皆是通透的全钢玻璃设计，保洁工作做得相当到位，玻璃面明净得纤尘不染，踩上去鞋底摩擦玻璃的"吱吱"

声直响。别说是畏高患者了，就是好端端的正常人在这儿立半晌，也得心率狂飙，打个哈欠心脏就能"扑通扑通"地从嘴里跳出来。

"我的天——"游凯风被吓得拉了花腔，拽着缑钟齐的裤腰就不松手，"我对不起陆清远，我真的错了，我也怕啊！"

"你看看你的同桌，再看看你自己，你知不知羞耻？"缑钟齐推了推眼镜，笑着指了指前边泰然自若犹如行于平地，身处几百米高空也不忘带着一本高考热门词汇的赵劲。

"你废话，他往书里站呢！有本事让他站在玻璃这儿往下看，他能被吓得尿裤子。"输给谁都行，输给那小子他觉得硌硬。游凯风很不服，冲着赵劲吐舌头，智商撑死了也就是三岁半的水平。

周以庆带了一台粉色的卡片数码相机，胆子巨肥地扶着外檐的栏杆俯瞰，拍着里上的美景。灯火天然就会给人温暖又奢侈的遐想，因而里上夜晚的流光溢彩，与白日的优雅沉静形成了反差，轻易就给人"钟鼓馔玉不足贵，但愿长醉不复醒"的错觉。

游凯风跟做复健似的扶着缑钟齐，颤巍巍地上前把脖子上的单反相机递给周以庆："给你用这个，反正我也不敢动。"缑钟齐见周以庆欣喜地捧过相机，便自然地伸手替她拿卡片机相机，接过她单肩搭着、不小心滑落下臂窝的那只小皮包。

李鸢有点儿担心彭小满的心脏吃不消。

当然他很快就发现，自己着实是脱裤子放屁多此一烦忧了。"彭少侠"眉头不皱一下地就站上了栈道，东摸摸西看看玩得开心不算，还跺了跺脚后跟，试试这玻璃是不是真的结实。这不是傻是什么？李鸢手插兜跟在他后头，地板被他跺得一震，自己都跟着抖三抖。

彭小满走得慢，他们很快就被观光客隔开了与游凯风那三个人之间的距离，好在之前定好了是九点到电梯口集合，索性谁也没再想着急匆匆地找谁了。彭小满搭着扶栏慢吞吞地小步走着，李鸢便始终在后面配合着他的节奏。

李鸢没有故意要和他抱团儿，只是毫无理由地就这么和他挨得近了。要从初春往回数他和彭小满认识的这些个月，很多细小的事根本是细沙过缝，干净、一览无余，没什么很深的痕迹。李鸢把右手从裤兜里掏出来，看了看掌心，看那道疤痕——也就是这玩意儿了。

他和彭小满的关系，好像也毫无理由地就这么从普普通通变成眼下普通又不普通的了。普通在，他们是同桌、互助小组、邻居、全能学霸与语文学霸；不普通在，他懂彭小满，彭小满也懂他，一个转念一个点头，彭少侠与李少侠。

"哎，少侠，你是不是一直都很想以后考到这样的地方来啊？"彭小满停下脚步，找了一个不错的角度自上而下地观瞻夜景，里上电视塔就在正前方，加深了视野内的纵深感，"这种大城市，大地方。"

"嗯？"李鸢懵懂地看看他，又看看窗外。

"你是不是困了？"彭小满笑得露出一排白牙，都挺齐整，唯独有一颗虎牙硬露在外头，俏皮得要命，"你眼睛对焦都没对在我身上吧？分得清我的鼻子和眼睛吗？"

李鸢捏捏鼻梁，睁眼拗出一对欧式双眼皮："我是在想事情，没回神。"

"想你今天输得忒惨？"

"起开。"李鸢笑，"少揣着明白装糊涂了吧？"

彭小满歪歪头，倚上围栏，就像半身悬在百米高空一般："你怎么知道我明白？"

"没有理由，是就是，不是就算了。"李鸢没靠过去，而是看上去稳如金钟地插兜立着。

彭小满给他竖了一个大拇哥："酷哥。"

"我以前是想，志愿不填里上，就填利南。"

李鸢说的都是一线，飘着不少没根的草，动不动就和"逃离"二字挂上钩的地方。

彭小满没懂："怎么叫以前想，现在不想？"

"现在更想，然后又会间歇性地不想。"

要是陆清远听了这话，一句"你精神分裂，赶紧吃药吧"就顺嘴出来了。可对方偏偏是彭小满，他听了这话先是愣了愣，很快就又如常地乐起来损李鸢："哥，你才十八岁，就彷徨成这样？'在这个明媚而忧伤的三月，你从单薄的青春里打马而过'，是吧？"

李鸢笑了笑："你就当我是戏精，成了吧？"

"哎，李戏精。"

"嗯，是按照我的话说的。"李鸢看着他，看他眼里映进了里上的霓虹灯光，"但怎么就听着那么欠捶呢？"

彭小满既没嬉皮笑脸地说"来，来，来，捶一个试试"，也没缺心少肺地换一个话题继续抬杠，而是说："其实你要是真的有不开心的时候，那什么，就……你要信得过我，觉得我这人还行，其实可以没事跟我说说。"他摸了摸鼻子，"反正咱们住得近，也……也省得你费工夫找凯爷了，是吧？"

李鸢没接话，就这么看着他。

"哎。"彭小满挺无奈，"我诚心给你抛一根橄榄枝你也没点儿反应，搞得我很尴尬……"

李鸢走向前一步，凑近他些："那你是打算讲笑话还是演小品，还是怎么的？是逗我开心，还是给我做心理疏导，嗯？"

"你这个人笑点低，逗你开心我看我行，我不保证能把你逗得哈哈大笑，但应该不会板着脸。"

"本身我也很少板着脸。"李鸢点头，"说说战略。"

"首先，逗笑这种事情，我跟——"

李鸢鬼使神差地伸手把彭小满的嘴巴一挡，留了一层可忽略不计的薄薄的间隙。

他用着和夜色同样深沉的声音说道："你这个人就够让我开心的了，我说真的，也别问我为什么，我真不知道。"

你这个人就够让我开心的了。

李鸢很快结束了动作，彭小满当即以为李鸢在说他这人比较喜感，一开口就自带笑点。彭小满摸了摸嘴角："说明我以后能去喜剧团当谐星。"

李鸢却否认。

李鸢这一刻有点儿赶地铁的感觉。他该上的那趟地铁，打了灯光，从黑黢黢的轨洞里飞速地驶来停靠了。他不知道自己是在等什么人追来，还是在找什么落下的东西，立在黄线外的安全等候区内，看着敞开的车门内明净温暖的车厢，踟蹰着上还是不上。向前一步，他总疑心要错失掉什么；后退一步，也好像会错失掉什么。

"那是什么意思？"彭小满听他几乎毫无戏谑的话语，也不嬉皮笑脸了，认真地问。

地铁响了"丁零零"的关门提示声，告诉车外乘客列车门即将关闭，勿要硬闯，以防被夹伤。

"我是说……"

彭小满被他逗乐了："行了，我已经非常清楚你拐着大弯损人的路数了，说吧，别欲言又止了，我真的不打你，当然也打不过你。"

"你是个比较特殊的人吧。"李鸢随后补充。

特殊，这是彭小满的年度关键词。

李鸢说完这话，看他原本平常的神色肉眼可见地僵滞，各式情绪走马灯似的在脸上一层层铺开，最后叠成一个古怪的表情——眉头皱在了一块儿，嘴巴又是忍不住颤颤地往上翘。

这是忧心忡忡式的喜悦自矜表情。李鸢要为自己的语文水平鼓掌，就冲这精准的形容，不比眼前这人的语文次。

眼前这人……

真是，他真是没办法形容。

李鸢和彭小满莫名其妙地同时笑开，笑到一个偏开头，一个摸着鼻尖。他们间隔着一米，身侧是里上夜景，场景一下就像是从某部很早的偶像剧里抠下来的一帧定格画面。

大家九点集合下了瞭望塔，老班请大家在三楼观光大厅喝奶茶，自己看了菜单半晌点了一杯极品冻顶乌龙茶。等乌龙茶上桌，老班喝了一大口，立刻就在心里骂街了——去他的极品。

气氛挺好，没像在班里上课似的那么严肃，这会儿大家都当老班是一个花甲老头儿，有些事在学校里不知道怎么开口，趁着这会儿赶紧说了。

"班主任，"游凯风喝了一口美式咖啡，脸上是被苦到的表情，伸手抢陆清远的奶精球，"想跟您说一件事情。"

老班伸手去摸口袋，抬眼瞥见大厅中央鲜红硕大的一枚禁烟标识，悻悻地收手，转道去摸下巴："说呗，你小子还有谨言慎行地跟我连哄带商量的时候呢？"

周围的人笑了，游凯风也乐："那您不能这么说，好歹……给不给我发高中的毕业证还看您呢。"

"你就贫嘴吧，赶紧讲，换座位的事情没门儿啊，这事你不要想。"

周围人再笑，除了赵劲悄悄地被一颗珍珠呛到了，几点奶茶溅到了单词书的书封上。他抬手抹了，看了一眼游凯风。

"不是换座位的事情，我是想跟您说，九月份开学了我可能就……"游凯风摸了摸鼻子，说，"我可能就先不去学校了啊，班主任。"

"啊？"老班坐直，皱眉。

定格在彭小满的意识里的第一反应极其戏剧性——凯爷要退学？没声没响地就要退学？

彭小满依这个"以为"顺势地想下去，什么稀奇古怪的想法全涌上了脑海。先是：老班，私以为读书不是一条明路，我想下海。要么：老班，国内教育土壤贫瘠，照我家这经济水平，我觉得还是出国靠谱儿。再或者：老班，我前段时间读了三毛，醍醐灌顶、耳清目明，这么说吧，我突然发觉了我人生的终极目标不是扬名立万，是流浪，是远方。因为游凯风，彭小满下意识地去看李鸢，发觉他也看了一眼自己。

两个人的视线这么一聚，又双双弹开，一并落向游凯风。

游凯风陡然被一圈人盯着，倒难得不好意思了，头一抬，逗趣地说道："你们别这么齐刷刷地看着我成吗？"过了一会儿他又低头摸摸后脑勺，嘟囔了一句，"早知道就不现在说了……"

"不是，"老班抬手一竖，另一只手端着盛乌龙茶的小瓷杯往桌面上一搁，"不是，你讲清楚，什么叫你就先不去学校了？你不上学了？"

"我是说，我准备走影视表演这条路，开学要去培训班那边集训了。"

老班瞬间抬高了点儿分贝："什么？走什么？"

李鸢看游凯风嘴边一直噙着的笑意肉眼可见地一滞，随后游凯风龇了一下牙，底气不足，谨小慎微，和声细语地重复："影视表演。"

关于这件事情，游凯风就那点儿可怜底气，不来自家庭，不来自父母，来自自己十八岁的自尊与自矜。他抠抠搜搜地攒了一个瓶底，这晚开诚布公地和班主任这么闲聊似的一提，这点儿底气就跟上坟似的，绕个弧线散干净了。他一路被父母否定过来，再多一句"你小子哪儿行啊"，那真就是压死骆驼的最后一根稻草了。

游凯风怎么不虚？他虚得要死，虚得一戳就破，虚得不敢抬头，怕一不小心就收到轻蔑与难以置信的表情。他本以为大家会哄笑，本以为陆清远至少得拍着大腿根乐得掀翻这张桌子。

没承想，周围挺安静，老班、诸位同学都没笑。

李鸢算最损的一个人了，朝前拖了拖凳子，说，"戏精大学保送研究生，你这也算是术业有专攻了？"

游凯风愣了愣，看李鸢冲自己点了点头。

只要游凯风乐意，续铭逗哏、捧哏都行。他笑也没笑，依旧是一脸要入定的神情："我觉得行，你就长了一张适合上'春晚'的脸。"

游凯风琢磨了半天也没听出来他这话是夸是损。

陆清笑倒是也笑，但表情收敛又诚挚，一点儿不轻蔑。他以体育特长生的角度看艺术类、影视表演类这条路，管你是文化课不好想走捷径，还是真喜欢这门艺术，走这条路都崎岖、水深、成本高，都不算努力了就有回报，是艺术类里最不好走的路。于是他把手垫上后脑勺，提醒道："我劝你，可以试试，但说真的，凯爷，别把所有希望都赌在上面，你说的这个和我们体育可不一样。"

周以庆把下巴垫在奶茶杯盖上，捏着吸管，问游凯风："听说表演类年年都有倒卖合格证的？那什么电影学院的证，去年多少来着？"

缑钟齐推了一下眼镜："明码标价八十万元一张。"

赵劲没说话，也没做任何嘲讽的暗示，倒是难得，只在听缑钟齐说完八十万元一张合格证的时候，别过头惊异且嫌恶地发出一声"啧"。

游凯风突然就挺感动的，说不上来怎么了，心一下子就软得不行。

"我就是……想试试，你们还不知道我吗？"游凯风笑了笑，"考文化课，市里的三联职业学院都未必考得上，我又不怕输，再说我本来就没的输。"

"这不是输不输的事情好吗？"陆清远搔了搔头顶，"我就是体育类的学生，还不知道吗？我的意思是，你有时候真走一所专科学校都比考表演值当，我说你也不缺门路吧，凯爷？为什么不出国？"

游凯风没办法心明眼亮，骄傲得跟一个疯子似的和别人说：因为这是我的梦想啊！我这种人也是有梦想的！

这显得太幼稚了，不是他的秉性，他还是没办法提上这口气。

"你想上的是哪个艺术培训学校？"

游凯风摸了摸鼻子："就是在明溪路的安丰写字楼里的那家，咱们学校挺多学编导和播音主持的同学在那儿。"

周以庆咂嘴："路一白是不是就是这个艺术培训学校出来的？上次这事好像上过网，还被邀请回去教过两节表演课？"她说的是一个颇有人气的影视新星，这年上半年和某新人女星一起演了一部穿越古装言情的网剧，才火。

"对，就是他。"

"那你不就是他的学弟喽？"周以庆挑眉，还挺兴奋，闹得就跟她能马上要到人家的私人微信号和手机号似的。

游凯风冲她摆手："签名不要想。人家那是走形式搞个宣传炒作，我也没见过他本人。"

老班想抽烟憋得够呛，忍了半天想了一个折中的办法，掏出一根烟来含在嘴里不点着，干过着嘴瘾，谁也没办法上来罚他的款。他把烟蒂从左抿到右，再从右抿到左，吹了一口气，拇指和食指在一块儿慢吞吞地搓着："这件事情你的父母支持你吗？"

游凯风心说：老姜就不一样啊，一戳戳到了关键点，射了一个十环。

"没说，是我自己想。"

老班嚼了一口烟嘴，揪了揪下巴上黑白半掺的胡楂："你自己想？你自己怎么想？你自己能想什么？"

"不是想什么的事情，是——"游凯风语无伦次，不知道怎么说，"反正他们不懂，我也不指望。"

"艺术学校那边，你交过学费了？"老班问。

"还没，决定了我就交了。"

"所以你跟我说完就算决定好了？"老班歪着头，又把烟从嘴边拿下夹在耳朵后头。

"那……那不然……"

"表演类的艺术学校学费加集训费用两万元打不住吧？我以前带的学生也有走这条路的。"

游凯风没说话，觉得这件事情不能拿来炫富。

"游凯风，你今天说的这件事情，我现在不好跟你讲得多清楚，过段时间咱们单独谈。可是有一点你先搞清楚，学校不对你的父母负责，只对你本人负责，但把家长蒙在鼓里引导学生做任何决定，问责不清，学校是绝对不能同意的。当然作为班主任，这话我说给你也说给在场所有人听，道理是我的道理，不中听，你们接受就接受，不接受也就算了。游凯风啊……

"你要是为了走捷径想考个文凭，班主任我肯定不拦，因为它确实是条捷径，万一你走不通，还能回头；你要是真爱这个，真喜欢这个，我劝你想好。因为你在乎，就容易受伤；你真的把东西交付进去，就容易撞了南墙也不回头；你看得重，就容易把自己逼到绝路上，你可懂？你们可懂？"

这理真糙，彭小满以后再偶然想起老班的这段话，笃定地觉得当时任谁也不能接受这个说法。游凯风和李鸢不可能，绫铭和陆清远不可能，猴钟齐和周以庆不可能，赵劲也不可能。因为那就等于变相地在劝——你可以算计这个世界，但最好不要无端热忱，因为肯定不划算。

作为高中老师，老班这晚是零分的，被挂到网上得被千夫所指，骂他毫无教育工作者的自律与自觉；作为他本人，他是一个人精，不认为这些事情因为当事人年龄小就可以被保护起来当不知道，得给满分。

回到酒店，彭小满打头进了浴室洗澡，按了一泵洗头膏，刚揉出沫子抹上脑袋做了个简单按摩，就听浴室门被"咚咚"敲了两下。李鸢隔着门在外头说："老卫通知下去到大厅拍集体照，你不快点儿？"

我刚洗上头，拍个屁。

彭小满总下意识地去摸胸口左边的那处皮肤组织微微挛缩的疤痕，回道："我……我还得等一下，你先下去吧。"

李鸢"嗯"了一声就没动静了。

彭小满突然感到一阵失落，本来打算冲快点儿，猛然又懒得快了，就这么着吧，集体照什么的，拍不拍无所谓吧。

彭小满拿下莲蓬头精细地冲着四肢与躯干，又往脸上无所顾忌地淋，刻意用水声制造动静，遮去叫他不安的声音。就跟细细密密的一群蚂蚁似的，你不拿着火棍恐吓似的撩开它们，过一会儿它们又会不动声色、不容推拒地覆盖上来。

他擦着湿漉漉的头发出了浴室，标间里的主灯已经被李鸢关了，留了一盏昏黄的小壁灯。彭小满烦躁地换了齐整的衣服，拿了一个小吹风机胡乱把头发吹得半干，像一团新弹的棉花絮似的蓬起。他对着镜子按了按，无果，"啧"了一声，拿了房卡出门。

拐出回廊走到电梯口，他就看见李鸢仰靠着坐在一盆绿植边的长沙发上玩着手机，手机屏幕的淡蓝色光映在他好看的脸上，很像某电影里的某个场景。

彭小满愣了，继而很高兴，忍住了。

"哎，你还没走？"

李鸢一记眼刀杀过来，收了手机撑着膝盖起身："你是去山里挖煤了，还是去海边摘椰子了？你怎么不蒸个桑拿再出来？"

彭小满被撞个准，想笑，但面上还是忒不识好歹："我不是……跟你说让你先下去吗？"

李鸢绕过他："行吧，算我下作。"

彭小满在后头揉着腮帮子，看着他高瘦的背影，拨弄了一下头发跟进电梯里。

四四方方的狭小空间里，灯光暖得不行，声音易听得更清楚，气味也更易弥散开来。彭小满倚着电梯厢左侧，抬头从轿厢的左墙至天花板再至右墙看完了一整圈。到了一楼门开之前，李鸢突然笑了一下，摸了摸鼻子："你也太香了。"

按原计划的行程，"鹭高"在里上的第三天下午，得参观了里上电子工程大学的科学技术发展研究院再走，无奈机器人社这年没能挺进决赛，多耽误工夫意义不大，因而"鹭高"一行人被迫起了个大早，收拾完东西开完了"鹭高"抬头的发票，便动身返回了青弌。

犹如来时，返程的道路两侧依旧是高楼林立，植着枝稠叶密的法国梧桐。李鸢挨着游凯风坐，看他横肉一摊地歪坐在座位上望向车窗外，听他"吧唧吧唧"嚼着嘴里的口香糖，偶尔发出响亮声响，吹破一个滚圆的泡泡。

走影视表演专业这个想法，李鸢记得游凯风很久之前和他提过一次，是在高二上学期的某节音乐赏析课上，那个一头乌发及腰，大冬天穿着波希米亚长裙配双东北厚棉鞋的文青女老师，在课上放了一部《黑天鹅》。

女主演的精湛演技与盛世美颜折服了班里一众人，李鸢跟着看完整部电影，承认这位白人仙女的的确确是把主人公的两种人格倾向的具象表达完成到满分。除了电影本身，更叫李鸢意外的，是游凯风整节课上十分安静与专注。李鸢在那节品鉴课上，中途甚至补了物理练习册里的一道浮力题，画图折断了一根笔芯，隔着一组人去找游凯风拿，看到了他面庞上浮满的肃静神色。

李鸢现在回想，那神色里有游凯风难得的正经端正，甚至都有点儿过度竭力的意思了。硬要打个比方，不那么恰当，差不多就是"独不能为君"的赵佶，屏息凝视着《千里江山图》，热忱但恐惧，犹疑又执着，不嫌夸张地感性说，就像眼前的东西正是自己不可触及的一个梦。

文青女老师在课上提了问题，游凯风是唯一举手回答的，咬字清晰地说了一段简单的影评，又有点儿紧张，有些着重的语句，无意间重复说了好几次。女老师耐心且带笑地点着头，问他知不知道《黑天鹅》的导演是谁，游凯风不做停顿，随即作答，继而班里响起一阵低叹声。李鸢挺惊讶的，不单因为游铠风竟答得快而准确，更因为这是他认识游凯风以来，第一次见游铠风举手。

李鸢当时没多想，只觉得任何人都有闪光之处，挺逗趣地想：凯爷这小子糙肉厚的，又不怎么显山露水，周围没几个人知道他钢琴十级，吉他也弹得很好，今天一看，他对电影也颇通，倒真算是有一身艺术天赋了。

再把当时和现下做上密切的关联，李鸢突然明白，游凯风其实真的是一个内心干净而很明亮的人。他打从一开始就抱有方向，不单如此，也有不大值钱的勇气，有着排除万难、专注于一点的决心。虽然李鸢也认为，他有那样的家庭条件护航，可供回头的路太多，即使摔了也不会多疼。

李鸢和他，平常基本是靠互相抬杠、贬损、耍贫嘴的方式交流，李鸢很少给他肯定，是因为觉得关系到了这样的程度，那么做没必要；是因为觉得男生之间那么做，看起来挺世故又奉承的；是因为觉得有点儿悻悻，即使是真的觉得对方不错，也根本没办法开口说对方的好话。可游凯风现在看起来有点儿虚得过分了，平时张牙舞爪的一个人，这会儿蔫了，瑟缩在角落里似的。

李鸢不忍心，拍了拍他。

"哎？"游凯风转过头来，嘴里的泡泡正好破掉。

"好像这条路开到前，路口左拐就是里上电影学院金关校区的后门。"

游凯风愣了愣，又神色一亮，眉心舒展："你怎么知道？"

"我小时和爸妈来旅游过，刚才看到路牌了，突然想起来的。"李鸢环臂倚着座椅靠背，摸了一下鼻尖，"从后门应该能看见'里影'的实验剧场红楼和门口的布莱希特雕像，你也算是到此一游，拜拜大神祈个福了。"

游凯风听完"咯咯"直乐，掏出相机调焦，托起镜头对向了窗外。大巴匀速向前，里上的梧桐疏影悉数拂掠车顶过后溜向车尾，李鸢半合着眼皮，看游凯风和彭小满都是贴着窗，阳光都明亮地映照下来，让他们的面庞微微泛出黄金般的色泽。